LES OUBLIÉS
D'ASTRELUNE

LES OUBLIÉS
D'ASTRELUNE

LAURE DARGELOS

© EXPLORA Éditions, 2022
149 avenue du Maine, 75014 Paris

Loi n° 49-956 du 16 juillet 1949 sur les publications destinées à la jeunesse,
modifiée par la loi n° 2011-525 du 17 mai 2011 – Mai 2022

ISBN : 9782492659355

Dépôt légal : Mai 2022

Réalisation de la couverture : Céline Perrier

1

LA PERLE D'ASTRELUNE

L'un des visiteurs laissa échapper un bâillement et, à l'image d'une maladie contagieuse, ce fut bientôt une demi-douzaine de personnes qui suivirent son exemple. Il fallait dire que le contenu de la vitrine n'avait rien de passionnant : entre deux toiles d'araignées, une boîte d'allumettes se disputait la place avec un lacet de chaussure.

Depuis qu'elle exerçait en tant que guide, Holly Nightingale était habituée à ce désintérêt du public. Jour après jour, elle voyait des groupes entiers sombrer dans l'ennui, basculer dans un état léthargique où sa voix se résumait à un bruit lointain. Et encore, « groupe » était un mot bien pompeux pour qualifier les quelques audacieux qui osaient franchir les portes du Musée national. La « Perle d'Astrelune », comme l'avaient autrefois surnommée les journalistes, n'était plus qu'un vieux bâtiment poussié-reux qui tombait peu à peu dans l'oubli.

— ... qui contient actuellement treize allumettes. Selon les travaux du professeur Aloysius Robinson, ces allumettes refusent de s'enflammer, et ce, malgré les cinquante-sept tentatives de leur précédent propriétaire...

À présent, si vous le voulez bien, nous allons découvrir une chaussette bicolore dont l'odeur a très longtemps intrigué les spécialistes. Par ici, je vous prie.

La chaussette ne parut pas susciter un plus grand enthousiasme que les allumettes. Trouée au niveau du gros orteil, elle demeurait statique derrière son dôme de verre. Aux quatre coins d'Astrelune, la puissante cité indépendante, cela faisait des décennies que des dresseurs de chaussettes proposaient d'intéressants numéros de danse. Particulièrement appréciés des classes populaires, ces spectacles coûtaient surtout beaucoup moins cher qu'un ticket d'entrée au Musée national.

Traînant les pieds, les visiteurs migrèrent jusqu'à la salle annexe dans un prodigieux effort collectif. Ce jour-là – et Holly l'avait tout de suite compris à leurs uniformes vert bouteille –, son petit groupe était composé d'étudiants. De futurs candidats à l'université qui étaient venus tester leur patience. Il s'agissait pour eux de parcourir les six étages du Musée sans s'endormir et si le défi était réussi, ils tenteraient le redoutable concours d'entrée à l'Académie. C'était une épreuve soporifique où s'enchaînaient des centaines de questions alambiquées. D'après la légende, la moitié des aspirants s'écroulaient sur leur table avant même d'avoir terminé la première page de l'énoncé.

Deux heures plus tard, lorsqu'ils eurent fini d'arpenter le dédale de couloirs, le résultat était peu glorieux : Holly avait le sentiment d'escorter des somnambules qui auraient très bien pu l'entendre réciter l'annuaire.

— Je vous souhaite une agréable journée ! lança-t-elle.

Personne ne lui répondit. Les étudiants étaient trop hébétés pour réaliser que la visite venait de s'achever. Plantés comme des piquets au milieu du hall, ils clignaient bêtement des yeux, sauf l'un d'eux qui paraissait sur le point de ronfler.

Avec un soupir, Holly les abandonna devant la porte principale. Leurs réactions n'avaient rien d'inhabituel. Depuis le début de sa carrière, la jeune femme avait rarement eu le plaisir de s'adresser à une oreille attentive. Dans toute la cité d'Astrelune, elle était peut-être la seule à se passionner réellement pour le Musée. Enfant, elle venait chaque soir à la sortie de l'école. Elle avait appris par cœur la totalité des écriteaux, et rien ne lui plaisait davantage que d'admirer ces objets du passé : une cuillère rouillée, une savonnette desséchée, une monture de lunettes sans verres, un vieux crayon tellement usé qu'il faisait la taille d'un dé à coudre, une assiette avec un reste de soupe fossilisé, un mouchoir en lambeaux, une poignée de porte ou même un pot de chambre.

Ces vestiges appartenaient au Monde-qui-aurait-peut-être-existé-ou-peut-être-pas, une époque lointaine, presque oubliée et qui, pour les clients du Musée, n'était qu'une vaste fumisterie. C'était une farce, une plaisanterie grotesque qui amusait les curieux quelques minutes avant qu'ils ne commencent à s'assoupir. Holly, elle, croyait à ces récits. Elle était persuadée qu'une autre réalité les avait précédés, des siècles et des siècles auparavant, et elle rêvait de percer un jour ces mystères. Là où ses contemporains ne voyaient que « des trucs et des vieux machins », la jeune femme avait le sentiment que l'Histoire leur offrait un présent inestimable. Ces objets avaient beau être banals et cabossés, ils étaient les témoins d'un passé que le temps avait recouvert d'un voile de secrets.

— Alors, Miss Nightingale, combien de personnes aujourd'hui ?

— Environ une dizaine, répondit Holly avec un faible sourire.

Face à elle venait de surgir le directeur du Musée, Mr Orwell Lewis, un vieil homme voûté sur sa canne. Comme à son habitude, ses cheveux blancs étaient coiffés en forme de chou-fleur, selon une mode qui avait eu son quart d'heure de gloire des années plus tôt – une tendance qui avait bel et bien duré quinze minutes avant d'être jugée désuète. Ce monticule capillaire donnait surtout l'impression qu'il était tombé du lit et, si cela n'était pas suffisant, Mr Lewis arborait en permanence un pyjama en satin gris. À Astrelune, cela n'avait rien de farfelu puisqu'il était courant de croiser des gens portant des espadrilles sur la tête ou des cravates autour de la taille.

— Très bien, cela en fait toujours dix de plus qu'hier !

Mr Lewis ne se départait jamais de son calme. À sa place, n'importe qui aurait déjà paniqué et annoncé la fermeture prochaine du Musée. Pourtant, alors même que les recettes chutaient à vue d'œil, il continuait sur sa lancée avec un tarif de deux doublons – pas un de plus et pas un de moins – et un personnel qui était parfois plus important que le nombre de visiteurs en une semaine.

— Très bien, très bien, répéta-t-il, les mains enfoncées dans les poches de son pyjama. De toute façon, nous aurons des subventions, nous avons toujours des subventions…

« Subvention » était le mot préféré de Mr Lewis. Le cri de guerre qui concluait chacune de ses phrases lorsque Holly tentait de lui ouvrir les yeux sur la baisse de fréquentation du Musée. Peu importait les faibles montants que pouvaient lui verser les autorités, ceux-ci ne suffiraient jamais à combler les dettes. Des dettes qui ne cessaient de croître : l'année dernière, il avait fallu réparer la toiture, colmater les fissures et éviter que l'eau de pluie ne ruisselle à l'intérieur. Chaque saison représentait un nouveau défi financier et, jour après jour, Holly avait l'impression de voir son Musée bien-aimé disparaître un peu plus.

Dans un gong sonore, la grande horloge du rez-de-chaussée annonça l'heure de fermeture. Pensive, Holly se dirigea vers le vestiaire destiné aux employés. Quand elle retira son manteau de la penderie, un miroir fissuré lui renvoya son reflet : celui d'une demoiselle au teint pâlichon, hissée sur des talons métalliques et dont la silhouette était étranglée par un corset. Malgré son jeune âge, Holly avait toujours paru guindée. Elle avait beau choisir une robe d'un délicat vert pâle, orner sa tresse brune d'un ruban en soie, elle dégageait une étrange aura, un mélange d'austérité et de tristesse. C'était comme si le Monde-qui-aurait-peut-être-existé-ou-peut-être-pas avait happé une partie de son âme, la recouvrant de poussière à l'image des pièces qui sommeillaient derrière leurs vitrines.

Emmitouflée dans sa longue veste sombre, Holly franchit les portes du Musée national. Vu de l'extérieur, le bâtiment ressemblait encore plus à un assemblage de bric et de broc. D'après la rumeur, l'édifice en pierre avait été construit de travers par un architecte bigleux. De loin comme de près, il semblait tituber sur lui-même : rien n'était aligné, ni les fenêtres ni les six étages qui paraissaient posés les uns au-dessus des autres, tels les différents gâteaux d'une pièce montée.

Comme souvent, le boulevard des Cendres résonnait du brouhaha de la circulation. Des fiacres se succédaient en un flot incessant et, ce soir-là, un nouvel incident venait d'éclater. Là où les cochers s'apostrophaient d'ordinaire entre eux, ils échangeaient à présent des noms d'oiseaux avec un usager en tapis volant qui slalomait entre les voies.

— Hé, t'as eu ton permis dans une pochette-surprise ? La piste pour les tapis est à droite ! hurla l'un d'eux. Reste chez toi si tu ne sais pas conduire !

Une foule compacte envahissait les trottoirs. Holly évoluait au milieu d'une cohue où des marchands ambulants se bousculaient pour proposer leurs produits, qui allaient du bouton à quinze trous jusqu'aux pendentifs en forme de tabouret. La jeune femme s'empressa de bifurquer dans une ruelle pavée. Devant elle, à moitié noyée par la pénombre, la Machine du temps laissait deviner son échafaudage haut de plusieurs centaines de mètres. Matin et soir, les ingénieurs s'activaient sur leurs manettes pour déclencher le jour ou la nuit. Ils géraient également la pluie et le beau temps et, selon certains journalistes, devaient tirer les résultats aux cartes pour faire neiger en plein été.

D'un pas vif, Holly dépassa une boucherie qui vantait les mérites de la viande de dodo, accéléra l'allure devant une taverne où zigzaguaient des ivrognes et s'engouffra dans l'impasse du Charivari. Au numéro onze se dressait la pension de famille de Mrs Bradford, une demeure dont la façade orangée évoquait une grosse citrouille. Holly se glissa sous la pancarte qui souhaitait la bienvenue aux visiteurs – en menaçant ces mêmes visiteurs d'une sérieuse bosse sur la tête s'ils oubliaient de se pencher – et pénétra à l'intérieur.

Conformément à son habitude, Mrs Bradford montait la garde en bas des marches. Avec sa peau ridée, elle avait l'air d'un bouledogue qui aurait enfilé une robe à pois et une perruque poivre et sel. À côté d'elle se tenait Choupette, sa dragonne miniature de compagnie, qui avait été teinte en rose bonbon pour atténuer son expression bougonne.

— Miss Nightingale ! aboya la logeuse. Cela fait presque une heure que votre sœur joue du piano. Cette mélodie est absolument insupportable, dites-lui de cesser ce vacarme ! Et puisque vous êtes là, je vous rappelle que votre loyer doit être versé en fin de semaine.

— Oui, Mrs Bradford, répondit distraitement Holly.

La jeune femme contourna avec soin Choupette, occupée à mâchonner un morceau de tissu qui ressemblait à un rideau, et se hâta de gravir l'escalier. Plus elle se rapprochait des combles, plus elle percevait des notes légères qui flottaient dans l'air. C'était une musique joyeuse, pleine de vie et qui avait effectivement tout pour déplaire à Mrs Bradford.

Lorsque Holly franchit le seuil, elle fut accueillie par un éclat de rire.

— Alors, la vieille sorcière essaye encore de censurer mon art ?

Assise à son piano, Clara appuya violemment sur les touches nacrées de l'instrument. La vibration fut si puissante que les murs de la pièce se mirent à trembler.

— Tu ne devrais pas provoquer Mrs Bradford, tempéra Holly.

— Peut-être, mais cette mégère a trop mal aux genoux pour grimper les marches. Et tant qu'elle ne viendra pas tambouriner à la porte, je continuerai à jouer... Mais parle-moi plutôt de ta journée, ajouta Clara en poursuivant son morceau.

— Aujourd'hui, c'était un groupe d'étudiants. L'un d'eux a commencé à baver sur son uniforme dès la première vitrine. Pourtant, c'était l'emballage déchiré d'une boîte de chocolats, l'une des pièces les plus précieuses du Musée...

— Pauvre garçon, il ne survivra jamais à l'université !

Depuis leur enfance, les sœurs Nightingale avaient toujours été très différentes. Plus jeune de deux ans, Clara ne s'était jamais intéressée au Musée : pour elle, seule comptait la musique.

Physiquement, elles étaient pourtant très semblables avec leur chevelure brune, leurs taches de rousseur et leur même regard d'un bleu clair. Ce qui les distinguait était surtout leurs traits de caractère. La personnalité de Clara était à l'opposé de celle d'Holly : d'un naturel souriant, la cadette rayonnait de joie de vivre. Elle débordait d'énergie, et sa présence aurait suffi à illuminer n'importe quelle journée pluvieuse.

— Et toi ? demanda Holly. Des nouvelles au bureau ?

— Non, c'est toujours aussi ennuyeux. Je tape, je tape et je tape encore sur cette fichue machine à écrire… Le seul événement marquant de l'après-midi est que notre source de dorium a été brusquement coupée. Notre panneau, tu sais, celui qui trône dans la rue – « Venez découvrir le monde en dirigeable ! » –, s'est mis à grésiller de façon bizarre, et tout l'immeuble a été plongé dans le noir. Il a fallu attendre une bonne heure avant qu'un alchirium daigne se traîner jusqu'à notre agence de voyage pour régler le problème.

Penchée à la fenêtre, Holly était en train d'admirer les toits de la cité indépendante et les lointains aérostats qui parsemaient l'horizon.

Un demi-siècle plus tôt, alors que ses membres cherchaient en vain à transformer le plomb en or, la Guilde des Alchimistes à Bretelles était parvenue à une étonnante découverte. Par le plus grand des hasards, ces honorables érudits – qui n'avaient pas tardé à se rebaptiser « alchiriums » – avaient mis au point une énergie sans précédent sur laquelle reposait désormais la cité d'Astrelune.

Le dorium animait les tapis volants, permettait d'éclairer les rues et faisait fonctionner les usines d'où s'échappaient de gigantesques nuages de vapeur. En l'espace de quelques années, ses utilisations s'étaient déclinées à de nombreux domaines au point de paraître sans limites. À chaque coin de rue, de grandes enseignes en usaient et en abusaient pour mettre en avant leurs produits : eau-de-vie, dentifrice, savon… Le dorium prenait toutes les formes, se pliait à toutes les envies, et son simple usage semblait avoir un effet miraculeux.

Lorsqu'un journaliste plus suspicieux que les autres avait tenté de démontrer le caractère fallacieux des arguments publicitaires – « Vous n'allez pas rajeunir de dix ans parce que vous prenez des bains au dorium ! » –, une loi obscure avait été invoquée pour interdire son quotidien, *J'ai raison, c'est moi qui vous le dis*, dès la semaine suivante.

— De toute façon, le panneau refera des siennes d'ici un mois ou deux, soupira Clara dont les doigts continuaient à virevolter sur son clavier. Les autorités ont beau en vanter les mérites, dorium ou pas dorium, ces trucs-là sont de plus en plus défaillants… Mais bon, comme le dit mon aimable patron, peu importe ce qui se passera demain, nous avons au moins la satisfaction d'avoir fini notre journée.

Oui, demain serait un autre jour, songea Holly. Avec un peu de chance, quelques curieux se risqueraient à l'intérieur du Musée national.

2019, dans une autre réalité…

Sue s'ennuyait. Une paire d'écouteurs glissée dans les oreilles, elle fixait sans les voir les autres passagers du train : un homme dont le visage disparaissait à moitié derrière un journal, un groupe de jeunes en sweat-shirt qui commentaient le dernier blockbuster sorti au cinéma, une dame âgée en pleine discussion avec son voisin sur le « bon vieux temps »… Pour Sue, cela faisait des heures que le paysage avait perdu tout attrait à ses yeux. Derrière la vitre, la campagne anglaise défilait, encore et encore, avec ses grandes étendues d'herbe, ses arbres esseulés dont les branches paraissaient griffer le ciel et ses villages aux murs gris.

C'était incroyable à quel point l'année scolaire lui avait semblé longue. Les mois s'étaient étirés avec lenteur et, plusieurs fois, lorsqu'elle était assise en classe, Sue aurait juré que les aiguilles de sa montre s'amusaient à reculer. Après une interminable attente et des centaines de cases cochées sur son calendrier, elle se réjouissait de pouvoir enfin profiter des vacances d'été.

Comme à chaque fois, sa mère l'avait accompagnée à la gare avant de lui débiter une longue liste de recommandations, qui commençait par « N'embête pas grand-mère Phryne ! » et qui se terminait par « Laisse grand-mère Phryne tranquille ! ». Après un rapide baiser sur la joue, sa mère l'avait abandonnée avec sa lourde valise devant le panneau d'affichage. Peut-être lui avait-elle lancé quelque chose comme « Amuse-toi bien ! », à moins que ce ne soit « Fais attention à toi ! ». Sue aurait été bien incapable de s'en souvenir. Dans tous les cas, elle était sûre d'une chose : cette femme élégante, vêtue d'un tailleur, ne s'attendait pas à la revoir avant la fin du mois d'août.

Âgée de trente-deux ans, Ms Ashwood multipliait les conquêtes, et le dernier en date – un avocat en droit des affaires, d'après ce que Sue avait compris – lui avait promis un voyage à l'autre bout du monde. Du moment qu'elle pouvait regagner le manoir familial, l'adolescente n'en demandait pas davantage. Cette vieille bâtisse avait charmé son enfance et empli son imaginaire de récits merveilleux. C'était là-bas, entre ces murs en pierre, qu'elle avait découvert le plaisir de la lecture. Sue aimait l'odeur des livres anciens, les pages jaunies et les étagères qui croulaient sous les ouvrages.

Contrairement à elle, Ms Ashwood ne partageait pas cette conception du monde : à ses yeux, rien ne valait les réceptions mondaines, les robes chics et les hommes riches prêts à lui offrir des bijoux hors de prix. Parfois, Sue songeait que sa mère regrettait d'avoir pour fille une gamine dégingandée, aux cheveux ternes et qui préférait la compagnie de personnages fictifs à celle de ses semblables.

Il fallait dire aussi que Sue n'avait jamais été très populaire. Excellente élève à l'écrit, elle brillait par son silence à l'oral ; elle était réservée et peinait à se lier d'amitié avec ses camarades. Elle passait ses récréations, la tête plongée dans un roman, à rêver de ces univers lointains qui lui paraissaient plus excitants que son propre quotidien.

Avec un crissement sonore, le train s'immobilisa dans une petite gare semblable à toutes les précédentes. Un bâtiment en briques rouges, des bancs proprets et un panneau à moitié écaillé qui annonçait le nom de la station : Sheryton. Sans pouvoir cacher son excitation, Sue s'empara de sa valise et bondit hors du wagon. Son voyage venait enfin de s'achever. Après des mois à patienter, elle était de retour *chez elle* ! Le vrai chez elle, celui où elle n'était pas obligée d'être quelqu'un d'autre pour faire plaisir à sa mère.

Comme à son habitude, Mr Ferguson, le vieux domestique, se tenait là, raide dans son uniforme guindé. Depuis des décennies, il était au service des Ashwood et aidait à l'entretien du manoir.

— Miss Sue, je suis heureux de vous revoir ! prononça-t-il, les lèvres étirées en un large sourire. J'ai l'impression que c'était hier que vous nous avez quittés…

— Si seulement cela pouvait être vrai !

Quelques minutes avaient suffi pour que Sue se métamorphose. Elle qui, d'ordinaire, se fondait dans le décor débordait à présent d'une joie qui illuminait son visage.

— Vos tantes sont tellement excitées à l'idée de vous accueillir, ajouta Mr Ferguson en saisissant son bagage. Venez, Miss Sue, ne les faisons pas attendre !

Vingt minutes plus tard, Mr Ferguson gara son véhicule devant une demeure au charme séculaire. Se dressant fièrement au milieu d'un parc boisé, le manoir marquait les esprits par son architecture solennelle et sa façade en colombages. L'édifice donnait l'impression d'avoir traversé les époques et que rien, pas même un ouragan, ne saurait le faire s'effondrer.

Sue avait à peine claqué la portière derrière elle que deux silhouettes surgirent sur le seuil de la porte : l'une mince, aussi allongée qu'un rouleau à pâtisserie, et l'autre plutôt petite et enrobée. Leurs vêtements étaient à l'extrême opposé : la première portait une robe noire à collerette, tandis que la deuxième arborait une jupe jaune citron et un chemisier à pois.

— Tu nous as terriblement manqué, ma chérie ! s'exclama la tante Harmony, la plus grande des deux.

— Ma chère Sue ! lança la tante Opal en la serrant dans ses bras potelés. On dirait que tu n'as rien mangé depuis des mois, tu as l'air toute maigrichonne…

Harmony et Opal étaient en réalité les grand-tantes de Sue. Depuis que leur sœur Victoria – la mère de Ms Ashwood – les avait quittées, elles s'occupaient seules du manoir avec l'aide de Mr Ferguson.

— Opal nous a préparé un merveilleux chausson aux pommes, annonça la tante Harmony. Un chausson aux pommes qui a failli mettre le feu à la cuisine, mais peu importe… Nous allons profiter de ces vacances pour te rembourrer un peu sinon, dans quelques semaines, tu ressembleras à un vilain squelette avec que la peau sur les os.

Sue se laissa entraîner dans le long corridor et, pour la première fois depuis des mois, elle cessa de compter les jours. À présent, elle n'avait qu'une envie : que le temps s'arrête et ne reprenne plus jamais sa course.

— Si la visite vous a plu, n'hésitez pas à faire un tour dans notre boutique de souvenirs !

Cette aimable invitation se heurta à un regard vitreux. Face à Holly, une dame à lunettes ressemblait à un hibou que l'on aurait tiré du sommeil en plein jour. Elle portait autour du cou un talisman à la gloire du Crustacé-Tout-Puissant. Sa religion interdisait d'avaler des fruits de mer, et peut-être avait-elle offensé la divinité pour avoir été envoyée au Musée en guise de pénitence.

— Au revoir, madame ! Je vous souhaite un bon après-midi.

Jour après jour, Holly éprouvait un pincement au cœur. Le Monde-qui-aurait-peut-être-existé-ou-peut-être-pas n'attirait plus, ses curiosités prenaient la poussière, et la moitié des personnes qui pénétraient à l'intérieur du Musée cherchaient désespérément des toilettes. Sitôt leur mission accomplie, ces braves gens s'empressaient de repartir avant d'être contaminés par le lieu. La vérité était là : les habitants d'Astrelune avaient cessé de s'intéresser au passé. Ils préféraient suivre les courses de tapis volants, se faire prédire l'avenir par des diseuses de bonne aventure ou assister à des spectacles de chaussettes dansantes.

Dans un sursaut de nostalgie, Holly se glissa dans la boutique de souvenirs. Une clochette rouillée laissa échapper un léger tintement quand elle poussa la porte vitrée. Cela faisait presque une décennie que plus aucun visiteur ne s'était aventuré là. Le vendeur qui tenait autrefois la caisse avait démissionné, bien avant l'arrivée d'Holly, et le directeur ne l'avait jamais fait remplacer.

— Comme c'est triste, murmura la jeune femme.

L'endroit paraissait abandonné. Des toiles d'araignées recouvraient les portiques, les cartes postales avaient jauni sous l'effet des années et, sur les tasses, l'inscription « Le Monde-qui-aurait-peut-être-existé-ou-peut-être-pas existe, j'en suis sûr » était à peine lisible.

Lentement, Holly arpenta les rangées, laissant son esprit vagabonder au temps de son enfance. Lorsqu'elle avait dix ans, elle avait économisé durant des mois pour s'offrir un pendentif en forme de bouchon de bouteille. C'était bien sûr une reproduction, la copie du *Formidable Bouchon en liège* qui pouvait être admiré au troisième étage, mais Holly continuait encore de le porter.

Alors qu'elle laissait derrière elle le rayon des porte-clefs à la gloire du Musée, elle remarqua un vieux dépliant qui avait servi à envelopper une figurine. Holly s'empara de l'imprimé, et ses yeux ne tardèrent pas à s'écarquiller de surprise.

Une photographie délavée s'étalait sous un titre qui proclamait en gros caractères : « LA PERLE D'ASTRELUNE DÉVOILE SES MERVEILLES. » Ébahie, Holly distingua une masse de visiteurs agglutinés derrière des cordons de sécurité. Malgré les années écoulées, elle reconnaissait sans peine le décor du rez-de-chaussée. À la place des vitrines présentant un ensemble de torchons se dressaient des pièces de collection gigantesques. Les murs semblaient s'être étirés pour laisser pénétrer des animaux empaillés aux proportions inouïes, une montgolfière rayée rouge et jaune ou encore la façade d'un temple où trônaient des statues monumentales.

Holly était sûre d'une chose : elle n'avait jamais contemplé un tel spectacle. Où donc étaient passées les merveilles d'Astrelune ?

2

DISPARITION

— Excusez-moi, Mr Lewis, est-ce que vous auriez quelques minutes à m'accorder ?

Holly venait de passer la tête à travers l'entrebâillement de la porte. Avec son chignon strict et son chemisier à col haut, elle semblait encore plus guindée que la veille.

Assis à son bureau, le directeur du Musée disparaissait à moitié derrière un arc-en-ciel. D'après la rumeur, les ingénieurs qui œuvraient sur la Machine du temps l'avaient un jour oublié là et si quelqu'un avait déposé une plainte, aucun service ne s'était donné la peine de répondre. Les sourcils froncés, Mr Lewis paraissait débordé, penché sur une pile de dossiers qui n'allait pas tarder à se déverser sur le parquet.

— Oui, qu'y a-t-il, Miss Nightingale ?

— Hier, j'ai fait une curieuse découverte concernant le Musée et j'espérais que vous sauriez répondre à mes questions.

— J'en serais fort flatté ! De nous deux, j'ai toujours été convaincu que c'était vous qui maîtrisiez le mieux l'histoire de nos différentes collections. Vous avez toujours été incollable sur toutes ces théories et anecdotes. Avant de vous rencontrer, j'ignorais totalement que la chaussure du quatrième étage avait parcouru six cent quatre kilomètres…

— Six cent neuf kilomètres selon le professeur Aloysius Robinson, rectifia Holly, mais ce n'est pas cela qui m'amène… Regardez, j'ai trouvé cet ancien dépliant dans la boutique de souvenirs. Est-ce que ces pièces vous parlent ? Pour ma part, je ne les ai jamais vues…

Holly avait tiré l'imprimé de sa poche. Le vieil homme réajusta ses bésicles sur son nez avant de se pencher sur la photographie délavée.

— Ah oui, je comprends votre surprise… En réalité, ces pièces avaient été présentées lors de l'inauguration du Musée, il y a presque un siècle, déclara-t-il en lissant les plis de son pyjama. Malheureusement, les années se sont écoulées, et ces merveilles se sont peu à peu détériorées jusqu'à ce que mon prédécesseur les fasse retirer. D'après un rapport que j'ai parcouru, la structure qui soutenait les animaux empaillés était trop fragile, elle menaçait de se briser et de blesser les visiteurs ; de même pour la façade du temple qui commençait à tomber en ruine, et encore ce n'était rien comparé au danger que représentait la montgolfière… C'est vraiment dommage, hélas, ce sont des choses qui arrivent.

— Est-ce qu'il ne serait pas possible de restaurer ces pièces ?

— Non, cela demanderait une main-d'œuvre qualifiée, un savoir-faire qui se perd, et ces dépenses seraient trop lourdes pour notre budget… Les autorités nous versent des subventions, bien entendu, mais le plus important est de maintenir en état ce qui figure déjà dans nos vitrines. À présent, si cela ne vous dérange pas, Miss Nightingale, j'ai des courriers urgents qui m'attendent.

Lorsque Holly se retira, elle éprouva un sentiment amer. Plus que jamais elle avait l'impression que son Musée était en train de sombrer dans l'oubli.

Le chausson aux pommes avait été suivi d'une tasse de thé, puis d'un sorbet au cassis et d'une part de pudding. Sue avait l'impression que son ventre était sur le point d'exploser. Légèrement titubante, elle gravit les marches jusqu'au troisième étage et poussa la dernière porte. C'était la chambre de Phryne Ashwood. Bien que Sue l'appelât « grand-mère », elle était en réalité une cousine éloignée. Comme d'ordinaire, la pièce était à moitié plongée dans la pénombre. Allongée dans un lit à baldaquin, la vieille dame était profondément assoupie.

Aussi loin que remontaient ses souvenirs, Sue l'avait toujours vue ainsi. D'après ses tantes, elle passait ses journées entières à dormir, et les médecins estimaient qu'il lui restait peu de temps à vivre. Année après année, Sue se réjouissait de voir que son état n'empirait pas et que grand-mère Phryne continuait de s'agripper à l'existence.

— C'est moi ! lança-t-elle. Je suis enfin de retour…

Même si ses mots n'atteignaient pas ses oreilles, Sue aimait lui parler car elle avait le sentiment que sa présence la réconfortait. Au fil du temps, Phryne Ashwood était devenue l'auditrice privilégiée de ses histoires. Après avoir dévoré des centaines et des centaines de romans, Sue avait senti naître en elle le besoin d'en écrire d'autres à son tour. Sa plume s'était peu à peu affûtée tandis qu'elle couchait sur le papier les mondes merveilleux qui s'agitaient dans sa tête, des univers pleins de dangers où son héroïne triomphait de tous les obstacles.

— Regarde, j'ai ajouté deux cents pages supplémentaires depuis la dernière fois. Dont dix que j'ai dû réécrire intégralement parce qu'Amanda m'a dénoncée en cours de maths et que le prof s'est empressé de me les confisquer. De toute façon, je me suis vengée puisque j'ai craché dans le verre de cette sale rapporteuse à la cantine… Tu es attentive, grand-mère Phryne ? Alors, je reprends au chapitre douze, là où nous nous étions arrêtées. *Les formidables aventures de Lady Susan Blackwood*, tu te souviens ? La jeune Susan avait découvert que ses parents appartenaient à une réalité parallèle, de l'autre côté des rêves, et sa chère nourrice lui avait caché la vérité pour la protéger. Oui, il ne faut pas oublier que les ennemis de son père guettent toujours et menacent de la tuer pour détruire la lignée.

Assise au pied du lit, Sue étala sa pile de feuillets sur les genoux. Elle reprit sa lecture et tandis que les mots s'échappaient de ses lèvres, elle eut l'impression de n'être jamais partie.

Trois étages plus bas, dans une cuisine inondée de soleil et remplie d'assiettes sales, les grand-tantes de Sue avaient repris leur ouvrage de broderie. Un abécédaire floral pour l'une et un coucher de soleil aux teintes pastel pour l'autre.

— Comme cela me fait plaisir que la petite soit revenue ! soupira la tante Opal.

D'un geste machinal, sa sœur tritura le lourd médaillon qui ornait son cou. C'était un pendentif de forme ovale où se reflétaient les rayons du soleil. Depuis des générations, ce bijou appartenait à la famille Ashwood, un héritage dont ne se séparait jamais la tante Harmony.

— J'espère que sa mère ne va pas encore nous appeler pour nous lister ce que nous avons le droit de lui dire ou non. Cette gamine va bientôt avoir treize ans, il serait grand temps qu'elle sache la vérité, non ?

— Christine essaye seulement de la protéger.

— De la protéger ? répéta la tante Harmony avec un reniflement méprisant. Pour moi, Christine a tout simplement renié son propre passé. Elle est persuadée qu'en gardant le silence, le « problème », comme elle l'appelle, n'aura jamais existé… Sue est loin d'être bête, elle finira bien par comprendre qu'on lui raconte des balivernes depuis des années. Et ce jour-là, je peux te garantir qu'elle ne le pardonnera pas à sa mère.

— Pourvu que cette histoire ne se termine pas en conflit familial.

— C'est déjà un conflit familial… En tout cas, je reconnais à Christine une certaine constance. Le jour où elle a claqué la porte en hurlant qu'elle ne remettrait plus les pieds ici, je ne pensais pas qu'elle était à ce point sérieuse.

— Au moins, elle nous laisse voir Sue, fit la tante Opal en dodelinant de la tête. Elle aurait très bien pu couper les ponts définitivement. Et puis, Christine a toujours tenu de sa mère. Tu te souviens à quel point Victoria était caractérielle ?

— Oui, mais Victoria était notre sœur et jamais elle n'aurait craché sur le nom des Ashwood… D'ailleurs, je me suis longtemps demandé si Christine nous confiait la gosse pour nous faire plaisir ou seulement pour s'en débarrasser.

La tante Opal émit un petit hoquet d'indignation.

— Enfin ! Ce serait cruel de penser que Sue puisse être un fardeau pour elle.

— C'est précisément ce que je pense, confirma la tante Harmony. À mon avis, Christine aurait largement préféré ne pas avoir d'enfant afin de pouvoir mener cette vie mondaine qu'elle s'est choisie. Ce n'est pas parce que j'habite Sheryton que j'ignore ce qu'elle fabrique à Londres. Elle court de réception en réception et elle change d'amant comme de chemise… Faut dire qu'elle tombe toujours sur de sacrés imbéciles.

— Le père de Sue était un homme bien.

— Pas méchant oui, mais Colin était bête comme ses pieds… Bref, à mon avis, il est de notre devoir de nous occuper de Sue. Et si nous ne voulons pas que cette pauvre petite tourne mal ou se renferme complètement sur elle-même, nous allons devoir prendre les choses en main.

— Tu proposes de…

— De tout lui dire et de passer outre le veto de Christine. Ce n'est pas à cette femme de décider ce que sa fille a le droit de savoir ou non.

La tante Opal n'avait jamais été très douée pour prendre des décisions radicales. Elle se contenta de fixer sa broderie, comme si la solution était inscrite entre la lettre B et la lettre C.

— Je ne sais pas si c'est une excellente idée, articula-t-elle finalement.

— C'est pour le bien de Sue ! Laissons-lui quelques jours et ensuite, nous lui révèlerons la vérité.

Comme pour se donner du courage, la tante Opal se coupa une nouvelle part de chausson aux pommes.

— Très bien, céda-t-elle. Attendons la fin de la semaine.

Astrelune, la puissante cité indépendante, se retrouva couverte d'alcool lorsqu'un violent coup sur la table projeta du rhum sur la carte. Balthazar Riley était de très mauvaise humeur et le fut encore plus en constatant que son précieux plan dégoulinait à présent sur le sol. De haute taille, entièrement vêtu de noir, avec sa redingote sombre et son tricorne qui se fondait dans l'obscurité, le capitaine ressemblait à une ombre. De longues mèches couleur ébène encadraient un visage encore jeune où, éclairée par la lueur d'une bougie, une cicatrice mordait son arcade sourcilière.

— Ce que tu dis là est impossible ! s'exclama-t-il. Nous étions aux abords d'Auberouge il y a à peine trois jours, et la ville était encore debout.

— Moi aussi, capitaine, j'ai eu du mal à en croire mes yeux, mais je vous assure, Auberouge est tombée. Il n'en reste plus rien, que des ruines ! L'ensemble des habitations a été complètement rasé.

La nouvelle eut du mal à s'imposer dans l'esprit de Balthazar. Protégée par des murs fortifiés, Auberouge était une métropole prospère qui s'était enrichie avec le commerce de la canne à sucre. Pour détruire ses défenses, il aurait fallu une véritable armée, des canons puissants et, si une telle bataille avait eu lieu, elle aurait duré des semaines et des semaines. D'ailleurs, qui serait assez fou pour attaquer Auberouge ? Un siècle auparavant, les cités avaient conclu un traité militaire, le Pacte des Trente, et nul ne se serait risqué à s'attirer la colère de pareils alliés.

— Alors, capitaine, vous avez une idée de qui aurait pu faire... *ça* ?

— Peut-être les royaumes du Nord, soupira Balthazar en caressant sa barbe naissante. Ce ne serait pas la première fois qu'ils tenteraient de nous envahir. Quoi qu'il en soit, j'ai bien l'impression que la guerre ne va pas tarder à éclater. Dès qu'Astrelune l'aura appris, je te parie que le Consul voudra faire tomber des têtes. Les cités se soulèveront pour réclamer justice et bientôt, ces océans si tranquilles que j'affectionne tant ressembleront à des champs de bataille. Il n'y aura plus moyen de voguer en paix...

Balthazar Riley avait choisi la profession de pirate comme d'autres choisissent de devenir boulangers. Depuis qu'il avait fui Astrelune, il s'était forgé une solide réputation : celle d'un criminel sanguinaire et d'un pilleur sans merci. Ce soir-là, il se trouvait en zone neutre, dans la taverne des *Boucaniers solidaires*, un établissement isolé entre deux cités – celles de Constelnation et de Limbéclat. Assis à une table dans l'arrière-salle, il avait répondu à l'appel de Wystan le Bigleux, un de ses informateurs, qui commerçait régulièrement avec les terres du sud.

— Qu'est-ce que vous allez faire, capitaine ?

— Pour le moment, je vais regagner mon navire et j'aviserai demain.

— Est-ce que vous n'croyez pas que le moment serait venu de disparaître ?

— De me cacher, tu veux dire ? D'abandonner la mer pour vivre sous une fausse identité avec ma tête mise à prix ? Il paraît que les autorités ont fait placarder des affiches à chaque coin de rue pour rappeler le montant de la prime : « Balthazar Riley, mort ou vif. Cent mille doublons de récompense ! »

— Ce n'est pas monté à cent dix mille ?

— Peut-être bien, dans tous les cas, ça ne change pas grand-chose à mes affaires… Allez, je te paye ton verre et si tu apprends quoi que ce soit de neuf, n'hésite pas à me prévenir !

Wystan le Bigleux le retint par la manche. Dans ses yeux brillait un éclat sans équivoque.

— Vous n'oubliez rien, capitaine ? susurra-t-il.

— Ah oui, combien tu veux ?

— Cent doublons.

— Pour quoi ? ricana Balthazar. Pour m'avoir appris la chute d'Auberouge ou pour tes services futurs ?

— Un mélange des deux. Mais, vu le montant de la récompense, je pourrais demander bien davantage…

— À ta place, je me serais contenté du verre.

Sur ces bonnes paroles, Balthazar dégaina son épée. Ce fut un geste vif, d'une telle rapidité qu'aucun ennemi n'aurait pu prévoir son attaque. Un cri étranglé s'échappa de la bouche de Wystan le Bigleux. Ses doigts sales se crispèrent sur la large plaie qui déchirait son torse. Un flot de sang commençait déjà à imbiber sa chemise… Hormis les deux hommes, l'arrière-salle était déserte. Réajustant son tricorne, Balthazar observa Wystan glisser de sa chaise et s'écrouler au sol.

— Tu as de la chance, lui dit-il, je me sens magnanime. Si tu arrives à te traîner jusqu'au comptoir, le patron acceptera peut-être de te recoudre. D'après la rumeur, c'était un ancien guérisseur qui a choisi de se reconvertir… Par contre, la prochaine fois que tu t'amuseras à me menacer, je te tue.

Sans se presser, le capitaine récupéra sa carte dégoulinante de rhum et quitta la taverne. L'air frais l'aida à s'éclaircir les idées. Pourquoi avait-il réagi avec une telle violence ? À cause de son regard. Dans les prunelles sombres de son interlocuteur, Balthazar avait lu une lueur d'avidité, celle d'un traître qui n'hésiterait pas à le dénoncer pour rafler la prime. Wystan le Bigleux plaçait sa loyauté là où se situait son porte-monnaie ; il était difficile de se fier éternellement à ce genre de types. Tôt ou tard, il aurait voulu faire croître ses intérêts. Oui, songea Balthazar, le blesser était la meilleure solution. Un avertissement nécessaire s'il voulait protéger ses arrières.

Alors qu'il s'éloignait d'une démarche chaloupée – parce qu'un établissement aussi sympathique que *Les Boucaniers solidaires* invitait à boire au moins cinq ou six verres –, les paroles de son informateur continuaient à résonner dans son esprit. Auberouge, la superbe Auberouge, n'était plus et bientôt, le monde tel qu'il l'avait connu sombrerait dans la guerre. Misère de misère… Cela n'annonçait rien de bon pour la suite.

Les sourcils froncés, Balthazar remonta le ponton plongé dans la pénombre. Pour un observateur extérieur, il fallait savoir que *L'Orion* était amarré là, car le navire était invisible. Appartenant autrefois à la flotte d'Astrelune, le bateau était un prototype rare. Une décennie plus tôt, les autorités locales, poussées par une indéniable soif de connaissances, avaient voulu appliquer le dorium au domaine naval.

Le dorium était une entité capricieuse, un mystère à lui seul dont les alchiriums ne faisaient qu'effleurer la surface. Il était difficile de prévoir ses effets. D'après les journalistes les mieux renseignés, le but était « de mélanger des éléments ensemble et de voir si le résultat pouvait avoir une utilité un jour ». Des tentatives ratées, des centaines d'érudits s'activant sur leurs gigantesques machines pendant des mois… et, un beau matin, sans prévenir, l'objet de leurs expérimentations s'était vu envelopper d'un voile de transparence.

Malgré les articles dithyrambiques parus dans la presse, aucun responsable haut placé n'avait été capable d'expliquer ce phénomène. Deux semaines plus tard, l'affaire avait de nouveau fait les gros titres : un certain Balthazar Riley venait de s'emparer du prototype. À défaut de savoir renouveler le prodige – et surtout à défaut de remettre la main sur *L'Orion* –, la cité d'Astrelune avait jugé bon de cesser ses expériences.

L'invisibilité amusait beaucoup Balthazar. Il lui suffisait d'effleurer la coque, de laisser sa main caresser la surface, pour enfin discerner l'immense structure en bois. Sur ce monstre gigantesque, aucun élément ne semblait concorder avec son voisin. C'était comme si plusieurs constructeurs s'étaient réunis pour bâtir des choses différentes et, finalement, par manque de budget, avaient dû se contenter d'une seule création. Se mêlaient un bastingage à rayures jaunes et vertes, une voile faite d'un patchwork d'étoffes, un nid-de-pie qui penchait d'un côté et une figure de proue mi-pieuvre mi-sirène.

— Vous avez passé une bonne soirée, capitaine ? demanda son second qui patrouillait sur le pont.

— J'ai connu mieux, bâilla Balthazar en retirant sa chemise. Dis à Darell de laver les manches, Wystan le Bigleux a laissé du sang dessus… À présent, que plus personne ne me dérange avant demain matin, j'ai terriblement besoin de dormir. Sauf si, bien sûr, on se fait attaquer, canarder et autres joyeusetés.

La porte de sa cabine se referma sur lui, le laissant seul avec ses pensées.

Sa journée venait de s'achever. Lorsque Holly poussa la porte de sa chambre, elle fut surprise par le silence qui régnait. Aucune mélodie ne flottait dans l'air. La raison ne fut pas longue à découvrir : la pièce était vide… Clara n'était pas encore rentrée.

— Eh bien, je vais me préparer du thé en attendant, murmura Holly pour elle-même.

Depuis le matin, les merveilles d'Astrelune continuaient à flotter dans son esprit. Cette époque lointaine avait dû être l'âge d'or du Musée, une période prospère où le Monde-qui-aurait-peut-être-existé-ou-peut-être-pas n'avait pas encore été relégué au rang de farce.

Pensive, Holly tira le précieux dépliant de son sac et s'empressa de l'épingler au-dessus de son lit. Ce pan de mur disparaissait presque entièrement sous les articles de journaux, les tickets d'entrée jaunis sous l'effet du temps et par tout ce qui avait trait de près ou de loin au Musée.

Posée dans un coin, une vieille pendule laissait entendre son tic-tac incessant. La grande aiguille fit le tour du cadran, puis un autre et encore un autre. Il était tard, et Clara n'était toujours pas de retour. Vers vingt-et-une heures, Holly se mit à faire les cent pas. Elle ne cessait de se pencher à la fenêtre dans l'espoir de voir sa sœur apparaître. Bon sang, où était-elle passée ? Qu'avait-il bien pu lui arriver ?

Clara était secrétaire dans une agence de voyage. Il lui suffisait d'emprunter un tramway pour regagner l'impasse du Charivari, et le trajet ne durait pas plus d'une vingtaine de minutes. Holly était en train de se creuser les méninges ; elle cherchait une raison, n'importe quelle explication qui puisse la rassurer. Et si Clara était sortie avec ses collègues ? Une invitation spontanée, une discussion qui s'éternise autour d'un verre... Après tout, cela n'avait rien d'impossible.

La jeune femme eut un sursaut. Des bruits de pas venaient de résonner dans la rue. Était-ce Clara qui se hâtait vers la pension de famille ? La déception d'Holly fut grande en constatant qu'il s'agissait d'une bande de fêtards – dont l'un d'eux se permit même de l'apostropher par un « Hé, ma jolie, viens te joindre à nous ! ».

Beaucoup de questions dansaient dans sa tête et très peu de certitudes.

Les rayons du soleil la tirèrent d'un sommeil tourmenté. Avachie sur une chaise, Holly ne se souvenait pas de s'être endormie là. Son premier réflexe fut de bondir sur ses pieds et de courir vers la chambre de Clara, mais son lit était aussi froid que la veille. Jamais sa sœur ne se serait absentée une nuit entière. Il lui était forcément arrivé malheur... Un sentiment d'angoisse s'empara d'Holly. Sans hésiter, elle attrapa son manteau avant de claquer la porte derrière elle.

— Tant pis pour le Musée, lâcha-t-elle, je vais voir la police...

Le poste de police se dressait à l'autre extrémité d'Astrelune. Le bâtiment était de forme rectangulaire, d'une apparence tellement sinistre que quelqu'un avait tenté de l'égayer en peignant une fresque bariolée sur la façade. Cet ajout de couleurs ne parvenait à compenser ni les barreaux aux fenêtres, ni cette impression confuse que le lieu donnait furieusement envie de se pendre.

La salle d'attente était délimitée par un portique métallique. C'était un gigantesque hall où se pressait une foule de visiteurs qui serpentait en de savants allers-retours. Contrairement à la majorité de ses contemporains, Holly détestait faire la queue. L'attente se comptait souvent en semaines, voire en mois...

Le record incontesté était détenu par Barnaby Gordon, un honnête citoyen qui était parti signaler le vol d'un bouchon de bouteille et qui était ressorti du poste de police sept ans, cinq mois, quinze jours, dix minutes et deux secondes plus tard. La compétition continuait de faire rage, et des milliers de challengers tentaient en vain de lui ravir le titre. Les marathoniens de l'extrême considéraient l'ennui comme un sport. Ces athlètes fréquentaient assidûment chaque administration et s'aventuraient même au Musée national pour plus de sensations fortes.

Autour d'Holly, des visiteurs ravis commençaient à planter leurs tentes tandis que d'autres s'installaient pour un pique-nique sur de grandes nappes à carreaux.

Certains services étaient devenus de tels lieux de villégiature que les autorités avaient fini par écouter la voix de la raison. Beaucoup trop de salariés disparaissaient pendant des semaines entières, et de nombreuses entreprises souffraient de cet absentéisme forcé. Afin d'y remédier, les parlementaires avaient voté la L.N.E.T. – la Loi de Non-Équivalence Temporelle. Le dorium avait permis cette brillante innovation qui laissait le temps s'écouler différemment d'un côté et de l'autre du portique. Chaque heure passée dans le poste de police équivalait ainsi à une minute à l'extérieur. Avec un peu de chance, Holly mettrait moins d'un mois pour atteindre le comptoir et n'aurait pas à poser plus d'une journée de congé au Musée.

À sa droite, une dame dont les cheveux étaient coiffés avec des trombones ne paraissait pas apprécier l'euphorie collective. Un parapluie à la main, elle tapait violemment sur l'épaule d'un automate en l'apostrophant : « Je suis Mrs Hodge, je suis déjà venue il y a plus de dix jours, heure d'Astrelune, et votre supérieur avait promis de me tenir au courant ! » Son interlocuteur mécanique n'eut pas l'air de saisir le message. Il hocha la tête et lui tendit un morceau de papier où figurait un numéro.

— Messieurs-dââmes, veuillez respecter l'ordre de pââssage, ze vous prie, grinça-t-il de sa voix métallique.

Holly saisit à son tour un papier. Il portait le numéro deux mille cent quatre et, d'après le panneau d'affichage qui annonçait « Challenger deux cent cinq, avancez-vous », l'attente risquait d'être interminable. La jeune femme se résolut à prendre son mal en patience.

Durant les trois semaines qui suivirent, Holly eut l'occasion d'avaler une quarantaine de sandwichs caoutchouteux, d'assister à trente-trois bousculades, six altercations et découvrit à quoi ressemblait l'intérieur d'un automate quand un coup inopiné l'envoya valdinguer contre le mur. Pour quiconque n'était pas venu pour le plaisir ou la performance sportive, tout semblait fait pour attiser les nerfs et favoriser les abandons. Quelques personnes, après avoir pesté en regardant leur montre, finissaient par conclure que leur cas était moins problématique qu'ils ne l'avaient cru et se hâtaient de quitter la file.

La queue avançait à une lenteur infinie et, lorsqu'un petit homme surexcité fut redirigé vers un autre service, une Holly dépenaillée et à l'hygiène douteuse s'approcha enfin du guichet.

Assis derrière une machine à écrire, un agent de police était occupé à faire des mots croisés. Dans un violent effort, il releva le nez de sa grille pour accorder à Holly un regard blasé.

— Nom… et… prénom, articula-t-il laborieusement.

— Nightingale Holly.

— Très…bien, Miss…Nightingale, qu'est-ce… qui… vous… amène ?

À chaque syllabe, l'employé semblait sur le point d'oublier la suite de sa phrase.

— Ma sœur Clara a disparu ! lança Holly. Elle n'est pas rentrée hier soir, heure d'Astrelune, et je suis terriblement inquiète.

— Quel… âge… a… Clara… Nightingale ?

— Vingt-deux ans.

— Très… bien, donc… Miss… Clara… Nightingale… est… une… personne… majeure. Selon… l'article… 34-8… du… Code… des… vérités… pourpres, sa… disparition… n'est… pas… jugée… prioritaire. Veuillez… signer… cette… déposition, ajouta l'agent en posant devant elle une feuille dactylographiée. Nous… mènerons… l'enquête… dès… que… possible.

— Dès que possible ? répéta Holly. Quand exactement ?

— Le… numéro… de… cette… affaire… est… le… quatre… mille… trois… cent… neuf. Actuellement, nous… en… sommes… au… trois… mille… quatre-vingt-quinze.

— Quoi ? Alors, vous n'avez pas l'intention d'agir immédiatement ?

— Très… bien, je… comprends… votre… contrariété, mais… ce… genre… d'affaires… n'a… rien… d'inhabituel. Nous… recevons… quotidiennement… des… déclarations… similaires… et, dans… les… trois… quarts… des… cas, la… situation… se… règle… d'elle-même. La… personne… avait… juste… fugué… ou… avait… éprouvé… le… besoin… de… s'isoler… quelques… heures.

Holly lutta pour garder son sang-froid. Les « très bien » de son interlocuteur commençaient profondément à l'agacer.

— Ma sœur n'a pas fugué, lâcha-t-elle en insistant sur chaque mot. Je suis sûre qu'il lui est arrivé malheur. Elle a peut-être eu un accident…

— Vous… avez… le… numéro… quatre… mille… trois… cent… neuf. Au… revoir, Miss… Nightingale !

— Enfin, écoutez-moi ! C'est urgent, il faut que vous envoyiez tout de suite quelqu'un pour la retrouver.

— La... satisfaction... de... la... population... est... notre... priorité, récita l'agent. Au... revoir, Miss... Nightingale !

Et sans pouvoir résister, Holly fut traînée par un automate jusqu'à la sortie. La jeune femme fulminait de colère. Comment était-ce possible ? Comment la police pouvait-elle se montrer à ce point indifférente ? Il était clair qu'ils ne remueraient pas le petit doigt avant plusieurs mois – et ne feraient même rien du tout si sa déposition venait à se perdre. Une idée percuta l'esprit d'Holly de plein fouet. Si ces messieurs en uniforme refusaient de lui prêter main-forte, tant pis, elle mènerait seule l'enquête !

3

MILLE ET UNE VOIX

Le lendemain matin de son arrivée, Sue n'avait pas tardé à faire un tour dans son lieu favori. Dans tout le manoir, la pièce qu'elle préférait le plus était l'immense bibliothèque du deuxième étage. Des piles d'ouvrages poussiéreux s'entassaient sur des étagères, posés en vrac sans la moindre tentative de rangement.

C'était ici, à Sheryton, que Sue avait appris à lire. Dès son plus jeune âge, elle s'était prise de passion pour ces volumes aux pages cornées, qui sentaient bon le mystère et l'aventure.

Parfois, Sue songeait que sa mère détestait les livres parce qu'elle détestait le manoir de son enfance. Elle exigeait que sa chambre soit parfaitement rangée, car elle ne supportait plus le désordre où elle avait grandi. Pour effacer la vieille demeure de sa mémoire, Ms Ashwood s'était choisi un univers aseptisé. Un appartement chic où chaque objet avait sa place et, deux fois par semaine, une femme de ménage venait tout astiquer du sol au plafond. Comme s'il était possible de chasser son passé à grand renfort de produit nettoyant.

Penchée sur une pile de romans, l'adolescente releva soudain la tête. Il lui semblait percevoir un souffle, un murmure qui flottait dans l'air. C'était étrange, mais elle avait cru entendre une voix. Une voix ou plutôt des centaines de voix qui se mêlaient. Lorsque Sue tendit l'oreille, seul le silence lui répondit. Son imagination débordante avait dû lui jouer un tour. Haussant les épaules, Sue s'empara d'un ouvrage au hasard et retourna dans sa chambre. Elle avait déjà oublié…

Au cœur d'Astrelune, dans un immense bureau de forme circulaire, le Consul était plongé dans l'examen d'un dossier. Depuis des décennies, il dirigeait la cité et veillait à ce que règnent l'ordre et la loi. Nicholas Montgomery était un vieillard aux cheveux blanc neige et, dans les quartiers les plus malfamés, certains citoyens pariaient régulièrement sur sa date de décès. Ce matin-là, la préoccupation se lisait sur ses traits fatigués.

La nouvelle était tombée aux premières lueurs du jour : Auberouge n'était plus. Sans opposer la moindre résistance, la gigantesque métropole s'était écroulée comme un château de cartes. Le Consul n'avait pas tardé à reconnaître la signature de l'Ennemi, cet adversaire tapi dans l'ombre qui menaçait de détruire leur réalité. Le scénario qu'il avait tant redouté était sur le point de se réaliser : l'Ennemi avait commencé à s'en prendre aux cités périphériques. D'ici une poignée de semaines – ou de mois si la chance leur souriait –, Constelnation et Limbéclat céderaient à leur tour. Jamais leurs défenses ne leur permettraient de faire face à une telle puissance.

Le Consul tritura sa fine moustache en forme de fer à cheval. Face au désastre qui se profilait, peu de choix s'offraient à lui. Même pour éviter un mouvement de panique, il lui était impossible de taire l'affaire au public. Des marins avaient déjà entendu parler de la catastrophe, l'information allait se répandre comme une traînée de poudre, et la population l'accuserait aussitôt d'avoir voulu dissimuler les faits. La vérité était pourtant trop dangereuse. Si l'identité de l'Ennemi était révélée, Astrelune courrait à sa perte… Cela ne ferait que précipiter les événements.

Non, songea le Consul, l'honnêteté n'était guère la voie à suivre. Sa seule priorité était de gagner du temps dans l'espoir de parvenir à un nouveau statu quo. Pour ce faire, il lui suffisait de choisir un bouc émissaire, un criminel bien connu, et l'accuser d'avoir attaqué Auberouge. Le peuple aurait ainsi un homme à abattre, quelqu'un sur qui jeter l'opprobre, et peu importait qu'il soit innocent. Mais contre qui déchaîner la colère populaire ?

Les lèvres du Consul s'étirèrent en un léger rictus. Partout à Astrelune, des affiches promettaient cent mille doublons de récompense pour la capture d'un certain pirate. Ce criminel avait déjà fait couler de nombreux navires et, d'après la rumeur, il avait suffisamment de canons pour ébranler les remparts d'une cité telle qu'Auberouge.

Lentement, le Consul saisit une feuille de rapport et traça un nom en lettres capitales : BALTHAZAR RILEY.

Depuis qu'Holly s'était rendue au poste de police, presque neuf heures s'étaient écoulées sur le fuseau horaire d'Astrelune. Les portes du Musée national venaient de se refermer, et il était trop tard pour qu'elle puisse présenter ses excuses à Mr Lewis. Remettant cette tâche au lendemain, Holly se précipita dans l'avenue des Indécis. Si elle voulait découvrir la vérité, elle devait s'entretenir avec les collègues de Clara.

Suite à une décision du Consul, l'ensemble des agences de voyage avait été réuni dans le même quartier. Sur chaque façade, des panneaux clignotaient avec des promesses plus alléchantes les unes que les autres : « Astrelune – Limbéclat : à peine huit heures en tapis volant ! », « Glissez-vous dans un colis affranchi et voyagez sereinement grâce à votre bureau de poste ! » ou encore « Avec la compagnie À-peine-parti-déjà-arrivé, tous nos clients sont satisfaits ou remboursés ! ».

Poussant la porte vitrée, Holly pénétra à l'intérieur d'un bâtiment. Le souffle court et les joues rouges, elle se retrouva face à un guichet où une secrétaire était occupée à se limer les ongles.

— Bonjour, madame ! récita-t-elle de façon machinale. En quoi puis-je vous aider ?

— Je suis la sœur de Clara Nightingale, et elle n'est pas rentrée hier soir, lança Holly. Est-ce que par hasard vous auriez le moindre renseignement sur son emploi du temps ? Vous a-t-elle dit, à vous ou à l'un de vos collègues, si elle avait l'intention de se rendre quelque part ?

La secrétaire écarquilla les yeux.

— Euh… je ne suis pas sûre de comprendre votre question, madame.

— Ma sœur Clara Nightingale, répéta Holly avec une pointe d'agacement. Est-ce que vous avez la moindre idée de l'endroit où elle se trouve ?

— Je ne connais pas de… Clara Nightingale.

— Enfin, Clara travaille dans votre agence depuis deux ans !

— Cela fait trois ans que je suis à l'accueil, madame, et je vous assure que votre sœur ne figure pas sur la liste de nos employés.

— C'est impossible ! s'exclama Holly. Bien sûr qu'elle fait partie de vos employés ! Elle tape à la machine les rapports de Mr Freese…

— Mr Freese a bien une assistante, mais son nom est Verna et elle va bientôt fêter son cinquantième anniversaire. Je doute qu'il s'agisse de votre sœur… Vous devriez vous rendre au poste de police, ajouta la secrétaire en reprenant sa lime à ongles, je pense que ces messieurs seront plus compétents pour enquêter sur une disparition que notre agence de voyage. Au revoir, madame !

Holly était stupéfaite. Pour quelle raison Clara lui aurait-elle menti ? Et si elle n'était pas au service de Mr Freese, comment gagnait-elle son salaire ? Seule avec ses questions, la jeune femme luttait contre un doute grandissant. Depuis son enfance, elle avait toujours eu une confiance absolue en sa sœur. Ce jour-là, elle venait de découvrir que, derrière ses sourires, Clara Nightingale avait aussi ses secrets…

⁂

— Capitaine, j'ai une mauvaise nouvelle à vous annoncer…

Balthazar releva la tête. Plongé dans ses pensées, il n'avait pas remarqué la présence de son second, planté sur le seuil de la porte. Depuis le matin même, Balthazar s'efforçait de se concentrer, de rassembler ses idées autour de ce minuscule point qui apparaissait sur sa carte : celui qui, quelques jours plus tôt, indiquait encore la position d'Auberouge. Des mauvaises nouvelles, il en avait déjà à la pelle, alors il n'était pas nécessaire d'en rajouter.

— Je t'écoute, marmonna-t-il.

— Le voile d'invisibilité commence à se déchirer à tribord. C'est Sydney et Palmer qui l'ont remarqué en nettoyant le pont. D'après eux, on discerne une partie du bastingage…

Balthazar poussa un profond soupir. Décidément, il n'aimait pas cette journée… La principale force de son navire était son voile de transparence ; si les effets du dorium venaient à s'affaiblir, *L'Orion* allait bientôt être visible comme le nez au milieu de la figure. Ce n'était pourtant pas la première fois que l'équipage constatait un tel phénomène : de la proue à la poupe, Balthazar ne comptait plus les zones où le dorium avait déjà commencé à se craqueler. Cela ne lui disait rien qui vaille.

— Capitaine, les camarades et moi-même, on pense qu'il serait peut-être sage de faire appel à un alchirium, lança son second. Certains prétendent qu'à Constelnation, un type est capable d'utiliser le dorium pour faire pleuvoir du cognac.

— Non, Leigh, c'est impossible. Le voile d'invisibilité n'est pas un simple bout de tissu qu'il suffirait de raccommoder… Il faudrait des dizaines d'alchiriums pour parvenir à combler la brèche et encore, je ne suis pas sûr que le résultat soit concluant ! Dans tous les cas, nous avons assez de canons pour repousser une attaque ennemie, ajouta Balthazar dans un sursaut d'optimisme, sans compter que la flotte d'Astrelune est moins imposante qu'autrefois. Il paraît qu'ils ont perdu des bateaux…

— Oui, surtout qu'on leur en a piqué un…

— Non, nous ne l'avons pas volé, nous l'avons réquisitionné, rectifia le capitaine avec un rictus. De toute façon, *L'Orion* était destiné à défier les périls de l'océan et pas à enchaîner bêtement des manœuvres militaires… D'ailleurs, je vais lui faire changer de cap immédiatement, lâcha-t-il dans un bâillement. Il est inutile que nous poursuivions notre route vers Sombresoir, ces navires ne transportent que du coton et, avec la guerre qui menace, on va avoir du mal à écouler une telle marchandise. Direction Auberouge !

— Auberouge ? Mais Auberouge est tombée, capitaine !

— Oui, c'est précisément ce que j'ai l'intention de constater par moi-même.

Balthazar bondit sur ses pieds et, entraînant son second derrière lui, il se dirigea vers le pont pour prendre la barre. Wystan le Bigleux avait tenté de lui soutirer cent doublons pour ses services, il était temps de voir ce que valaient ses renseignements.

Le capitaine n'en avait guère conscience, mais il obéissait à une voix intérieure… Une voix qui venait de son passé, surgissant des tréfonds de sa mémoire. C'était une intuition qui le poussait en avant, là où le monde n'allait pas tarder à sombrer.

Cela faisait presque une semaine que Sue avait posé ses valises à Sheryton. Les journées se succédaient, rythmées par des déjeuners et des goûters plus copieux les uns que les autres. Chaque matin, l'adolescente allait tenir compagnie à grand-mère Phryne : elle continuait de lui lire *Les formidables aventures de Lady Susan Blackwood* et, en parallèle, s'empressait de rédiger de nouveaux chapitres. Sue était parvenue au point culminant de son récit, celui où Lady Susan se révélait comme la véritable héritière du royaume. Malheureusement, l'apprentie romancière s'était retrouvée confrontée à une panne d'inspiration. La veille, le monstre de la page blanche l'avait observée en ricanant jusqu'à ce qu'elle finisse par déposer les armes.

Ce matin-là, il était à peine sept heures. Allongée dans son lit, Sue était en train de réfléchir à une pirouette scénaristique quand elle perçut un bruit inhabituel. Des voix, des centaines de voix qui flottaient dans l'air... Oui, elle se souvenait de les avoir déjà entendues dans la bibliothèque. Sur le coup, elle avait cru que son esprit lui jouait un tour.

Troublée, Sue s'extirpa de sous ses draps, enfila une robe de chambre et poussa la porte. Dans le couloir silencieux, les murmures étaient à peine plus audibles qu'un souffle ; ils s'éloignaient peu à peu en direction de l'escalier. Sue dévala les marches et se précipita au rez-de-chaussée. Elle avait beau tendre l'oreille, elle ne parvenait pas à distinguer le moindre mot. Pour elle, ce n'était que des sons désarticulés. Dans cette chorale de voix, elle sentait pourtant une tristesse infinie, une souffrance indicible qui s'emparait lentement de son être. C'était étrange, mais Sue avait l'impression que ses émotions ne lui appartenaient plus. Des larmes coulèrent le long de ses joues et, l'espace d'un instant, elle s'agrippa à la console du hall d'entrée pour ne pas s'effondrer. L'effet ne tarda pas à se dissiper, la laissant encore plus perdue que jamais.

— Qui êtes-vous ? s'exclama-t-elle. Qui parle ?

Elle n'eut aucune réponse. Les voix continuaient à s'éloigner, alors Sue s'empressa de les suivre. Elle traversa le petit salon et remonta le couloir qui desservait les pièces principales jusqu'à ce que ses pas la conduisent devant une porte close. C'était celle du sous-sol. Enfant, elle s'était un jour amusée à se cacher dans ces galeries sombres, et sa mère – qui, à cette époque, l'accompagnait encore au manoir – l'avait sévèrement réprimandée. De ce savon magistral, la petite Sue avait retenu deux choses : c'était humide et glissant, donc elle risquait non seulement de tomber malade, mais aussi de tomber pour de bon et de se faire mal.

— Les formidables aventures de Sue Ashwood, murmura-t-elle pour se donner du courage.

Durant ses vacances d'été, Sue s'était souvent imaginée être une exploratrice découvrant un passage secret, une pilleuse de tombes confrontée à une ancienne malédiction ou une chasseuse de trésor déterrant un coffre poussiéreux. Le destin avait peut-être décidé d'exaucer son souhait.

Sa main se fut à peine posée sur la poignée de porte que le panneau pivota de lui-même. Face à elle se devinaient les premières marches d'un escalier plongé dans les ténèbres. Lorsque Sue actionna l'interrupteur d'un geste maladroit, ce fut une lumière faible qui perça l'obscurité. Cela n'avait rien d'encourageant et, sans la pensée que Lady Susan Blackwood serait déjà en bas des marches, l'adolescente aurait aussitôt fait demi-tour. Le bois grinça sous ses pantoufles tandis qu'elle s'enfonçait dans la pénombre.

Le sous-sol était constitué d'un ensemble de pièces successives. Se laissant guider par les voix, Sue s'avança parmi la masse d'objets qui avaient été entassés là. À intervalles réguliers, des ampoules diffusaient une lueur tremblotante, révélant des meubles recouverts d'un voile blanc poussiéreux, des pots de confiture posés en vrac sur des étagères, des vieilles chaises à bascule, un aquarium sans eau ni poisson, des poupées de porcelaine fissurées ou encore tout un joyeux bric-à-brac de cartons et de planches.

Au milieu de ce fouillis, Sue manqua de trébucher sur un tapis, à moitié dissimulé derrière un sapin de Noël en plastique. Alors qu'elle époussetait sa robe de chambre, elle entendit de nouveau un bruit étrange. Cette fois-ci, cela n'avait plus rien à voir avec les voix. Fronçant les sourcils, Sue s'engagea dans un passage étroit. Celui-ci se terminait en cul-de-sac et, contrairement au reste du sous-sol, il n'avait pas été envahi par le désordre ambiant. La raison en était simple : *une pluie violente battait les murs...*

À défaut d'une meilleure idée, Holly avait regagné l'impasse du Charivari. Lorsqu'elle franchit le seuil du numéro onze, elle vit Mrs Bradford qui frottait la rampe de l'escalier avec un chiffon sale – ce qui avait pour seul effet d'étaler la crasse. Face à elle, un petit homme en uniforme était occupé à remplir des cases sur un formulaire. Son professionnalisme était mis à mal par Choupette qui observait son pantalon d'un air gourmand.

— … et, au nom du Consul, j'ai le plaisir de vous solliciter afin de procéder au recensement de vos fourchettes, bafouilla-t-il tandis que la dragonne venait renifler ses chaussures.

— Encore ! soupira Mrs Bradford. J'ai déjà reçu l'un de vos collègues la semaine dernière.

— Non, madame, ce devait être le recensement des cuillères à soupe. Puis-je connaître le nombre de fourchettes en votre possession ?

— Tiens, Miss Nightingale ! lança la vieille logeuse qui trouvait la présence d'Holly bien plus passionnante que le décompte de ses fourchettes. Vous avez l'air toute dépenaillée, que vous est-il arrivé ?

— Je suis allée faire la queue au poste de police… J'aurais besoin de vous poser quelques questions. Vous avez bien vu Clara hier matin, n'est-ce pas ? Est-ce que par hasard elle vous aurait dit où elle avait l'intention de se rendre ?

— Clara ? répéta Mrs Bradford sans comprendre.

— Ma sœur, Clara, insista Holly. Ma sœur qui joue du piano et qui irrite vos oreilles avec ses mélodies !

— Je ne vois vraiment pas de qui vous parlez. Si quelqu'un s'amusait à jouer du piano dans ma maison, je le saurais, enfin !

— Le recensement des fourchettes est d'une importance capitale, s'agaça le petit homme. S'il vous plaît, chère madame, pourriez-vous me dire…

Holly était de plus en plus stupéfaite. Réputée pour sa redoutable mémoire, Mrs Bradford parvenait à se souvenir des allées et venues de chacun de ses résidents, même des semaines plus tard, alors comment avait-elle bien pu oublier Clara ? C'était impossible… Holly avait l'impression qu'un poids venait de s'abattre sur ses épaules. Cette situation n'était pas sans lui rappeler le non catégorique que lui avait opposé la secrétaire. Non, Clara Nightingale n'était pas l'assistante de Mr Freese… *Non, Clara Nightingale ne demeurait pas ici…* Que ce soit à l'agence de voyage ou dans la pension de famille, plus personne ne semblait la connaître.

Lentement, comme si elle flottait dans un rêve, Holly gravit les marches jusqu'au dernier étage. Elle avait besoin de se poser, de réfléchir aux éléments en sa possession. Il lui suffit de pousser la porte pour sursauter violemment. Là, entre la petite table et la fenêtre, se trouvait un espace vide. Un espace vide qu'occupait d'ordinaire le vieux piano aux touches nacrées. La jeune femme avait du mal à en croire ses yeux. L'instrument s'était envolé ; il avait disparu, emportant avec lui une part de Clara.

— C'est insensé ! s'exclama Holly.

D'heure en heure, le mystère ne cessait de s'épaissir. Une intuition horrible se glissa en elle, la pensée que quelqu'un essayait d'effacer l'existence même de sa sœur. Était-ce possible de gommer entièrement une personne ? Et pour quelle raison s'en prendrait-on à Clara ?

Les jambes chancelantes, Holly se laissa tomber sur le lit. Ce n'était pas une simple disparition, c'était un complot qui la dépassait totalement… Seul le dorium aurait permis de réaliser un tel prodige. Dans la presse, ses effets étaient décrits comme quasiment sans limites. Pourtant, s'immiscer dans la mémoire humaine aurait nécessité des années d'expérimentation. Un pareil exploit n'était pas à la portée du premier alchirium venu, et il aurait fallu débourser des sommes folles... Et elle, songea Holly, pourquoi l'avait-on laissée avec ses souvenirs intacts ? Pourquoi l'avoir épargnée alors que son premier réflexe serait de se rendre au poste de police ?

— Oh, Clara, murmura-t-elle, j'espère que tu vas bien...

4

LE CLAN ASHWOOD

Les yeux grands écarquillés, Sue observait le phénomène avec stupéfaction. Plongés dans la pénombre, des rideaux d'eau surgissaient du néant pour s'abattre sur le sol. Ébahie, l'adolescente tendit la main devant elle. Quand la manche de sa robe de chambre fut trempée, elle dut se résoudre à admettre l'impossible. *Il pleuvait…* Il pleuvait véritablement !

En quête d'une explication rationnelle, Sue releva la tête, cherchant la moindre fissure par laquelle la pluie aurait pu s'infiltrer. L'ampoule la plus proche ne diffusait qu'une faible lueur et pourtant, la jeune fille en était sûre : le plafond était intact. C'était incroyable, encore plus excitant que *Les formidables aventures de Lady Susan Blackwood* !

Sue courut dans la direction opposée, traversa les différentes pièces encombrées de bazar et remonta l'escalier aussi rapidement que le lui permettaient ses jambes. Elle eut à peine claqué la porte derrière elle que la lumière de l'extérieur l'aveugla. Les rayons du soleil se déversaient par les larges fenêtres du corridor. Il n'y avait pas l'ombre d'un nuage. Oui, plus aucun doute n'était permis, le surnaturel venait de s'inviter dans sa vie !

— Est-ce que tout va bien ?

Sue sursauta. Mr Ferguson, le vieux domestique, se tenait à côté d'elle, un balai dans les mains. Le front plissé, il l'observait d'un air anxieux.

— Euh…

« Euh » était la réponse qui décrivait le mieux l'état de Sue. Ne pouvant trancher entre le oui et le non, elle se contenta d'hausser les épaules.

— Miss Sue, est-ce que vous auriez vu quelque chose… d'inhabituel ?

Les prunelles sombres de Mr Ferguson se posèrent sur la porte du sous-sol. L'espace d'un instant, ses lèvres s'étirèrent en un mince sourire.

— On dirait que vous venez de croiser un fantôme, s'amusa-t-il. Vous savez bien que, si vous avez la moindre question, vos tantes seront toujours là pour vous répondre… Elles sont justement dans la cuisine. Vous devriez leur parler, vous ne croyez pas ?

— Vous le savez ? murmura Sue en proie à un doute. Vous aussi, vous avez vu… la pluie ?

— Il pleut très souvent à Sheryton, Miss Sue, y compris durant les mois d'été… Venez, ajouta Mr Ferguson en l'encourageant d'un geste de la main, je suis sûr que vous avez très envie de prendre votre petit-déjeuner.

L'esprit de Sue était un champ de bataille où s'affrontaient des théories plus fantaisistes les unes que les autres. Incapable de réfléchir, l'adolescente lui emboîta le pas. Elle se laissa entraîner jusqu'à la porte de la cuisine. Attablées devant une part d'œufs brouillés et de bacon, ses grand-tantes étaient en pleine discussion.

— Non, Gemma est celle qui a épousé Arthur, affirmait la tante Harmony qui connaissait mieux que quiconque l'arbre généalogique des Ashwood. Arthur, le frère du mari de Malaury…

Mr Ferguson se racla la gorge.

— Miss Sue souhaiterait vous interroger sur les *conditions météorologiques*, annonça-t-il avant de quitter la pièce.

— Oh, il fera très beau aujourd'hui, lança la tante Opal en se resservant des œufs, aucun nuage à l'horizon…

Le coup d'œil que lui adressa sa sœur aînée lui arracha un hoquet de surprise. Contrairement à elle, la tante Harmony avait aussitôt compris que la question n'était pas de savoir s'il fallait ou non emporter un parapluie.

— Il pleut dans… la cave, prononça Sue d'une voix hésitante.

Plantée sur ses longues jambes, avec sa robe de chambre à moitié nouée et ses cheveux dépenaillés, Sue se sentait mal à l'aise. Même si sa raison lui clamait le contraire, elle était persuadée de ne pas avoir rêvé.

— Assieds-toi, mon enfant, lui dit la tante Harmony en tapotant la chaise à côté d'elle. Il est grand temps que nous ayons une petite conversation. Je pense que tu es en âge de savoir la vérité…

La vieille dame s'interrompit, comme si elle cherchait ses mots. Lorsqu'elle réfléchissait, la tante Harmony avait une moue encore plus pincée que d'ordinaire. Machinalement, elle réajusta le lourd médaillon autour de son cou.

— Voyons voir, lâcha-t-elle, peut-être as-tu déjà remarqué des phénomènes… disons, étranges dans le manoir.

— J'ai entendu des voix, confia Sue dans un murmure, on aurait dit des centaines et des centaines de voix qui se mêlaient. Au début, j'ai cru à une hallucination.

— Non, les voix sont bien réelles. Elles sont un écho du passé et parfois, elles s'amusent à ressurgir.

— Comme des fantômes ?

— Oui, d'une certaine manière. Ma petite Sue, je vais te demander de m'écouter attentivement. Il faut que tu oublies tout ce que tu pensais savoir jusqu'à présent. Le secret que je m'apprête à te révéler concerne la famille Ashwood.

La tante marqua une nouvelle pause. Dans l'espoir de s'occuper les mains, elle s'empara de la théière et se versa une autre tasse. À côté d'elle, la tante Opal avait l'air d'être en apnée. La bouche entrouverte, une cuillère de bacon à la main, elle ressemblait à une statue de cire figée en plein mouvement.

— Nos ancêtres et nous-mêmes appartenons à un clan séculaire, poursuivit la tante Harmony après avoir pris une profonde inspiration. Autrefois, nous étions des milliers, à présent nous ne sommes plus qu'une poignée de survivants. Ma chérie, ajouta-t-elle d'un ton solennel, nous sommes et nous resterons les seuls *magiciens* de Grande-Bretagne.

— Hein ?

Cette révélation avait claqué dans l'esprit de Sue, tel un coup de fouet. Durant un court instant, l'adolescente dévisagea ses grand-tantes, son regard bondissant de l'une à l'autre. Dans leurs prunelles sombres se lisait une gravité qui ne leur ressemblait guère.

— Des magiciens, répéta la tante Harmony. Mais la magie a disparu de nos jours. Cette puissance supérieure nous a abandonnés il y a bien longtemps, ne laissant derrière elle que des miettes de sa grandeur passée…

— La pluie fait partie du bâtiment, intervint la tante Opal. Par chance, l'eau ne mouille pas vraiment le sol, sinon le manoir n'aurait pas tardé à être inondé. C'est l'un des derniers souvenirs qui restent agrippés à la demeure. Avec ces voix, bien entendu, qui choisissent toujours de siffler dans ma chambre quand j'essaye de dormir… Ah si, il y a également ta grand-mère Phryne.

— Quoi ? bafouilla Sue.

— Phryne est victime d'un enchantement qui a mal tourné, expliqua la tante Harmony. Elle était encore jeune quand elle s'est retrouvée plongée dans un sommeil éternel. Puisque personne n'a jamais réussi à la réveiller – et tu peux croire que nous avons essayé –, nous la laissons dormir depuis des décennies. C'est la meilleure chose que nous puissions faire pour elle.

Sue passait de stupéfaction en stupéfaction. Manifestement, aucune de ses grand-tantes n'était décidée à s'exclamer « Poisson d'avril ! ». Ce n'était pas une plaisanterie, une farce destinée à se terminer en un immense éclat de rire. *La magie existait dans les temps anciens et, à présent, elle s'était évanouie…* Pour Sue, cette vérité avait un goût légèrement amer, comme une boîte de friandises qui se révèlerait à moitié vide.

— Pourquoi il n'y a plus de magie ? demanda-t-elle, déçue.

— Nous l'ignorons, soupira la tante Harmony. Peut-être n'était-elle pas éternelle ou peut-être reposait-elle sur la croyance des hommes. Si tel est le cas, les sciences et les nouvelles technologies ont suffi à détruire ses fondements et l'ont condamnée à l'oubli. Aujourd'hui, c'est un secret précieux que nous nous sommes juré de préserver.

Sue se mordit la lèvre. Sa surprise n'avait pas tardé à être balayée par un autre sentiment. L'horrible sensation d'avoir été mise à l'écart pendant des années, d'être restée dans l'ignorance alors qu'un monde de mystère était prêt à lui ouvrir ses portes.

— Pourquoi est-ce que vous ne m'avez jamais rien dit ? lança-t-elle. Parce que j'étais trop jeune ou parce que ma mère vous l'a interdit ? Elle déteste le manoir à cause de la magie, n'est-ce pas ?

Aussi loin que remontaient ses souvenirs, Ms Ashwood n'avait jamais aimé le surnaturel. Il suffisait qu'elle surprenne sa fille avec un ouvrage de fantasy dans les mains pour que s'abatte sur Sue un sermon à base de « Tu n'as rien de mieux à faire ? ».

— Ta mère cherchait uniquement à te protéger, tempéra la tante Harmony. Christine voulait que tu aies une enfance normale… Il faut dire que la sienne a été pour le moins *atypique*. Jusqu'à sa mort, notre sœur Victoria était persuadée que l'âge d'or de la magie reviendrait. Elle a élevé Christine avec l'idée qu'elle devrait bientôt reprendre le flambeau. À la fin de son adolescence, ta mère ne l'a plus supporté, elle a choisi de tirer un trait sur ses origines et de se construire sa propre existence… S'il te plaît, ma petite, ne sois pas fâchée contre elle.

Sue ne répondit pas. Il lui était impossible de clarifier l'avalanche de pensées qui se succédaient dans sa tête. Ms Ashwood avait traité son passé comme un paquet encombrant, un fardeau qu'il lui suffirait de recouvrir d'un voile de silence pour le faire disparaître.

— Si cela t'intéresse, nous continuerons à te parler du clan Ashwood, proposa la tante Opal avec un large sourire. Tu verras, nous avons plein d'histoires fascinantes à te raconter ! À commencer par l'arrière-arrière-arrière-arrière-arrière-grand-oncle Timothy qui crachait de la fumée comme une locomotive.

Et le temps s'étira, les secondes devinrent des minutes et les minutes des heures. Mr Ferguson revint pour servir le déjeuner, et Sue n'avait toujours pas quitté la table. Émerveillée, elle écoutait ses grand-tantes lui décrire cette époque glorieuse où la magie crépitait comme un feu de joie.

— … et ce pendentif rouillé qui est l'une des pièces les plus intéressantes de notre Musée. Si vous plissez les yeux, vous pouvez apercevoir une inscription sur la face supérieure, probablement le nom de l'ancien propriétaire. Seule la première lettre – un P – est déchiffrable, le reste est malheureusement trop effacé pour être lisible. Est-ce que vous avez des questions ? Non, très bien, alors venez avec moi, nous allons passer à la salle suivante...

Le lendemain, Holly avait fini par retourner au Musée à contrecœur. Elle avait voulu s'excuser auprès de Mr Lewis pour son absence, mais le directeur ne s'était aperçu de rien. Alors qu'elle démarrait sa visite, récitant son texte sans la moindre conviction, la jeune femme avait l'impression de trahir sa sœur. Elle était en train de perdre un temps précieux, mais si Clara avait été victime d'un complot, où mener ses investigations dans l'immensité d'Astrelune ? Holly se sentait perdue, seule face à un ennemi insaisissable.

— Excusez-moi, madame, j'aurais une question par rapport à ce pendentif... D'après une thèse que j'ai lue récemment, la première lettre ne serait pas un P, mais un R qui se serait en partie estompé. Qu'en pensez-vous ?

Holly sursauta. C'était la première fois depuis des mois que son monologue daignait intéresser quelqu'un. Son visiteur était un homme assez jeune, aux cheveux blond paille et qui portait un costume où chaque élément semblait avoir été enfilé à la va-vite. Sa cravate, à moitié nouée, pendait d'un côté ; sa chemise dépassait de son pantalon et, quant à sa veste en tweed, elle avait dû être roulée en boule pendant des heures pour aboutir à un tel résultat. Il traînait avec lui une sacoche qui menaçait de vomir son contenu à chaque pas.

Mais le plus curieux était le nuage noir qui flottait au-dessus de sa tête. De violentes précipitations se déversaient sur lui et, fixés sur ses lunettes, des essuie-glaces chassaient le surplus d'eau. À l'image d'une illusion, la pluie laissait ses vêtements secs, alors que chacun se serait attendu à trouver une flaque à ses pieds. À Astrelune, il n'était pas rare que le dorium ait des effets secondaires et que certains citoyens gardent des séquelles d'une expérience ratée.

— Je ne connais pas cette théorie divergente, répondit Holly, mais d'après Aloysius Robinson, réputé comme l'un des plus grands spécialistes, il s'agirait bel et bien de la lettre P.

— Puisque vous évoquez Mr Robinson, est-ce que par hasard vous pourriez me dire si votre charmant Musée vend un exemplaire de son ouvrage : *Recherches interminables, déductions et hypothèses sur le Monde-qui-aurait-peut-être-existé-ou-peut-être-pas* ? J'ai vainement cherché à me procurer ce volume, mais il semble introuvable…

L'espace d'un instant, Holly cligna bêtement des yeux. La situation était inédite : jamais encore elle n'avait entendu un habitant d'Astrelune associer les termes « charmant » et « Musée » dans la même phrase.

— Non, hélas, notre boutique ne vend aucun livre.

— Oh, quel dommage, soupira le visiteur en affichant un air peiné, tant pis…

— Si cela vous intéresse vraiment, je peux vous prêter mon propre exemplaire.

Holly avait lâché cette proposition sous le coup d'une impulsion. Elle avait reçu *Recherches interminables, déductions et hypothèses sur le Monde-qui-aurait-peut-être-existé-ou-peut-être-pas* lorsqu'elle était encore sur les bancs de l'école et n'avait pas tardé à l'apprendre par cœur. Ce jour-là, la pensée de confier son bien le plus précieux à un autre passionné lui apparaissait comme un simple passage de flambeau.

— Avec le plus grand plaisir ! s'enthousiasma son interlocuteur. Et n'ayez crainte, je ne cornerai aucune page et je m'empresserai de vous le rendre… Pardonnez-moi, je ne me suis pas présenté, mon nom est Alistair Sheffield.

— Holly Nightingale.

— Enchanté ! Chers messieurs, ajouta Alistair en se tournant vers ses voisins, vous ne m'en voulez pas d'avoir accaparé notre guide quelques instants ?

L'un des visiteurs paraissait plongé dans un état somnolent tandis que l'autre fixait d'un œil vitreux le nuage noir qui accompagnait Alistair. Ils n'eurent aucune réaction. Avec le sentiment qu'elle devrait bientôt les tirer par la manche, Holly poursuivit la visite dans la salle annexe. Alistair Sheffield semblait réellement fasciné par ses paroles et la suivait avec un regard débordant de curiosité. Lorsqu'ils eurent accompli un tour complet du Musée, Holly raccompagna son petit groupe à l'entrée principale.

— Cet endroit est absolument merveilleux ! lança Alistair pour la quatrième fois d'affilée. Et dire que cela fait presque trois ans que j'essaye de libérer un créneau dans mon emploi du temps…

— Vous étiez très occupé ?

— Oui, je viens de terminer mes études à l'université.

Jusqu'au mois dernier, ma vie se résumait à ingurgiter des connaissances, le nez plongé dans de vieux bouquins. Misère, j'ai bien cru que je ne m'en sortirais pas vivant !

— Félicitations pour votre diplôme !

— Merci ! Moi qui pensais profiter de quelques jours de calme, j'ai à peine ouvert mon cabinet que des clients se pressent déjà à ma porte. Heureusement que j'avais un trou dans ma journée…

— Un cabinet ? répéta Holly. Est-ce que vous êtes médecin ?

— Non, avocat. Maître Sheffield pour vous servir !

Une lueur d'espoir jaillit aussitôt dans l'esprit d'Holly. Cet homme connaissait la loi, sans doute avait-il également appris à triompher des méandres du système.

— Est-ce que vous auriez quelques minutes à m'accorder ? demanda Holly d'une voix pressante.

— Euh… oui, bien sûr !

La jeune femme l'entraîna dans un coin du Musée, sur un banc destiné aux visiteurs, mais qui n'avait pas servi depuis des années. La sacoche d'Alistair choisit cet instant précis pour répandre son contenu sur le sol. Le nuage tressauta au-dessus de sa tête quand il s'empressa de ramasser l'avalanche de feuilles dactylographiées.

— Ma sœur Clara a disparu depuis avant-hier, déclara Holly après ce court intermède. Je me suis rendue au poste de police mais, d'après l'agent qui m'a reçue, son cas n'est pas jugé prioritaire puisqu'elle est majeure.

— Oh, je suis vraiment désolé d'apprendre cette mauvaise nouvelle… Ces messieurs appliquent le Code des vérités pourpres, mais il vous est possible d'invoquer l'article 57-9 du Code des évidences émeraude afin que son cas soit placé en haut de la pile. Cependant, vous devrez être en mesure de prouver l'urgence de la situation.

— L'affaire est plus compliquée qu'elle semble l'être… Maître Sheffield, est-ce que je peux solliciter votre discrétion ?

Cet homme avait beau être un inconnu, Holly avait le sentiment qu'elle pouvait lui faire confiance.

— Dès l'instant où vous vous adressez à moi en tant qu'avocat, vos propos sont frappés du sceau de la confidentialité. Je vous en prie, continuez, Miss Nightingale, ajouta Alistair en l'encourageant d'un sourire.

— C'est très étrange à dire, mais la vérité est que personne ne se souvient de Clara. C'est comme si elle n'avait jamais existé.

— Comme si elle n'avait jamais existé ? répéta Alistair dans l'espoir probable d'avoir mal entendu.

— Oui, Clara est employée dans une agence de voyage. J'ai voulu demander à ses collègues s'ils avaient une idée de son emploi du temps, mais la secrétaire à l'accueil ne la connaissait pas. Le même phénomène s'est reproduit peu après avec ma logeuse. Elle aussi m'a affirmé qu'elle n'avait jamais vu Clara et que ma sœur n'habitait pas dans sa pension de famille. Quand je suis montée dans la chambre, son piano s'était volatilisé…

— Hum… voilà qui est très curieux. Est-ce que vous me permettez une question, Miss Nightingale ?

Holly acquiesça d'un hochement de tête.

— Est-ce qu'il vous est arrivé un traumatisme récemment ? La perte d'un parent ou…

— Qu'est-ce que vous insinuez ? coupa-t-elle.

— Rien, je cherche seulement à comprendre, cela fait partie de ma profession…

— Vous croyez que je suis folle, n'est-ce pas ?

Sa voix était à peine plus audible qu'un murmure. Holly aurait dû s'en douter : sa parole n'avait aucun poids, et personne n'oserait la croire. Cette réaction était celle que lui opposeraient les autorités et, avec un zèle inégalé, les agents de police se hâteraient de classer l'affaire.

— Je…, marmonna Alistair en rehaussant ses lunettes sur son nez, je me demandais uniquement si une explication plus rationnelle ne pouvait pas justifier la disparition soudaine de votre sœur.

— Oui, je sais, il est plus rationnel de supposer que j'ai perdu la tête. Je vous l'assure, maître Sheffield, Clara Nightingale est réelle, articula Holly en insistant sur chaque syllabe. Elle est là, quelque part, et je vous jure que je la retrouverai.

— Écoutez, je n'avais aucune intention de vous offenser… Mettez-vous à ma place, je ne vois pas pourquoi quelqu'un s'amuserait à vous mentir et encore moins à voler un piano – un instrument assez lourd et encombrant, je présume. Voici… voici ma carte, bafouilla Alistair après avoir fouillé ses poches, prenez-la et si jamais vous souhaitez faire appel à mes services, n'hésitez pas à me joindre. Par contre, vous m'excuserez, mais j'ai un rendez-vous très important qui m'attend… Au revoir, Miss Nightingale !

Alistair Sheffield disparut derrière la porte vitrée. Pour Holly, il venait tout simplement de prendre la fuite.

Ce matin-là, Balthazar Riley avait mis le cap sur Auberouge. Depuis le pont qui lui offrait une vue inégalable, le capitaine était plongé dans ses pensées. Agrippé à la barre, il songeait au futur, à son avenir en tant que pirate et à la guerre qui, bientôt, s'emparerait des mers. Il ne doutait pas que les cités s'uniraient contre cet ennemi invisible, cette menace qui planait dans l'air et qui n'avait pas encore de nom. D'ici quelques semaines, les océans ne lui appartiendraient plus, ils seraient envahis de navires militaires, et son paradis de pillage serait réduit à néant.

Alors que Balthazar fixait les vagues presque distraitement, un détail lui fit soudain froncer les sourcils. Au loin, perdu au milieu de nulle part, il lui semblait apercevoir une embarcation. « Embarcation » était un grand mot car, au fur et à mesure qu'il s'approchait, les contours d'un radeau de fortune se dessinèrent peu à peu. Quelqu'un gisait sur une planche de bois… Voilà qui était de plus en plus inhabituel !

— Palmer, Darell ! s'exclama Balthazar. Y a un naufragé à tribord, allez me le chercher avant qu'il ne boive complètement la tasse.

Volontaires désignés, les deux matelots – choisis parce qu'ils avaient eu le malheur de passer sur le pont à ce moment précis – saluèrent l'ordre d'un « Oui, capitaine ! ». Quelques minutes plus tard, une chaloupe fut jetée à la mer et, au bout de plusieurs coups de rames énergiques, le rescapé ne tarda pas à être rapatrié à bord de *L'Orion*.

Accoudé avec d'autres au bastingage, Balthazar fut surpris de voir un corps frêle atterrir à ses pieds. C'était encore un enfant ! Un adolescent au visage pâle, couvert de taches de rousseur et encadré par des mèches brunes.

— Mort ou vivant ? lança le capitaine.

— Je crois qu'il respire encore, répondit Darell d'un ton hésitant.

— Très bien, allongez-le dans ma cabine et que Sydney s'occupe de lui ! On verra bien si le gosse survit…

Son âge n'était pas le seul élément curieux. Ce gamin portait un pyjama sous une redingote bleu marine, l'uniforme des académiciens d'Astrelune. Comment un étudiant s'était-il retrouvé là ?

Journal de Phryne Ashwood

Le 12 février 1865

Cher journal,

J'ai bien cru que la journée ne se terminerait jamais... Cet après-midi, mon précepteur a encore tenté de « creuser ma magie » pour reprendre l'une de ses expressions favorites. D'après les commérages des domestiques, Père et Mère ont menacé de le renvoyer si je ne progresse pas. Et, sans vouloir être pessimiste, je pense que les efforts de Mr Davies sont voués à l'échec...

Je te l'ai déjà confié, cher journal, mais pardonne-moi de noircir une nouvelle fois tes pages. Mes parents espèrent faire de moi une demoiselle parfaite, une poupée en porcelaine à l'image de ma sœur aînée, et je ne cesse de les décevoir... Certes, le pouvoir qui m'a été accordé à la naissance n'a rien de reluisant, mais pourquoi faudrait-il pour autant taire son nom ? Mère, lorsque les subtilités de la langue ne lui permettent plus de contourner la difficulté, le désigne désormais comme « la chose ». Est-ce que le terme « raccommodage » est devenu vulgaire ? Oui, je raccommode, mais ce n'est pas un crime, si ? Que cela plaise ou non à mon clan, mon pouvoir continue de croître. Hier soir, j'ai surpris une petite bonne qui s'étonnait que ses bas se soient reprisés seuls durant la nuit. C'est comme si ma magie s'était détachée de mon corps et que, profitant de mon sommeil, elle s'était glissée jusqu'au quartier des domestiques… Mais, pour ma famille, il s'agira toujours d'une disgrâce. Un don indigne de mon rang et que mes parents tentent en vain d'effacer. Cela fait plusieurs années que Mère est persuadée que je possède forcément un autre talent. Des années que mon précepteur s'efforce d'explorer ma magie, sans voir que ma magie est précisément là, sous son nez.

Aujourd'hui, Mr Davies a recouvert mon pupitre d'une avalanche d'objets : des livres, une montre à gousset, un éventail, une lampe à huile, un réticule, des végétaux… Il espérait peut-être qu'à force d'attiser mon énergie intérieure, un miracle se produirait. Que je me révélerais incroyablement douée pour la lévitation ou je ne sais quoi d'autre. Cher journal, ces leçons frisent de plus en plus le ridicule… A-t-on déjà appris à un poisson à voler ? Alors, à quoi bon s'acharner sur moi ? La magie a beau être capricieuse, depuis la création de Sheryton, elle n'a toujours accordé à ses élus qu'un seul pouvoir. Parfois, j'ai l'impression qu'il s'agit d'une immense loterie à la naissance et que j'ai tiré le mauvais numéro.

Certains jours, j'aimerais être comme mon cousin Finn qui, dès l'âge du berceau, s'amusait à faire pousser des fruits et des légumes, ou ma tante Cathalina dont la pluie enchantée ne cesse de m'émerveiller. La semaine dernière, mon oncle Dorian m'assurait que la magie suivait toujours un grand dessein : selon lui, si cette entité supérieure m'a accordé une telle faveur – peut-on vraiment parler de faveur ? –, elle doit avoir ses raisons. Pour ma part, j'aurais tant préféré qu'elle ne me choisisse pas.

5

LE NAUFRAGÉ

La nuit enveloppait Astrelune dans son manteau noirâtre. Non loin de l'Académie, une lumière brillait au deuxième étage d'une résidence universitaire. Penché sur ses manuels, un étudiant tentait vainement de lutter contre le sommeil.

— Oliver, il est presque deux heures du matin, éteins ta lampe ! Il est beaucoup trop tard pour espérer retenir quoi que ce soit…

L'interpellé s'arracha à la contemplation d'un graphique où des courbes multicolores se croisaient dans une avalanche de chiffres. Allongé dans son lit, son camarade de chambrée lui lança un regard vitreux, la tête à moitié ensevelie sous un oreiller.

— Désolé, James, j'étais en train de réviser pour…

— Je m'en fiche, va te coucher ! Ton examen est dans deux semaines, tu auras bien le temps d'apprendre tes trucs de comptable un autre jour.

Dans un soupir, Oliver se résolut à refermer son ouvrage et à se traîner jusqu'à son matelas. Quand il souffla la flamme de sa bougie, son condisciple émit un grognement de satisfaction qui se transforma bientôt en ronflements. Un flot de nombres et de termes complexes dansait dans la tête d'Oliver. Il eut à peine fermé les yeux qu'il bascula dans un sommeil tourmenté où son professeur de fiscalité le poursuivait, armé d'une règle et d'un calendrier. « Élève Parker, vous n'aurez pas de délai supplémentaire ! Je vous avais demandé de me réciter le manuel de la page 263 à la page 592… Fainéant ! Paresseux ! »

Un bruit de pas à peine audible, un froissement d'étoffe… et un cri qui déchira soudain l'air. Oliver s'éveilla en sursaut. Dans la minuscule chambre, les rayons de la lune révélaient une silhouette qui se découpait dans la pénombre.

— Qu'est-ce… que…

L'esprit encore confus, l'adolescent se redressa sur un coude. Lentement, la scène s'imprima dans l'esprit d'Oliver, chassant de ses pensées son redoutable professeur de fiscalité. Un homme masqué était en train de poignarder James… Les traits déformés par la douleur, son camarade se débattait contre son assaillant. Malgré ses efforts, la lame continuait à meurtrir sa chair : il n'était plus qu'un pantin sanguinolent qui se raccrochait désespérément à la vie.

— Imbécile…, bafouilla James, fuis… Ne reste… pas… là…

Oliver était pétrifié. Ses membres refusaient de lui obéir ; incapable du moindre mouvement, il fixait la marée rougeâtre qui imbibait le pyjama de James. Il aurait dû lui venir en aide, il aurait dû bondir de son lit pour lui porter secours… Une voix intérieure lui hurlait de réagir et pourtant, il demeurait là, immobile, observant la scène comme un spectateur impuissant.

Dans un dernier râle, son condisciple s'effondra. Mort.

Un frisson d'horreur s'empara d'Oliver. L'assassin venait de se tourner vers lui. Son masque s'était légèrement relevé, laissant apparaître une partie de son visage. Bien qu'il s'empressât de le réajuster, la vérité avait déjà frappé Oliver de plein fouet. Il connaissait cet homme… Cette révélation eut l'effet d'un déclic. En proie à une poussée d'adrénaline, son corps s'anima.

Le tueur s'avançait dans sa direction, son arme à la main, et paraissait se délecter de sa peur. D'un instant à l'autre, la lame le poignarderait à son tour. Alors, dans un geste éperdu, Oliver saisit sa redingote et agita ce rempart improvisé devant lui. Le couteau lacéra l'étoffe. Contraint de reculer, l'adolescent ne tarda pas à être acculé contre le mur sans le moindre espoir de fuite. À moins que… Dans un ultime sursaut, Oliver opta pour la seule échappatoire qui lui restait : il se jeta par la fenêtre de sa chambre.

La chute fut brutale. Lorsqu'il atterrit sur le sol pavé, ses genoux écorchés lui arrachèrent à peine un gémissement. La douleur s'effaçait, elle n'était rien face à l'effroi qui le submergeait. Peu à peu, tandis qu'il courait dans les bas quartiers d'Astrelune, des dizaines de questions se bousculèrent en lui, chassant sa raison et ses certitudes. Et s'il avait échappé à une exécution ? Un meurtre commandité dont il était censé être la victime…

Non, il n'aurait jamais dû regarder dans ce dossier.

C'était extraordinaire, Sue avait l'impression de flotter dans un rêve ! La magie avait existé, elle n'était pas seulement une invention humaine… Pour l'adolescente, c'était un univers fascinant, un royaume de secrets qui s'ouvrait brusquement devant elle. L'espace d'un instant, elle avait eu envie de crier sa joie, d'hurler au monde entier qu'elle était heureuse de recevoir un tel héritage. Autrefois, les membres de sa famille naissaient chacun avec un don particulier : ils maîtrisaient le souffle du vent, tissaient d'étonnantes sculptures en bulles de savon, et certains étaient même capables de lire dans les pensées.

— Comme j'aurais aimé naître à cette époque, soupira Sue avec un léger regret.

Allongée sur son lit, elle songeait à ce poids qui l'habitait jusqu'alors, ce sentiment de ne pas être à sa place parmi les jeunes de son âge. La vérité l'avait soudain libérée : en lui confiant ce secret ancestral, ses grand-tantes lui avaient aussi rendu une part d'elle-même. Depuis son enfance, Sue avait lutté pour rester dans le rang, pour ressembler à ses camarades sans jamais parvenir à se fondre dans la masse. Elle, qui subissait les moqueries régulières, comprenait que sa différence était une force et non une faiblesse.

Et que dire de Ms Ashwood ? Ses longues années passées à fuir le manoir trouvaient subitement une explication. Sue avait beau fouiller sa mémoire, elle avait toujours vu en sa mère une femme à l'humeur changeante, qui pouvait la serrer dans ses bras avant de la réprimander pour un rien, la minute suivante. Ce qu'elle rejetait en elle, ce n'était pas tant son goût pour les histoires fantastiques, c'était tout ce qui avait trait à la magie. Ses livres aux couvertures colorées où s'étalaient des objets enchantés ne faisaient que lui rappeler un monde qu'elle s'était juré d'oublier.

Pensive, Sue déplia ses jambes. Elle avait envie de rendre visite à grand-mère Phryne, lui confier ses émotions même si la vieille dame ne l'entendait probablement pas.

Alors qu'elle remontait le couloir du troisième étage, la jeune fille se surprit à admirer le parc, baigné par les rayons du soleil. En fin d'après-midi, elle irait peut-être lire à l'ombre du chêne quand la chaleur serait moins accablante. Depuis la fenêtre, elle discernait sans peine les hautes branches de l'arbre séculaire et les massifs de fleurs qui s'étendaient à son pied.

Ce qu'elle ne s'attendait pas à voir était une silhouette, à moitié dissimulée derrière le tronc. Sue sursauta violemment. Stupéfaite, elle colla son nez contre la vitre et tandis qu'elle plissait les yeux, l'intrus s'évanouit.

Il se volatilisa dans les airs…

Alistair Sheffield était un jeune avocat. Dix années d'efforts, dix années à ingurgiter des articles de loi, à passer des examens interminables où les énoncés soporifiques plongeaient la moitié des étudiants dans un état somnolent. Il avait survécu ; armé de sa seule motivation, il avait réussi à se classer parmi les meilleurs élèves de sa promotion.

Dès son adolescence, Alistair était sûr de son choix : il voulait aider les autres et aussi – le jeune homme ne pouvait nier en avoir déjà rêvé – battre le record du plus long plaidoyer. Pour n'importe quel avocat, il s'agissait d'un véritable honneur que de voir son nom gravé dans le marbre de l'histoire. Le record actuel était détenu par maître Gareth Hardy qui, après trois jours de monologue, s'était évanoui de fatigue. Non seulement il avait cloué le bec à l'accusation, mais surtout il s'était attiré l'admiration de l'ensemble de ses confrères.

— Maître Sheffield, le noble successeur de Gareth Hardy ! murmura Alistair dans son écharpe, s'imaginant déjà une carrière où il serait auréolé de gloire.

Ses projets de grandeur se heurtèrent à la réalité lorsqu'il atteignit le poste de police. Son cabinet se trouvait dans une rue adjacente et, d'ordinaire, Alistair remontait le boulevard sans se poser de questions. Ce jour-là, contrairement aux précédents, la salle d'attente avait recraché une longue queue qui débordait sur le trottoir. Parmi les tentes et les nappes de pique-nique, une femme était en train de taper sur un automate avec un parapluie à fleurs. Son chignon s'était défait, et une pluie de cheveux gris tombait sur ses épaules.

— J'exige de voir le directeur ! hurla-t-elle. Le directeur, vous entendez, espèce de sale boîte de conserve ?

— Veuillez pââtienter, mââdame ! Toutes les requêtes zeront traitées dans les temps…

— Cela fait plus de dix jours, heure d'Astrelune, que je patiente ! Vos supérieurs refusent de me tenir au courant alors qu'ils avaient promis de mener l'enquête !

Alistair avait une pile de dossiers à traiter. Il aurait dû hausser les épaules et poursuivre son chemin. Pourtant, il ne résista pas à la tentation de proposer ses services. C'était pour lui un réflexe, une vilaine habitude dont se moquaient ses camarades à l'université, de même qu'ils raillaient sa maladresse légendaire et le nuage au-dessus de sa tête. « Hé, vieux, au lieu de vouloir défendre la veuve et l'orphelin, tu devrais commencer par ton propre cas : Alistair Sheffield, le type incapable de nouer ses lacets correctement ou de traverser le hall sans répandre une partie de son bazar derrière lui ! »

— Excusez-moi, madame, lança Alistair en réajustant ses lunettes sur son nez, je suis avocat. Est-ce que par hasard je peux vous aider ?

— Si vous voulez m'aider, faites en sorte que cette bande d'incompétents bougent leurs fesses ! J'ai fait la queue pendant des semaines avec leur fichue loi de non-équivalence temporelle. Lorsque j'ai finalement accédé à leur maudit guichet, l'employé a eu le toupet de me dire de repasser plus tard. Plus tard ! Est-ce que vous vous rendez compte de la situation ?

— Non, pas vraiment. Est-ce que vous voulez bien me préciser les circonstances, et je tenterai de faire accélérer la procédure, Mrs… ?

— Mrs Hodge. Comme je l'ai déjà répété une bonne trentaine de fois à tous ces crétins, ajouta-t-elle avec un regard méprisant en direction de l'automate, mon mari a disparu. Il s'est complètement volatilisé du jour au lendemain avec toutes ses affaires : ses vêtements, ses objets de toilette et même son horrible table de billard qui occupait la moitié du salon ! Et n'essayez pas de me faire croire qu'il est parti de son plein gré. Notre couple était solide, et jamais il n'aurait mis un pied dehors sans me prévenir...

— Est-ce que vous avez demandé à vos voisins si quelqu'un l'a vu sortir ?

— Oh oui, mais toutes mes connaissances se sont liguées contre moi, de la bouchère jusqu'à ma plus proche cousine, partout on s'obstine à me dire que je suis veuve ! Moi, veuve ! C'est ridicule... Je suis sûre que c'est un coup de ma logeuse, Mrs Poole. Cette mégère m'a toujours détestée et voilà qu'elle répand son venin autour d'elle !

L'espace d'un instant, Alistair ouvrit la bouche, puis la referma sans qu'aucun son n'en sorte. Cette affaire ne tenait pas la route, il aurait été tellement plus simple de conclure que cette pauvre femme avait perdu la tête. Là où les faits prenaient une tournure étrange était dans leur étonnante similitude avec un autre récit abracadabrant qu'Alistair avait déjà entendu dans la même journée. Miss Nightingale clamait que sa sœur avait disparu. Elle s'était évanouie avec son piano, de même que Mr Hodge avec sa table de billard. Pourquoi quelqu'un essaierait-il d'effacer leurs traces à tout prix ?

Balthazar n'avait jamais eu pour vocation d'être garde-malade. Il venait pourtant de se porter volontaire pour surveiller ce drôle de gamin qui, au lieu de poursuivre ses études à Astrelune, avait préféré être naufragé au milieu de flots tumultueux. Ce n'était pas faute d'avoir fouillé ses affaires, mais le capitaine n'avait rien trouvé d'intéressant qui puisse lui fournir l'ombre d'une explication. Dans ses poches dégoulinantes d'eau, il n'avait mis la main que sur un mouchoir sale, une feuille détrempée où s'étalaient des chiffres incompréhensibles et un trognon de pomme. Ce môme ne s'était même pas encombré d'une boussole. Où avait-il l'intention de se rendre ?

Comme s'il refusait de prolonger davantage le suspense, l'adolescent ouvrit soudain les yeux. Son regard vitreux parut englober la pièce avant de se poser lentement sur le pirate. Un froncement de sourcils, et Balthazar devinait déjà les rouages de son cerveau en train de s'activer. Combien de temps lui faudrait-il pour faire le lien avec les affiches placardées aux quatre coins d'Astrelune ? Une seconde, deux secondes, trois secondes et un hurlement strident s'échappa de ses lèvres.

— Bon sang, pas besoin de crier aussi fort ! lança Balthazar en se bouchant les oreilles.

— Je sais… je sais qui… vous êtes, bafouilla l'étudiant qui commençait déjà à trembler de tous ses membres.

— C'est amusant, moi aussi. Par contre, toi, j'ignore complètement qui tu es… Comment tu t'appelles ?

— Oliver… Oliver Parker.

— Tu as quel âge ?

— Dix-sept ans.

Oliver déglutit. La peur se lisait sur chaque trait de son visage ; lui-même s'était recroquevillé sous sa couverture, comme si le tissu avait une chance de lui servir de rempart.

— Je te rassure, j'ai déjà pris mon petit-déjeuner, soupira Balthazar, et je n'ai pas l'intention de te manger.

— Vous allez me… tuer ?

— Non, sauf si tu te révèles un sacré enquiquineur.

Depuis qu'il avait chapardé *L'Orion* pour sillonner les mers, Balthazar traînait la réputation d'être un tueur sanguinaire. En cet instant, il aurait préféré que son interlocuteur ne tremble pas comme une feuille. Dans l'espoir de lui faire oublier sa fâcheuse notoriété, il tendit à Oliver un morceau de fromage qui avait séjourné dans un tiroir de son bureau.

— Tiens, mange un bout, tu as l'air affamé ! Et non, ce n'est pas empoisonné…

Oliver refusa même de s'en saisir. Il demeurait statufié, s'imaginant peut-être qu'à la longue, Balthazar finirait par le prendre pour un élément du mobilier et oublierait sa présence.

— Très bien, comme tu veux. Je le laisse sur la table, si tu changes d'avis… À présent, j'aurais une petite question à te poser, ajouta le capitaine avec un rictus. Cela fait plus de dix ans que je suis pirate, mais c'est bien la première fois que je vois un gosse agrippé à une planche de bois. Comment tu as atterri là ?

— Je me suis… perdu.

— Mais encore ?

Cet effort d'élocution paraissait lui avoir arraché ses dernières forces. Le gamin fixait les armes de Balthazar avec autant d'appréhension que s'il allait bientôt servir de cible.

— Bon, grommela Balthazar dans un long bâillement, afin de mettre les choses au clair, je n'ai jamais tué d'innocents. J'ai assassiné, égorgé, éventré un nombre considérable de personnes, mais ces imbéciles avaient tous quelque chose à se reprocher. Et quand je dis cela, leur crime n'était pas seulement de m'avoir échauffé les oreilles.

— Qu'est-ce que vous… allez faire de moi ?

— Vu que tu m'as l'air de tenir debout, je vais te nommer responsable de la vaisselle et de l'épluchage des pommes de terre. Tu iras travailler en cuisine sous les ordres de Darell et gare à toi si tu flemmardes… Sinon, j'ai mis le cap sur Auberouge, on devrait être aux abords de la cité demain matin. Alors, soit on tombe sur des navires d'Astrelune et, dans ce cas, je te largue là-bas pour qu'ils te récupèrent, soit tu restes avec nous le temps qu'on atteigne une autre ville.

— Non, par pitié, s'exclama Oliver dans un sursaut, ne me livrez pas à Astrelune !

Balthazar ne comprenait plus rien. Il considérait que son offre était particulièrement généreuse, alors pourquoi ce môme réagissait-il avec une telle panique dans le regard ?

— Je te déposerai là où ça t'arrangera le plus et où ça me dérangera le moins, conclut-il dans un élan de conciliation. Pourquoi ? Tu es recherché à Astrelune ?

Oliver parut hésiter avant de se résoudre enfin à briser le silence.

— Ils veulent me tuer, articula-t-il avec difficulté.

— Et pourquoi donc ?

— Parce que j'ai eu le malheur de poser les yeux sur un dossier compromettant…

Il marqua une pause. Puis, comme s'il avait compris que dire la vérité était dans son intérêt, Oliver commença à déverser un flot de paroles.

— Je suis étudiant en comptabilité et il y a un mois, j'ai décroché un stage dans les bureaux du Consul, poursuivit-il dans un souffle. J'étais sous les ordres de Mr Carlyle, le responsable chargé du contrôle budgétaire.Tout se passait très bien jusqu'au jour où un nouveau dossier nous est parvenu. Il ressemblait aux autres… mais il y avait quelque chose d'étrange avec les chiffres.

— Ah ouais ?

— La principale tâche de Mr Carlyle était d'inscrire ces montants dans un livre de compte afin de s'assurer que les dépenses ne dépassaient pas le budget accordé par le Consul, mais aussi de veiller à ce que chaque somme soit utilisée correctement. Or, j'ai remarqué qu'il s'était trompé. Les chiffres du livre de compte ne correspondaient pas à ceux du dossier, et ce n'était pas une erreur de quelques centaines de doublons, non, c'était presque cent mille de différence. Au début, je ne comprenais pas ce que j'avais découvert, alors j'ai posé la question à Mr Carlyle.

— Quelque chose me dit que c'était une très mauvaise idée, commenta Balthazar.

— Cet homme avait toujours été bienveillant envers moi, je ne me suis pas méfié… Il m'a sorti une explication simpliste en évoquant un nouvel article de loi qui obligeait, pour certaines subventions, à tenir des livres de compte séparés. Mr Carlyle a fait semblant de me féliciter pour ma rigueur d'esprit et il m'a renvoyé à mon poste. Le soir même, un tueur s'est glissé dans mon dortoir… C'était horrible, continua Oliver d'une voix nouée, il a assassiné mon camarade de chambrée, j'ai vu James s'effondrer… Il avait du sang qui… coulait sur son pyjama, son visage était tordu par la douleur… Je ne sais pas comment, mais j'ai réussi à prendre la fuite, j'ai sauté par la fenêtre et je suis parvenu à distancer mon poursuivant dans les bas quartiers d'Astrelune.

— Tu es sûr qu'il y avait un lien avec cette affaire de dossier ? Ce type en avait peut-être après ton camarade pour une autre raison.

Oliver secoua la tête.

— Non, je crois qu'il avait projeté de nous tuer tous les deux, marmonna-t-il. Nous étions dans la pénombre, il ne pouvait pas savoir qui était qui. Il a commencé par James parce que son lit était le plus près de la porte… À mon avis, il n'avait pas prévu que mon ami se débattrait, ni qu'il serait aussi fort. Le vacarme n'a pas tardé à me réveiller. Cette nuit-là, la lune était pleine et ses rayons éclairaient la chambre. Le tueur portait un masque pour cacher son visage mais, à un moment, l'étoffe s'est soulevée et j'ai reconnu ses traits. J'avais déjà croisé cet homme et je suis prêt à le jurer : il travaille pour le Consul.

— Alors, les ordres venaient bien d'en haut, murmura Balthazar pour lui-même. Et toi, comment as-tu fait pour quitter la cité ?

— Je me suis précipité vers le port et j'ai conclu un accord avec un vieux marin. Il me conduirait à Sombresoir si, en contrepartie, je me chargeais des tâches ingrates à bord du navire. Le bateau a pris la mer, deux jours se sont écoulés paisiblement, et je commençais à me sentir en sécurité quand, au petit matin, l'équipage m'a jeté à l'eau. Ils ont découvert du sang sur mes affaires et, en apprenant que j'étais recherché, ils ont préféré se débarrasser de moi...

— Toi, tu n'as vraiment pas de bol ! Après, réjouis-toi, lança Balthazar dans une vague tentative pour lui remonter le moral, le Consul te cherche sans doute à Astrelune à l'heure actuelle. Il te suffit de prendre une fausse identité, de te dénicher un petit coin tranquille, et voilà ! Cette sinistre histoire sera bientôt derrière toi... Tu as laissé de la famille à Astrelune ?

— Non, je suis orphelin.

— Eh bien, c'est encore mieux si tu n'as pas d'attache. Au fait, tu ne l'as pas précisé, mais à quelles dépenses correspondait le dossier ?

— À des subventions pour un musée.

— Quel musée ?

— *La Perle d'Astrelune.*

À défaut d'avoir des visiteurs à promener d'une vitrine à l'autre, Holly parcourait le deuxième étage. Sur chaque mur s'étalaient des scènes de la vie quotidienne : une jeune fille assise devant sa coiffeuse, une famille réunie autour d'un petit-déjeuner copieux, une pile d'ouvrages posée sur un pupitre étroit, un chemin en pleine campagne baigné par la lumière du clair de lune… Ces œuvres avaient toutes été réalisées par le même artiste. Son nom s'était perdu dans le temps, mais son style était inimitable. Les traits paraissaient avoir été tracés à la hâte et, bien qu'Holly ne partageât pas cette opinion, l'ensemble était plutôt laid. Cela ressemblait au gribouillage d'un enfant, et certaines toiles étaient si abstraites qu'il était difficile d'en déterminer le sujet principal.

— Miss Nightingale !

Holly tourna la tête, de même que le vieux gardien qui paraissait s'être fossilisé sur sa chaise. À l'autre bout du couloir venait de surgir Alistair Sheffield, son nuage noir au-dessus du crâne et sa sacoche sous le bras. Encore plus dépenaillé que la veille, il semait derrière lui une traînée de feuilles dactylographiées. Malgré leur dernière conversation, était-il venu lui emprunter l'ouvrage d'Aloysius Robinson ?

— Bonjour, maître Sheffield ! lança Holly, légèrement perplexe.

— Veuillez excuser mon irruption, mais il faut absolument que je vous parle. Voilà, la dernière fois, je n'ai pas été très réceptif à votre affaire, développa Alistair en essayant de reprendre son souffle. Disons que je refusais de vous prendre au sérieux… Or, à présent, je suis tout à fait convaincu de la véracité de vos propos.

— Et pour quelle raison ?

— En regagnant mon cabinet, je suis passé devant le poste de police. Il y avait une femme, Mrs Hodge, qui clamait que son mari avait disparu. Son cas était étrangement semblable à celui de votre sœur. Plus personne ne se souvenait de son existence, et les amis de Mrs Hodge prétendaient qu'elle était veuve.

— Alors, vous me… croyez ?

— Oui, Miss Nightingale, je vous crois, affirma Alistair avec un faible sourire. Hier, j'ai cherché à établir des points communs entre Mr Hodge et votre sœur. Ce monsieur était pour sa part un ancien podologue, spécialisé dans le pied droit ; il habitait rue des Étoiles dans un petit pavillon et était un grand passionné de billard. Est-ce que vous le connaissez ? Aurait-il pu croiser votre sœur d'une façon ou d'une autre ?

Un ancien podologue… Holly s'accorda un instant de réflexion. La rue des Étoiles était assez éloignée du centre-ville, jamais Clara ne serait passée devant par hasard. Quant à sa profession, Holly était persuadée que ni elle ni sa sœur n'avaient fait appel à ses services.

— Son nom ne me dit rien, murmura-t-elle. Je doute que Clara et Mr Hodge se soient déjà rencontrés. Est-ce que vous pensez que d'autres victimes pourraient exister ?

— Je me suis également posé cette question. Du coup, j'ai interrogé chaque personne qui faisait la queue – et, je ne vous le cache pas, cela m'a pris plusieurs heures… heureusement que la loi de non-équivalence temporelle existe –, mais hormis une vieille dame qui affirmait que Bonaparte, son caniche bien-aimé, avait été enlevé, je n'ai rien trouvé d'intéressant.

— Il faut que, Mrs Hodge et moi, nous nous rendions ensemble au poste de police, déclara Holly d'un ton décidé. Si les agents entendent nos témoignages, ils traiteront peut-être nos dossiers en priorité.

— Euh… Mrs Hodge est légèrement paranoïaque, continua Alistair avec un air coupable, comme s'il s'en attribuait la responsabilité. Malgré toute ma bonne volonté, j'ai terminé l'entretien avec un coup de parapluie sur la tête.

— D'après vous, que dois-je faire alors ?

— L'idéal serait que nous parvenions à dénicher d'autres histoires similaires à la vôtre. J'ai l'impression… que votre cas est bien plus complexe que nous ne l'avions imaginé.

— Est-ce que cela signifie que vous me proposez vos services ?

— Oui, Miss Nightingale, et si vous acceptez mon aide, vous avez ma parole que je ne lâcherai rien tant que votre sœur n'aura pas été retrouvée.

— Je n'ai pas les moyens de vous payer beaucoup, marmonna Holly.

— Ne vous inquiétez pas pour cela. Si je triomphe de cette affaire, ma réputation d'avocat sera acquise, et cette récompense me suffira amplement.

Pour la première fois depuis que Clara avait disparu, Holly se sentit moins seule.

Était-ce un effet de son imagination ? Sue songeait que ses yeux lui avaient peut-être joué un tour. Après tout, depuis le matin même et ces voix mystérieuses qui l'avaient tirée du lit, les révélations s'étaient enchaînées à une vitesse folle. Il n'aurait pas été improbable que son cerveau s'amuse à créer l'illusion d'une silhouette, à moitié dissimulée derrière un arbre.

Pour s'en convaincre, l'adolescente s'empressa de dévaler les marches, courut au rez-de-chaussée et traversa les interminables couloirs jusqu'à la porte du jardin. Elle cligna des yeux, éblouie par les rayons du soleil. À l'extérieur du manoir qui conservait la fraîcheur entre ses murs, la chaleur était déjà étouffante. Cela faisait des semaines que l'herbe avait pris une vilaine teinte jaunâtre, au plus grand désespoir de Mr Ferguson qui se chargeait d'arroser les plantes.

— Ne sors pas sans ton chapeau ! cria la tante Opal depuis la fenêtre de la cuisine.

Sue l'entendit à peine tandis qu'elle s'élançait en direction du chêne. En tournant autour du tronc, elle fut presque surprise de ne rien trouver d'anormal. Aucun piétinement au sol, aucun indice qui aurait pu laisser croire qu'un intrus se tenait à cet endroit, quelques minutes plus tôt. Elle avait sans doute rêvé…

C'est alors que Sue releva la tête. Fronçant les sourcils, elle discerna un mouchoir noué autour de l'une des branches. Aussi sale que s'il avait traîné là depuis des jours, il se fondait presque avec l'écorce.

« Est-ce que quelqu'un aurait fait exprès de le laisser ici ? » songea Sue qui sentait déjà le frisson de l'aventure l'envahir. En se hissant sur la pointe des pieds et, après plusieurs tentatives, elle parvint à se saisir du mouchoir.

Sur l'étoffe, un mot avait été tracé à l'encre rouge :

MENSONGES.

6

AUBEROUGE

MENSONGES... Qui accusait-on d'avoir menti et pourquoi ce mot était-il au pluriel ? Sue était perplexe. Des dizaines de questions se bousculaient dans sa tête, mais ce fut surtout un doute grandissant qui l'envahit. Ce mystérieux message était-il lié à ses grand-tantes ? Derrière ce secret de famille, la vérité était-elle plus complexe qu'elle ne l'avait imaginé ?

L'adolescente sursauta quand une main se posa soudain sur son épaule.

— Ce n'est que moi, Miss Sue, s'amusa Mr Ferguson, votre tante m'a demandé de vous apporter votre chapeau. Elle craint que vous ne preniez un coup de soleil.

Sue s'empressa de faire disparaître le mouchoir dans la poche de sa robe.

— Oh, merci beaucoup ! bafouilla-t-elle.

— Est-ce que vous vous sentez bien ? Vous m'avez l'air préoccupée...

— Non... enfin oui. Je repensais à ce que m'ont dit mes tantes ce matin. Vous aussi, vous saviez pour... le clan Ashwood ?

— Oui, mais j'avais juré de garder le silence. Je sers votre famille depuis des décennies, de même que mon grand-père et mon arrière-grand-père. Nous avons toujours été dans la confidence.

— Est-ce que vous croyez que la magie renaîtra ? murmura Sue.

— La magie est une puissance supérieure qui nous dépasse totalement, déclara Mr Ferguson. Autrefois, certains hommes la maîtrisaient et contrôlaient ses effets, mais elle s'est évanouie au fil du temps. Si vous voulez mon avis, je doute qu'un tel pouvoir puisse vraiment disparaître. Selon moi, la magie est encore là, tapie quelque part, et elle finira par ressurgir tôt ou tard. Peut-être demain, peut-être dans un an ou dans un siècle, nul ne le sait… Aujourd'hui, il n'en reste plus que des échos, des souvenirs qui restent attachés à la demeure, comme la pluie dans la cave. Si vous cherchez à voir d'autres manifestations, vous avez un coquetier dans la cuisine qui sautille sur place. Jusqu'à présent, vos tantes le cachaient au fond d'un placard pour être sûres que vous ne tombiez pas dessus par hasard.

Le vieux domestique lui adressa un sourire et, l'espace d'un instant, il parut moins guindé dans son uniforme. Il s'inclina légèrement, et Sue le regarda s'éloigner en direction du manoir. Quels drôles de secrets dissimulaient ces murs en pierre ? Mr Ferguson avait fait le serment de se taire ; ses grand-tantes avaient attendu qu'elle ait bientôt treize ans pour lever le voile sur son passé familial. Et si tout cela n'était qu'une infime bribe, une goutte d'eau dans l'immensité de ce qu'il lui restait à découvrir ?

Balthazar ne comprenait plus rien à la logique du Consul. Depuis quand les autorités donnaient-elles l'ordre d'assassiner un gosse ? Et pourquoi le Musée d'Astrelune – cet endroit barbant où il avait un jour eu le malheur de mettre les pieds – percevait-il des subventions aussi folles ?

— Il y a vraiment quelque chose qui ne tourne pas rond dans ce monde, marmonna-t-il.

C'était déjà l'aurore. Tenant la barre, le capitaine observait le ciel qui se teintait de couleurs pastel. Dans le lointain, il reconnaissait les abords d'Auberouge, cette terre de falaises et de grès. Au cas où il aurait eu un doute, de gigantesques panneaux indicateurs surgissaient des flots, fixés sur des structures métalliques pour ne pas être emportés par le courant. « AUBEROUGE PAR ICI », « ASTRELUNE PAR LÀ-BAS (MAIS BEAUCOUP PLUS LOIN) », « LA TAVERNE DES *BOUCANIERS SOLIDAIRES* PAR ICI OU PAR LÀ, TOUS LES CHEMINS Y MÈNENT » proclamaient les écriteaux.

La ville d'Auberouge se trouvait encastrée dans une crique. De nombreuses fois, Balthazar avait admiré ses murs défensifs, ses fortifications qui paraissaient narguer les envahisseurs. Ce jour-là, cependant, moins d'une semaine après la catastrophe, Balthazar ne vit rien. Là où

Wystan le Bigleux lui avait décrit des ruines, le néant avait rongé les dernières traces d'Auberouge.

— Hein ?

La première réaction de Balthazar fut de consulter la carte. Clignant bêtement des yeux, il espérait presque que la cité d'Auberouge ait changé de position pour migrer quelques kilomètres plus loin. Pourtant, il reconnaissait sans peine les alentours. C'était bien là que se dressaient les remparts, alors pourquoi ne restait-il pas le moindre vestige ? Son regard embrassait une zone envahie par la nature, sauvage, comme si aucun homme ne s'était aventuré sur cette terre.

— Si quelqu'un a une explication, je suis tout ouïe ! lança Balthazar qui, sur le coup, avait très envie de s'enfermer dans sa cabine pour cuver du rhum.

— Moi, je sais p't-être…

Timidement, Sydney avait levé la main. Depuis qu'il était matelot à bord de *L'Orion*, il s'était révélé assez piètre dans les combats à l'épée, mais redoutablement efficace pour astiquer le pont.

— Je t'écoute, soupira Balthazar.

— Voilà, si on ne comprend rien, c'est probablement parce qu'il y a du dorium là-dessous !

— Quel alchirium serait capable d'un tel prodige ? Même toutes les têtes pensantes d'Astrelune ne réussiraient pas à faire disparaître un quartier, sans parler de tous ses habitants !

Sydney haussa les épaules. Sa théorie n'avait pas le mérite d'être aussi développée que l'attendait Balthazar.

— Quels sont vos ordres, capitaine ? prononça Leigh dans un souffle.

Pour une fois, Balthazar aurait été bien content que cette tâche revienne à quelqu'un d'autre. Des questions sans réponse dansaient dans sa tête. Qui était cet ennemi invisible qui œuvrait dans l'ombre ? Sa première intuition aurait été de miser sur les royaumes du Nord. Dans l'histoire des cités, ce peuple de barbares avait tenté plusieurs fois de les envahir, et nombreux étaient ceux qui craignaient leur retour. Mais c'étaient des pilleurs, des hommes sans foi ni loi qui auraient tout détruit sur leur passage sans se soucier de laisser des traces. Jamais ils n'auraient usé d'une puissance aussi instable que le dorium.

— Jetez les chaloupes à la mer ! lâcha Balthazar à défaut d'une meilleure idée. Nous allons explorer les alentours.

— Au revoir, Miss Nightingale !

— Au revoir, Mr Lewis !

Enveloppée dans son manteau sombre, Holly poussa la lourde porte du Musée national. Avant de repartir dans une envolée de jargon juridique, Alistair Sheffield lui avait promis d'explorer de nouvelles pistes. Sa journée venait de s'achever, et Holly éprouvait un irrésistible besoin de savoir.

Incapable de patienter, elle se dirigea vers la rue du Droit-et-du-Travers où se situait le cabinet de maître Sheffield. Ses talons claquant sur le sol pavé, la jeune femme se hâta vers le tramway. Elle eut à peine le temps de grimper à l'intérieur que la porte se referma dans un grincement sonore. L'endroit était particulièrement bruyant. Tel un prolongement de la rue où les marchands ambulants apostrophaient les passants, des commerçants circulaient parmi les passagers, leurs plateaux à la main.

— Deux doublons seulement la chair de dodo ! Laissez-vous tenter, m'sieurs-dames, vous ne trouverez pas mieux ailleurs !

Holly s'écarta pour ne pas avoir à admirer de près le morceau de viande qu'on lui brandissait sous le nez. Dans un gémissement métallique, le véhicule s'ébranla, ses immenses roues glissant sur les rails. Par la vitre sale, Holly aperçut les hautes colonnes du Musée et son fronton triangulaire disparaître dans un nuage de vapeur.

— Votre attention, s'il vous plaît !

Un homme en uniforme venait de jaillir parmi la foule agglutinée entre les strapontins. Agrafée à sa boutonnière, une broche portait l'emblème du Consul – un buste à l'allure austère, qui semblait promettre une contravention à quiconque oserait le regarder de travers. Aussitôt, un silence plein de respect envahit le tramway. Même la diseuse de bonne aventure qui tirait les cartes à sa cliente cessa de lui prédire un avenir merveilleux avec des trémolos dans la voix.

— L'heure est grave, clama l'officier, j'ai l'horrible tristesse de vous annoncer que la cité d'Auberouge est tombée !

Holly n'en croyait pas ses oreilles. Stupéfaite, elle se tourna vers ses voisins et surprit sur leur visage la même expression d'effarement. Auberouge était l'une des puissances militaires les plus redoutables, comment avait-elle pu être vaincue ?

— Que s'est-il passé ? s'exclama un vieillard en s'agrippant à sa canne.

— Les circonstances exactes du drame sont encore inconnues, poursuivit le porte-parole du Consul, mais nous connaissons le coupable. Il s'agit de Balthazar Riley, le capitaine pirate réputé pour sa sauvagerie et qui s'est proclamé maître de *L'Orion*. D'après nos renseignements, il s'est procuré une arme monstrueuse, capable d'anéantir une ville entière. Messieurs-dames, nous vous invitons à la plus grande vigilance, mais ne paniquez pas, la situation est sous contrôle.

Des cris de stupeur n'avaient pas tardé à fuser de la foule. Hébétée par l'information, Holly s'aperçut à peine qu'on lui remettait un tract entre les mains. C'était un avis de recherche qui avait déjà été placardé à chaque coin de rue – sauf que la récompense avait cette fois-ci doublé. Dessiné en noir et blanc, le visage de Balthazar Riley envahissait la feuille avec sa large cicatrice, ses yeux au regard assassin et sa masse de cheveux indisciplinés.

— N'hésitez pas à contacter les autorités si vous avez le moindre renseignement. Nous vous assurons que tous les moyens seront déployés afin de procéder à sa capture.

« Balthazar Riley », songea Holly en frissonnant. La liste de ses crimes ne cessait de croître. Ce jour-là, la jeune femme avait l'impression que son monde n'attendait plus qu'une étincelle pour s'embraser.

Le cabinet d'Alistair Sheffield était situé au dernier étage d'un petit immeuble qui paraissait écrasé comme une crêpe entre ses deux imposants voisins. Quand Holly poussa la porte du bureau, elle ne s'attendait pas à découvrir un pareil bric-à-brac. Des étagères recouvrant l'intégralité des murs, des ouvrages de droit posés en des piles instables, des feuilles noircies qui envahissaient le moindre espace disponible... C'était un désordre tel qu'il aurait été difficile de déterminer la couleur du papier peint ou celle du sol.

Assis à sa table de travail, Alistair avait le nez collé sur un volume au titre soporifique : *Guide de l'avocat, comment triompher de la procédure quand le Code des vérités pourpres est contre vous ?* Au-dessus de son crâne, le nuage était encore plus noir que d'ordinaire et, dans un interminable va-et-vient, les essuie-glaces de ses lunettes peinaient à chasser le surplus d'eau.

— Ah, rebonjour, Miss Nightingale ! J'étais justement en train de réfléchir à votre cas, en fait cela m'a occupé une bonne partie de l'après-midi.

— Et vous avez trouvé une piste ? demanda Holly, pleine d'espoir.

— Pas vraiment, hélas, soupira Alistair. Puisque vous avez fait de moi votre avocat, je me suis rendu en votre nom au poste de police. Après une longue attente, rythmée par des « Veuillez patienter, s'il vous plaît », j'ai fini par être reçu par un inspecteur. Il m'a annoncé qu'il était en charge des différents dossiers de disparition et que votre affaire avait été classée sans suite pour cause de « non-existence ».

— Est-ce que vous lui avez parlé de Mrs Hodge ?

— Oui, et cela n'a rien changé. Selon ce monsieur, aucune Clara Nightingale ne figure sur la liste des citoyens d'Astrelune. Par conséquent, elle ne peut pas avoir disparu, et il est inutile de mener l'enquête.

Une grimace de déception tordit le visage d'Holly. Cette déclaration lui faisait le même effet qu'un seau d'eau glacée se déversant sur sa tête.

— Alors, ils ne nous aideront pas ? murmura-t-elle.

— Non, mais ce n'est pas tout. L'entretien a eu beau être expéditif, j'ai quand même remarqué quelques détails curieux. Voyez-vous, quand l'inspecteur Quinn a ouvert votre dossier, je n'ai aperçu que votre déposition – le formulaire est clairement reconnaissable avec ses cases pré-remplies. Aucun autre document ne figurait à l'intérieur. À mon avis, il a classé l'affaire sans même se pencher sur votre cas.

— Je ne suis pas sûre de saisir. Est-ce que vous êtes en train d'insinuer que…

— Ce n'est qu'une hypothèse, bafouilla Alistair, comme s'il craignait d'avoir raison. Mais si l'on réfléchit de façon rationnelle, vous avez déclaré la disparition de Clara cette semaine. Les agents croulent sous les plaintes, et le bureau de l'inspecteur Quinn ressemblait à un véritable champ de bataille, alors comment aurait-il eu le temps de s'intéresser à votre sœur ? Classer une affaire impose de suivre une procédure. Une procédure assez longue qui doit respecter les quatre étapes imposées par l'article 55-7 du Code des aberrations turquoise.

— Pourquoi ? lâcha Holly. Pourquoi est-ce que la police ferait exprès de taire l'affaire ?

Troublée, la jeune femme arpenta la pièce sans se soucier des documents étalés par terre et qui formaient un tapis dactylographié.

— Peut-être parce qu'ils sont au courant, murmura Alistair d'une voix hésitante. Ils veulent éviter un scandale qui pourrait provoquer un mouvement de panique.

— Mais, pour qu'ils tentent de masquer les faits, il faudrait qu'il y ait des dizaines de disparitions.

— Et si c'était justement le cas ?

Trois heures plus tard, Balthazar dégoulinait de sueur. Lui et ses hommes avaient arpenté la zone en long, en large et en travers mais, malgré leurs efforts, ils n'avaient strictement rien trouvé. Ni rescapé, ni le moindre signe trahissant une bataille. C'était comme si la réalité n'avait plus aucune logique. Déambulant au milieu des herbes hautes, le capitaine commençait à perdre patience. Son monde était en train de voler en éclats et, tel un brave imbécile, il tentait vainement de comprendre.

— Alors ? lança-t-il à la cantonade. Quelqu'un a une idée ?

Autour de lui, sa question ne suscita que des haussements d'épaules.

— Capitaine, marmonna Darell en s'approchant. Peut-être qu'on n'aborde pas le problème de la bonne manière…

C'était un type à la peau basanée qui s'exprimait rarement. Balthazar l'écoutait d'autant plus que ses remarques étaient souvent pertinentes.

— C'est-à-dire ?

— Y avait déjà un truc bizarre avant qu'on arrive sur les lieux, grogna Darell. Avec la chute d'Auberouge, ça aurait été logique que les autres cités envoient leurs observateurs constater le désastre. Bref, on aurait dû voir des navires amassés à proximité.

— Avec leurs commissions et leur baratin de technocrates, les cités ont pu perdre plusieurs jours avant que des bateaux ne soient dépêchés sur place, supposa Leigh.

— À moins que ce ne soit autre chose.

Balthazar se mordit la lèvre. Oui, ce calme inhabituel était troublant… Presque aussi troublant que la disparition d'Auberouge. Le capitaine détestait ne pas savoir où il posait les pieds. Depuis qu'il avait récupéré Oliver, il nageait en pleine incertitude. Un nom, pourtant, ne cessait de revenir dans ses pensées. Une destination où l'attendait la clef du mystère, elle et tous ses dangers. Par principe, Balthazar refusait de croire aux coïncidences : il en était persuadé, les différentes affaires s'emmêlaient telle une gigantesque toile d'araignée, elles se croisaient autour d'une même entité.

— Nous allons mettre le cap sur Astrelune, déclara-t-il.

L'équipage le fixa avec incrédulité, comme si tous soupçonnaient une plaisanterie de mauvais goût.

— Oui, Astrelune, répéta Balthazar. J'ai le sentiment que le Consul est loin d'être blanc comme neige dans cette histoire… Nous sommes arrivés les premiers parce que les autres ne se sont pas déplacés. Ils connaissent déjà la situation, voilà pourquoi ! Cela fait presque un siècle qu'Astrelune domine les échanges entre les cités. Depuis le Pacte des Trente, c'est elle qui impose sa volonté. Peu importe leur taille, Limbéclat, Constelnation, Sombresoir et j'en passe ne font qu'obéir à ses ordres. Jour après jour, le Consul étend son influence, et je suis sûr qu'il tire les ficelles d'une façon ou d'une autre. S'il n'est pas derrière la chute d'Auberouge, ma main à couper que l'ennemi ne lui est pas inconnu ! Peut-être que cette affaire n'a aucun lien, ajouta Balthazar avec mauvaise humeur, mais les autorités ont envoyé un mercenaire assassiner un étudiant à cause d'un dossier compromettant. À mon avis, le Consul se débarrasse de tous les témoins gênants. Croyez-le ou non, mais il se passe des choses vraiment louches à Astrelune.

— La cité a mis votre tête à prix, capitaine, marmonna Leigh. S'ils vous attrapent, ce sera la pendaison !

— Oui, je n'ai aucune chance de l'oublier. D'ailleurs,

il y a sûrement des affiches sur chaque mur pour me le rappeler...

C'était une décision risquée. Balthazar aurait eu tout intérêt à faire demi-tour, à se terrer dans un coin perdu pour attendre la fin de la tempête. Pourtant, une voix intérieure le poussait étrangement en avant. Il éprouvait un besoin irrésistible de comprendre, de mettre un nom sur cette menace qui planait dans l'air. Après toutes ces années à défier les autorités, il avait développé le fâcheux défaut de se croire invincible.

— Et vous, est-ce que vous seriez prêts à m'accompagner malgré les dangers ? lâcha Balthazar.

Dans un claquement de talons, son second se mit au garde-à vous. Leigh l'avait toujours suivi avec une loyauté aveugle. Il avait foi en ses décisions, foi en cet homme qui lui avait déjà sauvé la vie une bonne dizaine de fois. Balthazar n'avait jamais abandonné ses camarades. Sans doute était-ce pour cette raison que tous lui vouaient une fidélité sans faille.

— Oui, capitaine ! s'exclama-t-il, bientôt imité par le reste de l'équipage.

— Très bien, se félicita Balthazar avec un sourire, alors direction Astrelune !

Loin, très loin de *L'Orion*, dans les bureaux du Consul, un homme en uniforme noir s'était avancé, se glissant dans le cercle de lumière qui perçait la pénombre de la pièce. Son visage était d'une pâleur presque livide, aussi blanc que ses cheveux, bien qu'il fût encore assez jeune. Face à lui, Nicholas Montgomery l'observait depuis son large fauteuil à accoudoirs.

— Mr Lynch, déclara le Consul, j'ai besoin de vos services. Comme vous ne l'ignorez pas, l'heure est grave… Auberouge est tombée et si la population d'Astrelune découvre la vérité, cela provoquera un mouvement de panique sans précédent. Il nous faut impérativement gagner du temps si nous souhaitons éviter que le sol ne se dérobe sous nos pieds.

— Le secret des Mille-et-un sera préservé, tel est le serment des Ombres, récita l'homme d'une voix grave en s'inclinant.

— Votre mission est de capturer Balthazar Riley. Ce vulgaire pirate doit être pendu sur la place publique.

Les lèvres de Mr Lynch s'étirèrent en un rictus. Depuis plus d'un siècle, les Ombres servaient le Consul mais, loin d'être un simple lien hiérarchique, il s'agissait surtout d'une collaboration où se rejoignaient leurs intérêts respectifs. Mr Lynch ne s'était jamais privé d'exprimer son opinion.

— Balthazar Riley me fait bizarrement penser à Edgar Kirby, articula-t-il dans un souffle. Lors de la dernière crise, je vous avais livré cet individu, et lui aussi avait été exécuté pour calmer la foule.

— Qu'insinuez-vous, Mr Lynch ? siffla le Consul entre ses dents.

— Rien d'autre qu'un aimable constat. Vous ne pourrez pas vous réfugier éternellement derrière des boucs émissaires. Vingt ans se sont écoulés depuis la mort d'Edgar Kirby, il nous a offert un sursis mais, à cette époque, la situation n'était pas aussi catastrophique. Je doute que tuer Balthazar Riley nous fasse gagner plus de quelques semaines…

— Si les Ombres ont une meilleure idée, je serais ravi de la connaître.

— Nous pourrions nous emparer de l'Homme-qui-a-disparu, susurra Mr Lynch. D'après la rumeur, il posséderait des informations qui nous échappent encore.

— L'Homme-qui-a-disparu porte bien son titre, marmonna Nicholas Montgomery. Personne ne sait où il s'est réfugié. Certains parlent du désert de Nébuleusedor, d'autres des montagnes à pic de Constelnation ou des vallées de Limbéclat. Ces zones sont immenses et, sans le moindre indice, c'est comme chercher une aiguille dans une botte de foin… Par contre, nous avons des renseignements concernant Balthazar Riley, ajouta-t-il d'un ton sec. Il y a quelques jours, un informateur nous a signalé sa présence à la taverne des *Boucaniers solidaires*. Il semblerait également que le voile de transparence de son navire est en train de se déchirer. Bientôt, il ne pourra plus se cacher.

Mr Lynch claqua des talons.

— Très bien, je vous livrerai Balthazar Riley.

Le profil anguleux de la tante Harmony se découpait dans la pénombre de sa chambre. Immobile devant sa coiffeuse, elle semblait pétrifiée, plongée dans ses pensées où la réalité ne parvenait pas à l'atteindre. Elle songeait à Sue, à cette gamine qui avait plongé dans la vérité comme d'autres plongent dans le grand bain. En cet instant, la tante Harmony aurait dû se réjouir que sa petite-nièce ait fait un pas en avant. Pourtant, une question la hantait. À présent que le voile était levé, pourquoi s'obstinait-elle encore à lui mentir ? Lorsque Sue était enfant, cela avait été tellement plus simple de lui cacher certains éléments, de la laisser dans l'ignorance pour mieux la protéger.

Phryne était bien une parente éloignée, mais plus d'un siècle et demi les séparait dans l'arbre généalogique des Ashwood. Celle qui était désormais une vieille dame appartenait à une autre époque. À un monde qui avait sombré dans les ténèbres.

Journal de Phryne Ashwood

Le 15 février 1865

Cher journal,

La journée qui s'achève a été très étrange...
Aujourd'hui, j'ai rencontré un garçon qui vient de l'autre Sheryton. Depuis ma naissance, mes parents ne m'ont jamais laissée m'aventurer dans les bas-fonds. Par la fenêtre de ma chambre, lorsque l'hiver dénude les hauts arbres, je parviens à discerner une masse sombre dans le lointain. Quand j'étais enfant, ces toits en ardoise m'intriguaient ; j'étais fascinée par ces façades étriquées, d'un gris si profond que la tristesse semblait avoir coulé le long des murs. D'après Père et Mère, ces bâtiments aux couleurs ternes ne sont qu'un repaire de miséreux. Un royaume de pauvreté où une jeune fille bien élevée n'a pas sa place... Parfois, j'ai le sentiment d'évoluer sous une cloche en verre, de ne voir la réalité qu'à travers un miroir déformant, celui de la richesse et des privilèges.

Ce matin, j'étais sur le point de m'assoupir en écoutant la leçon de mon précepteur – il faut dire que Mr Davies aime beaucoup insister sur le passé glorieux des Ashwood – quand Finn a eu une brillante idée. Avec son air angélique, *ses boucles blondes et son regard d'un bleu perçant, il n'a jamais eu de mal à se faire passer pour l'innocence incarnée. Sans sourciller, mon cousin a fait croire à Mr Davies que Mère l'attendait dans le petit salon : dès que mon précepteur s'en est allé, Finn et moi, nous nous sommes empressés de faire l'école buissonnière. En évitant les domestiques et tante Cathalina, qui chantonnait dans le corridor, nous avons couru jusqu'au grenier. Cet endroit sera toujours mon jardin secret et d'ailleurs, cher journal, si tu t'en souviens encore, il s'agit bel et bien d'un jardin : c'est là que Finn a décidé de faire pousser son verger. Son pouvoir ne cesse de m'impressionner. Il lui suffit de claquer des doigts pour que jaillissent des rangées de pommiers, et ses fruits sont d'une telle perfection qu'ils paraissent presque irréels.*

Alors que nous étions penchés à la fenêtre, j'ai aperçu une silhouette qui se faufilait dans le parc. C'était un adolescent aux joues sales, dont le corps gringalet flottait dans des vêtements usés jusqu'à la corde. Oh, si tu avais vu ses cheveux ! Ils étaient roux, d'un roux si flamboyant qu'ils ressemblaient à une crinière de feu. Finn et moi, nous n'avons pu résister à la tentation. De toute façon, mon esprit bouillonnait déjà de curiosité…

Accompagnée de mon cousin, je me suis glissée par la lucarne, et Finn a fait jaillir un gigantesque cerisier dont les branches formaient un escalier jusqu'au sol. Face à nous, l'étranger était méfiant, mais il a fini par nous confier son nom : Jim Davras. Il cherchait un certain Pocket – drôle de sobriquet, non ? –, « un idiot qui se croit invincible et qui mériterait une bonne paire de gifles », a-t-il ajouté dans un rictus. Apparemment, son camarade avait répondu à une provocation et s'était mis en tête de chaparder de la nourriture dans nos cuisines.

Cher journal, tu n'ignores pas le sort que ma famille réserve aux indésirables. L'année dernière, mon cousin Jacob a réaffirmé l'autorité des Ashwood : sans la moindre hésitation, il a condamné à mort un pauvre homme qui avait eu le malheur de s'aventurer sur nos terres. Finn était plus réticent que moi, mais nous avons accepté de lui prêter main-forte. Nous sommes partis à l'aventure dans le manoir, à la recherche de ce mystérieux Pocket, tandis que son ami nous attendait, caché derrière le grand chêne.

Selon Davras, Pocket possède un talent particulier : celui de se décolorer. De la tête aux pieds, sa silhouette devient translucide, et rien ne trahirait sa présence si une ombre ne s'obstinait à le suivre. Avec Finn, je pensais qu'il serait difficile de le trouver. En réalité, après quelques minutes à fouiller le rez-de-chaussée – en essayant d'éviter Mr Davies et nos parents respectifs –, nous avons percuté Pocket de plein fouet.

En proie à une vive panique, il luttait pour ranimer sa magie. Seule sa main droite était décolorée, et ses pensées semblaient tellement confuses qu'il ne parvenait pas à étendre son pouvoir au reste de son corps. D'après ce que j'ai compris, il avait croisé Jacob Ashwood dans le petit salon... Je comprends son affolement : mon cousin Jacob est assez effrayant, il maîtrise l'art de se glisser dans les pensées et, même moi, je crains parfois qu'il ne fouille mon esprit.

Des domestiques cherchaient déjà Pocket. Cher journal, je n'ai pas hésité une seule seconde, je l'ai poussé dans un placard à balais et j'ai fait croire à ses poursuivants qu'il était parti dans la direction opposée. Nous avons attendu que la voie soit libre avant de regagner le parc. Lorsque nous avons rejoint Davras, il était si soulagé qu'il n'a pas cessé de nous remercier. Avec une vive émotion, je l'ai vu serrer Pocket dans ses bras. Ils n'ont pas tardé à s'éloigner et, quand leurs silhouettes ont disparu derrière la grille, j'ai éprouvé un pincement au cœur. À cet instant précis, j'aurais tant voulu les suivre...

7

L'ONCLE BARTHOLOMEW

— … et Lady Susan Blackwood adressa un sourire à ses compagnons avant de poursuivre son périple de l'autre côté des montagnes. Fin du chapitre.

Sue ramassa ses feuillets éparpillés. Allongée dans son lit, grand-mère Phryne ne manifesta aucune réaction. Immobile comme une statue, elle paraissait à peine respirer. Si la magie l'avait bel et bien plongée dans cet état comateux des décennies plus tôt, son esprit était-il à l'image de son corps ? Faible et moribond… ou, derrière cette prison de chair, une âme s'efforçait-elle vainement de lutter ? Décidée à tenter une expérience, Sue s'approcha de la vieille dame et saisit sa main froide dans la sienne.

— Est-ce que tu m'entends ? lança-t-elle. Si oui, essaie de bouger un doigt !

Sans surprise, grand-mère Phryne n'esquissa pas le moindre mouvement. Sue ne se découragea pas pour autant, elle recommença encore et encore jusqu'à ce que les aiguilles sonnent l'heure du déjeuner.

Une semaine s'était écoulée depuis que l'adolescente avait découvert la vérité sur le clan Ashwood. Une semaine où elle avait espéré surprendre de nouveau le mystérieux intrus. Plusieurs fois par jour, Sue s'était glissée devant la fenêtre du troisième étage pour scruter le jardin et les alentours du chêne. Malgré ses efforts, elle n'avait rien déniché de plus et le mouchoir, orné de son message énigmatique, avait fini dans un tiroir de sa commode.

— Ah, te voilà, ma chérie ! s'exclama la tante Opal en la voyant pousser la porte de la cuisine. Assieds-toi, j'ai préparé un excellent rôti de bœuf pour ce midi.

Sue prit place devant son assiette. Elle connaissait suffisamment la tante Opal pour constater que son sourire était plus crispé que d'ordinaire. Avec sa robe boutonnée jusqu'au menton, la tante Harmony donnait l'impression de s'étrangler à chaque bouchée. Une mauvaise nouvelle semblait flotter dans l'air.

— Tout va bien ? s'étonna Sue.

— Oui, tout va bien, répondit la tante Harmony en faisant cliqueter ses couverts. Nous venons de recevoir un appel de notre frère Bartholomew. Il a prévu de passer quelques jours au manoir... sans nous demander notre avis puisque la demeure est apparemment un moulin.

Sue n'avait croisé l'oncle Bartholomew qu'une seule fois. Elle avait alors six ans, et ce monsieur entièrement vêtu de noir lui avait fait froid dans le dos. Avec son visage creusé et sa silhouette émaciée, il ressemblait à un squelette qui se serait échappé d'un cimetière. D'ailleurs, Sue avait longtemps cru qu'il était croque-mort avant d'apprendre qu'il exerçait en tant que notaire à l'autre bout du pays.

— Quand arrive-t-il ? murmura Sue.

— Demain après-midi.

Manifestement, sa venue était loin de susciter l'enthousiasme. Bien qu'il fût leur frère, les tantes Harmony et Opal semblaient le considérer comme un parent éloigné. Sue ne pouvait nier qu'elle se serait bien passée de sa présence.

— Bartholomew a aussi de bons côtés, tempéra la tante Opal dans un élan d'optimisme. Je me souviens qu'il jouait du piano dans sa jeunesse, peut-être qu'il pourra nous distraire avec l'instrument du petit salon.

— À mon avis, il n'est pas venu pour jouer du piano, siffla la tante Harmony avec mauvaise humeur. Il va encore se comporter comme s'il était chez lui et que la maison lui appartenait. Et je vous parie mon vieux pot de chambre que rien ne sera à sa convenance.

Sue fut étonnée d'entendre sa grand-tante employer un ton aussi froid. Dire que l'oncle Bartholomew n'était pas le bienvenu lui apparaissait comme un euphémisme.

— Combien de temps a-t-il l'intention de rester ? demanda-t-elle.

La tante Harmony désigna le calendrier punaisé au mur d'un geste vague, sous-entendant que la totalité du mois n'était pas à exclure.

— Ma chérie, fit la tante Opal en lui servant une part de rôti de bœuf, est-ce que tu serais assez gentille pour nous donner un coup de main ?

— Oui, bien sûr.

Deux heures plus tard, Sue ne comprenait pas pourquoi il était nécessaire d'astiquer l'ensemble de l'argenterie. Qui était donc Bartholomew Ashwood ? Ce n'était pas seulement un grand-oncle qui se serait souvenu de ses sœurs. Non, il lui faisait davantage penser à un membre éminent, une personne si importante qu'il était impossible de lui dire non. Une certaine frénésie s'était emparée du manoir. Du rez-de-chaussée jusqu'au troisième étage, tous s'activaient pour que la demeure soit impeccable. Les grand-tantes avaient retroussé leurs manches, sorti les balais et le vieil aspirateur pour s'attaquer au hall d'entrée. Quant à Mr Ferguson, il dépoussiérait la chambre verte, celle qui offrait une très belle vue sur le jardin. Avant même son arrivée, chacun était déjà en train de se plier en quatre.

Sue sentait une boule lui nouer le ventre. Elle avait l'impression qu'un voile de secrets entourait cet homme. Un voile de secrets qui l'effrayait.

Depuis qu'il avait été promu responsable de la plonge et de l'épluchage des pommes de terre, Oliver n'avait pas cessé de s'activer en cuisine. À chaque fois qu'il terminait une pile d'assiettes sales, une montagne de tubercules apparaissait comme par magie. Malgré ses efforts, l'adolescent avait l'impression qu'il ne verrait jamais le bout de ses corvées. Quelques heures plus tôt, il avait fait la connaissance de Darell, un type peu causant, qui lui avait donné une tape sur l'épaule et l'avait accompagnée d'un « Débrouille-toi ! ». Oliver avait également croisé deux matelots, Sydney et Palmer, qui étaient venus chaparder de la nourriture, puis étaient repartis aussi vite. Combien étaient-ils dans cet équipage pour utiliser autant de vaisselle et avaler autant de pommes de terre ? Vu la taille du bateau, ils devaient sûrement être une bonne cinquantaine…

Un bruit de pas, une porte qui claque et Balthazar Riley franchit le seuil d'un pas énergique.

— Gamin, s'exclama-t-il, passe-moi une bouteille de rhum ! J'ai besoin de boire.

— Oui… m'sieur, bafouilla Oliver en fouillant dans la réserve.

Balthazar se laissa tomber sur une chaise et commença à se balancer, les pieds posés sur la table. Il observa son nouveau commis de cuisine lui tendre une bouteille qui, vue de l'extérieur, donnait l'impression que trois ou quatre personnes avaient déjà craché dedans.

— Au fait, j'ai une mauvaise nouvelle à t'annoncer, lâcha-t-il en faisant sauter le bouchon avec ses dents. On met le cap sur Astrelune. Des questions ?

— Quoi ?

Un cri étranglé s'était échappé des lèvres d'Oliver. L'espace d'un instant, son regard affolé balaya la pièce à la recherche d'une issue mais, comment s'échapper d'un navire perdu en pleine mer ? Poussant un soupir, l'adolescent dut se résoudre à l'évidence.

— Allons, t'inquiète pas ! lança Balthazar en lui tapotant le bras. Cela ne signifie pas ton arrêt de mort... Vois-tu, j'ai pris la décision de rentrer à Astrelune car, comme tu l'as déjà constaté par toi-même, il se trame des choses louches là-bas. Tu penses sans doute que ce ne sont pas mes affaires, n'est-ce pas ? Eh bien, laisse-moi te dire que les océans m'appartiennent. Oui, exactement ! Je suis leur propriétaire légitime et si un ennemi s'amuse à détruire des villes entières, je suis le premier concerné. Tôt ou tard, ma route finira par croiser la sienne et, face à une puissance aussi redoutable, il vaut mieux être préparé... Et puis, autre raison importante, je déteste le Consul. C'est lui qui a mis ma tête à prix. Tout cela parce que j'ai participé à quelques pillages... Il a fait de moi l'ennemi numéro un et, en tant que tel, je donnerais cher pour savoir ce qu'il manigance. Donc, animé d'une curiosité légitime, je me dirige lentement, mais sûrement vers la cité qui m'a vu grandir.

— Ils vont vous attraper et vous pendre, murmura Oliver d'une voix hésitante. S'il vous plaît, déposez-moi quelque part...

— Quel pessimisme, mon garçon ! Quant à ton aimable proposition, ma réponse est non. C'est vrai que je pourrais te jeter dans un port malfamé, mais j'ai pris la résolution d'être magnanime. Sans vouloir t'offenser, je ne crois pas que tu survivrais plus de quelques jours. J'ai bien réfléchi et je pense que, si le Consul est à ta poursuite, il a dû envoyer des espions dans les villes périphériques. Tu te ferais attraper en moins de deux ! Alors, reste à bord et, d'ici quelques semaines, tu seras devenu un expert dans l'art de laver la vaisselle.

Oliver ne parut guère enthousiasmé par cette merveilleuse perspective. Machinalement, il commença à se ronger les ongles.

— T'es beaucoup trop anxieux, commenta Balthazar. À ton âge, je n'avais que les filles et l'aventure en tête ; toi, si on farfouillait dans ton crâne, on n'y trouverait que des chiffres et des pensées déprimantes… Pourquoi tu t'amuses à voir la vie en noir, hein ? ajouta-t-il avec un large sourire. Une fois parvenus à Astrelune, il nous suffira de ranger discrètement *L'Orion* dans un coin et, comme mon navire est plus ou moins invisible, cela ne devrait pas être trop difficile…

— Pourquoi « plus ou moins » ? se risqua Oliver.

— Parce que le voile de transparence est en train de se déchirer, mais il tiendra bien quelques semaines de plus. Bref, poursuivit Balthazar qui ne paraissait pas s'en préoccuper, moi, je descendrai à terre et toi, tu continueras d'astiquer des assiettes, loin des autres idiots qui veulent ta peau. Mon plan est excellent, non ?

Visiblement, il ne s'attendait pas à être contredit, et Oliver se contenta d'hausser les épaules.

— Je voudrais que cette histoire soit derrière moi, lâcha-t-il dans un souffle.

— Elle ne le sera jamais tant que tu seras traqué… Tu es un fugitif à présent, tu as eu le malheur de te mêler des affaires du Consul et tu en payes le prix. Ces gens-là ne te laisseront jamais en paix et, crois-moi, être constamment sur tes gardes, cela finira par te ronger l'esprit. Si tu veux goûter un semblant de tranquillité, la meilleure chose que tu puisses faire c'est de rejoindre mon équipage.

— Pourquoi est-ce que vous… m'aideriez ?

— Parce que je ne suis pas contre un moussaillon supplémentaire. Et puis, même si je suis un criminel, je respecte un code d'honneur. Un code qui m'interdit de laisser un gosse crever à cause d'un mystère qui le dépasse complètement.

Oliver n'aurait su dire quel sentiment lui inspirait cet homme, mais il n'était pas encore prêt à placer son destin entre ses mains.

Une semaine s'était écoulée depuis son entretien avec Alistair Sheffield. Une semaine où Holly n'avait cessé de retourner les faits dans sa tête. La police s'efforçait-elle vraiment de taire la vérité, de classer des dizaines d'affaires dans l'espoir d'éviter un scandale ? Parfois, cela lui paraissait impossible : jamais les autorités d'Astrelune ne se rendraient complices d'un tel crime. Et puis, lorsque la jeune femme luttait pour trouver une meilleure explication, ses pensées devenaient confuses. Et si Alistair avait raison ? Et s'il s'agissait bel et bien d'un gigantesque complot ?

— Mouais, vous auriez dû me le dire plus tôt…

Holly cligna des yeux. Son esprit était en train de vagabonder parmi des théories fumeuses, et il lui fallut quelques instants pour que la réalité reprenne ses droits. Face à elle se tenait un employé en salopette, dont le badge indiquait : « Vincent, expert en réparations, à votre service ! » Ce matin-là, le Musée avait été fermé à cause d'un incident fâcheux : il pleuvait à l'intérieur du bâtiment. Sous le dôme principal, une fissure déchirait le plafond, laissant un mince filet d'eau couler sur les vitrines. Pataugeant au milieu des serpillères, Mr Lewis s'était empressé de faire appel à la société Toujours-plus-haut. Ce n'était pas la première fois et, vu l'air blasé de leur représentant, sûrement pas la dernière.

— Quelque chose ne va pas ? s'inquiéta Mr Lewis.

— Ben, vous avez oublié de nous dire que votre plafond ne tenait pas, lâcha le dénommé Vincent. Je vois bien que mes collègues ont tenté de le solidifier à grands coups de dorium, mais la science, vous savez, ça a ses limites. Si c'est destiné à s'effondrer, ça finira par le faire, tôt ou tard… Moi, je peux vous reboucher le trou, mon bon monsieur, mais ça ne durera que quelques mois.

— Comblez la fissure pour le moment, soupira Mr Lewis, et je verrai ultérieurement pour lancer des travaux plus importants.

— Notre société est fière de conseiller ses clients, récita Vincent en ouvrant le gigantesque coffre qu'il avait apporté. Satisfait ou remboursé, telle est notre devise… Puis-je vous demander quelle est la hauteur sous plafond ?

— Environ vingt-cinq mètres.

— Hum… je ferais mieux de prendre le vert.

Holly se pencha pour observer l'intérieur de la malle. Roulés sur eux-mêmes, quatre tapis de différentes couleurs avaient été solidement attachés. Seul l'un d'entre eux – d'un rouge éclatant – se tortillait comme un vers. Agité de soubresauts, il semblait décidé à s'enfuir.

— À quoi correspondent les couleurs ? demanda Holly.

— Le Consul a très strictement encadré le vol des tapis. Ils sont chacun limités à une certaine hauteur afin d'éviter les abus. Ceux que possèdent les particuliers appartiennent à la première catégorie : ils n'ont pas le droit de voler à plus de trois mètres, et même les petits malins ne réussissent pas à les débrider. En tant que société spécialisée, Toujours-plus-haut a obtenu les autorisations nécessaires pour monter jusqu'à quarante mètres, mais nos tapis doivent répondre à un jeu de couleurs : jaune, bleu, vert et rouge. À chaque palier de dix mètres, on change de teinte. Cela permet aussi à la police de les retrouver plus facilement si jamais on se les fait chaparder.

Holly s'intéressait très peu aux tapis. Depuis qu'un camarade l'avait un jour invitée à tester sa nouvelle acquisition et qu'elle avait vomi sur sa robe, elle préférait rester les pieds bien au sol.

Sifflotant une ballade, l'agent s'empara du tapis vert émeraude et, après s'être équipé de plusieurs outils, il s'éleva dans les airs. Plissant les yeux, Holly le vit appliquer une couche d'enduit sur la fissure. Il l'étala encore et encore jusqu'à ce que la substance à base de dorium commence à faire effet. Le filet d'eau cessa bientôt de goutter sur la vitrine qui protégeait une collection de petites cuillères.

— Merveilleux ! s'enthousiasma Mr Lewis. Il ne nous reste plus qu'à essuyer le carrelage et, cet après-midi, nous pourrons de nouveau accueillir nos visiteurs.

L'ouvrier était en train de regagner le carrelage humide quand un crac sonore retentit. Holly sursauta et manqua de glisser sur une serpillère. Le tapis rouge venait de se libérer ; s'agitant dans tous les sens, il ne tarda pas à filer vers l'escalier principal et à disparaître derrière la porte entrouverte.

— Mon tapis ! hurla Vincent en s'élançant à sa poursuite. Reviens ici, bon sang de bonsoir ! Tu es vraiment mal élevé…

— Votre tapis m'a l'air bien indiscipliné, en effet, commenta Mr Lewis, les sourcils froncés. J'espère qu'il ne bousculera pas nos pièces de collection.

Deux heures plus tard, le verdict était sans appel : le tapis avait disparu. Interrogés sur son itinéraire, les différents gardiens n'avaient aperçu qu'un éclat de couleur et auraient été bien incapables d'en dire plus. Puisque les fenêtres étaient fermées, l'intrus se dissimulait probablement dans l'une des salles. Avec ses six étages, l'endroit était idéal pour une partie de cache-cache, et retrouver le tapis allait sans doute prendre plusieurs jours.

— Ne vous inquiétez pas, mon cher monsieur, avait lancé Mr Lewis, légèrement essoufflé après avoir exploré l'un des innombrables couloirs. Dès que nous aurons mis la main sur votre instrument de travail, nous vous préviendrons et vous pourrez venir le récupérer.

Holly se serait bien passée de cette corvée.

C'était déjà le lendemain après-midi. Sue n'avait pas vu le temps filer, c'était comme si quelqu'un s'était amusé à accélérer la course des aiguilles. Le manoir avait été nettoyé de fond en comble, et chaque surface susceptible d'être astiquée étincelait de propreté.

Debout devant le miroir de sa chambre, Sue observait une adolescente aux jambes filiformes, guindée dans une robe marron qui la vieillissait de plusieurs années. Même ses cheveux avaient été coiffés en un chignon strict. En contemplant son reflet, Sue avait la désagréable sensation d'être devenue quelqu'un d'autre.

L'arrivée de l'oncle Bartholomew était imminente, et une certaine pression planait dans l'air. Une bonne dizaine de fois, Sue avait tenté d'interroger ses grand-tantes, mais elle n'avait obtenu que des réponses évasives.

— Nous passons toujours un coup de balai quand un invité vient séjourner chez nous, lui avait dit la tante Opal avec un sourire crispé.

— Le manoir avait besoin d'un grand ménage, avait ajouté la tante Harmony sans plus de conviction.

La tête pleine de questions, Sue descendit au rez-de-chaussée et traîna les pieds jusqu'à la porte principale.

Plantées sur le seuil, ses grand-tantes semblaient monter la garde. Jamais Sue ne les avait senties aussi anxieuses. La tante Harmony ne cessait de triturer son médaillon, tandis que la tante Opal pinçait les lèvres si fort qu'elles avaient perdu toute couleur.

— Le voilà ! s'exclamèrent-elles d'une même voix.

Une voiture bleu métallisé venait de franchir le portail pour s'avancer dans l'allée. Légèrement inquiète, Sue discerna une haute silhouette s'extirper du véhicule. C'était un homme d'une soixantaine d'années aux cheveux gris cendre. De la tête aux pieds, il transpirait la sévérité avec son costume noir et son expression grave. En le voyant, n'importe qui aurait pu s'attendre à ce qu'il annonce le décès d'un parent proche. Ainsi, c'était donc lui, l'oncle Bartholomew ! Même s'il ressemblait toujours à un croque-mort, il était beaucoup moins effrayant que dans les souvenirs de Sue.

— As-tu fait bonne route ? lança la tante Harmony en se précipitant à sa rencontre.

— Ni bonne ni mauvaise, marmonna le Croque-mort. J'espère que vous avez du café.

— Oui, bien sûr, fit la tante Opal, nous allons t'en préparer une tasse.

L'oncle Bartholomew fourra sa valise dans les bras de Mr Ferguson et dépassa Sue sans lui prêter attention. Avec le même détachement qu'un seigneur revenant sur ses terres après une longue absence, il s'engouffra à l'intérieur du manoir. À contrecœur, Sue lui emboîta le pas. Elle avait déjà le sentiment d'étouffer, et cette horrible sensation s'accrut lorsqu'ils pénétrèrent dans le petit salon. Le premier réflexe de l'oncle Bartholomew fut de tirer les rideaux, plongeant la pièce dans une semi-pénombre. Il se laissa tomber dans le fauteuil le plus confortable avant d'accorder au mobilier un regard condescendant.

— Ces vases sur la cheminée ne sont pas parallèles, commenta-t-il, mais peu importe… Je ne suis pas venu jusqu'ici pour constater avec quelle légèreté vous traitez l'héritage de la famille Ashwood. Mon rôle est de… Mais qui es-tu ?

Le Croque-mort venait enfin de remarquer Sue. Il la détailla de haut en bas, ses prunelles sombres se posant sur ses genoux noueux, son front large et la pâleur de son teint. L'examen dut se révéler concluant, car ses lèvres s'étirèrent en un rictus.

— Ah oui, je me rappelle de toi. Tu es la fille de Christine, n'est-ce pas ? Sally…

— Sue.

— Tu as une chambre, Sue ?

— Oui, à l'étage… Pourquoi ? demanda l'adolescente timidement.

— Parce que je souhaite m'entretenir avec mes sœurs et que nous n'avons pas le temps de jouer à la poupée. Alors, veille à ne pas nous importuner jusqu'à ce soir.

Sue ouvrit la bouche. Elle aurait voulu lui répliquer qu'elle n'était plus une gamine, mais les mots restèrent coincés dans sa gorge. Les joues rouges, elle s'empressa de tourner les talons et de claquer la porte derrière elle. Finalement, l'oncle Bartholomew était pire que dans ses souvenirs.

Avachi sur une chaise, Balthazar semblait perdu dans la contemplation de ses bottes. Son esprit, pourtant, se livrait à un véritable combat. Il avait l'impression que ses pensées lui échappaient, que ses décisions lui étaient inspirées par une voix insidieuse. Une voix qui se glissait à son oreille et lui susurrait qu'il devait regagner Astrelune. *Mais bien sûr que c'est toi qui as fait le choix de retourner là-bas, sinon qui d'autre ?* Oui, quelques heures plus tôt, Balthazar avait éprouvé le besoin de se justifier, de chercher les raisons qui le poussaient vers la puissante cité indépendante. *Alors, pourquoi doutes-tu ?* siffla la voix.

— Parce que je te sens rôder dans ma tête, marmonna Balthazar.

La voix se fit soudain plus pressante. Là où son ton était jusqu'alors mielleux, ses mots sonnèrent bientôt comme un ordre. *Prends la lame, tu sais que tu le mérites…* Le capitaine avait déjà tenté de résister. Pendant des semaines, il avait lutté pour bâtir une barrière mentale, mais son maigre rempart n'avait pas tardé à voler en éclats. Une boule se noua dans sa gorge, un mal-être l'envahit, un désir viscéral de se faire du mal… Sa main trembla ; d'un geste hésitant, il s'empara de son poignard et, tandis que des larmes glissaient le long de ses joues, il s'entailla la chair.

8

EXPÉDITION NOCTURNE

La nuit était tombée sur Astrelune. Luttant contre le froid, Holly remontait le boulevard, les mains serrées au fond de ses poches. Depuis que Clara avait disparu, elle ne pouvait s'empêcher de passer devant le poste de police. Mais si l'affaire avait été classée, enterrée par cette autorité supérieure, comment espérait-elle obtenir des réponses ? « Oh, petite sœur, songea-t-elle avec regret, je suis tellement désolée. »

Holly était l'aînée. Même enfant, elle avait toujours protégé Clara ; elle l'avait soutenue dans ses projets : celui de se construire une cabane dans sa chambre, quand elle avait dix ans, ou de devenir un jour pianiste professionnelle. Et puis, Clara s'était volatilisée, emportant avec elle ses rêves et ses espoirs. Holly avait l'impression qu'on lui avait arraché une part d'elle-même. Un vide immense grandissait en elle, la rongeant peu à peu de l'intérieur. Elle avait le sentiment de trahir sa sœur, de manquer à sa promesse en restant là, les bras croisés. Impuissante, la jeune femme ne rencontrait que des portes closes. Que devait-elle faire ?

C'est alors qu'une idée bouscula ses pensées. S'immobilisant au milieu du trottoir, Holly lança un regard derrière son épaule, vers le bâtiment sinistre. Là, dans le bureau de l'inspecteur Quinn, se trouvaient d'autres dossiers semblables au sien.

Un plan fumeux venait de jaillir dans son esprit et, pour le mener à bien, elle avait besoin de…

— Maître Sheffield !

Alistair sursauta, répandant sur sa chemise l'intégralité de sa tasse de café. Au-dessus de sa tête, le nuage noir laissa éclater un violent coup de tonnerre. Holly venait de surgir dans un claquement de porte. Surexcitée, elle se précipita vers son bureau.

— Vous avez retrouvé… Clara ? bafouilla Alistair, surpris.

— Non, mais je sais quelle piste nous devons suivre.

— Ah bon, laquelle ?

— Celle de l'inspecteur Quinn.

— Euh… c'est-à-dire ? Je ne suis pas sûr de comprendre…

— Il faut que nous mettions la main sur l'ensemble de ses dossiers. Ma sœur et Mr Hodge ne sont sans doute pas les seuls. Peut-être que cela nous permettra d'établir un lien entre Clara et les autres disparus…

Pris de court, Alistair se rabattit sur ce qu'il connaissait le mieux : la loi.

— D'après l'article 33-9 du Code des aberrations turquoise, il nous est impossible de soumettre à l'inspecteur

Quinn une telle requête sans lui présenter le formulaire B-32 signé par le Haut Magistrat. La procédure nous impose également de prouver que ces différentes affaires partagent des points communs. Notre intuition ne sera pas suffisante pour que…

— Je vous parle de les voler, coupa Holly.

L'espace d'un instant, Alistair demeura la bouche ouverte, à l'image d'un automate déréglé qui aurait besoin d'un bon coup de tournevis.

— Excusez-moi, articula-t-il avec difficulté, est-ce que vous avez bien dit que vous vouliez…

— Commettre un cambriolage, exactement.

— Pénétrer par effraction dans un poste de police est très sévèrement réprimandé par la loi, lâcha Alistair qui avait pris une expression choquée. La peine est de six ans d'emprisonnement et de quinze mille doublons d'amende. De plus, cela figurera dans votre casier judiciaire et…

— Je connais le moyen d'entrer sans me faire prendre.

— Je ne suis pas expert dans ce domaine, mais je vous assure que le bâtiment est très bien sécurisé. Selon un article paru dans *La Gazette d'Astrelune*, la police a même fait appel à des alchiriums de première classe afin de verrouiller les serrures à l'aide de dorium.

— J'ai l'intention de passer par la fenêtre.

— Vous avez des barreaux jusqu'au dixième étage…

— Oui, mais pas au dernier ! fit remarquer Holly avec un sourire en coin.

— Quoi ? La lucarne à plus de trente mètres de haut ?

Dans les yeux d'Alistair se lisaient presque des points d'interrogation. Se penchant vers lui, Holly se résolut à clarifier sa pensée.

— Il suffit d'utiliser un tapis volant, déclara-t-elle. Un tapis appartenant à une société spécialisée... Croyez-le ou non, mais un employé en a justement perdu un dans les couloirs du Musée national.

C'était la première fois qu'Holly envisageait de piétiner la loi. Jusqu'alors, elle avait toujours été la bonne élève, la citoyenne modèle qui ne se serait jamais permis de sortir du rang. Les autorités d'Astrelune avaient failli, elles avaient cessé d'être les garantes de la sécurité... Pour avoir la moindre chance de retrouver Clara, il lui appartenait de mener l'enquête. Envers et contre tout.

Sue avait arraché son chignon et retiré sa robe pour revêtir un short en jean. Puisque le Croque-mort se moquait royalement de sa présence, elle allait l'ignorer et faire comme s'il n'existait pas. Après tout, ce n'était pas cet homme qui allait lui gâcher ses vacances au manoir. Emportant avec elle son sac à bandoulière, elle enfila ses écouteurs et se glissa à l'extérieur. Il faisait terriblement chaud, mais Sue eut l'impression de respirer une bouffée d'air frais. Depuis la veille, son quotidien ne tournait plus qu'autour de ce maudit oncle venu du Devon. Tandis qu'elle s'éloignait de la demeure, l'adolescente se sentait peu à peu libérée d'un poids. Laissant le portail en fer forgé derrière elle, Sue s'enfonça dans les ruelles étroites de Sheryton.

Aussi loin que remontaient ses souvenirs, le village avait toujours été abandonné. Ce n'étaient que portes closes, murs branlants et mauvaises herbes. Lorsque la jeune fille parvint sur l'ancienne place du marché, son regard s'attarda sur les maisons en pierre d'un gris terne. À Sheryton, le temps semblait s'être figé. On ne trouvait aucun feu de circulation, pas le moindre panneau de signalisation ni d'affiches publicitaires. Entre ces bâtiments au charme séculaire, l'existence avait un goût d'éternité.

L'endroit que préférait Sue se trouvait de l'autre côté du village. À quelques dizaines de mètres des dernières habitations, une rivière serpentait entre des herbes hautes. Non loin d'un pont à moitié en ruine, un saule pleureur plongeait ses feuilles dans l'eau paisible. C'était un coin d'ombre où Sue aimait beaucoup se réfugier pour lire. Elle s'apprêtait à s'asseoir quand une silhouette se détacha soudain des branchages. Devant elle se tenait un gamin d'une dizaine d'années, dont le visage était couvert de taches de rousseur et qui avait de la boue sur son pantalon. Son visage ne tarda pas à s'éclairer, creusant deux fossettes sur ses joues.

— Salut ! lança-t-il joyeusement. Toi aussi, tu habites Sheryton ?

— Non, pas vraiment. Je rends visite à mes grand-tantes pour les vacances. Je m'appelle Sue, et toi ?

— Tommy !

Sue était assez surprise par cette rencontre. C'était la première fois qu'elle croisait quelqu'un à Sheryton.

— Tu vis là toute l'année ? demanda-t-elle.

— Oui, avec mes parents, on a emménagé dans ce village il y a quelques semaines.

— Je croyais qu'il n'y avait plus personne...

— Eh bien, maintenant si !

— Et tu ne t'ennuies pas trop ?

— Non, ma passion c'est d'explorer. Un jour, je dénicherai des montagnes de trésors et je partirai à l'autre bout du monde, tu verras ! D'ailleurs, j'ai déjà trouvé un tas de trucs...

Ces mots résonnèrent dans l'esprit de Sue, faisant écho à ses propres rêves d'aventure. Curieuse, elle observa Tommy renverser le contenu de son sac sur l'herbe. C'était un bric-à-brac d'objets sales, probablement déterrés ou pêchés dans la rivière : des bouchons de bouteilles, une semelle de chaussure, une canne tordue, une pièce de monnaie, la queue d'un cerf-volant et... une étrange paire de bésicles. La monture était ornée d'arabesques ciselées ; quant aux verres, ils présentaient une étonnante teinte bleutée.

— Tu veux être mon exploratrice associée ? proposa Tommy, comme s'il s'agissait d'un immense honneur.

— Oh... oui, avec plaisir, bafouilla Sue.

— Très bien, je te laisse choisir un objet en guise de cadeau de bienvenue. Prends ce que tu veux, ça m'est égal. De toute façon, j'ai tellement de choses que je ne sais plus où les ranger.

Sue n'hésita pas. Elle s'empara de la paire de bésicles et la fourra dans sa poche.

— On se retrouve ici demain à la même heure, décréta Tommy. J'aurai besoin de ton aide pour fouiller la zone nord… Maintenant, faut que je te laisse, j'ai promis à ma mère de lui donner un coup de main. Ravi de t'avoir rencontrée, associée !

— À demain ! lança Sue, prise de court, tandis que Tommy partait déjà en courant.

L'adolescente n'eut pas le temps de le remercier, ni même de comprendre dans quelle drôle de mission elle venait de s'embarquer.

Ce garçon lui paraissait sympathique, pourtant elle éprouvait une impression bizarre. Comme si Tommy lui évoquait quelqu'un… mais qui ?

Le Musée national était plongé dans une semi-pénombre. Devant sa façade, des réverbères éclairaient deux silhouettes emmitouflées. L'une d'elles promenait un nuage noirâtre qui déversait sur sa tête un véritable déluge.

— Nous sommes bien d'accord, siffla Alistair entre ses dents, je ne vous aiderai pas à pénétrer par effraction dans le poste de police. Mon assistance s'arrête à la frontière de la légalité, frontière que je ne franchirai pour rien au monde.

— Pour l'instant, je vous demande seulement de venir

avec moi au Musée national. Il faut que nous mettions la main sur le tapis. Il est assez farouche, et j'aurais besoin de votre aide pour le capturer.

— Bien que je vous aie accompagnée jusque-là, vous noterez que ma présence n'est en rien une incitation, ajouta Alistair en remontant une nouvelle fois ses lunettes sur son nez. Je viens de vous réciter l'article 44-6 du Code des évidences émeraude dans son intégralité et, comme je vous l'ai déjà dit, n'hésitez pas à me consulter si un terme vous paraît obscur.

— Ne vous en faites pas, j'ai très bien compris l'idée principale… Et cessez de vous tracasser, nous avons tout à fait le droit de nous rendre au Musée même s'il est plus de minuit.

À force de persuasion, Holly avait réussi à traîner Alistair Sheffield hors de son cabinet. De mauvaise grâce, il l'avait suivie à l'extérieur en débitant des articles de loi, des cas de jurisprudence et des avertissements où le mot « prison » revenait de façon récurrente.

Pour Holly, ce n'était qu'un long baratin qui venait enfin de s'achever. Munie de sa clef, la jeune femme actionna la poignée et pénétra dans le hall du Musée.

— Alors, est-ce que vous entrez ou vous préférez rester dehors ?

Alistair se tenait toujours devant le seuil de la porte. Sitôt parvenu au pied du bâtiment, il avait pilé net. Son front s'était plissé, comme s'il était en train de lister mentalement les infractions dont il se rendrait coupable en faisant un pas de plus.

— Vous ne risquez rien en venant avec moi, l'encouragea Holly. À cette heure, les gardiens sont sans doute déjà endormis sur leur chaise et, même s'ils remarquent notre présence, il nous suffira de leur expliquer la situation.

— Quoi ? Que vous êtes venue chercher un tapis avec lequel vous espérez commettre un forfait ?

— Non, que vous, maître Sheffield, avez égaré un document d'une importance capitale pour votre audience de demain. Consciente que l'avenir d'un innocent est en jeu, je vous ai proposé de le retrouver.

D'ordinaire, Holly ne se serait jamais permis d'inventer un tel mensonge, mais ses scrupules s'évanouissaient à la seule pensée de Clara. Alistair hésita. Puis, avec autant de difficulté que si ses chaussures étaient ventousées au sol, il s'avança d'un pas.

— Je cherche uniquement le tapis parce qu'il appartient à une société spécialisée, reconnue par le Consul, déclara-t-il, et que cela serait dommageable pour la collectivité s'il tombait entre de mauvaises mains.

— Très bien, ravie de l'entendre ! Le Musée fait six étages : vous fouillerez le rez-de-chaussée et les deux premiers niveaux ; moi, je m'occupe des suivants. On se retrouve sous la grande horloge dans une heure et demie pour faire le point.

Et sur ces bonnes paroles, Holly lui fourra entre les mains un plan du Musée – « Chers visiteurs, proclamait le dépliant en lettres argentées, venez plonger dans le Monde-qui-aurait-peut-être-existé-ou-peut-être-pas ! »

La jeune femme laissa l'avocat près d'un pot de fleurs et la pancarte indiquant la direction des vestiaires. Silencieusement, elle gravit les marches de l'escalier et s'engouffra dans la galerie des « habits troués et rapiécés ». Dans chacune des vitrines, un lot hétéroclite de vêtements, allant de la chaussette jusqu'au bonnet de bain, était accompagné d'écriteaux et de toiles d'araignées. De larges fenêtres laissaient pénétrer la lumière de l'extérieur, celle des réverbères et de l'immense panneau publicitaire qui dominait le boulevard des Cendres.

Des sociétés utilisaient du dorium pour éclairer leurs affiches afin que, même la nuit, nul n'échappe à la promesse d'une réduction (« Le voyage en dirigeable à moins 30 % ! Découvrez de splendides paysages par la voie des airs ! ») ou ne se prive d'un nouveau produit (« Vous ne connaissez pas encore le dentifrice phosphorescent ? Laissez-vous tenter et votre sourire sera plus étincelant que jamais ! »).

Holly remonta le couloir, les sens à l'affût. Le Musée était un véritable labyrinthe qui regorgeait de cachettes et de recoins sombres. Où pouvait bien se terrer un tapis ? Avec un peu de chance, il s'était assoupi et ne s'enfuirait pas à son approche.

Lorsqu'elle passa à côté d'une statue à moitié décapitée, représentant un vieillard sur le point de trébucher sur une peau de banane, il lui sembla entendre un chuchotement. Comme des centaines de voix qui se mêlaient… Le phénomène ne dura que quelques secondes avant de s'évanouir. Ce devait être une illusion, conclut Holly en haussant les épaules. Avec la disparition de

Clara qui hantait son esprit, cela n'aurait rien eu de sur-prenant.

À défaut d'une idée plus précise, Holly décida de fouil-ler pièce par pièce. De temps en temps, elle tendait l'oreille, cherchant à percevoir un bruit quelconque en provenance du rez-de-chaussée ou des deux premiers étages. Apparem-ment, Alistair n'avait rien fait tomber sur son passage ni tiré du sommeil l'un des agents de sécurité. Sur son che-min, Holly n'avait croisé qu'un seul gardien qui ronflait, à moitié avachi sur son siège. Au moins, s'ils faisaient chou blanc, ils pourraient toujours réitérer l'expérience le lendemain soir.

Durant trois quarts d'heure, Holly examina les diffé-rentes salles, passant de collection en collection, jusqu'à atteindre les bureaux administratifs.

— Allons voir chez Mr Lewis, murmura-t-elle en entrebâillant doucement la porte.

L'arc-en-ciel oublié par les ingénieurs de la Machine du temps était toujours là ; il flottait dans un coin. En le voyant, Holly songea qu'elle n'avait jamais interrogé Alistair sur le nuage qui le suivait en permanence. À l'Académie, il n'était pas rare que certains étudiants fassent appel à des alchiriums pour nuire à leurs camarades et pertur-ber leurs révisions. Alistair avait peut-être été victime de l'une de ces mauvaises plaisanteries…

L'endroit ressemblait à une bibliothèque avec ses ouvrages bien rangés et ses dossiers classés par ordre alphabétique. La jeune femme alluma la lampe de bu-reau, posée sur la table, et parcourut la pièce du regard.

Le tapis n'était pas là… La penderie était suffisamment grande pour lui servir de refuge. Par acquit de conscience, Holly actionna la poignée. Elle s'attendait à trouver un costume de rechange ou un chapeau oublié, mais certainement pas à tomber nez à nez avec un homme.

Ce fut un cri de surprise qui mourut sur ses lèvres. À la vitesse de l'éclair, l'intrus s'était jeté sur elle, plaquant une main sale sur sa bouche.

— Évitez de faire du bruit, voulez-vous ? lui siffla-t-il à l'oreille. Je n'ai aucune envie que vous rameutiez du monde.

Holly voulut se débattre, mais une poigne trop puissante lui bloqua les bras dans le dos. Qui était cet homme ? Que faisait-il là ?

Un flot de questions l'envahit, bientôt noyé par un sentiment encore plus fort que la surprise. *La peur.* Une courte fraction de seconde, Holly avait aperçu la lame d'un couteau scintiller à sa taille. Allait-il la tuer et abandonner son cadavre dans ce bureau où elle n'aurait jamais dû être ?

— Soyez sage et arrêtez de gigoter, murmura son agresseur. Je vais retirer ma main, et vous allez me faire le plaisir de me répondre sans hurler. Vous pensez y arriver ?

Holly acquiesça d'un signe de tête.

— Très bien. Vous pouvez me dire votre nom et ce que vous fichez dans ce lieu pittoresque à une heure pareille ?

— Holly Nightingale. Je… je travaille au Musée, bégaya-t-elle, je suis revenue parce que j'ai oublié quelque chose.

— Intéressant. Vous savez où sont rangés les dossiers de subvention ?

Holly hésita. Elle n'avait aucune intention de l'aider, mais une pression plus forte sur son bras suffit à lui délier la langue. De toute façon, ce n'était qu'un tas de paperasses qui ne manquerait pas à Mr Lewis.

— Oui, en bas à droite... de la grande étagère.

— Je vous remercie pour votre coopération, ricana l'homme, vous venez de me faire gagner un temps précieux. À présent, je vous propose la chose suivante : je vous lâche mais, si vous tentez quoi que ce soit, je vous bâillonne avec votre foulard et je vous attache à cette chaise. Est-ce que c'est clair ?

— Oui...

Sans ménagement, le voleur la poussa dans un coin de la pièce, à l'opposé de la porte, ce qui lui ôta tout espoir de fuite. Holly sentait ses membres trembler. Affolé, son regard se posa sur la silhouette de l'inconnu, le détaillant de la tête aux pieds. Il était grand, le visage basané avec une large cicatrice qui lui tailladait l'arcade sourcilière.

Un nom s'imprima aussitôt dans son esprit, un nom qui avait été répété dans les journaux, accompagné des crimes les plus sanglants.

— Vous êtes... Balthazar Riley...

— Ah oui, j'ai oublié de me présenter, s'excusa l'homme en soulevant son tricorne. Capitaine Riley, enchanté !

Les yeux d'Holly s'étaient écarquillés comme des soucoupes.

— Vous êtes… revenu à Astrelune, bafouilla-t-elle avec effroi.

— Je salue vos talents d'observation. Tous les dossiers sont bien là, n'est-ce pas ? Parfait, alors je les embarque.

Balthazar fourra les documents sous sa redingote. Un court moment, Holly eut l'espoir insensé qu'il tournerait les talons et la laisserait là. Malheureusement, ce fut vers elle qu'il s'avança d'un pas décidé.

— Miss Nightingale, susurra-t-il, est-ce que vous avez déjà remarqué quoi que ce soit d'étrange concernant les subventions ?

— Euh…non…

— Mais encore ?

— Les subventions nous sont versées annuellement par les bureaux du Consul, marmonna Holly. Les autorités ont toujours considéré que la Perle faisait partie du patrimoine d'Astrelune…

— D'après vous, quel est le montant de ces subventions ?

— Un peu moins de mille doublons, je dirais. Assez pour payer le chauffage et quelques réparations.

— Et si je vous annonçais que la somme montait à plus de cent mille ?

— Non… c'est impossible.

Un doute immense s'insinua en Holly. Depuis la disparition de sa sœur, elle n'était plus sûre de rien.

— Pourquoi le Consul se montre-t-il aussi généreux, hein ? insista Balthazar. Pourquoi est-il prêt à tuer un gosse pour une histoire d'argent ?

— Je ne… sais pas.

Holly commençait à paniquer. Elle ne comprenait rien à cette affaire. Les prunelles sombres de Balthazar s'étaient plantées dans les siennes. Un regard froid, aussi glacial que le vent d'hiver. Le capitaine fit un pas vers elle, et Holly se plaqua davantage contre le mur.

— S'il vous plaît, allez-vous-en, prononça-t-elle dans un souffle.

— Non. C'est la première fois que je dis cela à une dame, mais votre présence me dérange. Et encore, je reste poli… Je n'ai aucune envie que vous répétiez à qui que ce soit que vous m'avez vu. Si jamais le moindre mot compromettant sort de votre jolie bouche, je reviendrai pour vous tuer. Est-ce que je me suis bien fait comprendre ?

— Je vous promets que je me tairai ! s'exclama Holly. Moi non plus, je n'ai pas le droit d'être ici… Vous voyez, je n'ai aucune raison de vous dénoncer !

— Moins fort, je vous entends très bien, soupira Balthazar. Je croyais que vous aviez simplement oublié quelque chose… Pourquoi est-ce que vous êtes là, Miss Nightingale ?

Angoissée, Holly jeta des coups d'œil frénétiques autour d'elle, comme si un passage dérobé avait une chance de se matérialiser. Il lui était impossible de s'enfuir, d'échapper à cet homme qui la dominait de toute sa hauteur. À contrecœur, elle se résolut à lui cracher une partie de la vérité.

— Des gens ont disparu, articula-t-elle avec difficulté, c'est très important…

— Ah ouais ?

— Oui, je crois que cela a un lien avec… les autorités.

— Tiens donc ! Je suis sûr que, vous et moi, nous avons plein de choses fascinantes à nous raconter. Vous savez quoi ? J'ai changé d'avis, vous allez m'accompagner…

D'un geste autoritaire, Balthazar la saisit par la taille et la tira vers le couloir. Quitte à être enlevée, Holly refusait de le suivre passivement. Sans réfléchir, elle lui envoya un violent coup de pied dans le tibia. La pointe de son talon métallique arracha au pirate un cri de douleur. Profitant de son inattention, la jeune femme lui fila entre les doigts et se précipita dans la galerie déserte.

— Au secours ! hurla-t-elle. À l'aide !

Entre la perspective d'être kidnappée et celle de réveiller les gardiens, Holly préférait largement la seconde option. En présentant ses excuses à Mr Lewis, elle parviendrait bien à justifier sa présence… Derrière elle, Balthazar s'était déjà lancé à sa poursuite. Il ne lui faudrait que quelques secondes pour la rattraper. Les pensées d'Holly s'emmêlaient dans un brouillard d'émotions. Impuissante, elle sentit bientôt un poids l'immobiliser, un corps enlacer le sien et la priver de tout mouvement.

— Vous allez arrêter de me taper sur les nerfs, grogna Balthazar, si vous ne voulez pas que je me fâche !

De très mauvaise humeur, il venait de plaquer sa main sur sa bouche quand un bruit inattendu déchira le silence. À trois mètres au-dessus du sol, un tapis rouge jaillit, chevauché par un Alistair encore plus débraillé que d'ordinaire. Vu son expression, il n'avait absolument pas demandé à se retrouver là. L'avocat poussa un cri de terreur lorsqu'un virage brusque l'envoya valdinguer dans les airs. L'espace d'un instant, il agita les bras mais, à défaut de savoir voler, il s'écroula violemment sur le carrelage.

— Mais qu'est-ce que c'est que ce cirque ? lâcha Balthazar, pris de court. Qui c'est, celui-là ?

Un étage plus bas, des bruits de pas commencèrent à se faire entendre. Le vacarme avait fini par arracher les gardiens à leur sommeil. Le capitaine fut le premier à réagir. Avisant le tapis qui effectuait des cercles autour du lustre, il poussa un long sifflement.

— Au pied ! ordonna-t-il d'une voix grave.

L'effet fut immédiat. Le tapis consentit à descendre du plafond pour s'immobiliser devant lui. Balthazar jeta Holly sur l'étoffe poussiéreuse et, après avoir ramassé Alistair qui gisait inconscient entre deux vitrines, il le chargea à côté d'elle. Un coup d'épaule suffit à ouvrir l'une des fenêtres, un claquement de langue, et le tapis décolla. Lorsque les gardiens surgirent dans le couloir, quelques secondes plus tard, ils ne discernèrent qu'un mince filet de couleur rouge disparaissant dans la nuit.

Journal de Phryne Ashwood

Le 16 février 1865

Cher journal,

Hier soir, j'ai eu droit à un véritable sermon. Mon escapade, loin de la salle d'étude, n'est pas passée inaperçue. Peu avant l'heure du dîner, les membres de ma famille se sont réunis dans le petit salon. Il y avait non seulement mes parents, mais aussi mon précepteur, ma sœur Estella, la tante Cathalina et, pour mon plus grand malheur, le cousin Jacob.

Debout au centre de la pièce, j'avais l'impression d'être un condamné attendant sa sentence. Père a été très sévère... Il a affirmé que mon éducation était une catastrophe et que je ne devais pas prendre à la légère les efforts que déployait Mr Davies pour faire de moi une dame de la haute société. VOUS ÊTES UNE HONTE. Oh, cher journal, comme ces mots ont méchamment claqué dans mon esprit !

Père a martelé que je venais de fêter mon quinzième anniversaire et que mon don ne s'était toujours pas manifesté... Je n'ai pas osé lui répondre, lui dire que mon talent pour le raccommodage ne cessait de se développer.

Comme j'aurais aimé être à la place de Finn ! Après de légères remontrances, il a été congédié dans sa chambre et bien qu'il ait été « privé de repas », son pouvoir lui a sans doute permis de contourner la punition.

Mais le pire était encore à venir car Jacob Ashwood n'a pas tardé à se mêler de la conversation. « Puis-je attirer votre attention sur un événement, à mon sens, bien plus intéressant que les sottises de ma jeune cousine ? » a-t-il lâché d'un ton doucereux. Je déteste cet homme... D'un geste lent, il a essuyé les verres de ses bésicles, ces fameuses lunettes qui lui permettent de discerner les traces de magie. Il les porte à chaque fois qu'il est confronté à la population de Sheryton. À croire qu'il surveille en permanence l'étendue de leurs pouvoirs...

Quand j'étais enfant, je me souviens avoir été proche de lui, mais il était alors très différent. À cette époque, le cousin Jacob me prenait sur ses genoux ; il passait des heures à me raconter des histoires, des récits merveilleux où la magie était un personnage à part entière. Les années se sont écoulées, le cousin Jacob est devenu gouverneur et, au fil des mois, son caractère a changé. Depuis une décennie, il dirige Sheryton d'une main de fer, aussi froid et imperturbable qu'un bloc de pierre.

Sans me quitter du regard, le cousin Jacob a rappelé qu'un voleur des bas quartiers s'était introduit dans notre manoir. Les lèvres étirées en un rictus, il a susurré que, malgré les efforts de nos domestiques pour retrouver le coupable, l'intrus s'était mystérieusement volatilisé. J'ai su à cet instant précis qu'il me soupçonnait. Et puis, un vent glacé s'est emparé de mon esprit. Pétrifiée, j'ai senti mes pensées se mêler, mes souvenirs se bousculer, alors qu'une puissance extérieure se glissait dans ma tête. Réciter l'alphabet est le seul moyen que je connaisse pour lutter contre les attaques mentales du cousin Jacob. J'ai tenté de me claquemurer, de verrouiller l'intérieur de mon crâne, comme s'il s'agissait d'un coffre-fort dont il suffirait de jeter la clef. Mais, bien sûr, cela n'a pas fonctionné...

J'ai entendu sa voix siffler à mon oreille. Mon corps tout entier me donnait l'impression d'avoir plongé dans une mare d'eau glacée. « Je sais que c'est toi. Tu as aidé cet adolescent à s'enfuir... » Les mots du cousin Jacob étaient aussi tranchants qu'une lame. Pour lui, j'appartiens aux Ashwood et, même si je ne suis qu'un nom perdu dans l'arbre généalogique, je n'ai pas le droit de me mêler au monde d'en bas. Selon ses dires, la populace de Sheryton nous est inférieure ; ce ne sont que des insectes, une vermine qui grouille et jalouse notre magie. Mon précepteur m'avait déjà raconté les origines de Sheryton, mais le cousin Jacob a été beaucoup plus violent dans ses propos. Il m'a parlé du dôme de protection, ce rempart enchanté qui enveloppe notre ville et nous protège du monde extérieur. D'après cet homme, les anciens sans-pouvoirs étaient parvenus à franchir cette barrière. Au fil des années, ils ont peu à peu abusé de notre hospitalité jusqu'à s'approprier une magie qui ne leur appartenait pas. Aujourd'hui, ils menacent le clan Ashwood...

Cher journal, j'avais beau me débattre intérieurement, je ne parvenais pas à reprendre le contrôle de mes *pensées. J'ai fini par supplier le cousin Jacob de me libérer. Sa réponse a été un avertissement : « Je te laisserai tranquille quand tu porteras fièrement le nom des Ashwood. » J'ai dû lui promettre de ne pas déshonorer notre clan. Quand il a enfin relâché la pression, j'avais le sentiment de regagner le monde des vivants. Mes parents, bien entendu, ne se doutaient de rien… Père terminait justement son monologue et n'a pas tardé à me renvoyer dans ma chambre. C'était un véritable soulagement !*

Oh, comme j'espère ne plus jamais être confrontée au cousin Jacob…

9

LA FAILLE

Sue tournait et retournait la paire de bésicles entre ses mains. C'était un objet très curieux. Quand elle l'avait posé sur son nez, elle avait été surprise de ne voir à travers qu'un brouillard bleu, tellement opaque que le monde était réduit à des formes vagues. Qui donc pouvait bien s'en servir ? Et à quoi bon utiliser des verres qui menaçaient leur propriétaire d'une chute certaine ?

Perplexe, Sue fourra les bésicles dans sa poche. Elle avait passé son après-midi entier, plongée dans un roman d'aventures – où le héros avait été victime d'un terrible naufrage –, et il commençait à se faire tard. À contre-cœur, elle ramassa ses affaires et traîna les pieds en direction du manoir. Avec un peu de chance, elle pourrait se faire un sandwich et dîner dans sa chambre. Sue n'avait aucune envie de croiser de nouveau l'oncle Bartholomew.

— Pourvu qu'il reparte dans quelques jours, marmonna-t-elle.

Quand elle franchit le portail en fer forgé, le jardin était désert. L'adolescente remonta l'allée et se glissa dans la vieille demeure par la porte de derrière. Un silence pesant régnait au rez-de-chaussée. Lorsqu'elle gravit les marches de l'escalier, Sue entendit des échos de voix émaner du petit salon. Apparemment, l'oncle Bartholomew et ses grand-tantes étaient toujours en pleine conversation. Qu'avaient-ils de si important à se dire ? Sans un bruit, Sue s'avança vers la porte et colla son oreille contre le panneau.

— Notre sœur Victoria en était convaincue, grogna le Croque-mort, et je le suis aussi. Il y a plus d'un siècle, la magie tout entière a été absorbée, mais elle n'a pas disparu, elle attend seulement le moment de faire son grand retour… À présent, ce n'est plus qu'une question de jours.

— Ta théorie ne repose que sur de vieilles croyances, tempéra la tante Harmony d'un ton pincé. Oui, les voix sont de plus en plus présentes, la pluie au sous-sol a doublé d'intensité, et le coquetier continue de s'agiter au fond du placard. Mais, comme je ne cesse de te le répéter, cela ne signifie rien…

— Et puis, même si la magie repointait le bout de son nez, nous n'avons aucune certitude que notre clan retrouverait sa grandeur passée, ajouta la tante Opal dans un petit rire nerveux. La cité de Sheryton n'est plus ce qu'elle était, tous les habitants sont partis en laissant cette histoire poussiéreuse derrière eux.

— Je vous parle d'inscrire à jamais le nom des Ashwood dans le marbre de l'histoire, et vous m'opposez des arguments sans valeur. Nous pourrions avoir l'immortalité et modifier la société actuelle à notre profit.

— Même au temps de l'âge d'or, l'immortalité était un rêve dangereux, fit remarquer la tante Harmony.

Souviens-toi des écrits laissés par Dorian Ashwood, il avait passé des années à étudier la question…

— Vous cherchez quelque chose en particulier, Miss Sue ?

Sue sursauta. Mr Ferguson venait de surgir derrière elle et l'observait avec un regard pétillant de malice.

— Euh… non, bafouilla-t-elle.

— Comme ces messieurs-dames ne semblent pas pressés de passer à table, je vous ai préparé un plateau-repas. Il vous attend dans votre chambre.

— Merci beaucoup.

Légèrement gênée, Sue remonta le couloir en direction de l'escalier.

— Vous savez, certains disent que la curiosité est un vilain défaut, mais parfois il s'agit d'une très belle qualité, lança Mr Ferguson. Je pense que, tôt ou tard, vous percerez les mystères de cet ancien manoir. Il faudra seulement vous armer de patience.

Sue se figea sur la première marche.

— Pourquoi l'oncle Bartholomew est-il persuadé que la magie va ressurgir ? murmura-t-elle.

— Peut-être parce que le passé lui a révélé ses secrets… Tiens, c'est amusant, mais cette paire de bésicles qui dépasse de votre poche me fait étrangement penser aux lunettes de Jacob Ashwood.

— Jacob Ashwood ?

— Oui, son portrait est au deuxième étage… Bonne soirée, Miss Sue !

Et sans un mot de plus, Mr Ferguson s'éloigna dans

la direction opposée, les lèvres étirées en un sourire énigmatique.

Holly avait le vertige. Tassée entre Alistair et le bord
du tapis, elle voyait la cité d'Astrelune défiler avec ses milliers de lumières scintillant dans l'obscurité. Ils avaient
dépassé le cœur du pouvoir – de majestueux bâtiments en
pierre qui semblaient défier la gravité – avant de longer
le fleuve. Au loin, Holly apercevait le débarcadère où se
croisaient les dirigeables. Malgré l'heure tardive, certains
quartiers grouillaient d'animation. De jour comme de
nuit, les trottoirs en verre attiraient un flot de badauds
qui se pressaient pour admirer les bancs de sardines sous
la surface.

— Vous n'étiez encore jamais montée sur un tapis,
ma petite dame ? lança Balthazar qui avait l'air de bien
s'amuser.

— Si, c'est la deuxième fois… Je veux descendre,
marmonna Holly en réprimant un haut-le-cœur.

— Évitez de me vomir dessus ou sur votre camarade
débraillé ! Je viens d'enfiler une chemise propre et je n'ai
pas envie de la changer.

— J'espère qu'Alistair va bien.

— Mais oui, ce garçon a la tête solide, il est juste un
peu assommé… D'ailleurs, c'est normal qu'il se promène
avec un nuage au-dessus du crâne ?

— Oui, articula Holly avec difficulté, je l'ai toujours vu ainsi.

— Au fait, vous pourriez m'expliquer d'où sort ce tapis ? Sauf erreur de ma part, il n'y a jamais rien eu d'amusant au Musée national.

— Il s'est échappé quand un employé de la société Toujours-plus-haut est venu colmater une fissure au plafond.

— C'était lui que vous cherchiez, n'est-ce pas ?

— Oui.

— Pourquoi ?

— Parce que j'en ai besoin pour découvrir la vérité, prononça Holly dans un souffle. En réalité, j'enquête sur la disparition de ma sœur… Et si vous aviez un minimum d'humanité, vous me laisseriez repartir !

— Non, trancha Balthazar dans un bâillement. En traversant Astrelune, j'ai vu les affiches où ma tête était mise à prix, j'ai lu ces lignes bourrées de mensonges qui m'accusaient d'avoir détruit Auberouge et je veux tirer cette affaire au clair…

— Qu'est-ce que vous avez… dit ? bafouilla Holly. Ce n'est pas vous qui avez provoqué la chute d'Auberouge ?

— Pourquoi est-ce que je m'amuserais à saccager une ville ? D'ailleurs, vous voulez entendre la vérité ? Celle que vous cachent les autorités pour ne pas effrayer les âmes sensibles… Je me suis rendu à Auberouge, je voulais voir le désastre de mes propres yeux, eh bien, vous savez quoi ? La cité s'était évanouie : il ne restait rien, ni ruines ni cadavres. La zone était envahie par des herbes hautes, comme si Auberouge n'avait jamais existé.

L'espace d'un instant, Holly demeura statufiée, la bouche grande ouverte. Les mots du capitaine résonnaient dans sa tête. Ils faisaient écho à une autre situation, éloignée et pourtant semblable : Clara Nightingale et Mr Hodge, *eux non plus n'avaient jamais existé…*

— Hé ho, du bateau ! s'exclama Balthazar en claquant des doigts sous son nez. Y a quelqu'un à bord ?

— C'est la même affaire, murmura-t-elle.

— Quelle affaire ?

Après une courte hésitation, Holly se résolut à expliciter sa pensée.

— Écoutez, lui dit-elle, quand ma sœur s'est volatilisée, plus personne ne se souvenait d'elle. Notre logeuse, ses collègues de travail… Même son piano n'était plus là, toute trace de sa vie avait été complètement effacée. Je suis persuadée que ces deux histoires sont liées.

— Miss Nightingale, je suis ravi d'avoir fait votre connaissance, lâcha Balthazar dans un rictus. Je pense que, vous et moi, nous allons très bien nous entendre… Nous en reparlerons dans ma cabine.

Sans prévenir, il inclina brusquement le tapis en avant, l'entraînant vers la mer dans une descente vertigineuse. Holly poussa un cri. Elle s'efforça de retenir Alistair qui, toujours inconscient, manqua de peu de basculer dans le vide. Sa peur laissa soudain place à de la stupéfaction quand un bateau jaillit dans son champ de vision.

Quelques secondes plus tôt, elle aurait juré que, hormis une lointaine embarcation, l'endroit était désert. Le navire ressemblait à un monstre en bois surgissant des fonds marins pour tout engloutir sur son passage.

— Bienvenue à bord de *L'Orion* ! s'exclama Balthazar en atterrissant sur le pont dans un long dérapage.

Hébétée, Holly tituba sur ses jambes avant de retrouver son équilibre. Elle n'était pas la seule à avoir détesté la manœuvre : le tapis envoya Alistair rouler contre le bastingage avant de s'éloigner de Balthazar à vive allure.

— Capitaine, vous avez une conduite impressionnante ! salua Palmer qui était occupé à enrouler des cordages près du cabestan.

— Mon père réparait autrefois des tapis de course, j'ai appris à me faire obéir d'eux ! Tout s'est bien passé durant mon absence ?

— Oui, rien à signaler !

— Tiens, tiens, monsieur se réveille, commenta Balthazar.

Étendu sur le sol, Alistair venait d'émettre un son proche du gargouillement. Au prix d'un prodigieux effort, il entrouvrit les paupières et dut croire que ce monde n'était qu'un cauchemar, car il rebascula aussitôt dans l'inconscience.

Sue s'était précipitée au deuxième étage. Le manoir débordait de portraits de famille, il y en avait de toutes les tailles, suspendus dans les moindres recoins. Celui de Jacob Ashwood se trouvait dans le couloir, coincé entre un ficus et la porte des toilettes. L'air grave et solennel, l'homme paraissait accorder au spectateur un regard condescendant. Mr Ferguson avait raison : il portait bien une paire de bésicles sur son nez, des lunettes à la teinte bleutée qui ressemblaient beaucoup à celles de Sue.

— Comment faisait-il pour voir à travers ? marmonna l'adolescente.

Et surtout, songea-t-elle, comment cet objet avait-il bien pu atterrir parmi les trouvailles de Tommy ? C'était étrange… Aussi étrange que cette conversation surprise à travers la porte du petit salon. D'après ce que Sue avait compris, le Croque-mort pensait que la magie allait renaître de ses cendres. « Ce n'est plus qu'une question de jours », avait-il affirmé. Par quel hasard du calendrier, une poignée de jours suffirait-elle à effacer des décennies d'absence ? L'espace d'un instant, Sue avait éprouvé un frisson d'excitation avant que les paroles de ses grand-tantes ne la fassent frémir. Elle avait clairement perçu de la peur dans leurs voix. Ni la tante Opal ni la tante Harmony ne souhaitaient le retour de la magie, comme si elles craignaient l'oncle Bartholomew et le mauvais usage qu'il pourrait en faire.

— Ce type est sûrement loin d'être inoffensif…

À défaut d'une meilleure idée, Sue enfila la paire de bésicles. Elle en était désormais persuadée, Mr Ferguson en savait plus qu'il ne le laissait croire. Il ne l'avait pas seulement poussée à admirer le tableau de Jacob Ashwood, il lui avait donné un coup de pouce. Un coup de pouce pour l'aiguiller dans la bonne direction.

Sceptique, Sue parcourut les alentours du regard. Le monde était toujours aussi bleu. Les bras tendus en avant comme un somnambule, elle fit quelques pas dans le couloir et manqua de s'étaler par terre. Voilà qu'elle avait failli se prendre les pieds dans le tapis ! Comment Jacob Ashwood pouvait-il poser fièrement quand ses lunettes auraient dû l'envoyer tout droit à l'hôpital ? C'est alors que Sue remarqua un détail curieux. Face à elle, le papier peint tressaillait légèrement. Lorsqu'elle le frôla du doigt, il se mit à vibrer, laissant apparaître des éclats saphir qui virevoltèrent dans les airs.

— Qu'est-ce que… ?

Après avoir retiré les bésicles, Sue jeta un nouveau coup d'œil à la tapisserie. Non, c'était juste à travers les verres que le phénomène était perceptible ! Surexcitée, l'adolescente reproduisit l'expérience. À son contact, le papier peint parut se tordre, se déchirer tel un voile translucide. Et puis, à l'image d'une fissure qui grignoterait la réalité, une fente jaillit du néant. Incapable de résister, Sue se retrouva aspirée, happée à l'intérieur de la faille. L'univers bascula, un manteau de noirceur l'enveloppa… et la jeune fille s'écroula au pied du grand chêne.

Sue cligna des paupières. Le voyage n'avait duré que quelques secondes. Quelques secondes qui lui avaient suffi pour se téléporter du deuxième étage jusqu'au jardin. Cette fente avait créé un passage fabuleux qui défiait les lois de l'espace. Tournant sur elle-même, Sue avait encore du mal à en croire ses yeux. La magie n'était pas seulement de lointains échos qui demeuraient attachés à la demeure. Bien qu'elle ne fût plus aussi vivace qu'autrefois, il était encore possible d'exploiter sa puissance.

— Je sens que je ne vais pas m'ennuyer, commenta Sue avec un large sourire.

Le manoir était immense. Combien d'autres fentes lui restait-il à découvrir ?

— Excusez-moi, monsieur, un rapport urgent !

Mr Lynch s'arracha de son bureau pour s'emparer du dossier que lui tendait son subordonné. Depuis la naissance d'Astrelune, le Consul et les Ombres s'étaient unis dans un même combat : celui de taire la vérité. Le secret se devait d'être préservé à n'importe quel prix. Durant des décennies, des cadavres avaient rempli la colonne des faits divers. Ce n'étaient que quelques morts, rien comparé au désastre que représenterait un mouvement de panique si le scandale éclatait.

D'un geste vif, Mr Lynch feuilleta le document dactylographié où figurait un nom en lettres capitales : BALTHAZAR RILEY. Voilà qui était intéressant ! « Le capitaine a été aperçu à Astrelune, à la tombée de la nuit, dans le boulevard des Cendres », lut Mr Lynch. L'information émanait d'un agent des Ombres. L'organisation possédait une myriade de branches, réparties dans chaque coin de la cité, et nul ne pouvait leur échapper éternellement. Ainsi, Balthazar Riley avait fait le pari fou de revenir dans sa ville d'origine. Pauvre idiot, il allait bientôt s'en mordre les doigts !

— Le boulevard des Cendres, murmura Mr Lynch.

Est-ce que ce criminel avait des doutes concernant le Musée national ? De toute façon, même s'il découvrait le pot aux roses, l'opinion publique s'était liguée contre lui. Personne n'oserait accorder foi à ses paroles.

Les lèvres étirées en un rictus, Mr Lynch étala une carte d'Astrelune sur son bureau. Son doigt longea la côte, tandis qu'il cherchait une crique reculée, loin des ports de pêche qui grouillaient d'animation. Balthazar Riley avait dû laisser son bateau dans un lieu assez isolé, mais qui lui permettrait d'atteindre la cité à pied. Une zone correspondait bien à ces critères.

— La crique des Condamnés, prononça Mr Lynch dans un souffle.

Il lui suffirait d'envoyer une équipe sur place pour espionner. Peu importait que *L'Orion* soit protégé par un voile de protection, tôt ou tard, ils jetteraient une chaloupe à la mer et là, Mr Lynch aurait une idée très exacte de leur position. Tout n'était qu'une question de temps et, quand l'heure serait venue, la crique des Condamnés mériterait amplement son nom.

Lorsque Alistair Sheffield finit par rouvrir un œil, ce fut un cri d'horreur qui s'échappa de ses lèvres. Quelques secondes lui suffirent pour reconnaître Balthazar Riley et pour comprendre qu'il était prisonnier de *L'Orion*. Comme si son ravisseur avait une chance d'apprécier son jargon juridique, il commença à réciter des articles de loi, qui allaient de la tentative d'enlèvement jusqu'au meurtre prémédité.

— Je m'en fiche, lâcha Balthazar, et vous, vous me cassez les oreilles ! Fermez-la et suivez-moi !

De mauvaise grâce, Holly et Alistair lui emboîtèrent le pas jusqu'à sa cabine. Ils s'entassèrent là, entre une table recouverte de cartes et une couchette encombrée de bazar. Holly fut surprise de voir un adolescent les rejoindre, un tablier noué autour de la taille et les mains encore savonneuses. Lui non plus ne paraissait pas être ici de son plein gré. Il lança aux nouveaux arrivants un regard étonné où se lisait presque une lueur d'espoir.

— Nous allons mettre nos informations en commun, déclara Balthazar en débouchant une bouteille de rhum. Les disparus, Auberouge, le Musée national, le Consul, les subventions… Oliver, tu commences !

Oliver prit la parole d'une voix légèrement intimidée. Holly l'écouta ; elle sentit son cœur se serrer quand il raconta l'assassinat de son condisciple et les tristes circonstances qui l'avaient conduit à devenir un fugitif. Puis ce fut son tour. En veillant à n'omettre aucun détail, Holly décrivit la disparition de sa sœur. La situation elle-même lui paraissait étrange. Elle n'avait aucune raison de faire confiance à Balthazar Riley, l'homme le plus recherché d'Astrelune, mais lui aussi détenait des clefs. Les clefs d'un mystère qui ne cessait de s'épaissir.

À moitié avachi sur une chaise, l'avocat observait la scène avec une expression hagarde. D'après ce qu'Holly avait compris, le tapis sommeillait près de la vitrine des poignées de porte quand Alistair lui avait marché dessus par inadvertance. Sans comprendre comment, il s'était retrouvé à plusieurs mètres de hauteur et avait eu la peur de sa vie. Se réveiller à bord de *L'Orion* ne l'avait guère aidé à se sentir mieux. Ses doigts étaient agités de tics nerveux, comme s'ils tournaient machinalement les pages d'un ouvrage invisible.

— Et lui, il sait des choses ? lança Balthazar en désignant Alistair d'un signe de tête.

Après avoir tenté plusieurs fois d'attirer son attention, Balthazar semblait l'avoir relégué au rang de mobilier.

— Rien de plus de ce que je vous ai déjà dit… Qu'est-ce que vous avez l'intention de faire de nous, capitaine ? ajouta Holly d'une voix hésitante.

— Est-ce que votre avocat est efficace ?

— Alistair ? Je pense que oui…

Holly ne l'avait jamais entendu plaider mais, vu avec quel zèle il déclamait le Code des vérités pourpres, elle n'avait aucun doute sur ses compétences.

— Vous cherchez votre sœur, reprit Balthazar, moi, je cherche la tranquillité. Le Consul a fait de moi son bouc émissaire… Ce que je veux, c'est voguer sur les océans sans la menace d'un ennemi planant au-dessus de ma tête. Voilà ce que nous allons faire, je vais vous aider à pénétrer dans le poste de police, parce que ces dossiers m'intéressent. Mais si jamais je suis arrêté à Astrelune, dans les jours ou les semaines qui suivent, j'exige que votre brillant avocat prenne ma défense. Une défense solide qui m'évitera la corde.

— D'accord, bafouilla Holly sans pouvoir cacher sa surprise.

— Et évidemment, maître Sheffield – c'est bien son nom ? – se rendra avec nous au poste de police. Je veux qu'il se sente particulièrement concerné si l'opération capote. Je vous laisse jusqu'à demain soir pour le convaincre. En attendant, vous resterez à bord de mon bateau.

Et sur cette aimable proposition, Balthazar se leva et referma la porte à clef derrière lui.

10

LE SERMENT DES OMBRES

Le soleil s'était à peine levé que Sue arpentait déjà les couloirs du manoir, ses bésicles sur le nez. En proie à une vive excitation, elle n'avait pas réussi à fermer l'œil de la nuit. Tandis que le mystère tournait en boucle dans sa tête, l'adolescente était parvenue à une conclusion. L'intrus qu'elle avait un jour surpris derrière le grand chêne empruntait sûrement ces failles à travers l'espace. Voilà comment la silhouette s'était volatilisée en un claquement de doigts ! Existait-il d'autres paires de lunettes ? Et combien de personnes connaissaient ce passage ?

Dans l'espoir de satisfaire sa curiosité, Sue était en train de sonder les murs. Sans succès, elle avait examiné le salon, le boudoir et la cuisine du rez-de-chaussée. Alors qu'elle était penchée sous la table, la jeune fille fut surprise d'entendre des murmures troubler le silence. C'étaient encore les voix… Ces voix par centaines dont les mots se mêlaient de façon indistincte.

Sue n'hésita pas. Elle s'empressa de les suivre, se laissant guider par leur appel jusqu'à l'escalier en marbre. Quatre à quatre, elle gravit les marches. Les voix ne tardèrent pas à s'évanouir devant une porte qu'elle connaissait bien : la chambre de grand-mère Phryne. L'avaient-elles conduite ici à dessein ?

Doucement, Sue poussa le panneau et se glissa dans la pièce. Réajustant ses bésicles, elle contourna le lit où la vieille dame sommeillait et commença à scruter le papier peint. Tout d'abord, elle ne remarqua rien, puis ce fut un léger tressaillement qui lui fit froncer les sourcils. Au-dessus de la table de chevet, une fente était à peine perceptible. Quand son doigt frôla le mur, ses verres teintés révélèrent des éclats saphir. Ces étincelles jaillissaient dans le monochrome bleu, à l'image de braises qu'un vent puissant disperserait dans les airs.

Sans crainte, Sue se laissa aspirer de l'autre côté. Un court instant, son corps lui donna l'impression de chuter dans un puits sans fond avant que la réalité ne reprenne ses droits. Il lui fallut quelques secondes pour recouvrer ses esprits. Désorientée, Sue tituba sur ses jambes. Tandis qu'elle tournait sur elle-même, un constat la percuta de plein fouet : elle ne connaissait pas l'endroit où elle avait atterri.

— On dirait le grenier, marmonna-t-elle.

C'était une pièce située sous les combles où la poussière formait un tapis sur le sol. Une lucarne laissait filtrer la lumière, éclairant un espace exigu sans la moindre porte. « L'entrée a dû être murée depuis l'extérieur », songea Sue, pensive. À moins que la faille ait toujours été le seul moyen de pénétrer dans ce recoin du manoir. Dans un angle, l'adolescente nota la présence d'un vieux coffre aussi poussiéreux que le reste du décor. Prise de curiosité, Sue souleva le couvercle et découvrit un amoncellement de paperasses.

Parmi les feuilles usées se trouvait un jeu de billes multicolores. Leurs surfaces en verre se paraient de reflets étonnants qui avaient presque un aspect hypnotique. Est-ce que cela appartenait autrefois à un enfant ? Intriguée, Sue les glissa dans sa poche. Puis elle s'empara d'un document qui avait été soigneusement rangé au fond du coffre.

« ARBRE GÉNÉALOGIQUE DE LA FAMILLE ASHWOOD », lut-elle. Avec un frisson d'excitation, elle parcourut une succession de noms. Ils étaient accompagnés de portraits tracés à l'encre, représentant l'ensemble des membres du clan du Moyen Âge jusqu'au dix-neuvième siècle. Sur la dernière branche, coincée entre son cousin Finn et sa sœur Estella, Phryne Ashwood lui adressait un sourire crispé.

Sue eut un mouvement de surprise en reconnaissant grand-mère Phryne. L'artiste l'avait dotée d'une chevelure indisciplinée, une masse ébouriffée qui formait comme une crinière. Elle était belle, d'une beauté sauvage qui n'était plus celle de la vieille dame endormie.

— Hein ? s'exclama Sue.

Ses yeux venaient de se poser sur sa date de naissance : 1850. Phryne aurait cent soixante-neuf ans. Comment était-ce possible ? Ce serait un record de longévité inégalé… On lui avait toujours présenté cette femme comme une cousine éloignée, mais lui avait-on menti ?

Inconsciemment, Balthazar avait toujours su que, tôt ou tard, le destin ne serait plus son allié. Pendant une décennie, il avait défié les éléments ; il avait triomphé de la mer et de ses périls, riant et se moquant bien des conséquences. Depuis la chute d'Auberouge, il sentait une menace planer au-dessus de sa tête. S'il devait mourir, Balthazar voulait comprendre. Il voulait connaître la nature exacte de cet ennemi qui manœuvrait dans l'ombre. Était-ce seulement le Consul ? Ou n'y avait-il pas quelqu'un d'autre, quelqu'un de plus puissant qui tirait les ficelles ?

Le capitaine était revenu à Astrelune. Quand il avait chapardé *L'Orion*, Balthazar s'était fait la promesse de revoir un jour la puissante cité indépendante. À présent, plus qu'un serment, c'était surtout la dernière volonté d'un homme dont les jours étaient comptés.

— Je découvrirai la vérité, lâcha-t-il dans un souffle.

D'un geste nerveux, il tritura la manche de sa chemise. Sous l'étoffe se dissimulaient de larges cicatrices, les traces d'un combat acharné que Balthazar menait contre lui-même.

Deux cabines plus loin, les motivations de Balthazar Riley étaient beaucoup moins claires pour Holly et Alistair.

— Je le dis et je le répète, insista l'avocat en accentuant chaque syllabe, je refuse de participer à cette opération et surtout avec ce criminel. Si nous nous faisons arrêter, la police pourrait nous accuser d'appartenir à son équipage. Vous n'avez pas vu les affiches placardées un peu partout ? N'importe qui servant sous ses ordres risque l'exécution ! Un article « Balthazar Riley » a même été introduit dans le Code des aberrations turquoise, c'est pour dire…

— Je n'ai aucune confiance en lui, fit valoir Holly, mais s'il est d'accord pour nous aider, acceptons sa proposition !

La jeune femme jeta un coup d'œil derrière son épaule. Assis dans un coin, Oliver continuait à les observer en silence.

— Dans quel camp es-tu ? lança-t-elle.

— Dans celui qui me permettra de survivre le plus longtemps possible… Des tueurs à Astrelune veulent ma mort, et je n'ai nulle part où aller. Alors, à défaut de mieux, je reste ici.

— Tu ne tentes même pas de t'enfuir ?

— Non. *L'Orion* est l'endroit où je suis le plus en sécurité… mais si, vous, vous essayez de partir, je vous promets que je ne répéterai pas vos plans au capitaine.

Holly acquiesça d'un signe de tête. C'était justement pour s'assurer de son silence qu'elle avait cherché à savoir où se plaçait sa loyauté.

— Écoutez-moi, reprit-elle en se tournant vers Alistair, nous allons accompagner Balthazar Riley jusqu'au poste de police, mais dès que nous en aurons l'occasion, nous prendrons la fuite. Qu'en pensez-vous ?

— À mon avis, cet homme se débarrassera de nous à l'instant précis où nous n'aurons plus d'utilité à ses yeux, soupira Alistair qui n'avait jamais paru aussi dégoulinant sous son nuage noir. Dans le cas d'une arrestation – scénario qui n'a rien d'improbable, comme je l'ai déjà exposé –, j'expliquerai qu'on nous a enlevés, et les circonstances plaideront peut-être en notre faveur.

Alistair baissa les yeux d'un air résigné. Il fallait dire qu'il n'avait pas vraiment le choix.

Christine poussa la porte de son appartement londonien et s'écroula sur le sofa. Le grand miroir mural lui renvoya son reflet, celui d'une femme au visage fatigué avec des coulées de mascara et des cernes sous les yeux.

Encore un ! Encore un homme avec lequel elle s'était disputée et qu'elle avait largué sans plus de cérémonie. Richard était avocat en droit des affaires, il avait tout pour plaire – aussi bien au niveau du caractère que du compte en banque – et pourtant, elle ne l'avait plus supporté… Depuis sa séparation avec le père de Sue, Christine agissait ainsi : elle prenait et jetait ses amants du jour au lendemain. À chaque fois, elle se jurait que Paul, Peter ou Andrew était le bon mais, quelques semaines plus tard, elle remettait déjà le couvert avec un autre.

— Bon sang, marmonna-t-elle, qu'est-ce qui ne va pas chez moi ?

Inconsciemment, Christine le savait. La raison était enfouie en elle, un manque de confiance dû à son éducation. Dans ce maudit manoir, perdu au milieu de nulle part, sa mère lui avait rebattu les oreilles du matin au soir avec ses folles théories. Victoria Ashwood croyait dur comme fer au retour de la magie.

Jusqu'à son adolescence, Christine aussi en était persuadée. Et puis, elle avait fini par se rebeller, par voir ce vide immense qui la bouffait de l'intérieur, ce besoin d'être aimée pour ce qu'elle était et non en tant que descendante d'une ancienne lignée. Dès sa majorité, Christine s'était enfuie. Elle avait enchaîné les petits boulots, elle avait multiplié les mauvaises fréquentations avant de rencontrer Colin.

Colin Green était un type bien, un peu naïf sur les bords, mais qui avait promis de la rendre heureuse. Pendant des années, Christine s'était imaginé qu'une vie de couple la comblerait. Jusqu'à ce qu'elle finisse par comprendre… Elle trimballait trop de cicatrices, trop de douleurs enfouies pour se satisfaire d'une telle existence. Elle, qui n'avait pas reçu d'amour dans sa jeunesse, ne parvenait pas à aimer. C'était comme si son subconscient s'était bâti une carapace, une barrière qui l'empêchait d'éprouver des sentiments.

Le plus dur, cela avait été avec Sue. Quand son regard s'était posé sur ce nourrisson aux grands yeux brillants, Christine n'avait rien ressenti. Non, elle n'avait aucune envie d'être mère, d'être responsable d'une enfant, quand elle-même peinait déjà à s'accepter… Durant les premiers mois, elle avait détesté ce bébé ; elle lui avait reproché sa présence, le fait d'avoir envahi son quotidien avec ses cris et ses pleurs. La petite Sue chouinait beaucoup, elle avait peur du noir, et sa tête était pleine de cauchemars.

Cela avait beaucoup agacé Christine jusqu'à ce qu'elle parvienne à un compromis. Un compromis entre son passé et l'avenir de Sue. Cette gosse avait soif d'une famille, alors Christine lui avait ouvert les portes du clan Ashwood. Sa propre mère était morte d'une maladie, elle n'était plus là pour la juger ou pour reproduire le même lavage de cerveau sur Sue. C'était le mieux à faire… Lui donner ce qu'elle ne pourrait jamais lui offrir. Avec un peu de chance, Sue ne suivrait pas son chemin ; elle ne deviendrait pas aussi froide qu'elle. Incapable de s'attacher et d'accorder sa confiance à autrui.

Une lumière rouge clignotait sur son téléphone fixe. Quelqu'un avait laissé un message sur son répondeur. Poussant un soupir, Christine s'extirpa du sofa pour aller appuyer sur le bouton. Une voix familière s'éleva, déchirant le silence du petit matin.

C'était la tante Opal.

— Christine, tout va bien, ne t'inquiète pas… Je voulais seulement te dire que Bartholomew est au manoir. Nous ignorons combien de temps va durer son séjour, mais je pense que tu sais la raison de sa venue… Nous ferons notre possible pour protéger Sue.

Christine se mordit la lèvre. Elle connaissait bien Bartholomew, il était encore plus fanatique que Victoria Ashwood.

Sue avait regagné sa chambre, les bras pleins de vieux documents et les poches pleines de billes. Il lui avait suffi d'emprunter la faille en sens inverse. Troublée par ses découvertes, elle s'allongea sur son lit et, à la lumière de sa lampe de chevet, s'efforça de déchiffrer les minuscules caractères. Ses grand-tantes lui cachaient un secret, un mystère qui entourait le clan Ashwood. Sue avait le sentiment que la réponse était là, quelque part dans cette masse de paperasses. Plissant les yeux, elle se pencha sur une feuille jaunie. Une date était inscrite dans le coin supérieur droit : « *Le 12 avril 1871.* »

« *Oncle Dorian,* lut-elle, *vous qui avez toujours été si bienveillant envers moi, je vous écris pour solliciter vos conseils. La situation est en train de m'échapper, je ne suis plus une enfant, mais je ne me sens pas encore assez femme pour m'imposer au sein du clan. Mes parents seront dévastés d'apprendre la nouvelle, ils ne reconnaîtront pas leur Phryne et pourtant, je refuse de les suivre dans la voie qu'ils ont choisie pour moi. Mon cousin Jacob n'est plus celui qu'il était, sa sagesse est devenue folie. Derrière ses beaux discours, je perçois bien plus que des projets de grandeur. Ce n'est qu'un extrémiste qui va nous conduire à notre perte... Par pitié, mon oncle, intervenez ! Dites-leur qu'il est encore possible de conclure un accord avec l'autre camp et que nous ne sommes pas obligés d'en arriver là… J'ai rencontré l'un des leurs, c'est un homme sensé avec lequel nous pourrons nous entendre. Mais seulement si nous sommes prêts à leur tendre la main.*

Votre Phryne

P.-S. : J'espère que vos billes de souvenirs sont intactes. Je rêve de revivre à nouveau ces jours d'été quand vous m'emmeniez dans la forêt et que j'étais encore jeune et insouciante. »

Sue était perplexe. Qui était cet autre camp ? Et à quoi correspondaient ces billes de souvenirs ? *Des billes…* L'adolescente eut un sursaut. Elle avait justement trouvé des billes au fond du coffre, était-ce à cela que faisait référence Phryne Ashwood ? Fébrile, Sue fit rouler les sphères en verre dans sa main. Elle eut beau les fixer, avec et sans la paire de bésicles, elle ne discerna aucune trace de magie. Après tout, songea-t-elle, cette puissance supérieure s'était évanouie ; il n'en restait plus que des échos. Au temps de l'âge d'or, peut-être que ces objets étaient encore enchantés, mais ils avaient fini par perdre leur pouvoir.

Sue consulta le reste des documents. Pendant deux heures, elle découvrit d'autres lettres de Phryne adressées à son oncle Dorian, mais aucune d'elles n'était aussi grave. Elle parlait de son quotidien, de ses parents qui créaient de fabuleux décors en bulles de savon et du manoir où la tante Cathalina était capable de faire pleuvoir d'un simple claquement de doigts. Au fil des messages, Sue apprenait à la connaître – même si elle ignorait toujours s'il s'agissait bien de grand-mère Phryne. Au fur et à mesure de sa lecture, elle se surprenait à plonger dans le passé, à pénétrer cette époque pleine de mystères où la magie habitait chaque particule.

— Phryne Ashwood, murmura Sue, je suis heureuse de t'avoir rencontrée…

— Vous répétez un numéro de danse ? ricana Balthazar.

Face à lui, Alistair Sheffield avait les genoux qui s'entrechoquaient. Conformément à ce qu'il avait annoncé, le capitaine avait attendu la tombée de la nuit pour les accompagner au poste de police en tapis volant. Ils venaient d'atterrir sur le toit et, vu son expression, l'avocat supportait encore moins le vertige que le fait de violer la loi.

— Évitez de vous casser la figure, ce serait bien aimable, ajouta Balthazar d'un ton badin. Et si votre nuage noir pouvait cesser de faire retentir des coups de tonnerre, ce serait encore mieux… Allez, dépêchez-vous !

Holly s'empressa de le suivre. Les tuiles étaient glissantes ; avec précaution, ils avancèrent jusqu'à la lucarne et, d'un coup de pied, le capitaine fit sauter le carreau. De mauvaise grâce – et surtout parce qu'une main ferme était posée sur son épaule –, Alistair consentit à pénétrer à l'intérieur du bâtiment. Lorsque Holly se faufila à son tour, à moitié empêtrée dans ses jupons, elle découvrit une pièce remplie de vieux dossiers. L'endroit servait probablement de réserve.

— Vous savez à quel étage se trouve le bureau de votre inspecteur Quinn ? lança Balthazar en tirant une lampe-tempête de son sac.

— Au quatrième.

Aussi tranquillement que s'il était chez lui, Balthazar traversa la pièce en direction de l'escalier. Derrière lui, Alistair vomissait des articles de loi, crachant les infractions dont ils s'étaient rendus coupables et les peines correspondantes. Sa voix évoquait le sifflement d'un tuyau qui fuit mais, pour le capitaine, ses avertissements n'étaient qu'un aimable bruit de fond. Lentement, le petit groupe descendit les marches jusqu'au quatrième palier. L'étage se révéla être une longue succession de portes vitrées. Au milieu du couloir, Holly eut un sursaut en apercevant des automates. Le règlement imposait sans doute de les éteindre avant de quitter les lieux, car ils étaient tous les bras ballants et la tête penchée en avant. Depuis que les parlementaires avaient voté la loi de non-équivalence temporelle, tous les étages n'étaient pas soumis au même fuseau horaire. Au rez-de-chaussée, là où les visiteurs continuaient de faire la queue, une heure correspondait ainsi à une minute à l'extérieur. Mais, aux autres niveaux, les inspecteurs avaient obtenu le droit de rester attachés à l'ancien système : une minute chez eux valait toujours une minute dehors.

— Inspecteur Quinn, lut Balthazar sur l'une des portes. Eh bien, ce n'était pas si compliqué… J'ai presque l'impression que mon bateau est mieux gardé que ce poste de police.

Le bureau n'était pas très grand. Posées sur une table, plusieurs piles de dossiers menaçaient de s'effondrer. En proie à une vive excitation, Holly s'empressa de feuilleter les documents. Des noms défilèrent sous ses yeux, associés à différentes plaintes : petits larcins, cambriolages, violences aggravées, *disparitions...* Au cours de l'heure qui suivit, Holly croisa une dizaine de cas semblables au sien. Des hommes et des femmes qui clamaient la perte d'un proche et, à chaque fois, les autorités répondaient par un simple coup de tampon : AFFAIRE CLASSÉE.

— Affaire classée, affaire classée, répéta Balthazar qui commençait à s'arracher les cheveux. Si j'additionne mes disparitions avec les vôtres, on vient de dépasser les trente cas. Trente cas et rien d'autre à nous mettre sous la dent que le même formulaire pré-rempli. Comment peut-on avoir des dossiers aussi vides ?

Holly aurait été bien incapable de répondre. Planté dans un coin, Alistair avait cessé de réciter des articles de loi. Dans l'espoir d'établir un lien entre les affaires, il avait tiré un carnet de sa poche pour marquer le nom des victimes, leurs âge et profession. Pourtant, Holly avait beau se creuser la tête, elle ne voyait aucun élément qui aurait pu rapprocher Clara d'un toiletteur pour chiens, rue des Parchemins, ou d'un arracheur de dents, quartier des Inquisiteurs. Elle avait le sentiment d'être dans une impasse...

— Une idée, monsieur l'avocaillon ? apostropha Balthazar.

— D'un point de vue procédural, il est clair qu'aucune de ces affaires n'a été classée conformément à l'article 55-7 du Code des aberrations turquoise. Vu le nombre de cas, cela ne correspond en rien à un oubli, mais à une volonté délibérée de…

— Une idée exploitable, précisa Balthazar, pas un charabia juridique… De toute façon, on n'est jamais mieux servi que par soi-même.

Perplexe, Holly le vit s'allonger sous le bureau et promener sa lampe-tempête d'un coin à l'autre.

— Qu'est-ce que vous faites ? murmura-t-elle.

— Je cherche un compartiment secret.

— Vous croyez qu'il en existe un ?

— Il y a cinq ou six ans, des fabricants de meubles ont lancé une véritable mode en permettant à leurs clients de planquer des caches un peu partout. Ils se sont rendu compte que, face aux voleurs, les solutions les plus simples étaient souvent les plus efficaces… Voyons voir, je ne suis pas un spécialiste en la matière, mais ce sera une bonne occasion de m'entraîner.

Il y eut un léger déclic quand Balthazar appuya simultanément sur le pied inférieur droit et sur une tête de lion gravée dans le bois. Un tiroir, jusque-là dissimulé, venait de s'ouvrir. Fébrile, Holly découvrit des feuilles dactylographiées.

— La situation est d'une rare gravité, lut-elle. Afin de préserver l'ordre public, les agents de police ont pour mission d'étouffer les disparitions et de classer sans tarder les différentes affaires. La vérité ne doit à aucun prix être ébruitée et si des témoins gênants se présentent, le Consul vous donne toute latitude pour agir. *Le secret des Mille-et-un sera préservé, tel est le serment des Ombres...*

— Le secret des Mille-et-un ? s'étonna Balthazar. Qui sont ces Ombres ? Je n'en ai jamais entendu parler...

— Nous devrions partir, marmonna Alistair dont le visage avait pris une teinte livide. Partir avant d'être exécutés... Ce document viole l'article 55-1 du Code des évidences émeraude qui défend les intérêts des citoyens. Peu importe à quoi correspondent les Mille-et-un, il s'agit d'un secret d'État... Il n'y aura ni procédure ni jugement équitable, seulement la mort...

— Pas de panique, soupira Balthazar. Pour le moment, personne ne sait que nous sommes ici. Nous allons ranger ces papiers à leur place et, vous verrez, tout se passera très bien... À moins de laisser bêtement nos signatures, comment voulez-vous que l'inspecteur Quinn remonte jusqu'à nous ?

Comme pour répondre à sa question, la porte pivota sur ses gonds. Sur le seuil se tenaient une dizaine d'automates, dont les bras mécaniques se terminaient par des lames effilées.

— Intrus ! Intrus ! cria l'un d'eux de sa voix métallique. Vous zêtes en état d'âârrestation !

Journal de Phryne Ashwood

Le 17 février 1865

Cher journal,

J'aurais dû te raconter la banalité de mon quotidien, les interminables leçons de mon précepteur ou encore la nouvelle passion de ma sœur Estella pour l'expression « je suis ton aînée, donc… », mais un événement inattendu s'est produit. Peu après le dîner, j'étais allongée sur mon lit quand un bruit sourd m'a soudain arrachée à mes pensées.

Toc… toc… À ma plus grande surprise, un oiseau était en train de tapoter contre la vitre. C'était une étrange créature : elle était entièrement constituée de flammes, de son bec aiguisé jusqu'à sa longue queue effilée. Comme tu t'en doutes, je me suis empressée d'ouvrir la fenêtre.

Après avoir agité ses ailes majestueuses, mon étonnant visiteur s'est glissé à l'intérieur de la pièce. Il a déposé dans ma main une feuille de papier froissée. Lorsque j'ai déplié le message, une avalanche de caractères bancals s'est étalée sous mes yeux. Cher journal, je te laisse découvrir la lettre :

« Je tenais à vous remercier pour votre aide. En raison des circonstances, je n'ai pas eu l'occasion de vous exprimer *suffisamment ma reconnaissance. Pocket est un garçon fougueux, il a tendance à agir sans réfléchir et parfois, son impétuosité entraîne de lourdes conséquences. Je m'engage en son nom, aucune nouvelle intrusion n'aura lieu dans le manoir. J'espère que vous n'avez pas été réprimandée par votre famille.*

Jim Davras

P.-S. : Si jamais cela vous intéresse, j'appartiens à une bande de saltimbanques, et nous réalisons nos numéros tous les jours sur la place du marché. »

Sur le coup, je ne peux nier que ma première réaction a été de la surprise. Oui, je ne m'attendais pas à ce que Davras, ce garçon aux vêtements sales et troués, sache lire et écrire. À cette pensée, un sentiment de honte s'est aussitôt emparé de moi. Crois-tu que l'éducation des Ashwood a déteint sur mon caractère au point que je m'imagine supérieure au peuple de Sheryton ? D'ordinaire, les mots coulent sous ma plume mais, lorsque j'ai voulu rédiger ma réponse, mes phrases m'ont paru lourdes et ampoulées. J'ai chiffonné plusieurs brouillons et, en manque d'inspiration, je me suis résolue à énoncer des banalités, comme me l'a enseigné mon précepteur. « Si, lors d'une réception mondaine, vous n'avez rien à dire, m'a souvent répété Mr Davies, vous n'avez qu'à parler de la pluie et du beau temps. »

J'ignore pourquoi, mais le post-scriptum s'amusait à tourner dans ma tête. Ce n'était qu'une simple invitation, pourtant j'avais l'impression que ce P.-S. sonnait comme un défi. Jamais je n'aurai l'occasion de m'aventurer dans les bas-fonds. Alors, pourquoi ce garçon me propose-t-il une telle escapade ?

Cher journal, je sais que la curiosité est un vilain défaut, mais je viens de m'entretenir avec Martha, la nouvelle aide-cuisinière. Tu aurais dû voir son visage, elle a été très surprise de me voir apparaître à une heure aussi tardive, alors qu'elle terminait ses corvées. Je lui ai fait jurer qu'elle ne répéterait cette conversation à personne... Oui, j'avais raison de le supposer, elle a déjà eu l'occasion de voir Davras sur la place du marché.

Chaque matin, un attroupement se forme autour de son estrade de fortune. D'après elle, cet adolescent maîtrise le feu, et ses numéros sont tout simplement extraordinaires ! Tandis que son camarade conte de vieilles légendes, ses joues se gonflent et, dans une envolée de braises, sa bouche déverse un torrent de flammes. Des flammes qui virevoltent et dessinent des personnages qui s'animent. Le décor envahit l'espace, il emplit la place du marché et flotte au-dessus de la foule comme un gigantesque voile incandescent. La jeune Martha m'a assuré que le pouvoir de Davras est si impressionnant qu'il paraît défier la réalité...

Crois-tu que je pourrai un jour assister à ces prodiges ?

Le 13 mai 1865

Cher journal,

Depuis plusieurs mois, des rêves de voyage ont envahi mon esprit. Dans sa dernière lettre, Davras m'a parlé du monde qui s'étend au-delà du dôme de protection. Il m'a aussi prêté un ouvrage – apparemment, il l'a chapardé à un vieux libraire dans les bas-fonds. Au milieu de ces pages poussiéreuses, mon regard a été happé par des illustrations qui foisonnaient de détails. C'était extraordinaire ! Cher journal, j'ai eu du mal à en croire mes yeux. Imagine des mers aux eaux turquoise, des montagnes si hautes que les nuages grignotent le sommet ! Pendant des heures, j'ai contemplé des forêts immenses ; j'ai appris le nom d'animaux exotiques dont j'ignorais l'existence.

Un jour, je quitterai Sheryton, je t'en fais la promesse solennelle. Je laisserai derrière moi ce manoir où j'étouffe. Je veux partir loin d'ici pour découvrir ces paysages majestueux. Aujourd'hui, je n'ose pas encore franchir les frontières de Sheryton. Malgré mon désir de liberté, je ne peux me résoudre à abandonner ma famille.

11

LA VISITEUSE

Holly sentit la panique l'envahir. Ils n'avaient aucune échappatoire possible : la fenêtre était condamnée par des barreaux ; quant à la porte, il était impossible de franchir la barrière d'automates. Ils étaient faits comme des rats. Ils allaient mourir à cause d'un secret dont ils ignoraient tout... Balthazar avait été naïf, naïf de croire que le tiroir ne s'accompagnait pas d'une protection au dorium. Le simple fait d'actionner le mécanisme avait dû réveiller ces pantins de métal et de rouages.

— J'appartiens aux Ombres, prétendit le capitaine avec un aplomb redoutable. L'inspecteur Quinn m'a autorisé à pénétrer dans son bureau, car nous menons une enquête conjointe. Retournez à votre poste et laissez-moi poursuivre ma mission...

Face à lui, les automates donnèrent l'impression de réfléchir, leurs yeux de verre roulant dans leurs orbites, alors que leurs circuits analysaient l'information.

— Mensôônges ! clamèrent-ils à l'unisson.

— Bien sûr qu'il ment, ajouta une voix grave. Ce cher Balthazar Riley ment comme il respire...

Un homme en uniforme venait de s'arracher à l'obscurité. Ses cheveux étaient d'un blanc neige et sa peau, d'une pâleur extrême, lui conférait l'apparence d'un revenant. En le voyant, Alistair parut sur le point de faire un malaise. Holly ne put réprimer un mouvement de recul : il émanait de cet individu un froid presque glacial, la sensation confuse qu'il n'éprouverait aucune hésitation à faire couler le sang.

— Je ne me suis pas présenté, prononça le nouvel arrivant d'un ton mielleux. Mon nom est Mr Lynch, vous ne me connaissez pas, capitaine, mais moi, je vous connais très bien…

— Vous faites partie de mes admirateurs ? ricana Balthazar.

— Pas vraiment, non. Je sers les Ombres et, voyez-vous, les Ombres ont reçu la lourde tâche de vous capturer vivant. Afin que votre mort puisse être donnée en spectacle à la populace d'Astrelune.

— Je suis vraiment désolé de devoir décliner votre invitation, mais j'ai un programme chargé qui m'attend.

— Votre sens de l'humour est absolument déplorable, commenta Mr Lynch. Vous allez me suivre si vous ne voulez pas que vos charmants compagnons subissent une fin plus atroce que nécessaire.

Mr Lynch s'était avancé vers Alistair. L'espace d'un instant, il eut un léger frémissement puis, d'un pas lent, il se dirigea vers Holly et effleura sa joue du bout des doigts.

— Qui êtes-vous, mademoiselle ? susurra-t-il à son oreille. Vous n'appartenez pas à son équipage, n'est-ce pas ?

Les lèvres d'Holly demeurèrent closes. Elle s'obstinait à fixer son uniforme et l'insigne cousue sur son col où des spirales s'entrelaçaient. Dans son esprit, ses pensées s'agitaient à la recherche d'une fausse identité, de n'importe quel mensonge qui pourrait leur faire gagner du temps, mais sans succès.

Profitant que Mr Lynch ait le dos tourné, Balthazar fut le premier à réagir. D'un geste vif, il dégaina son épée et le frappa violemment sur le côté. Le serviteur des Ombres se retourna d'un air impassible. Pour Holly qui lui faisait face, c'était comme si la lame l'avait seulement effleuré… Qui était donc cet homme ? Éclatant d'un rire mauvais, il leva la main, et le corps du capitaine se retrouva subitement immobilisé. Pétrifié telle une statue. Les traits de son visage se contractèrent, ses muscles se bandèrent mais, malgré ses efforts, il semblait incapable du moindre mouvement.

Était-ce là une manifestation du dorium ? songea Holly, effarée. De nombreux journaux avaient décrit cette énergie comme une puissance sans limites. Mais, même dans les laboratoires où les alchiriums s'activaient sur de gigantesques machines, nul n'aurait pu réussir une telle prouesse. Les Ombres avaient-elles su percer les secrets de cette science, emprunter un chemin que les plus grands experts n'avaient fait qu'entrapercevoir ?

— À l'aide ! hurla Holly. Au secours !

— Vous ne devriez pas vous égosiller, ma chère. Personne ne vous entend et encore moins les visiteurs du rez-de-chaussée qui s'amusent bêtement à faire la queue…

Holly se sentait prise au piège, encerclée par trop d'ennemis pour espérer s'échapper. À côté d'elle, Alistair s'était figé dans une imitation parfaite du porte-manteau. Indifférent à la pluie diluvienne qui s'abattait sur lui, il paraissait plongé dans un état second. Ses lèvres s'agitaient, crachant des paroles incompréhensibles où se mêlaient des articles de loi. Lorsque Holly tendit l'oreille, elle comprit soudain que son charabia était le résultat d'une intense réflexion.

— La loi de non-équivalence temporelle, marmonnat-il. Article 66-7 du Code des vérités pourpres… Obligation de fixer des boîtiers temporels pour assurer une continuité entre les différents espaces…

Et sans prévenir, comme s'il s'agissait d'une conséquence logique, Alistair bondit sur le presse-papier posé sur le bureau de l'inspecteur. Il s'empara de l'objet et le jeta de toutes ses forces sur le mur où se distinguait un boîtier métallique. Le choc fut si brutal que des étincelles jaillirent de l'appareil dans un crépitement infernal.

— Que se passe-t-il ? hurla Mr Lynch.

Sa voix résonna en des centaines d'échos.

Pour Holly, le monde entier venait de basculer. La main d'Alistair avait saisi sa manche tandis que son autre main avait attrapé Balthazar au col. Autour d'eux, la pièce s'était mise à tournoyer à une vitesse folle. Quand le décor se stabilisa enfin, Holly avait une furieuse envie de vomir. À sa plus grande surprise, elle s'aperçut qu'elle était assise sur le tapis volant. Ils flottaient au-dessus d'Astrelune dont les milliers de réverbères formaient un paysage scintillant.

— Vous avez fait quoi… exactement ? bafouilla Balthazar qui venait de retrouver l'usage de ses membres.

Sans comprendre, il jeta un regard perplexe autour de lui, mais il n'y avait aucune trace de Mr Lynch ou des automates. Ils étaient seuls, enveloppés par la nuit et son manteau étoilé.

— Le poste de police possède différents fuseaux horaires à cause de la loi de non-équivalence temporelle, expliqua Alistair que la manœuvre semblait avoir essoufflé. Ils ont fixé des boîtiers dans chaque pièce afin de stabiliser le temps.

— Donc, vous l'avez cassé ?

— Plus ou moins, j'ai provoqué une défaillance du système… Manifestement, nous sommes remontés dans le passé, au moment où nous survolions la cité pour atteindre le poste de police. Cela fait partie des risques avec ce type de machine. Je me suis souvenu d'une affaire qui avait provoqué un scandale, il y a quatre ans. Suite à un dysfonctionnement du même genre, un individu avait dû revivre deux fois sa matinée : il avait porté plainte contre son employeur, car ce dernier avait refusé de lui payer des heures supplémentaires.

— Et Mr Lynch ? lança Holly.

— Aucune idée, il a dû être propulsé à une autre période temporelle. Je dirais entre une à trois heures dans le passé ou dans le futur, difficile d'être plus précis…

Éclatant de rire, Balthazar administra une tape sur l'épaule d'Alistair.

— Maître Sheffield, déclara-t-il avec emphase, vous

nous avez sauvé la vie. Je remarque aussi que vous auriez très bien pu me laisser avec cette bande d'imbéciles et que vous ne l'avez pas fait...

L'espace d'un instant, Holly songea qu'Alistair aurait mieux fait de l'abandonner. Car, en attendant la prochaine occasion de se débarrasser de lui, ils étaient toujours à la merci de cet homme.

Sue n'avait pas osé répéter ses découvertes à ses grand-tantes. Il fallait dire que le Croque-mort avait une fâcheuse tendance à surgir de n'importe où. L'adolescente détestait le croiser que ce soit dans un couloir ou à la table du petit-déjeuner. « Croiser » était le terme exact, car il ne s'attardait jamais plus de quelques minutes en sa présence. Sue n'avait pas plus le droit à un sourire qu'à un bonjour.

« Vivement qu'il reparte dans le Devon ! » songea-t-elle avec mauvaise humeur. Ce matin-là, elle était assise devant une assiette de porridge avec le Croque-mort à l'autre bout de la table. Guindé dans son habit noir, il était en train d'examiner ses œufs à la coque, et la jeune fille s'attendait presque à ce qu'il se plaigne de leur manque de symétrie.

Par précaution, Sue avait caché les billes et les lettres de Phryne dans sa chambre. Même s'il avait des soupçons, l'oncle Bartholomew n'irait sans doute pas fouiner dans son armoire. La veille, Sue était retournée au village de Sheryton, près du saule pleureur. Elle avait attendu Tommy deux bonnes heures avant de renoncer. Peut-être avait-il oublié leur rendez-vous, à moins qu'il ne se soit trouvé un nouvel explorateur associé.

— Tiens, qui est là ? marmonna la tante Harmony, les lèvres pincées.

Des coups venaient de résonner contre la porte d'entrée. Qui pouvait bien leur rendre visite à une heure pareille ? Mr Ferguson s'était déjà précipité dans le hall. Il eut à peine entrebâillé le panneau qu'un cri d'étonnement lui échappa.

— Miss Christine, s'exclama-t-il, quelle surprise !

« Christine ? » répéta Sue mentalement. Est-ce que sa mère s'était traînée jusqu'au manoir ? Non, c'était impossible… Ce devait être une autre Christine. Pourtant, quand cette femme apparut sur le seuil de la cuisine, Sue dut se résoudre à l'évidence. C'était bel et bien Ms Ashwood.

Pour la première fois depuis longtemps, sa mère avait abandonné son tailleur pour un simple jean et une paire de baskets. Elle ne s'était même pas maquillée. Ce changement semblait l'avoir métamorphosée, lui ôtant cette touche de sophistication qui avait souvent donné à Sue l'impression qu'elles évoluaient dans deux mondes différents.

— Christine, ma chérie ! lança la tante Opal en renversant la moitié de son assiette. Tu aurais dû nous prévenir ! Nous t'aurions préparé une chambre…

— Je ne reste pas. Je suis venue chercher ma fille, nous rentrons à Londres aujourd'hui.

— Quoi ?

Sue avait bondi sur ses jambes.

— C'est hors de question ! répliqua-t-elle, les bras croisés. Je refuse de partir avant la fin des vacances scolaires.

— Tu vas m'obéir sans discuter. Monte dans ta chambre préparer tes affaires…

— Je ne pensais pas te revoir un jour, Christine, susurra l'oncle Bartholomew de sa voix grave. Je croyais que tu avais coupé les ponts avec ta famille.

— Tout dépend de quelle branche de la famille il s'agit… D'ailleurs, les paysages du Devon ne te manquent pas trop ?

De l'hostilité planait dans l'air. Sue n'eut aucun mal à percevoir avec quel mépris sa mère s'était adressée au Croque-mort. Sans lui laisser le temps de protester, Ms Ashwood la saisit par l'épaule et l'obligea à quitter la pièce.

— Lâche-moi, marmonna Sue. Je ne retournerai pas à Londres…

— Viens avec moi, nous avons des choses à nous dire.

À son plus grand étonnement, Sue se retrouva entraînée au premier étage et poussée dans la première pièce venue. C'était un placard à balais. Coincée entre les serpillères et le vieil aspirateur, l'adolescente sentit sa colère monter. Elle en avait assez des faux-semblants, de ces longues conversations stériles où sa mère et elle ne faisaient que fuir la vérité. L'heure était venue qu'elle crache enfin ce qu'elle avait sur le cœur.

— Écoute-moi bien, chuchota sa mère, l'oncle Bartholomew est un homme dangereux. Tu ne dois absolument pas lui faire confiance…

— Parce qu'il veut permettre à la magie de renaître, n'est-ce pas ? Cette même magie que tu n'as jamais supportée...

L'espace d'un instant, Ms Ashwood ouvrit la bouche avant de la refermer.

— Depuis quand es-tu au courant ? finit-elle par articuler.

— Depuis quelques jours. Les tantes Opal et Harmony m'ont expliqué que la magie existait, mais qu'elle s'était peu à peu éteinte et qu'il n'en restait plus que des miettes... Pourquoi est-ce que tu ne m'as jamais rien dit ? siffla Sue entre ses dents. J'aurais voulu savoir d'où je venais, qui j'étais vraiment ! Toute ma vie, j'ai été la gamine ordinaire, celle que personne ne remarquait, et d'un coup, j'ai appris que ma famille avait un passé hors du commun. Un passé que tu as enseveli sous un tas de mensonges !

— Je l'ai fait pour te protéger, soupira Ms Ashwood. Je voulais que tu aies une enfance normale... Ma mère, elle aussi, croyait au retour de la magie. Jusqu'à ce que je fuie le manoir, elle a consacré chaque journée à me marteler la tête. Elle me répétait sans cesse que je devais me tenir prête et que, tôt ou tard, je développerais mes propres pouvoirs...

— J'aurais voulu être à ta place ! lâcha Sue sur un ton de défi.

— Alors, suis Bartholomew dans son délire fanatique ! Tu verras, tu le regretteras bien assez vite...

— Pourquoi ? Qu'a-t-il l'intention de faire exactement ?

Ms Ashwood se mordit la lèvre, comme si elle cherchait ses mots.

— Bartholomew veut rétablir la magie, marmonnat-elle. Il est persuadé qu'en agissant ainsi, il ne fera que rendre ses lettres de noblesse à notre famille. En réalité, ce qu'il cherche, c'est le pouvoir. Le pouvoir absolu et... rien d'autre !

— Pourquoi croit-il que la magie va brusquement ressurgir ? Je l'ai entendu à travers la porte du petit salon, il disait que tout cela n'était qu'une question de jours...

— Je ne sais pas vraiment pourquoi, mais je pense que cela a un lien avec grand-mère Phryne.

— Grand-mère Phryne, mais pourquoi ?

Dans les yeux de Ms Ashwood se lisait une certaine hésitation. Durant de longues secondes, elle parut peser le pour et le contre avant de prononcer dans un souffle :

— *Parce qu'elle est mourante...* Moi aussi, lorsque j'étais adolescente, il m'arrivait d'écouter aux portes. Ma mère en avait parlé un soir avec Bartholomew. Malheureusement, je n'avais surpris que quelques bribes... D'après eux, il existe des fragments de magie prisonniers dans le corps de Phryne. Peut-être que tes grand-tantes te l'ont dit, mais cette pauvre femme a été victime d'un enchantement qui a mal tourné. Selon leurs folles théories, il est possible de récupérer cette magie à son décès et de la faire croître.

— Alors, l'oncle Bartholomew attend seulement qu'elle meure ? lança Sue avec l'impression horrible de voir un charognard guetter sa proie.

— Oui.

— Mais, s'il y a très peu de magie en elle, est-ce vraiment la peine d'attendre si longtemps ?

— Je n'ai aucune idée de ce que cet homme a l'intention de faire. Dans tous les cas, tu ne dois pas rester ici, ajouta Ms Ashwood avec une expression grave. Moins tu verras Bartholomew et mieux tu te porteras.

— Je ne rentre pas à Londres, déclara Sue d'un ton décidé. Tu peux essayer de me traîner de force, je ne mettrai pas un pied hors du manoir… Je refuse de laisser grand-mère Phryne seule dans sa chambre. Et si l'oncle Bartholomew lui voulait du mal, hein ?

— Ne t'inquiète pas, murmura Ms Ashwood. Il ne tentera pas d'hâter sa mort… Il y a des années, il a déjà essayé de l'étouffer avec un oreiller et il n'a pas réussi à la tuer.

Sue déglutit. Elle ignorait jusqu'où cet individu serait capable d'aller. L'adolescente avait pourtant une certitude : elle ne partirait pas, elle ne regagnerait pas son quotidien grisâtre de Londres quand une telle menace planait dans l'air.

❧❦❧

— J'ai passé une soirée très instructive, pas vous ? lâcha Balthazar dans un long bâillement. Pour résumer, nous savons désormais que le Consul est lié à une organisation de tueurs – les Ombres et leur aimable représentant,

Mr Lynch – et qu'ils sont prêts à faire disparaître n'importe quel curieux pour préserver le secret des Mille-et-un. Par rapport aux efforts fournis, j'estime que nous avons bien progressé…

Avachi sur le tapis, aussi détendu que s'il était allongé sur un banc de sable, Balthazar observait ses ongles d'un air distrait. En dessous d'eux, le cœur du pouvoir d'Astrelune avait laissé place aux bas quartiers.

— Les Mille-et-un, répéta Holly. Est-ce que vous croyez qu'il pourrait s'agir du nombre de disparus ?

— Autant de monde, siffla Balthazar, ce serait un véritable scandale si l'affaire éclatait !

— Mais c'est peut-être pour cette raison qu'ils craignent à ce point que la population apprenne la vérité…

— Si tel est le cas, intervint Alistair, la question la plus importante à nous poser est de savoir pourquoi. Pourquoi est-ce qu'un millier de citoyens se seraient évanouis dans la nature ? En lisant le document, je n'ai pas eu le sentiment que le Consul était responsable de ces disparitions, mais plutôt qu'il connaissait le coupable et qu'il s'efforçait juste de maintenir l'ordre.

— Parmi les dossiers que vous avez consultés, est-ce que vous avez vu le moindre lien avec votre sœur ? marmonna Balthazar.

— Non, je suis à peu près sûre que Clara n'a jamais croisé les autres disparus. Ces gens avaient des profils très différents : poissonnier, bibliothécaire, boulanger, marchand ambulant… Ils semblaient tous mener des vies paisibles.

— Peut-être que ce qui les unit, c'est qu'ils n'ont rien en commun... Miss Nightingale, ajouta Balthazar avec un rictus, je pense que, si vous voulez retrouver votre sœur, une voie royale s'offre à vous.

— Laquelle ?

— Vous devez enquêter au Musée national. À mon avis, la chute d'Auberouge, les subventions versées par le Consul et le secret des Mille-et-un appartiennent à un même ensemble. Nous luttons toujours contre un seul ennemi, bien qu'il se dissimule derrière plusieurs visages.

— Vous allez me laisser partir ? s'étonna Holly qui n'en croyait pas ses oreilles.

— Oui, acquiesça Balthazar. De toute façon, vu la tournure des événements, je doute que vous ayez le moindre intérêt à me dénoncer aux autorités. Ce serait une initiative assez suicidaire, si vous voulez mon avis. Et puis, n'oubliez pas que je n'aurai aucun mal à vous retrouver. Cela vous inclut également, maître Sheffield... Je vous dépose au prochain coin de rue, l'endroit m'a l'air assez sombre pour que personne ne nous remarque.

Obéissant à son ordre, le tapis perdit de l'altitude et s'arrêta devant la boutique d'une diseuse de bonne aventure. Ravie de regagner le sol, Holly s'empressa de descendre. Elle fut bientôt suivie par Alistair qui fixait le capitaine comme s'il soupçonnait un coup tordu.

— Si vous découvrez quoi que ce soit, attendez-moi pour agir ! lança Balthazar, debout au centre du tapis qui commençait déjà à s'élever dans les airs. Je vous contacterai d'ici quelques jours...

Et après avoir soulevé son tricorne, avec autant de solennité que s'il était convié à une réception mondaine, Balthazar Riley disparut dans les ténèbres.

Une silhouette se mouvait dans l'ombre. Tapie derrière le grand chêne, elle observait la façade du manoir. Cela faisait des décennies qu'elle espionnait la demeure séculaire. Au fil de ses passages, elle avait fini par se surnommer elle-même « la Visiteuse ». Celle qui se fondait dans le décor et dont nul ne remarquait jamais la présence…

Jour après jour, elle observait les allées et venues des Ashwood. L'un d'eux l'intéressait particulièrement ; c'était cette gamine aux jambes filiformes et au nez pointu. La jeune Sue brûlait de curiosité, il lui suffisait d'une tape dans le dos pour qu'elle coure dans la bonne direction. C'était pour cette raison que la Visiteuse lui avait confié la paire de bésicles. Bien sûr, elle n'avait pas pu la lui remettre en main propre : elle avait dû user d'un subterfuge pour ne pas dévoiler ses plans.

Quelques heures avaient suffi à Sue pour trouver les failles, ces fentes qui déchiraient l'espace et créaient d'improbables passages d'un coin à l'autre du manoir. Tête baissée, elle s'était engouffrée dans la voie que la Visiteuse avait tracée pour elle. À présent, il ne lui restait plus qu'à attendre. Croire que le destin jouerait en sa faveur et laisserait à cette môme le temps de reconstituer le puzzle. Certains chemins se devaient d'être parcourus seul, surtout ceux qui étaient semés d'embûches...

— Sue, j'espère que tu es assez courageuse pour ne pas te perdre en route, murmura la femme. Car, sans ton aide, *les Mille-et-un périront...*

12

UNE BILLE DE SOUVENIRS

Deux jours s'étaient écoulés. Deux jours depuis leur folle expédition au poste de police. Holly avait repris le cours de sa vie ; elle s'était rendue au Musée national et avait prié Mr Lewis d'excuser son absence. Celui-ci avait hoché la tête sans poser de questions. Plus Holly l'observait, plus elle s'interrogeait sur son implication. Le vieux directeur ne pouvait ignorer à combien s'élevaient les subventions versées par le Consul. Derrière son air avenant cachait-il, lui aussi, de sombres secrets ou n'était-il qu'une malheureuse victime ? La jeune femme aurait été bien incapable de trancher. Aussi loin que remontaient ses souvenirs, elle avait toujours vu en Mr Lewis un homme affable, un peu distrait et qui se mettait rarement en colère. Pourtant, dès qu'elle tentait de l'interroger sur les subventions, sa réponse était évasive ; il fuyait ses questions et ne mentionnait jamais le moindre chiffre.

Pensive, Holly avait décidé de poursuivre l'enquête. Sous prétexte d'étudier la collection de savonnettes du premier étage, elle était restée après l'heure de fermeture.

À l'instant même où Mr Lewis avait quitté le bâtiment, vêtu de son inséparable pyjama gris, elle s'était précipitée vers l'escalier en marbre. Parvenue devant les bureaux administratifs, elle avait été surprise de trouver un gardien dont la chaise avait migré jusque-là. Bien que personne n'eût mentionné un cambriolage, leur intrusion n'était pas passée inaperçue. Constatant que certains de ses dossiers avaient disparu, Mr Lewis avait dû prendre les précautions nécessaires. À contrecœur, Holly s'était résolue à faire demi-tour. En réalité, elle ignorait ce qu'elle cherchait exactement. S'il se tramait quelque chose de louche, où devait-elle fouiner pour dénicher des réponses ? Encore dans des documents jaunis, des feuilles dactylographiées… ou bien ailleurs ?

Holly était en train de fixer distraitement des boutons de manchette dépareillés quand il lui sembla percevoir un murmure. Ou plutôt des centaines de murmures qui n'en formaient qu'un. « J'ai déjà entendu ces voix », songea-t-elle. Oui, c'était au cours de cette fameuse nuit où elle avait rencontré Balthazar Riley. Sur le coup, elle avait cru à une hallucination et n'avait pas prêté plus d'attention à ce phénomène.

Intriguée, Holly se lança à la poursuite des voix. Elle avait l'impression de courir derrière un fantôme, une silhouette invisible qui s'obstinait à la fuir. À vive allure, elle dévala les marches jusqu'au rez-de-chaussée et s'enfonça dans un labyrinthe de couloirs qui la mena devant la réserve. « Personnel autorisé seulement », proclamait un écriteau aux lettres bancales.

C'était une salle de belles dimensions où s'entassaient les pièces en attente de restauration. Entre ces quatre murs s'empilaient des tableaux et des objets du quotidien, comme des brosses à dents ou des poignées de porte. Jusqu'alors, Holly pensait que la remise en état de certaines œuvres dépendait des subventions. Si Mr Lewis recevait de telles aides du Consul, pourquoi n'avait-il pas fait entreprendre des travaux ? De plus en plus perplexe, Holly continua à suivre les voix. Elles l'entraînèrent au fond de la réserve, face à une étagère de vieux livres qui paraissaient tomber en décomposition. Ses mystérieux interlocuteurs l'abandonnèrent soudain, la laissant seule, plantée devant la bibliothèque.

À défaut d'une meilleure idée, Holly se pencha sur les différents titres et commença à les feuilleter. Des pages se détachèrent des reliures ; elles étaient si fragiles que le moindre contact semblait suffire à les émietter. Il fallut plusieurs minutes à Holly pour s'intéresser à *Comment nouer mes lacets en douze leçons ?* de Carter Adams. Contrairement aux autres ouvrages, celui-ci n'était pas recouvert d'une couche de poussière et paraissait en bien meilleur état. La jeune femme ne tarda pas à en découvrir la raison. Lorsqu'elle saisit le volume, l'étagère pivota sur elle-même, révélant une porte dissimulée.

— Ça par exemple ! marmonna Holly qui avait ouvert la bouche de stupéfaction.

D'un pas hésitant, elle pénétra dans un long couloir à moitié plongé dans la pénombre. Tandis qu'elle s'avançait, tâtonnant devant elle pour ne pas trébucher, un flot de pensées l'envahit. Peu importait la réelle implication de Mr Lewis, il lui avait caché l'existence de ce passage dérobé.

Une nouvelle porte, un nouveau corridor... Holly ne discernait rien d'autre qu'un océan de ténèbres. Alors qu'elle s'apprêtait à repartir, une lumière perça brusquement l'obscurité. Quelqu'un approchait. Dans un froissement de robe, Holly se dissimula dans un recoin sombre. Un homme venait de surgir d'une seconde porte, située de l'autre côté de la galerie, et ferma à clef derrière lui. La lueur de sa lampe-tempête éclaira son uniforme, un uniforme aussi noir que le jais. C'était le même vêtement que portait Mr Lynch, avec des spirales entrelacées sur son col. Cet individu appartenait-il aussi aux Ombres ? Le cœur battant à tout rompre, Holly le vit passer à quelques mètres d'elle sans remarquer sa présence.

« J'ai vraiment besoin de renfort », songea-t-elle.

Alistair se réveilla en sursaut. La tête posée sur le Code des aberrations turquoise, il s'était endormi. Il avait sombré dans un sommeil tourmenté où flottaient des images éparses. Des scènes qui s'enchaînaient, se superposaient à une vitesse folle au point de lui filer la migraine. C'était un cauchemar où Alistair était assis à un bureau... Non, il s'agissait plutôt d'un guichet. Sa mission était de tamponner des feuilles ; il tamponnait encore et encore, d'un geste mécanique, tellement répétitif qu'il ressemblait à un automate. Devant lui se succédaient des usagers. D'une seconde à l'autre, ce n'étaient jamais les mêmes personnes : une femme blonde, une vieille dame à la peau parcheminée, un homme soucieux, un adolescent à peine sorti de l'enfance... Leurs voix continuaient à claquer à ses oreilles, des réclamations, des plaintes...

— Bon sang, je ferais mieux d'aller me coucher.

Se massant le crâne, Alistair referma le Code des aberrations turquoise. Il connaissait bien ces cauchemars : ils l'avaient hanté durant ses années à l'université, la veille d'examens importants ou lorsqu'il s'assoupissait à la bibliothèque, fatigué par ses révisions. C'étaient sa rencontre avec Balthazar, cette folle nuit passée au poste de police, tous ces événements où il avait piétiné la loi qui avaient fait ressurgir ses craintes. L'une des plus grandes peurs d'Alistair était de finir guichetier, d'échouer dans sa carrière au point d'être rétrogradé en bas de l'échelle. Pour lui, ce serait plus qu'une déchéance... Malgré ses efforts, il ne se souvenait pas quel élément déclencheur avait fait germer cette horrible perspective dans son esprit. Peut-être un professeur sadique qui, dès la rentrée, avait menacé ses étudiants d'un poste aussi peu reluisant s'ils continuaient de rêvasser.

Luttant pour s'éclaircir les idées, Alistair referma la porte de son cabinet et se dirigea vers son modeste appartement du centre-ville. Il ignorait encore que le destin lui réservait un sort bien pire que de devoir tamponner des documents à longueur de journée.

Oliver respira une bouffée d'air frais. Pour le récompenser de ses bons et loyaux services – et surtout parce que la vaisselle n'avait jamais été aussi propre –, l'adolescent avait été autorisé à se promener sur le pont. Surveillé par Sydney qui était en train d'astiquer le bastingage, Oliver observait les contours de la crique où mouillait le navire. Là, non loin de ces falaises escarpées, se dressait la cité d'Astrelune. Si proche et pourtant, si lointaine… Le cœur d'Oliver se serra.

Une pluie de regrets l'envahissait, des images lancinantes qui défilaient dans son esprit : la bibliothèque de l'Académie et sa montagne de livres, le visage de James – un visage joufflu et rieur – avant que la mort ne le cueille par surprise, le souvenir de ces longues conversations où il s'était juré de changer le monde. Désormais, tout cela n'appartenait plus qu'au passé.

— La voile commence à se déchirer, faudrait le dire au capitaine, marmonna Leigh en jetant un coup d'œil au patchwork d'étoffes multicolores.

Régulièrement, Oliver entendait ce genre de commentaires. De la proue à la poupe, *L'Orion* paraissait en mauvais état, rongé par l'humidité ou grignoté par le temps qui passe. Alors qu'il s'apprêtait à reprendre sa marche, à faire le tour du bateau pour la troisième fois, Oliver manqua de s'étrangler. Sans prévenir, Leigh venait de s'immobiliser. Sa silhouette devint translucide ;

l'espace d'un instant, il sembla sur le point de s'évanouir, à l'image d'un dessin tracé sur le sable et dévoré par les vagues. De longues secondes s'écoulèrent jusqu'à ce que son corps retrouve sa consistance. Leigh secoua la tête, chassant en arrière ses mèches blondes, avant de se remettre au travail. Il n'avait rien remarqué…

Un doute s'empara soudain d'Oliver. Depuis plusieurs jours, il ressentait un certain malaise : une question flottait dans sa tête sans qu'il parvienne clairement à l'identifier. Quelque chose clochait. À présent que son regard englobait *L'Orion*, la vérité le frappait de plein fouet. Ce n'était pas seulement Leigh, c'était le bateau tout entier qui sonnait faux ! Depuis qu'il était à bord, Oliver n'avait compté que quatre membres d'équipage, s'imaginant que d'autres matelots se dissimulaient dans les recoins du navire. Et s'ils n'étaient que quatre ? Une poignée d'hommes n'aurait pas été suffisante pour manœuvrer *L'Orion* – ni pour avaler autant de pommes de terre –, alors comment était-ce possible ? Mais ce n'était pas cela le plus curieux…
Il suffisait d'observer le bois vermoulu, les trous qui perçaient la voile ou la structure brinquebalante pour prédire son naufrage imminent.

— *L'Orion* n'a rien de réel, murmura Oliver, les yeux écarquillés par la surprise.

— Je ne rentre pas à Londres, répéta Sue, les bras croisés.

Plantée dans le couloir, l'adolescente n'avait jamais paru aussi déterminée. Elle toisait sa mère avec une véritable lueur de défi dans le regard.

— Christine, ma chérie ! intervint la tante Opal qui avait encore sa serviette accrochée autour du cou. Reste au moins jusqu'à demain matin, cela fait des années que nous ne t'avons pas vue. Tu ne peux pas surgir ainsi et nous arracher la petite alors qu'elle est si heureuse ici.

Sue n'attendit pas le verdict de sa mère. Elle se précipita vers l'escalier et gravit les marches quatre à quatre jusqu'au troisième étage. La jeune fille s'engouffra dans la chambre de grand-mère Phryne et claqua la porte derrière elle.

De très mauvaise humeur, elle s'empara des *Formidables aventures de Lady Susan Blackwood*, posé sur la table de chevet, mais ne parvint pas à poursuivre sa lecture. Les mots demeuraient coincés dans sa gorge. Il y avait trop de pensées qui s'agitaient dans sa tête pour qu'elle puisse se concentrer.

« L'oncle Bartholomew est un homme horrible, songea Sue, comment a-t-il pu vouloir te faire du mal ? » La vieille dame devait être protégée par la magie pour avoir survécu. En elle se dissimulait une force assez puissante pour animer son corps, alors que tout le condamnait à mourir.

Sue tira de sa poche la paire de bésicles et la posa sur son nez. Tout d'abord, elle ne distingua rien au milieu du brouillard bleu puis, tandis qu'elle s'approchait de grand-mère Phryne, elle remarqua des éclats sur sa peau. Des éclats, semblables à des scintillements sur la surface d'un diamant. Oui, de la magie crépitait bien dans cet être frêle !

Une idée folle percuta soudain l'esprit de Sue. Sous le coup d'une impulsion, elle courut jusqu'à sa propre chambre et sortit de leur cachette les mystérieuses billes de Dorian Ashwood. Lorsqu'elle revint auprès de Phryne, elle glissa dans sa paume ridée l'une des sphères colorées. Après avoir patienté une longue minute, Sue déplia la main de la vieille dame et ne put réprimer un cri de surprise. Sur la surface, jusqu'alors d'un vert pâle, des reflets dorés étaient apparus.

— Ça a marché !

Sue n'en croyait pas ses yeux. Elle avait réussi ; elle était parvenue à rendre à cet objet son ancienne source d'énergie. L'adolescente n'eut pas à chercher longtemps comment fonctionnaient les billes, car une image jaillit brutalement pour se superposer à la réalité. Dans un brouillard de sensations, Sue discerna un nouveau décor qui, semblable à une feuille de papier calque, s'empilait sur celui qu'elle connaissait déjà. Les murs parurent s'étirer, la pièce s'agrandir alors qu'une salle de laboratoire dessinait ses contours flous par-dessus le papier peint à fleurs. Un tableau noir recouvert de runes, des étagères désordonnées, des bocaux aux couleurs étranges… Une silhouette translucide se matérialisa près d'une table de travail aussi évanescente que lui.

— Monsieur ? prononça Sue d'une voix hésitante.

À son plus grand étonnement, l'homme se tourna vers elle. Âgé d'une soixantaine d'années, il possédait une moustache dont les extrémités se terminaient par de savantes bouclettes. Le fait d'être arraché à son environnement par une totale inconnue ne parut pas le surprendre.

— Vous m'entendez ? s'exclama Sue.

— Oui, ma chère enfant, et je suis même capable de vous voir… Mon nom est Dorian Ashwood, ravi de vous rencontrer ! ajouta-t-il avec un petit sourire amusé. Je suppose, en voyant vos drôles de vêtements, que vous ne venez pas de la même époque que moi.

— Non, je viens du vingt-et-unième siècle… Excusez-moi, mais comment est-ce possible ? Comment pouvons-nous être en train de parler ?

Les lèvres de Dorian s'étirèrent encore plus.

— Parce que je suis un souvenir, répondit-il. Je ne suis pas vraiment présent… Voyez-vous, ma spécialité a toujours été de mettre le temps en bouteille. Dans cette fiole, par exemple, j'essaye d'enfermer un matin de Noël, mais j'ignore pourquoi, cela sent davantage les pieds que la dinde farcie aux marrons… Laissez-moi vous expliquer, poursuivit Dorian, les sourcils froncés, comme s'il cherchait des mots simples pour retranscrire une réalité complexe. D'ici quelques heures ou quelques jours, l'Autre moi choisira d'immortaliser cet instant : il le glissera dans une bille de souvenirs et il pourra me rendre visite au gré de ses envies. Pour ma part, je ne suis qu'un écho de l'homme qu'il a été à un moment précis de son existence. Lorsque le souvenir s'achève, je meurs avec lui et, dès que quelqu'un l'invoque à nouveau, je renais de la même manière.

Sue n'était pas sûre d'avoir tout saisi.

— Une bille n'est pas éternelle, précisa Dorian Ashwood. Celle-ci dure peut-être deux ou trois minutes – je doute que l'Autre moi ait décidé d'étirer un souvenir aussi peu intéressant qu'une odeur de pieds. Sitôt cette durée achevée, je m'évanouirai mais, si vous revenez me voir, je serai de nouveau là, sauf que je vous aurai oubliée.

— Est-ce que vous connaissez… Phryne Ashwood ? bafouilla Sue.

Les éclaircissements de Dorian lui avaient fait le même effet qu'un cours de mathématiques où elle avait beau se creuser la tête, l'opération lui paraissait toujours aussi obscure.

— Oui, bien sûr, Phryne est ma nièce. Une nièce vraiment adorable, un peu malicieuse sur les bords, mais elle possède un réel talent pour recoudre les chaussettes.

— Phryne fait aussi partie de ma famille, précisa Sue. Depuis des décennies, elle est prisonnière d'un sommeil éternel. Apparemment, elle a lancé un sort qui a mal tourné…

— Cela a dû se produire dans le futur, car ma petite Phryne est loin d'être endormie. Mais continuez, mon enfant, ce que vous dites là pique ma curiosité.

Sue éprouvait le besoin de se confier, de confronter avec cet homme le présent et le passé. Avec des mots précipités, elle lui parla de la magie, de sa disparition et des quelques bribes qui subsistaient encore. Dorian l'écoutait sans trahir le moindre trouble, aussi nonchalant que si elle lui décrivait la couleur du ciel.

— Hum…, marmonna-t-il finalement. Sheryton existe toujours, n'est-ce pas ?

— Oui, pourquoi ?

— Parce que cette ville a été créée par la magie. Tant qu'elle demeure debout, le clan Ashwood a une chance de se remettre sur pied.

— Une ville ? répéta Sue. Vous voulez dire un village ?

— Non, une ville avec plusieurs milliers d'habitants. À l'origine, ce n'était qu'un hameau, un refuge pour tous ceux qui fuyaient les persécutions. Durant cette époque troublée, maîtriser la magie était un secret lourd à porter qui pouvait conduire un individu au bûcher. Puisque la société anglaise les avait exclus, ces parias se rassemblèrent à Sheryton. Au fil des décennies, le village est devenu peu à peu une gigantesque métropole où les Ashwood forment désormais l'élite de la noblesse. La magie se transmet par le sang et, afin de préserver sa pureté, les unions se font à l'intérieur du clan. Nous vivons ainsi depuis des siècles.

Sue songea que la consanguinité n'était pas forcément la meilleure solution.

— À mon époque, il ne reste que quelques maisons et le manoir des Ashwood, murmura-t-elle. Mes grand-tantes ne m'ont jamais dit que Sheryton était autrefois une ville… D'ailleurs, que voulez-vous dire par « créée par la magie » ?

— C'est un sortilège très puissant qui a permis de bâtir Sheryton, expliqua Dorian en froissant distraitement sa moustache. La cité est protégée par un dôme enchanté qui empêche quiconque de pénétrer à l'intérieur. Pour faire simple, seuls ceux qui connaissent l'existence de Sheryton peuvent franchir la limite. Quant aux autres, ils ne voient qu'un champ à moitié défraîchi et s'ils s'approchent de trop près, l'espace se tord ; il s'étire à l'infini pour que la ville demeure toujours à une distance raisonnable.

— Alors, ce ne doit plus être le cas. Je viens toujours en train depuis Londres…

— Oh non, si le dôme tombe, Sheryton tombe avec lui ! Les deux forment une unité indissociable, il est impossible de les séparer.

— Mais le train ?

— Avez-vous déjà vu quelqu'un d'autre s'arrêter à cette station ? lança Dorian dont le regard pétillait de malice.

— Non, je suis toujours la seule à descendre.

— Eh bien, le dôme fonctionne encore. Cela fait partie de la protection… À mon avis, dès que vous avez posé un pied en dehors du wagon, l'ensemble des passagers vous oublie aussitôt. Même le conducteur ne se rappellera pas avoir stoppé le train. La prochaine fois, faites l'essai, demandez à votre voisin ce qu'il voit par la fenêtre et, s'il vous parle d'un champ perdu au milieu de nulle part, vous serez fixée.

— Mes grand-tantes me l'auraient dit, lâcha Sue dans un souffle.

L'adolescente avait la désagréable impression de baigner dans le mensonge. Le mensonge ou plutôt une sorte de semi-vérité. Comme si, face à un océan de mystères, on ne lui laissait entrapercevoir que la surface.

— Ma chère, lui dit Dorian, j'ai le sentiment qu'il vous reste énormément de choses à découvrir… Revenez me rendre visite dès que vous aurez un peu de temps. De toute façon, je ne bouge pas d'ici.

Sa silhouette devint de plus en plus translucide, puis elle finit par s'effacer. À l'image d'une brume légère, le laboratoire s'évanouit à son tour, emportant son grand tableau noir et sa multitude de bocaux multicolores. Sue se retrouva seule dans la chambre, avec une vieille dame endormie et une bille froide entre ses doigts.

◦◦◦◦◦

— Alors, monsieur le comptable ? lança Balthazar en s'asseyant, les pieds sur la table. T'as trouvé des trucs qui clochent ?

Oliver releva la tête des dossiers de subvention qui s'étalaient devant lui. Quelques jours plus tôt, Balthazar était revenu du Musée national et avait déversé une avalanche de chiffres sous ses yeux.

L'adolescent n'avait pas osé lui parler des doutes qui l'avaient assailli sur le pont de *L'Orion*. Il avait gardé pour lui cette vérité dérangeante car, il en était désormais persuadé, le capitaine n'était pas au courant. Il flottait dans sa propre réalité, ignorant que l'impossible avait envahi son navire.

— Je n'ai rien trouvé d'anormal, répondit Oliver. Je viens de recalculer les dépenses sur les dix dernières années, elles correspondent bien aux sommes qui figurent sur la déclaration B4-87. Durant la décennie écoulée, le directeur a procédé à divers travaux de réparation, notamment la toiture qui n'a pas l'air très étanche. En moyenne, le montant annuel varie entre mille et mille cinq cents doublons…

— J'ignore complètement à quoi correspond ton formulaire B8-96, coupa Balthazar.

— B4-87, rectifia Oliver. Il s'agit d'une synthèse où figure la totalité des…

— Oui, peu importe. Dis-moi simplement si, dans tout ce bazar administratif, tu as déniché quoi que ce soit qui puisse représenter cent mille doublons de subventions.

— Non. Si, pendant mon stage, je n'avais pas découvert ce document compromettant, j'estimerais que tout est parfaitement en ordre.

— Mouais, cela ne nous avance pas beaucoup, commenta Balthazar. D'une part, des subventions énormes, de l'autre un budget travaux qui paraît raisonnable. À quoi sert donc cet argent ?

Oliver haussa les épaules.

— Au fait, ajouta Balthazar d'un ton badin, l'homme qui s'est glissé dans ta chambre pour essayer de te tuer, est-ce qu'il avait les cheveux blancs ? Un type assez jeune avec une peau très pâle ?

— Non, mais je l'ai déjà croisé dans les bureaux du Consul.

— Cela ne m'étonne pas…

Il était probable que Mr Lynch ait trempé dans ce projet d'assassinat. Pour Balthazar, c'était une confirmation de plus que ces affaires étaient liées. Il était sur le point d'interroger Oliver quand Leigh jaillit dans la cabine, le souffle court.

— Capitaine, bafouilla-t-il, c'est terrible... Le voile de transparence...

— Quoi, le voile ?

— Il s'est déchiré... Nous n'avons plus aucune protection !

— Tu es en train de me dire que *L'Orion* est visible comme le nez au milieu de la figure ?

— Oui, capitaine !

— Alors, il faut lever l'ancre immédiatement ! Qu'est-ce que vous attendez, bon sang de bonsoir ? Que tout Astrelune nous repère ?

Balthazar avait bondi sur ses pieds. Il s'apprêtait à aller distribuer ses ordres quand le visage de son second se décomposa. Manifestement, ils avaient déjà tenté la manœuvre.

— Je suis désolé, capitaine, mais nous ne parvenons pas à atteindre le cabestan. C'est comme si un mur invisible nous empêchait d'avancer...

— Qu'est-ce que c'est encore que cette histoire ?

Les sourcils de Balthazar escaladèrent son front. Ses traits se contractèrent ; il parut soudain plus âgé, comme si une décennie entière venait de s'abattre sur ses épaules.

— Que tout le monde prenne les armes ! cracha-t-il, les dents serrées. Je ne vois qu'une seule explication possible.

Nous n'allons pas tarder à nous faire aborder, et nos ennemis ont parmi eux un alchirium. Quelqu'un d'assez
puissant et qui risque de nous mettre des bâtons dans les
roues...

— Oui, capitaine !

Leigh claqua des talons et se précipita vers le pont.
L'écho de sa voix se répandit d'un coin à l'autre du navire, bientôt suivi par un véritable branle-bas de combat.
Balthazar avait tiré son épée de son fourreau mais, sur le
point de franchir le seuil, il se tourna vers Oliver. L'adolescent le fixait avec un regard terrifié.

— Tu sais te battre ? lança Balthazar qui, bizarrement, se doutait déjà de la réponse.

— Non...

— Si je te file une épée, tu as plus de chance de tuer
quelqu'un ou de t'embrocher dessus ?

— Je ne veux... pas mou-mourir, bégaya Oliver qui
commençait à se ronger les ongles, je ne... veux pas mourir.

Balthazar saisit le gamin par le menton, l'obligeant
à le regarder droit dans les yeux. Dans ses prunelles
claires, il ne lisait qu'un océan de panique, l'angoisse dé-
vorante de finir assassiné. Tué comme l'avait été James,
son camarade de chambrée.

— Écoute-moi bien, lui dit Balthazar. Tu vas t'en sortir parce que tu as la survie dans le sang... Les autorités
d'Astrelune ont ordonné ta mort et, malgré leurs efforts,
ces braves gens ont échoué ! Ils ne réussiront pas non plus
aujourd'hui. Viens avec moi, et je te promets qu'on va s'en
tirer.

— Je… je…

— Tu dois garder ton sang-froid… Nous allons remonter jusqu'au pont, le tapis est sans doute en train de
sommeiller sur le bastingage, je te mets dessus, et le tour
est joué ! Dans quelques années, tu te souviendras de ce
jour et tu pourras le raconter à tes enfants… En attendant, il faut qu'on se bouge un peu.

À moitié motivé par ces bonnes paroles et à moitié
tiré de force, Oliver se leva de sa chaise, les jambes titubantes. Au-dessus de leur tête, un bruit sourd venait de
résonner. Celui d'un corps s'abattant lourdement sur le
sol.

— Ça y est, murmura Balthazar, l'attaque a débuté…
Parfois, je déteste avoir raison.

Journal de Phryne Ashwood

Le 25 janvier 1870

Cher journal,

Aujourd'hui, j'ai fêté mon vingtième anniversaire. Père et Mère ont organisé une gigantesque réception et, pour l'occasion, l'ensemble du clan Ashwood a été convié – j'ai rencontré de parfaits inconnus que j'ai nommés « cousins », sans savoir où ils se situaient dans l'arbre généalogique.

La semaine dernière, Mère s'est rendue chez la modiste pour me commander une nouvelle robe. Le tissu était magnifique, de la mousseline d'un blanc crème que venait rehausser un bustier en perles. Lorsque je me suis regardée dans la glace, j'aurais dû me sentir belle. Pourtant, une boule s'est nouée dans ma gorge. J'avais l'impression d'être une bête de foire… Depuis deux ans, mes parents souhaitent me fiancer à un homme respectable, quelqu'un qui ne s'offusquera pas de mon pouvoir. Parfois, j'éprouve la sensation d'être une intruse, une étrangère qui attire la honte sur le nom des Ashwood. Malgré les efforts de mon précepteur, je ne suis douée que dans un seul domaine : le raccommodage.

Devant les membres de ma famille, je m'efforce de faire bonne figure mais, intérieurement, j'étouffe ! Est-ce vraiment cela l'avenir qui m'attend ? Celui d'une maîtresse de maison, condamnée à jouer le rôle de l'épouse parfaite ? Certains soirs, je rêve que je m'échappe, que je quitte Sheryton pour découvrir le monde extérieur. Que je m'enfuis avec Davras...

Cher journal, je ne parviens pas à chasser ce garçon de mes pensées. Cinq ans se sont écoulés depuis notre rencontre. Lorsqu'il s'est glissé dans ma vie par hasard, j'ai cru qu'il allait disparaître, s'évanouir aussi vite qu'il avait surgi, mais il s'est accroché...

Aujourd'hui, je n'imagine plus mon existence sans lui. Nos rendez-vous ont beau être fugaces, sa présence m'apporte un immense réconfort. Quand je suis à côté de lui, mon masque tombe : je ne suis plus Phryne Ashwood – celle qui cherche désespérément à passer inaperçue –, je redeviens moi-même.

Semaine après semaine, mois après mois, j'ai découvert à travers ses yeux le monde d'en bas. Grâce à lui, mon esprit s'est ouvert ; il m'a montré une réalité dont je ne faisais qu'effleurer la surface. Parfois, je me sens déchirée entre deux univers, comme si mon âme appartenait à la fois à la noblesse et aux bas-fonds. Bien que Davras n'ose l'évoquer, je devine dans ses paroles la menace d'une guerre qui plane.

La guerre... Ce mot se murmure aussi parmi les Ashwood. En tant que gouverneur, le cousin Jacob n'a cessé de durcir sa position : il continue d'imposer des taxes, de multiplier les décrets qui ne font que creuser la pauvreté des bas quartiers.

Cet homme m'effraie. Lorsque je le croise dans le manoir, je m'efforce de « verrouiller » mes pensées, de réciter l'alphabet dans l'espoir qu'il se désintéresse de moi. Que ferait-il s'il lisait dans mon cœur et devinait mes sentiments pour Davras ?

13

LA CRIQUE DES CONDAMNÉS

Balthazar s'était élancé, traînant derrière lui un Oliver qui tremblait de la tête aux pieds. Au loin, il percevait des cris, des exclamations perçantes qui trahissaient une souffrance sans nom. Qui étaient leurs assaillants ? Probablement les Ombres… Le capitaine tenta de fermer son esprit : il devait rester concentré et ne pas laisser la peur l'envahir. La priorité était de vivre, de survivre à cette bataille qui s'était déjà emparée de *L'Orion*.

Une voix, pourtant, s'était déjà glissée en lui. Une voix insidieuse qui s'amusait à lui siffler des mots cruels à l'oreille. *Du sang va couler par ta faute, Balthazar… Tu sais que c'est toi le responsable, n'est-ce pas ?*

— Fiche-moi la paix, grommela Balthazar.

Il eut à peine atteint le pont que la scène se révéla à lui dans toute son horreur. Des cadavres gisaient par terre. Ceux de ses camarades, de ses frères de cœur avec lesquels il avait juré de voguer jusqu'au bout du monde. Les yeux de Palmer et de Sydney étaient exorbités, comme si la mort les avait fauchés par surprise. Darell était à peine reconnaissable ; ses traits étaient tordus, ravagés par la douleur. Au milieu de cette hécatombe, Leigh était le seul survivant : avec la force du désespoir, il luttait vainement pour repousser ses attaquants. Des silhouettes en uniforme sombre l'encerclaient, lui ôtant tout espoir de fuite.

Parmi le désordre ambiant, Balthazar reconnut Mr Lynch, les lèvres étirées en un éternel rictus.

— Capitaine Riley, comme c'est aimable de vous joindre à nous ! commenta-t-il d'un ton plein de sarcasme.

— Si c'est moi que vous voulez, laissez partir Leigh ! siffla Balthazar entre ses dents.

— Qui donc ?

Il suffit d'un claquement de doigts à Mr Lynch pour que Balthazar assiste, impuissant, à la mort de son second. À l'image d'une marionnette tirée par des fils invisibles, son corps se retrouva écartelé, ses membres disloqués, avant qu'il ne s'effondre sur le sol crasseux. Face à cet atroce spectacle, Oliver ne put réprimer un haut-le-cœur.

— Vos hommes ont péri à cause de vous, je veux que vous le sachiez, susurra Mr Lynch. Si vous m'aviez suivi la dernière fois sans discuter, je n'aurais pas été obligé de vous traquer sur votre misérable rafiot.

— C'est un noble navire, rectifia Balthazar, et même l'un des plus beaux que comptait autrefois la flotte d'Astrelune… Je me fiche de savoir le temps que cela prendra, mais je vous ferai payer le décès de mes amis. Je vous arracherai les tripes et je vous les fourrerai dans la gorge pour que vous vous étouffiez avec !

Le visage du capitaine s'était métamorphosé. Son expression était devenue dure, son regard glacial, et chacun de ses traits hurlait sa haine. Ses muscles s'étaient bandés ; il évoquait un animal prêt à bondir sur sa proie pour déchiqueter sa chair entre ses crocs.

— Vous n'en aurez pas l'occasion, j'en ai bien peur ! lança Mr Lynch que la menace paraissait amuser. Vous allez m'accompagner et, contrairement à la dernière fois, vous n'aurez aucun boîtier temporel pour vous enfuir. Et si vous comptiez sur votre vulgaire carpette volante, elle non plus ne sera pas là pour vous sauver la mise.

En guise d'illustration, il désigna d'un signe de tête une étoffe déchirée, creusée en son centre par un immense trou. Le tapis était étendu sur le bastingage, chiffonné comme une vieille serpillère. Balthazar voyait son ultime issue s'évanouir avec lui. Que devait-il faire ? Il ne lui restait plus rien : en l'espace de quelques minutes, son monde avait volé en éclats pour ne laisser que de la désolation derrière lui… Non, c'était faux, il avait encore Oliver. Le teint livide, le gamin semblait sur le point de défaillir. S'il parvenait à le sauver, se pardonnerait-il plus facilement d'avoir abandonné les autres ? De ne pas avoir été à leurs côtés alors qu'il aurait dû être le premier sur le pont ? Avec un soupir, Balthazar se tourna vers Mr Lynch.

— Épargnez le gosse, et je n'essaierai pas de m'enfuir, cracha-t-il.

— Mon cher, vous ne semblez pas comprendre la situation. Vous n'êtes absolument pas en mesure de négocier… Le Consul voit en Oliver Parker un témoin gênant, il sera donc exécuté conformément à ses désirs. Par contre, si cela peut vous faire plaisir, vous serez aux premières loges.

Dans un hurlement, Oliver fut brutalement soulevé de terre. Flottant dans les airs, il commença à se tordre de douleur, le corps agité de soubresauts, comme si des lames invisibles le poignardaient de l'intérieur. Balthazar n'hésita pas. Il tira son épée de son fourreau et se jeta sur Mr Lynch. Un court moment, la concentration de l'Ombre faiblit : il relâcha Oliver qui s'écroula, le souffle haletant et les membres tremblants. Aussitôt, Balthazar sentit une paralysie s'emparer de son être. Malgré ses efforts, il ne parvenait plus à bouger. Trop faible pour résister, sa main laissa échapper son arme qui chuta à ses pieds.

— Capitaine Riley, murmura Mr Lynch, vous avez une fâcheuse tendance à me contrarier… J'ai un emploi du temps assez chargé mais, exceptionnellement, je me libérerai afin d'assister à votre pendaison.

Balthazar aurait bien aimé lui cracher une insulte, mais même ses lèvres demeuraient closes. Il avait l'impression qu'un voile était en train de s'emparer de son esprit, de noyer ses pensées pour le rendre indolent. Lentement, des souvenirs jaillirent des tréfonds de sa mémoire jusqu'à se superposer à la réalité : la cale d'un navire ennemi remplie de marchandises, son équipage riant aux éclats au milieu des tonneaux, la mer qui scintillait sous la lumière du soleil… *et une fille aux cheveux bruns*. C'était étrange, car Balthazar avait le sentiment de la connaître. Holly Nightingale… Oui, la petite dame à l'allure austère, qui travaillait au Musée national et qui vénérait ces objets poussiéreux. Pourtant, ce n'était pas seulement Holly Nightingale ; c'était un écho, le fantôme d'un passé oublié. Les pieds dans le sable, ils se poursuivaient sur une plage déserte ; il la saisissait par la taille et menaçait de la jeter à l'eau tandis qu'elle éclatait de rire. D'où venait ce souvenir ?

— Un jour, je partirai loin, très loin d'ici, et je t'emmènerai avec moi ! murmura l'autre Balthazar, le nez enfoui dans les mèches indisciplinées d'Holly.

— Qui te dit que je te suivrai, hein, Riley ? Tu ne manques vraiment pas de toupet ! lui répliqua la jeune femme en essayant de se libérer de son étreinte.

— Parce que tu m'aimes, mais tu n'oses pas l'avouer ! T'inquiète, j'attendrai le temps nécessaire pour entendre ces mots sortir de ta bouche…

L'image s'effaça pour laisser *L'Orion* et son décor ensanglanté reprendre leurs droits. Ce fut d'abord un picotement, puis une chaleur intense enveloppa Balthazar. Elle se répandit dans chaque particule de son être, le brûlant de l'intérieur. Brusquement, un formidable orbe d'énergie jaillit de son corps. Le souffle fut si puissant que Mr Lynch et ses hommes de main furent propulsés en arrière. Ils percutèrent violemment le bastingage, à moitié inconscients.

Balthazar s'était relevé. Lui-même ne comprenait pas ce qui avait provoqué un tel phénomène. Des questions dansaient dans sa tête, des questions sans réponses… L'heure n'était pas à la réflexion. Sans laisser aux autres le temps de réagir, le capitaine saisit Oliver par les épaules et le redressa de force. C'était l'occasion ou jamais, l'occasion de fuir avant que Mr Lynch ne recouvre ses esprits.

Entraînant Oliver avec lui, Balthazar plongea dans la mer. Le gamin paraissait terriblement affaibli ; il eut à peine une réaction quand l'eau glaciale lui mordit la chair.

— Reste avec moi ! marmonna Balthazar. Ne t'endors surtout pas… On va s'en sortir tous les deux, tu verras. La côte n'est pas loin et regarde, le soleil est déjà en train de se coucher. La pénombre ne va pas tarder à tomber, nous ne serons bientôt plus visibles du bateau… Agrippe-toi à moi, j'ai assez de force pour nager jusqu'à la rive. Promis, dès qu'on atteint la terre ferme, je t'invite à la taverne, et on finit la soirée par un festin. T'en penses quoi, moussaillon ?

— Je ne veux… pas mourir, articula Oliver avec difficulté.

— Bien sûr que non ! Je ne vais pas te laisser crever ici…

— Capitaine, votre… équipage… Il y a quelque chose de… bizarre.

— Quoi, mon équipage ?

La voix d'Oliver était à peine plus audible qu'un souffle. Balthazar n'insista pas. Au loin, des échos de voix venaient de rompre le silence : Mr Lynch et ses acolytes avaient dû reprendre connaissance. Étaient-ils en train de scruter les alentours, cherchant à retrouver les fugitifs ?

Malgré ses propos optimistes, Balthazar n'était guère détendu. Dès l'instant où l'ennemi distinguerait leurs silhouettes, tout ferait d'eux des cibles faciles. Pourtant, les minutes s'écoulaient, et rien ne venait perturber leur fuite.

Balthazar se démenait, luttant contre les courants et cette envie croissante de renoncer. De s'abandonner à l'océan pour oublier la douleur, ses muscles endoloris et la menace d'une pendaison qui flottait dans son esprit. Régulièrement, il lançait des boutades, des plaisanteries destinées à rassurer Oliver, lui faire croire que tout allait bien alors que son avenir était si incertain. Une heure d'efforts fut nécessaire à Balthazar pour atteindre la berge. Transi de froid et dégoulinant de la tête aux pieds, le capitaine s'effondra sur le sable. Ils avaient réussi… Ils avaient échappé à la mort. Le destin leur avait souri, il avait fait d'eux des survivants.

— Oliver, viens un peu par là, je vais te réchauffer…

Avec des gestes précipités, Balthazar commença à lui frictionner les membres. C'est alors qu'il remarqua son teint blafard et ses yeux grands ouverts. Oliver n'était plus qu'un cadavre.

Sue avait gagné un sursis. Un court sursis d'un jour avant que sa mère ne la traîne à la gare. Les tantes Opal et Harmony avaient réussi à la convaincre de rester jusqu'au lendemain. D'assez mauvaise humeur, Ms Ashwood avait boudé l'oncle Bartholomew qui, d'ailleurs, ne lui avait pas accordé le moindre regard et s'était enfermé dans sa chambre.

Assise sur son lit, l'adolescente avait la tête qui bouillonnait de questions. Sa rencontre avec Dorian Ashwood lui avait permis d'entrevoir une autre vérité, enfouie quelque part sous un tissu de silence et de non-dit. Pourtant, Sue s'était retrouvée face à un mur. Elle n'avait que des hypothèses et se refusait de confronter ses grand-tantes ou même sa mère sans avoir de certitude. Un compromis ne tarda pas à jaillir dans ses pensées.

— Mr Ferguson !

Dix minutes plus tard, Sue avait dévalé les marches de l'escalier, traversé le salon et le hall d'entrée jusqu'à atteindre le jardin. Un chapeau de paille sur la tête – qui contrastait avec son uniforme guindé –, le vieux domestique était en train de tailler un massif de rosiers.

— Oui, Miss Sue ? demanda-t-il.

— Est-ce que je peux vous parler ?

— C'est déjà ce que nous sommes en train de faire, mais rien ne nous empêche de continuer. J'ai l'impression que quelque chose vous tourmente, je me trompe ?

— C'est à propos de grand-mère Phryne. Je me demandais depuis combien de temps elle était endormie…

Sue hésita un court instant. Avait-il compris l'allusion ? Dans les yeux de Mr Ferguson, elle discerna bientôt un éclat de malice.

— Cela fait de nombreuses années que Phryne Ashwood occupe sa chambre, répondit-il tout en maniant son sécateur. Tellement d'années qu'il serait difficile de les compter…

— Vous savez pourquoi mes grand-tantes me mentent ? murmura Sue.

— Le mensonge a toujours revêtu différents aspects.

Notre esprit nous pousse souvent à cacher des éléments aux personnes que l'on souhaite protéger.

— Me protéger de quoi ?

— Peut-être d'un passé trop lourd à supporter.

La voix de Mr Ferguson était à peine perceptible.

— Si vous voulez en apprendre plus sur Sheryton, je connais une vieille amie qui sera ravie de vous éclairer sur certains points historiques. Par contre, cette dame apprécie la discrétion et elle préférera sans doute vous rencontrer dans un… lieu inhabituel.

— Où ? lança Sue qui avait du mal à cacher son excitation.

— Dans le grenier, par exemple. Vous lui pardonnerez également cet horaire incongru, mais il ne serait pas improbable qu'elle vous rejoigne vers minuit.

— D'accord. Dites-lui que je l'attendrai…

Mr Ferguson acquiesça d'un léger signe de tête. Lentement, il réajusta son uniforme et s'éloigna en direction du perron.

Prise d'une intuition, Sue tira la paire de bésicles de sa poche. Le monde fut bientôt noyé dans un brouillard bleu. Au milieu de ce monochrome, l'adolescente s'attendait à discerner la silhouette de Mr Ferguson. Mais, à la place du vieux domestique, se tenait un gamin dont le visage était couvert de taches de rousseur.

Tommy…

Alistair se massa le crâne. Il était tard, la nuit avait déjà enveloppé la cité d'Astrelune mais, malgré sa fatigue, il ne parvenait pas à trouver le sommeil. Dès qu'il fermait les yeux, il sentait son esprit l'attirer dans cette réalité cauchemardesque où il tamponnait des documents à longueur de journée. Espérant s'éclaircir les idées, Alistair se glissa à l'extérieur de son immeuble et commença à arpenter les quartiers populaires. Peu importait l'heure, certaines rues étaient toujours envahies par des marchands qui apostrophaient bruyamment les passants : « Monsieur, je suis sûr que vous ne connaissez pas la brosse à dents en plumes de dodo, laissez-vous tenter et vous verrez aussitôt la différence ! », « Vos amis et vous avez peur des trottoirs mouvants ? Voici un nouveau modèle de corde pour vous attacher les uns aux autres ! » ou encore « Craquez pour le nouveau parapluie troué qui vous assure d'être trempé de la tête aux pieds ! »

« Qui aurait envie de s'encombrer d'un parapluie pour être mouillé ? » songea Alistair en levant les yeux au ciel. Parfois, il avait l'impression que le monde ne tournait pas rond. Ce n'était pas la première fois qu'il parvenait à un tel constat. D'ordinaire, cette pensée vagabonde ne faisait qu'effleurer son esprit : à peine débarquée, elle s'empressait déjà de repartir. Ce soir-là, pourtant, Alistair sentait la question piquer sa curiosité.

Tandis qu'il slalomait parmi les commerçants, un miroir en pied – « Plus efficace que la diseuse de bonne aventure ! Interrogez ce miroir pour connaître votre avenir. » – lui renvoya son reflet. Au-dessus de sa tête, le nuage noir grondait, et des éclairs n'allaient sans doute pas tarder à jaillir. Au fait, d'où venait-il, celui-là ? Aussi loin que remontaient ses souvenirs, Alistair avait dû se trimballer cet encombrant compagnon. Que cela soit à l'université ou dans les lieux publics, personne ne semblait surpris de le voir débarquer avec son propre microclimat.

Un clac sonore retentit, et le soleil inonda la cité. La Machine du temps avait encore des ratés, à moins qu'un stagiaire en quête de distraction ne s'amuse à actionner les manettes. Par la fenêtre entrouverte d'une résidence s'échappa une voix ensommeillée : « Quoi, c'est déjà l'heure de se lever ? »

— Ce sont nos impôts qui payent cette maudite Machine, et ces ingénieurs ne sont même pas fichus de la faire fonctionner correctement, grommela un vieil homme en agitant sa canne.

Un second clac, et la nuit s'empara de nouveau d'Astrelune. Les sourcils froncés, Alistair observait la Machine désormais plongée dans la pénombre. Bâtie en forme de poire, elle trônait sur un gigantesque échafaudage qui surplombait la métropole. Pourquoi avait-on construit cet appareil ? s'interrogea Alistair. Une fois sur deux, la population constatait des dysfonctionnements et, quelques mois plus tôt, des habitants zélés avaient même lancé une pétition : « Nous voulons que la Machine du temps soit contrôlée par une autre Machine plus performante ! »

Les choses avaient-elles toujours été ainsi ? Plus Alistair fixait les alentours d'un œil critique, plus il avait le sentiment qu'un truc clochait. Le truc-qui-cloche avait été défini par l'article 52-7 du Code des vérités pourpres et concernait des situations jugées *normales*, mais qui étaient « loin de l'être, d'après les éléments du contexte ». Depuis son premier cours de droit, Alistair trouvait cet article particulièrement flou. En cet instant, il était certain de pouvoir l'appliquer sans se tromper.

Quelques quartiers plus loin, dans l'impasse du Charivari, Holly se tournait et se retournait dans son lit. Elle songeait aux Ombres, à ces mystérieuses voix qui hantaient le Musée national et, si cela ne suffisait pas à la maintenir éveillée, le visage de Clara flottait dans ses pensées. À contrecœur, la jeune femme se leva et, après s'être enveloppée d'un châle, se glissa dans la pièce principale. Elle pensait se servir un verre d'eau ; elle ne s'attendait pas à trouver Balthazar Riley avachi sur le tapis. Allongé entre la table et le porte-manteau, il fixait le plafond, comme si une constellation avait une chance de pousser là.

— Qu'est-ce que vous faites ici ? s'exclama Holly qui n'avait pu réprimer un mouvement de recul.

— Je réfléchis au sens de la vie et de la mort.

— Comment êtes-vous entré ?

— Par la fenêtre et, si vous craignez pour votre réputation, personne ne m'a vu escalader la façade.

Sa voix avait une intonation étrange. Intriguée, Holly alluma une lampe à huile. La flamme éclaira le visage de Balthazar, un visage aux traits marqués par la tristesse.

— Capitaine, que vous est-il arrivé ? murmura-t-elle.

— Ne m'appelez pas capitaine, je n'ai plus de navire ni d'équipage... À l'heure qu'il est, le premier a déjà dû être confisqué par le Consul, et le second a péri.

— Vous voulez dire qu'ils sont tous...

— Morts, oui. Je viens d'enterrer Oliver près de la crique des Condamnés. Pauvre gosse... Je n'ai même pas réussi à le sauver. Quant aux autres, c'est encore pire, je les ai abandonnés. Leurs corps étaient étendus sur le pont, mais si vous aviez vu leurs visages, Miss Nightingale... La souffrance se lisait sur chacun de leurs traits. J'espère qu'ils m'ont maudit avant de rendre l'âme parce que je ne mérite pas mieux.

— Qui... vous a attaqués ?

— Mr Lynch. Toujours cette pourriture de Mr Lynch ! Le voile d'invisibilité qui protégeait mon navire s'est déchiré, mais ce monstre devait déjà savoir que nous étions là, car il a surgi avec une poignée de sbires pour massacrer mes camarades.

— Je suis sincèrement désolée...

— Vous ne devriez pas. C'est moi le coupable, j'ai été arrogant, je me suis cru plus puissant que je ne l'étais vraiment, et mon orgueil s'est retourné contre moi. Cela fait des années que j'enchaîne les mauvaises décisions, que je traîne mon passé comme un boulet au pied. Est-ce que vous avez déjà eu le sentiment que les dés étaient jetés ?

Qu'il était impossible de changer le cours des choses, malgré toute votre volonté ? Je suis un criminel, j'ai du sang sur les mains et, aujourd'hui, le destin n'a fait que me rendre la monnaie de ma pièce.

Resserrant son châle autour de ses épaules, Holly se laissa tomber à côté de lui.

— Moi aussi, je m'en suis voulu quand Clara a disparu, prononça-t-elle dans un souffle. J'ai fouillé ma mémoire, j'ai cherché n'importe quel élément – une phrase, une parole de travers – qui aurait pu changer la situation. Est-ce que je ne l'avais pas écoutée un jour où elle avait voulu se confier à moi ? Je suis l'aînée ; depuis mon enfance, j'ai toujours veillé sur ma sœur... Quand elle s'est volatilisée, j'ai eu l'impression d'avoir failli à mon devoir. Laissez-moi vous dire une chose, capitaine, ni vous ni moi ne sommes responsables. Mais, tant que nous resterons là, les bras croisés, à nous morfondre sur notre sort, le Consul aura gagné.

— Ce môme avait à peine dix-sept ans, marmonna Balthazar, perdu dans ses pensées. Je lui avais promis qu'on s'en sortirait tous les deux...

— Il vous appartient encore de venger sa mort... Aidez-moi à retrouver Clara, joignez vos efforts aux miens et vous honorerez sa mémoire.

Poussant un long soupir, Balthazar se hissa sur ses jambes.

— Très bien, lâcha-t-il au prix d'un prodigieux effort. De toute façon, ma conscience ne me laissera pas tranquille tant que je n'aurai pas réglé son compte à Mr Lynch... Par contre, est-ce que vous me permettez de rester ici jusqu'à demain ? Je n'ai nulle part où aller.

— Vous pouvez dormir dans la chambre de ma sœur... Bonne nuit, capitaine !

Lorsque Holly retourna se coucher, elle sentit une boule se nouer dans sa gorge. Oui, elle avait mal jugé Balthazar Riley. Lui, le pirate sanguinaire, elle venait de le voir brisé, abattu comme jamais. En l'espace de quelques heures, son monde s'était effondré sous ses yeux.

14

DAVRAS

Troublée, Sue avait cligné plusieurs fois des yeux. C'était comme si une hallucination s'était emparée d'elle. Comment Tommy et Mr Ferguson pouvaient-ils être une seule et même personne ? Des dizaines de questions se bousculaient dans sa tête, mais la jeune fille était incapable de trouver une explication rationnelle. Après une heure à ruminer, elle choisit de retourner dans les souvenirs. Il lui restait d'autres billes à explorer : l'une d'elles, d'un bleu turquoise, ne tarda pas à lui révéler ses mystères. Une simple pression dans la main de Phryne suffit pour réactiver sa magie.

Après s'être assurée que personne ne risquait de la déranger, Sue plongea dans une scène du passé. Un décor à moitié évanescent jaillit autour d'elle, se superposant à la chambre de grand-mère Phryne. Un chapiteau de fête, des musiciens, des couples enlacés qui virevoltaient au rythme de la musique… Il fallut quelques instants à Sue pour reconnaître la façade du manoir qui, même à cette époque, paraissait déjà marquée par les siècles.

— Tiens, tiens, une visiteuse…

Dorian Ashwood venait de surgir à sa droite. Il portait un horrible costume vert bouteille où un tournesol avait été fixé à la boutonnière. Caressant son imposante moustache, il adressa à Sue un regard intrigué.

— Nous nous connaissons, ma chère ? lança-t-il.

— Oui, nous nous sommes rencontrés dans votre laboratoire.

— Oh, vraiment ? Vous me pardonnerez mon impolitesse, mais je ne me rappellerai jamais de vous. Peut-être vous l'ai-je déjà expliqué ?

— Oui, vous m'avez dit que vous n'existiez que le temps du souvenir. Que vous naissiez et mouriez avec lui.

— En effet, en effet… N'hésitez pas à vous promener, mon enfant. Aujourd'hui est une journée particulière, puisque nous marions ma nièce Estella avec l'un de ses cousins au sixième ou septième degré, ajouta Dorian d'un air pensif. Alexander… oui, il me semble bien que l'heureux élu s'appelle ainsi. Tous les Ashwood se sont réunis pour célébrer l'événement, il faut dire aussi que ma sœur – la mère d'Estella – a commandé les meilleures tartes de la ville.

— Est-ce que Phryne est là ?

— La sœur d'Estella ? Oui, bien sûr, elle doit être quelque part… Par contre, ne vous étonnez pas si mon aimable famille vous ignore, je suis le seul à vous voir et à vous entendre. Vous êtes dans ma tête, après tout.

Dorian lui adressa un signe de la main nonchalant avant de s'éloigner en direction du buffet. Sue sentait la curiosité l'envahir. À la recherche d'un visage familier, elle s'empressa de fendre la foule, se faufilant entre les dames en robes élégantes et les messieurs bien habillés. Au loin, elle aperçut la mariée ensevelie sous tant de fanfreluches et de dentelles qu'elle ressemblait à une meringue. Tandis qu'elle traversait l'assemblée, l'adolescente fut surprise de voir la magie à l'œuvre. Ici, une vieille femme sifflait une assiette de macarons pour la faire flotter jusqu'à elle ; là-bas, un jeune garçon s'amusait à claquer des doigts, provoquant une pluie d'étincelles. Pour tous ces gens, cela paraissait naturel – comme pour Sue, cela paraissait naturel d'avoir un poste de télévision dans son salon londonien. Le plus impressionnant était les constructions en bulles de savon : placées derrière le chapiteau, elles formaient un ensemble d'arabesques et de formes géométriques, qui imitait un jardin à la française. Sue aurait été prête à jurer qu'un sort avait étiré l'espace, l'allongeant bien au-delà des limites du parc.

Évoluer à la fois dans un souvenir et au troisième étage du manoir n'était pas une chose aisée. Sue avait beau voir les deux décors se superposer, les danseurs traverser les murs ou les éléments du mobilier, elle manqua à plusieurs reprises de s'étaler sur le tapis ou de percuter une porte. Surexcitée, la jeune fille avait quitté la chambre de Phryne pour arpenter le long corridor, tandis que l'autre réalité la conduisait à l'intérieur du labyrinthe. Dans chaque coin, des petits groupes sirotaient des verres ou s'échangeaient des potins parmi les valets qui déambulaient, un plateau à la main.

— Hé, fais attention ! s'exclama quelqu'un.

Sue discerna la silhouette d'un gamin qui courait au milieu des invités, les bousculant joyeusement au passage. Son visage était couvert de taches de rousseur, et elle n'eut aucun mal à le reconnaître. C'était Tommy... Sue laissa échapper un cri de surprise. Par quel prodige pouvait-il appartenir à ce souvenir ? S'élançant derrière lui, l'adolescente remonta un nouveau couloir, contourna un guéridon et, finalement, s'arrêta dans la salle de bains.

Tommy venait de s'engouffrer dans un renfoncement, assez éloigné du passage principal. Un couple se tenait là, à l'abri des regards indiscrets. Pour Sue, ils étaient coincés entre le lavabo et une étagère débordant de serviettes. La femme avait une masse de cheveux indisciplinés : même coiffés, ils s'obstinaient à s'échapper de son chignon. Sa robe à volants, en satin et dentelle, devait lui déplaire, car elle ne cessait de triturer l'étoffe. Son compagnon était un homme légèrement plus âgé, aux cheveux roux et dont les lèvres étaient étirées en un sourire amusé.

— Arrête de t'acharner sur ta robe, Phryne... Tu ne parviendras à changer ni sa forme ni sa couleur.

— Le tissu me gratte et, avec ce fichu corset, c'est à peine si j'arrive à respirer.

Sue sentit son cœur faire un bond dans sa poitrine. Grand-mère Phryne... Elle paraissait si jeune, si pleine de vie, loin de la vieille dame clouée à son lit. Bien que le mystère demeurât entier, Sue n'avait plus aucun doute : la magie enveloppait son être et, d'une façon ou d'une autre, avait prolongé son existence.

— Qu'y a-t-il, Tommy ? demanda l'homme.

— Mrs Ashwood a chargé le personnel de retrouver Phryne, résuma le petit garçon. Manque de bol, quelqu'un nous a aperçus tout à l'heure quand on a sauté au-dessus de la grille. Du coup, ils sont aussi à notre recherche... Faudrait qu'on se prépare à décamper, grand frère, si tu ne veux pas que Jacob Ashwood te provoque en duel.

— Il peut toujours essayer, je suis meilleur que lui...

— P't-être bien, mais je ne suis pas sûr que ce soit une bonne idée de déclencher un conflit entre clans...

— Alors, dépêchez-vous de partir ! lança Phryne. Si mon cousin Jacob vous attrape, cela ne fera qu'attiser les tensions.

L'homme ne bougea pas d'un pouce.

— Davras, siffla Phryne, arrête de faire l'imbécile ! Je n'ai aucune envie de devoir expliquer votre présence à ma famille... Et tu sais très bien qu'ils te détestent ! Au cas où tu l'ignorerais encore, ils sont à deux doigts de te déclarer la guerre.

— Tommy, laisse-moi cinq minutes avec elle.

Le gamin s'éloigna de quelques pas en traînant les pieds. Dans un léger pop, il changea d'aspect, se métamorphosant en un individu d'âge mûr ; un nouveau pop et ce fut Mr Ferguson qui jaillit entre les bulles de savon. Les pièces du puzzle s'emboîtaient peu à peu dans l'esprit de Sue. Le domestique menait un double jeu : il possédait un talent hors du commun, un pouvoir qui lui permettait de vieillir et de rajeunir en un claquement de doigts. Voilà comment il avait revêtu l'apparence de Tommy ! Mais que cherchait-il exactement ?

Dans le renfoncement, le dénommé Davras s'était rapproché de Phryne. Il se pencha vers elle, ses lèvres frôlant presque les siennes.

— S'il te plaît, enfuis-toi avec moi, murmura-t-il. Rien que tous les deux... On partira loin, très loin d'ici, et on explorera le monde.

— Je ne peux pas, tu le sais bien. Ma famille a besoin de moi.

— Mais toi, tu n'as pas besoin d'eux...

— Tu serais prêt à abandonner ton clan ? À les laisser derrière toi alors que la menace d'une guerre flotte dans l'air ?

— Non, bien sûr que non, ce serait lâche de ma part... Mais, parfois, j'ai besoin de m'imaginer une autre vie. Une autre vie avec toi.

Avec le sentiment de les espionner, Sue jeta un regard indiscret. L'homme venait d'embrasser Phryne, il la serrait contre lui avec une telle force qu'il semblait vouloir fusionner avec elle.

— Jim, dépêche-toi ! siffla Tommy. Les autres rappliquent...

À contrecœur, Davras relâcha l'étreinte. Entraînant son frère derrière lui, il disparut à travers l'une des parois savonneuses. Presque aussitôt, un individu en costume sombre jaillit, accompagné d'une poignée de subalternes.

— Que se passe-t-il, cousin Jacob ? lança Phryne d'un ton détaché.

— Des intrus ont été aperçus dans le parc. Que faites-vous seule ici, ma chère ?

— Un souci avec ma coiffure. J'essayais de remettre de l'ordre dans mon chignon…

Jacob Ashwood réajusta ses bésicles sur son nez. Ce geste semblait anodin, mais Sue en était persuadée, il était en train de scruter les alentours.

Sans rien laisser paraître, Phryne s'inclina légèrement avant de prendre congé. Lorsqu'elle s'éloigna, l'adolescente eut le sentiment qu'une menace planait au-dessus de sa tête.

Quand Holly s'éveilla le lendemain matin, elle songea qu'elle avait peut-être rêvé. Que ses cauchemars s'étaient mêlés à la réalité et qu'elle ne trouverait pas Balthazar Riley au saut du lit. Pourtant, lorsqu'elle se glissa hors de la pièce, enveloppée dans une robe de chambre, ce fut bien sur le capitaine qu'elle tomba nez à nez. La scène lui semblait d'autant plus irréelle que, quelques jours plus tôt, Balthazar l'avait retenue prisonnière sur son bateau. Elle l'avait traité en ennemi ; à présent, il lui apparaissait comme un allié que lui offraient les circonstances.

— Vous êtes déjà debout ? s'étonna-t-elle.

— Oui, je n'arrivais pas à fermer l'œil… D'ailleurs, je m'attendais à vous croiser plus tôt. Vous ne devriez pas être au Musée à baragouiner de folles théories sur le Monde-qui-aurait-peut-être-existé-ou-peut-être-pas ?

— Non, nous sommes dimanche. Le Musée est fermé,

répondit Holly dans un bâillement, et ce ne sont pas de folles théories. Chacune d'entre elles a été solidement étayée par Aloysius Robinson, l'un des plus grands experts en la matière. Si vous cherchez de la lecture, je vous conseille *Recherches interminables, déductions et hypothèses sur le Monde-qui-aurait-peut-être-existé-ou-peut-être-pas...*

Balthazar leva les yeux au plafond, comme s'il estimait que compter les toiles d'araignées était bien plus intéressant.

— Est-ce que... vous allez mieux ? prononça Holly dans un souffle.

— Non, mais je n'ai pas le choix... Je dois venger mes hommes si je veux un jour être en paix avec moi-même. Donc, Miss Nightingale, si vous avez le moindre plan suicidaire, la moindre idée pour coincer Mr Lynch et enfoncer ma lame dans sa gorge, je vous écoute.

— Je pense que nous devrions retourner au Musée national.

Sans omettre aucun détail, Holly lui raconta ce fameux soir où des voix mystérieuses l'avaient conduite dans la réserve. Elle lui parla de la porte dérobée et de la silhouette en uniforme qu'elle avait croisée dans la pénombre.

— Parfait ! commenta Balthazar. Votre maudit Musée aura au moins l'utilité de me vider l'esprit... Est-ce que vous croyez que votre directeur – Mr Lewis, il me semble – pourrait faire partie des Ombres ?

— Je n'en ai aucune idée... Mr Lewis a toujours été quelqu'un de très affable, mais comment pourrait-il ignorer l'existence de ce passage secret ? Plus je réfléchis à son cas, plus j'ai l'impression qu'il esquive mes questions… Cela me fait penser à un ancien dépliant du Musée, ajouta Holly sous le coup d'une impulsion. Il représentait des pièces de collection absolument gigantesques : des animaux empaillés, une montgolfière, la façade d'un temple, et j'en passe. Quand j'ai voulu interroger Mr Lewis, il m'a simplement répondu que ces éléments avaient été retirés, car ils menaçaient de s'effondrer sur les visiteurs. Là aussi, ses explications étaient vagues. Il a prétexté des courriers importants, et je me suis retrouvée chassée de son bureau.

— Des pièces de collection, répéta Balthazar, perplexe. Est-ce que cela pourrait avoir un lien avec notre affaire ?

— Attendez, je vais vous chercher le dépliant…

Holly retourna dans sa chambre. Au-dessus de son lit, le mur disparaissait presque sous les articles de presse, les tickets d'entrée et, depuis peu, le précieux imprimé. Lorsque la jeune femme tendit le dépliant à Balthazar, le capitaine s'en empara avec la même délicatesse que s'il s'agissait d'une serviette pour s'essuyer les mains.

— J'ignorais complètement que le Musée possédait de tels joyaux, précisa Holly, et à ma connaissance, ils ne sont entreposés ni dans la réserve ni au sous-sol.

— En gros, tout ce bazar a disparu comme votre sœur, les autres citoyens d'Astrelune qui se sont volatilisés, Auberouge… C'est de plus en plus hétéroclite, ma foi ! Enlever des personnes, détruire une cité, à la rigueur je le comprends, mais pourquoi quelqu'un aurait envie de s'encombrer d'un pareil bric-à-brac ? Attendez un peu…

Bondissant sur ses pieds, Balthazar saisit une bouteille en verre qui traînait sur la table. Avec des gestes hâtifs, il posa le récipient sur le dépliant avant de coller son œil dessus. Le coin inférieur droit lui fit froncer les sourcils.

— Faites attention, marmonna Holly, ce document a près d'un siècle…

— Ça m'étonnerait beaucoup, ma petite dame.

— Vous n'avez qu'à regarder la date ! Cette photographie a été prise lors de la grande inauguration…

— Puis-je me permettre une question indiscrète, Miss Nightingale ? Quel âge avez-vous ?

— Vingt-quatre ans, pourquoi ?

— Parce que vous étiez présente lors de cet événement.

— Quoi ?

Holly n'était pas sûre de saisir. Troublée, elle se pencha sur l'imprimé pour examiner la zone grossie par le verre.

Aussi étrange que cela puisse paraître, Balthazar avait raison. Parmi la foule accumulée, amassée autour de la montgolfière, une silhouette se distinguait au second rang. Celle d'une jeune femme aux cheveux tressés. Sur le cliché en noir et blanc, à moitié délavé, une autre Holly Nightingale souriait timidement.

Alistair avait des cernes sous les yeux. Sa nuit avait été de courte durée et, depuis qu'il avait accepté d'aider Holly, il ne comptait plus ses heures. Il avait dû refuser des affaires, fermer son cabinet à de nouveaux clients pour ne pas être complètement enseveli sous le travail. De nombreux cas sollicitaient déjà son attention : Mrs Faraday accusait son époux d'avoir quitté le domicile en chapardant ses bijoux ; le couple Bellingham était en conflit avec ses voisins pour une histoire de tarte aux pommes ; et l'intarissable Miss Irvine ne cessait de le relancer, car son frère lui refusait toujours la garde de Cactus, son chat bien-aimé.

Ce fut donc sans enthousiasme qu'Alistair releva la tête en entendant des coups résonner contre la porte.

— Oui ? marmonna-t-il.

— C'est la pôste, môsieur, clama l'automate de sa voix stridente.

Avec mauvaise humeur, Alistair traversa la pièce et s'empara de l'enveloppe que lui tendait le facteur métallique. Contrairement à ce qu'exigeait l'article 41-9 du Code des aberrations turquoise, elle ne portait aucun timbre. Depuis quand les automates acceptaient-ils de livrer des lettres gratuitement ? Perplexe, Alistair décacheta l'enveloppe pour découvrir une feuille jaunie où figurait un texte dactylographié.

« 25-83-69 ORANGE 44-784-558 POLOCHON 71-458-93354 CHAUFFAGE 83-5887-445... »

C'était une série de chiffres, entrecoupée de mots, qui s'étalait sur une page entière. Les sourcils froncés, Alistair ne comprenait rien à ce charabia.

Il s'agissait forcément d'une plaisanterie, d'une farce grotesque qui n'avait pas d'autre but que de lui faire perdre son temps. Qui pouvait bien être l'expéditeur ? Ses anciens camarades d'université, ces mêmes imbéciles qui s'amusaient déjà à le persécuter durant ses études ? Et puis, quelle importance !

Alistair chiffonna le document et le jeta dans la corbeille à papier. Alors qu'il reprenait place derrière son bureau, son regard se fit soudain vide. Machinalement, ses doigts tapotèrent l'accoudoir de son fauteuil, tandis qu'un sifflement s'échappait de ses lèvres. Peu à peu, les dernières minutes s'effacèrent de sa mémoire.

Alistair eut un sursaut qui fit rebondir ses lunettes sur son nez.

— Bon sang, j'ai dû m'endormir ! bâilla-t-il. Je manque vraiment de sommeil…

La curiosité dévorait Sue de l'intérieur. Elle avait besoin d'en apprendre plus sur grand-mère Phryne, sur son cousin Jacob – qui lui faisait bizarrement penser à l'oncle Bartholomew –, ainsi que sur Davras et son jeune frère Tommy. Quel rôle avaient-ils joué et quel secret dissimulait sa famille ?

Lorsque Sue avait voulu plonger de nouveau dans le passé, elle était parvenue à un triste constat. La plupart des billes en sa possession n'étaient que des coquilles vides : elles ne contenaient aucun souvenir. Seule la dernière sphère colorée s'anima.

Le décor du petit salon envahit la chambre du troisième étage. Pour Sue, il était encore plus étrange de voir deux pièces du manoir se superposer de la sorte. Debout près de la fenêtre, Dorian Ashwood observait le paysage d'un air distrait.

— … et Alexander est très en colère. Il pense que nous devrions prendre des mesures sévères contre le clan de Davras. Cet homme s'est quand même invité à mon mariage ! Cela ne fait aucun doute, il était venu pour perturber la cérémonie…

Allongée sur une ottomane – qui traversait à moitié le mur –, Estella termina sa phrase par un trémolo hystérique. À quelques pas d'elle, sa sœur Phryne était en train de lever les yeux au plafond. Son regard bondissant de l'une à l'autre, Sue fut surprise de voir à quel point elles étaient différentes. L'aînée ressemblait à une poupée de porcelaine, avec son maquillage et son chignon impeccable, tandis que la cadette était d'une beauté beaucoup plus sobre.

— Mais nous avons une visiteuse, constata Dorian avec un sourire malicieux. Est-ce que nous avons déjà eu le plaisir de nous rencontrer ?

— Oui, dans votre laboratoire et à la réception des Ashwood, répondit Sue. Est-ce que vos nièces ne vont pas s'étonner de vous entendre parler dans le vide si elles sont incapables de me voir ?

— Oh, ne vous inquiétez pas ! Pour ces demoiselles,

le temps continue de tourner ; c'est comme une pièce de théâtre, peu importe votre intervention, elles réciteront leurs répliques. Regardez Estella, ajouta Dorian en la désignant du menton, elle vient d'interrompre son monologue et elle agite la tête. En cet instant, je devrais être en train de lui couper la parole. Ma chère nièce attend la fin de mon baratin pour pouvoir jacasser de nouveau.

Une question jaillit dans l'esprit de Sue.

— La dernière fois, je vous ai rejoint dans le parc du manoir, raconta-t-elle. C'était le mariage d'Estella. Je me suis éloignée de vous quelques minutes et j'ai assisté à un événement auquel vous n'étiez pas présent. Comment est-ce possible puisque je suis censée être dans votre tête ?

— Le temps, insista Dorian, tout est lié au temps ! Mon pouvoir me permet de découper le temps et d'en emprisonner un fragment à l'intérieur d'une bille... Oui, il s'agit d'un souvenir, mais si l'Autre moi élargit la zone en dehors de son champ de vision, il aura tout le loisir de se promener et de surprendre des conversations, des potins, et j'en passe. Par exemple, il y a quelques années, mon oncle Hugh a été retrouvé mort. Vu l'endroit et l'heure, c'était probablement un duel. Comme personne ne voulait se dénoncer, j'ai créé une bille aussi large que possible pour englober à la fois ma position à ce moment précis – c'est-à-dire mon lit – et le lieu du crime – en l'occurrence, l'autre bout du parc. J'ai alors découvert que le responsable était mon jeune cousin Edward et j'ai pu le féliciter au nom de toute la famille.

Entre les deux sœurs, la discussion s'était poursuivie. Captivée par les explications de Dorian, Sue ne leur avait prêté qu'une oreille distraite. Un formidable éclat de voix résonna soudain dans le petit salon.

— … parce que cet homme est dangereux ! Tu devrais t'en rendre compte par toi-même !

Estella paraissait de très mauvaise humeur. Jusqu'alors allongée dans une pose nonchalante, elle venait de bondir sur ses pieds dans une envolée de rubans.

— Davras ne menace pas notre clan ! s'agaça Phryne.

— Comment oses-tu le soutenir ? Ce qu'il fait avec sa bande de pouilleux est absolument répugnant…

— Ce sont des saltimbanques. Ils utilisent la magie pour réaliser leurs numéros ! En quoi est-ce différent des constructions en bulles de savon que tisse notre famille ? Au lieu de distraire les nobles, ils apportent seulement de la joie aux pauvres gens.

— Davras est un U-SUR-PA-TEUR ! s'exclama Estella en insistant sur chaque syllabe. Il doit quitter Sheryton et nous restituer ce qui nous appartient.

— La magie n'appartient à personne, et nous ne sommes pas les seuls à la maîtriser !

— Tu perds complètement la tête, ma pauvre sœur ! Tu n'as pas vu l'oncle Felix, la semaine dernière ? Davras a mis le feu à son pantalon ! Ce monstre voulait lui rôtir l'arrière-train…

— L'oncle Felix est un imbécile qui cherchait seulement à provoquer un conflit entre clans. Nous pouvons encore nous entendre avec Davras, insista Phryne. Ce n'est pas parce qu'il possède le don du feu qu'il est plus dangereux que l'un d'entre nous ! Souviens-toi, notre grand-mère Fiona savait aussi cracher des flammes…

— Oui, mais elle utilisait son talent uniquement pour faire des crèmes brûlées. Ce qui sortait de sa bouche, ce n'était pas un véritable brasier susceptible de tout détruire sur des dizaines de mètres à la ronde.

— Davras a juré qu'il ne retournerait pas son pouvoir contre nous.

— Parce que tu lui fais confiance ? siffla Estella entre ses dents. J'ignore ce que cet homme t'a fait, mais on dirait bien qu'il t'a hypnotisée. Et vous, mon oncle, n'essayez pas de la soutenir !

Sue se tourna vers Dorian Ashwood. Il n'avait pas ouvert la bouche mais, dans l'autre réalité, il lui avait probablement craché une vérité bien sentie.

— Je ne suis pas sûre de comprendre, marmonna Sue. Pourquoi votre clan est-il opposé à celui de Davras ? Et pourquoi Estella est-elle si en colère ?

Dorian poussa un long soupir.

— Davras représente tout ce que ma famille déteste : il n'a ni titre ni fortune et, si cela n'était pas suffisant, il est né dans les bas-fonds de Sheryton, expliqua-t-il. Notre ville a été créée, il y a bien des siècles, par la plus puissante de mes ancêtres, Virginia Ashwood. La magie, ma chère enfant, est un savant mélange entre la terre et le sang. La terre, parce que c'est elle qui accroît nos pouvoirs et nourrit notre énergie intérieure. Le sol de Sheryton est riche en magie, il faut que vous visualisiez cela comme une source qui coulerait sous nos pieds… Le sang, parce que la magie se répand aussi par les unions – ce qui a poussé les Ashwood à multiplier les mariages consanguins pour le meilleur et, j'ai envie de vous le dire, pour le pire. Des décennies plus tôt, quand je n'étais encore qu'un nourrisson, un nouveau clan est apparu à Sheryton. C'étaient des miséreux dont le village avait brûlé. Au début, les gens étaient méfiants : ils ne comprenaient pas comment cette « bande de pouilleux », pour reprendre la charmante expression d'Estella, était parvenue jusqu'ici. Car, j'ignore si je vous l'ai déjà dit, Sheryton est protégé par un dôme de protection et n'apparaît sur aucune carte… Nul ne les appréciait, mais ces étrangers ont obtenu l'autorisation de rester. À l'origine, ce n'étaient que des sans-pouvoirs que les Ashwood toléraient parce qu'ils s'acquittaient des tâches ingrates et savaient se rendre utiles. Les choses sont devenues plus délicates lorsque cette minorité s'est mise à contrôler la magie.

— Par la terre ? demanda Sue qui buvait les paroles du vieil homme.

— Oui, la magie leur était venue par la terre. Leurs talents se sont progressivement développés : certains possédaient même des dons qui dépassaient largement ceux des Ashwood. Peu à peu, des failles sont apparues dans le manoir ; elles ont commencé à creuser la réalité, et beaucoup ont accusé les anciens sans-pouvoirs d'avoir rompu l'équilibre de la magie. La colère a envahi nos cœurs au point de provoquer des hostilités et, aujourd'hui, nous sommes à deux doigts qu'une guerre éclate contre Davras. Ce garçon est l'un des plus talentueux de sa génération ! Durant ses spectacles, il fait jaillir de sa bouche un gigantesque torrent de braises… La vérité, poursuivit Dorian d'un ton grave, c'est que les Ashwood ont peur. Ils ont peur parce que leurs pouvoirs ne cessent de s'affaiblir. Dans les bas quartiers, beaucoup se sont ralliés à Davras, et les revendications grondent… Les habitants ne supportent plus d'être les éternels laissés-pour-compte, de ne pas avoir accès à certaines positions qui leur permettraient de s'enrichir. De l'autre côté, les Ashwood estiment que la ville leur appartient et qu'il est juste de maintenir une hiérarchie sociale.

Des questions se bousculaient dans l'esprit de Sue. Elle se souvenait très bien de sa discussion avec ses grand-tantes. « Nous sommes et nous resterons les seuls magiciens de Grande-Bretagne », avait affirmé la tante Harmony. Lui avait-on caché délibérément ce conflit qui grondait contre un clan rival ? Et comment cette affaire s'était-elle terminée ?

Sue s'aperçut qu'elle connaissait déjà la réponse. Sa famille cherchait à la protéger d'un passé trop lourd à supporter… *Du sang avait dû couler.*

Journal de Phryne Ashwood

Le 12 mars 1870

Cher journal,

Aujourd'hui, un attentat a secoué Sheryton... Des individus s'en sont pris aux bureaux du gouverneur ! Tout à l'heure, un homme en uniforme a surgi pendant le déjeuner pour nous annoncer la nouvelle. Un orbe d'énergie a suffi pour souffler une partie du bâtiment ; la façade s'est effondrée en répandant une pluie de pierres sur la place principale. Apparemment, le cousin Jacob n'a pas été blessé, mais son Premier conseiller est entre la vie et la mort.

D'après les premiers éléments de l'enquête, les coupables sont issus des bas-fonds : il s'agit d'anciens sans-pouvoirs menés par un certain Nick. Depuis plusieurs mois, cette bande distribuerait des tracts appelant à un soulèvement. Bien que Père et Mère s'efforcent de me tenir à l'écart, je n'ignore pas les messages qui s'étalent sur les murs de la ville : « Non aux Ashwood ! La magie nous appartient aussi ! » ou alors « Nous avons les mêmes droits que vous ! ». De façon générale, ces inscriptions sont hostiles au clan dirigeant...

J'ai peur... Cher journal, j'ai peur qu'une guerre éclate... Je comprends la colère qui agite les bas quartiers, mais il n'est pas encore trop tard pour parvenir à un statu quo. Je sais que Davras jouit d'une certaine influence – l'autre jour, j'ai même entendu les domestiques parler du « clan de Davras ». Dans l'une de ses lettres, il m'a confié que Nick avait tenté plusieurs fois de le convertir à sa cause. Selon lui, le pouvoir du feu est un « atout précieux », une arme qui permettrait de faire la différence en cas d'affrontement. J'espère tant que la paix perdurera...

Cher journal, je reprends la plume pour te rapporter les révélations de Finn. Cela fait une semaine que mon cousin est devenu apprenti au sein de la société Harris et Cie. Puisque Sheryton vit en autarcie, de gigantesques vergers s'étendent aux abords de la ville – je n'y suis jamais allée, mais il paraît que la magie a permis de tordre l'espace, d'étirer l'ancien champ en friche qui longe le dôme de protection. Avec son talent pour faire pousser les fruits et les légumes, Finn est particulièrement apprécié, et la tante Cathalina lui promet déjà une brillante carrière. Ce matin, son supérieur l'a envoyé aux bureaux du gouverneur pour déposer un dossier urgent. D'un ton badin, Finn m'a expliqué qu'il était présent au moment de l'attentat... Cher journal, j'ai eu envie de le gifler ! Je déteste quand il prend son air nonchalant pour me confier une nouvelle d'une telle gravité. Il aurait pu être blessé ! Heureusement, il se situait dans l'aile ouest et n'a ressenti qu'une légère secousse.

Tu ne l'ignores pas, cher journal, mais Finn a élevé la curiosité au rang d'art. Ce fouineur a profité de l'agitation pour se glisser dans le bureau de Jacob Ashwood. Depuis qu'il est enfant, il a toujours aimé fureter et se mêler des affaires d'autrui. En parcourant les dossiers qui s'entassaient sur la table, Finn a fait une étrange découverte. Au milieu du désordre ambiant, des feuillets ont attiré son attention. D'après lui, c'était du papier jauni qui semblait avoir traversé les siècles. Tracé à l'encre noire, un titre proclamait en lettres capitales : Les mémoires de Virginia Ashwood. Finn n'a pas eu l'occasion de s'attarder, mais des mots lui ont sauté aux yeux : « immortalité », « Arbre éternel »…

Pourquoi le cousin Jacob s'intéresse-t-il à la fondatrice de Sheryton ? À quoi joue-t-il ?

15

LE LIVRE

— Enfin, c'est… impossible, bafouilla Holly.

Perplexe, elle fixait son reflet en noir et blanc qui lui souriait sur la photographie délavée.

— Regardez la date ! s'exclama-t-elle en soulignant du doigt une minuscule inscription. Cela remonte à un bon siècle… Comment aurais-je pu être présente à cette soirée ?

Les lèvres de Balthazar s'étaient étirées en un rictus.

— Miss Nightingale, susurra-t-il, puis-je vous poser une question étrange ?

Pour Holly, ils n'étaient plus à une étrangeté près.

— Est-ce que vous êtes déjà allée à la plage ?

— Vous voulez dire le port d'Astrelune ?

— Non, une plage de sable.

— Jamais, pourquoi ?

Balthazar l'observait avec la même expression qu'un enfant qui aurait commis une grosse bêtise, mais ne saurait pas comment l'avouer à ses parents.

— Quand Mr Lynch a usé du dorium sur moi, mon esprit s'est brouillé, articula-t-il finalement. J'ai vu des images défiler dans ma tête, des images de mon passé et… une autre image que je ne reconnaissais pas. Elle vous concernait, Holly. Vous et moi, nous étions sur une plage, nous marchions tous les deux…

— Vous savez bien que c'est faux, coupa Holly. Qu'êtes-vous en train d'insinuer ?

— Je l'ignore, mais je pense que notre mémoire n'est pas aussi fidèle que nous le croyons. L'ennemi, je crains qu'il n'ait effacé certains de nos souvenirs.

— Et il a aussi allongé notre espérance de vie ? J'ai vingt-quatre ans, insista Holly, il n'y a aucune chance que j'aie pu assister à l'inauguration du Musée national. Cette femme me ressemble, c'est vrai, mais je vous assure que ce n'est pas moi… Quant à cette histoire de plage, vous l'avez dit vous-même, vous étiez soumis au dorium, il n'est pas improbable que vous ayez rêvé…

— Non, c'était réel, j'en suis persuadé !

— Pourquoi ?

— Parce que je l'ai senti au fond de moi. J'ai eu l'impression de me réveiller, comme si une partie de mon passé était enfermée dans un coffre qui venait de s'entrouvrir.

— Et dans cette autre vie, nous étions amis ? lança Holly qui avait haussé un sourcil circonspect.

— Oui, de très bons amis.

Holly avait perçu une hésitation dans la réponse de Balthazar. Elle avait la sensation étrange qu'il ne lui révélait pas l'entière vérité.

— Est-ce que vous m'aideriez à retourner au Musée ? lâcha-t-elle.

— Pourquoi est-ce que vous faites exprès de changer de sujet ? Vous pensez que je suis complètement fou et que je vais déteindre sur vous ?

— Pas du tout, mais je préfère me concentrer sur un élément tangible. Les Ombres et le passage dérobé m'apparaissent comme une meilleure piste.

C'était un mensonge. Holly était en train de se voiler la face, car l'idée que sa mémoire ait pu être grignotée l'effrayait. Lorsqu'elle s'était lancée à la poursuite de Clara, elle s'était raccrochée à ses souvenirs, à ces morceaux du passé qui lui clamaient que sa sœur existait et qu'elle n'était pas seulement l'invention d'un esprit fragile. Que se passerait-il si l'ennemi s'était glissé dans sa tête ?

— D'accord, marmonna Balthazar. Nous irons ce soir au…

Le capitaine ne termina pas sa phrase. Deux coups secs venaient de retentir contre la porte. La première réaction de Balthazar fut de saisir son épée.

— Qui est là ? s'écria Holly.

— Alistair… Alistair Sheffield.

— Manquait plus que lui, commenta Balthazar.

Avec la pensée que tout le monde s'était donné rendez-vous chez elle, Holly s'empressa d'ouvrir la porte. Planté sur le seuil, le teint rouge et le souffle court, l'avocat semblait avoir traversé le centre-ville en courant. Coincée sous son bras, sa sacoche répandait un flot de documents derrière lui.

— Mrs Bradford vous a laissé monter ? s'étonna Holly.

— Votre charmante logeuse ? Oui, bien sûr, je lui ai

expliqué quelle était ma profession, je lui ai présenté ma carte et je lui ai promis une réduction de cinq pour cent sur mes honoraires si elle faisait un jour appel à mes services…

Resserrant maladroitement sa lavallière, Alistair pénétra à l'intérieur et pila net en apercevant Balthazar. L'espace d'un instant, les deux hommes se toisèrent du regard.

— Qu'est-ce que vous faites ici ? lancèrent-ils d'une même voix.

— Pour ma part, je suis en cavale et j'ai choisi de trouver refuge chez Miss Nightingale, répondit Balthazar, les lèvres étirées en un rictus. Et vous ?

— Je voulais savoir si Miss Nightingale avait du nouveau concernant notre affaire.

— Donc, vous vous pointez un dimanche matin sans prévenir. Vous ne trouvez pas qu'il est un peu tôt pour débarquer de la sorte ?

— À vrai dire, j'étais assez inquiet… La dernière fois, notre expédition au poste de police s'est quand même terminée par un affrontement contre Mr Lynch ! Et je n'étais pas rassuré à l'idée que Miss Nightingale continue d'enquêter seule au sein du Musée.

Balthazar s'était levé de sa chaise pour s'approcher d'Alistair.

— Et de votre côté, vous avez découvert quelque chose ? grommela-t-il.

— Non, rien de plus. Enfin, si… Je me demandais si vous n'aviez jamais remarqué des choses bizarres à l'extérieur.

— Comme quoi ?

— La Machine du temps, par exemple. Vous trouvez cela normal que, matin et soir, il soit nécessaire d'actionner des manettes pour déclencher le jour ou la nuit ?

— Bah oui, sinon comment voulez-vous que cela fonctionne ? répliqua Balthazar.

— Et puis, il y a aussi le nuage au-dessus de ma tête, poursuivit Alistair sur sa lancée, les trottoirs mouvants, les spectacles de chaussettes, le recensement des couverts, les adorateurs du Crustacé-Tout-Puissant, ces gens qui se réjouissent de faire la queue, ceux qui se promènent en pyjama… Tout à l'heure, en bas des marches, j'ai même vu un dragon rose bonbon ! Cela ne vous semble pas curieux ?

— Non, cela a toujours été ainsi, répondit Holly, perplexe.

— Sheffield, arrêtez de baragouiner des sottises ! soupira Balthazar. Écoutez plutôt ce que nous avons à vous dire…

À contrecœur, Alistair se résolut à abandonner la lutte. Balthazar se cala dans un coin, laissant à Holly le soin d'exposer la situation. Alors que les mots se déversaient de sa bouche, la jeune femme sentit de l'hostilité planer dans l'air.

Le repas s'était déroulé dans une ambiance glaciale. D'un bout à l'autre de la table, Ms Ashwood et le Croque-mort s'étaient lancé des regards noirs. Sue n'avait pas osé ouvrir la bouche, hormis pour avaler du pâté en croûte et de la soupe trop liquide. Après avoir marmonné un timide « bonne nuit », elle s'était glissée sous sa couette pour attendre l'heure du rendez-vous. Elle allait bientôt pouvoir rencontrer l'amie de Mr Ferguson.

Tic… tac… L'horloge égrenait lentement les minutes. Il était déjà minuit moins le quart. Sans un bruit, Sue se faufila dans le couloir avant de grimper jusqu'au troisième étage. La chambre de grand-mère Phryne lui apparut, noyée sous un voile de pénombre. Lorsqu'elle enfila la paire de bésicles, un monochrome bleu l'enveloppa et, titubant légèrement, Sue emprunta le passage qui menait au grenier. La poussière ambiante ne tarda pas à lui arracher un toussotement.

— Il y a quelqu'un ? chuchota-t-elle.

Seul le silence lui répondit. Armée d'une lampe de poche, Sue balaya l'espace de son faisceau lumineux. Personne. Décidée à patienter, l'adolescente s'assit sur le coffre en bois et fixa les ténèbres. Sa montre annonça minuit, puis minuit et quart, minuit trente… Est-ce que l'amie de Mr Ferguson avait refusé de la rencontrer ? Lui faudrait-il revenir le lendemain soir ?

Sue commençait à avoir froid. Au moment où elle s'apprêtait à sautiller sur place pour se réchauffer, un craquement se fit entendre. Soudain, la réalité se déchira, et deux silhouettes jaillirent de l'obscurité.

— Excusez-nous pour le retard, Miss Sue ! lança Mr Ferguson qui portait encore son uniforme.

À côté de lui se tenait une vieille femme au dos voûté, courbée sur sa canne. Sa peau était ridée, fripée comme du parchemin usé. Les décennies écoulées n'avaient pas été tendres avec elle, martyrisant son corps et ses jambes chétives. Quand elle aperçut Sue, ses lèvres s'étirèrent en un large sourire qui révéla ses dents manquantes.

— Je t'ai souvent observée, mon enfant, prononça-t-elle dans un souffle. Ravie de te rencontrer enfin…

— C'est vous, n'est-ce pas, murmura Sue, c'est vous que j'ai aperçue l'autre jour sous le grand chêne ? Vous m'aviez laissé un mouchoir où il était écrit « Mensonges »…

— En effet, tu m'as surprise au moment où j'allais franchir l'une de ces failles qui creusent le manoir. Les bésicles de Jacob Ashwood – maudit soit cet homme ! – ne me sont plus d'aucune utilité, puisque mes yeux ont appris à voir au-delà du réel. Mais toi, j'ai pensé que ce petit cadeau te serait bénéfique… Tu passes trop de temps le nez plongé dans tes bouquins, gamine ! Il fallait bien qu'on te pousse dans la bonne direction.

— Qui… êtes-vous ? bafouilla Sue. Et pourquoi est-ce que vous vous intéressez à moi ?

— Je m'intéresse à toi parce que, après des années à maltraiter mon pauvre dos, des années à visiter cette baraque de fond en comble, je suis persuadée que tu es notre meilleur espoir.

Peu importait l'état de son « pauvre dos », la vieille dame ne cessait de s'agiter, exécutant avec sa canne de larges moulinets qui menacèrent plusieurs fois d'éborgner Mr Ferguson.

— Moi ? répéta Sue, perplexe.

— Oui, toi ! Et je vais te dire pourquoi… Parce que tu es la seule à pouvoir entrer en contact avec Phryne Ashwood.

— Non, vous vous trompez. Grand-mère Phryne est endormie depuis…

— Cent quarante-sept ans exactement, compléta la femme. Dis-moi, ma petite, est-ce que tu es parvenue à plonger dans les souvenirs de Dorian Ashwood ?

— Oui, j'ai vu son laboratoire, le mariage d'Estella et j'ai même assisté à une discussion où ils parlaient d'un certain Davras. Et je vous ai vu, vous, Mr Ferguson, vous aviez l'apparence d'un petit garçon… Comment est-ce possible ?

Le domestique lui adressa un regard malicieux. Un court instant, Sue eut le sentiment qu'un enfant continuait d'habiter son être.

— Miss Sue, lui dit-il, je pense que le plus simple serait de commencer par le début de l'histoire. Pour que vous compreniez le présent, vous devez connaître le passé de votre famille. Cela ne sera pas facile à entendre, mais nous vous supplions de nous écouter jusqu'au bout. Le sort des Mille-et-un repose entre vos mains… Mais je m'aperçois que je manque à tous mes devoirs, ajouta Mr Ferguson dans un sursaut, j'ai oublié de faire les présentations. Miss Sue Ashwood, voici *Clara Nightingale…*

Alistair avait insisté pour venir. Il s'était porté volontaire pour s'introduire dans la Perle d'Astrelune. Aux yeux de Balthazar, l'avocat n'était qu'un pétochard qui avait eu un coup de chance au poste de police. Son courage éclaterait comme un ballon de baudruche dès qu'il franchirait le seuil du Musée.

— Vous, siffla Balthazar entre ses dents, si vous me gênez d'une quelconque façon, je ne vous autoriserai plus jamais à nous accompagner. Et si vous êtes là uniquement pour me réciter le Code des aberrations turquoise, pourpres ou je ne sais quoi, je vous le ferai avaler !

— C'est la vérité que je recherche, articula Alistair qui luttait pour cacher sa peur. Je ne suis peut-être pas aussi brave que vous, mais je me dois d'être présent. Au nom de la justice et de toutes ces malheureuses victimes… D'après l'article 55-8 du Code des évidences émeraude, la loi n'est plus applicable si l'État de droit s'effondre. À mon sens, nous sommes précisément dans un cas où les autorités nous ont abandonnés. Notre devoir est de percer le voile de mensonges dont nous entoure le Consul…

— Mouais, lâcha Balthazar. Si votre nuage pouvait se montrer plus discret, je vous serais très reconnaissant.

— Taisez-vous un peu, coupa Holly.

Enveloppé dans des vêtements sombres, le trio venait d'atteindre la porte de service. Sans un bruit, Holly glissa sa clef dans la serrure et poussa le panneau. Après leur première expédition au sein du Musée, il était étrange de revenir de nuit, tel l'acte II d'une étonnante pièce de théâtre. Équipés chacun d'une lampe-tempête, ils se dirigèrent sans peine vers la réserve. Sur leur passage, ils ne rencontrèrent qu'un gardien endormi sur sa chaise, qui ronflait la bouche grande ouverte.

— Je n'ai jamais vu un endroit aussi bien gardé, commenta Balthazar dans un ricanement.

Holly traversa la salle où s'entassaient des objets en attente de restauration pour atteindre la bibliothèque. Lorsqu'elle saisit *Comment nouer mes lacets en douze leçons ?* de Carter Adams, l'étagère pivota sur elle-même. Le petit groupe s'engouffra dans la galerie plongée dans la pénombre. Balthazar avait raison sur un point : alors que, quelques heures plus tôt, Alistair paraissait motivé à découvrir la vérité, son entrain commençait peu à peu à disparaître. Comme un enfant serrant sa peluche contre lui, il marmonnait des articles de loi pour se rassurer.

— C'est ici que j'ai croisé l'Ombre la dernière fois, déclara Holly. Et voici la porte qu'il a refermée derrière lui… Vous pensez réussir à l'ouvrir, capitaine ?

Balthazar s'agenouilla pour examiner le verrou. Les sourcils froncés, il tira de sa poche un ensemble de pinces et commença à crocheter la serrure. L'opération ne dura que quelques minutes avant qu'un bruit métallique ne rompe le silence.

— Mission accomplie ! lança Balthazar avec un sourire satisfait.

Devant eux apparut un escalier qui s'enfonçait dans l'obscurité. Tandis qu'ils dévalaient les marches, Holly eut le sentiment de plonger dans un manteau noirâtre, aussi opaque qu'une nuit sans étoiles. Leurs lampes parvenaient à peine à éclairer leurs pieds.

— Vous croyez que c'est encore long ? s'étonna Alistair au bout d'un moment. C'est comme si on descendait dans…

— Le centre d'Astrelune, compléta Holly.

— Simple hypothèse de ma part, mais je commence à croire que votre précieux Musée sert de façade, marmonna Balthazar. Que ses cuillères, ses semelles de chaussures et tout son bazar ne sont qu'un prétexte offert à la population pour dissimuler sa véritable activité.

— Le Monde-qui-aurait-peut-être-existé-ou-peut-être-pas ne repose pas uniquement sur des théories. De fervents défenseurs de son existence, dont Mr Aloysius Robinson, ont apporté un faisceau d'indices concordants. La communauté scientifique a toujours refusé de reconnaître leurs arguments, cela n'empêche que…

— Votre truc n'est qu'une vaste fumisterie, je suis prêt à vous parier mon tricorne là-dessus.

— N'importe quoi ! Attendez, qu'est-ce que…

Holly tendit l'oreille. Oui, elle entendait de nouveau les voix, ces murmures à peine audibles qui flottaient dans l'air. Cette fois-ci, pourtant, elles ne paraissaient pas décidées à fuir. Au contraire, plus le trio s'avançait, plus elles devenaient fortes et claires. Peu à peu, les paroles se détachèrent ; les sons cessèrent de s'emmêler. « Alicia, n'oublie jamais à quel point tes parents t'aiment… », « C'en est fini de nous, je le savais… », « Je vous en supplie, arrêtez… »

— On dirait que ces gens souffrent, murmura Alistair.

C'étaient des hurlements de douleur, des phrases d'adieu où perçait une tristesse immense. À leur écoute, Holly sentit une larme glisser le long de sa joue. Elle avait l'impression que ces voix étaient un écho, le dernier souvenir de plusieurs centaines d'individus qui avaient vu leur vie se briser en un claquement de doigts. Bon sang, qui étaient ces personnes et que leur était-il arrivé ?

Parmi cette explosion de cris, l'un d'eux domina soudain les autres : « Je ne… veux pas mourir. » Balthazar eut un violent haut-le-cœur. L'espace d'un instant, il s'appuya sur Alistair pour ne pas trébucher.

— Oliver, bafouilla-t-il. Je le reconnais, c'est… Oliver…

— Capitaine, prononça Holly dans un souffle, ça ne peut pas être lui. Souvenez-vous, vous l'avez enterré dans la crique des Condamnés.

— Pourtant, c'est bien… sa voix… Je suis prêt à le jurer… Comment est-ce possible ?

— Ce sont peut-être des fantômes, supposa Alistair dont le teint commençait à devenir livide.

L'escalier laissa place à une pièce circulaire, éclairée par des torches, mais pourvue d'un plafond si haut qu'il était mangé par les ténèbres. Les murs entiers disparaissaient sous des échafaudages. Ce chantier visait – Holly en eut bientôt la conviction – à maintenir debout l'ensemble des fondations. Sans ces travaux, le Musée national se serait depuis longtemps écroulé. Au milieu des bâches, des outils et des structures métalliques, un livre ouvert trônait sur un présentoir. Protégé par un dôme en verre, le volume était orné d'une reliure en cuir.

— On dirait que les voix viennent de là, constata Holly, de plus en plus perplexe.

Poussée par la curiosité, la jeune femme s'approcha. Elle souleva le dôme en verre et, avec autant de précaution que si les pages risquaient de s'émietter entre ses doigts, elle commença à feuilleter l'ouvrage. Sous ses yeux se déversèrent des flots de paragraphes, chacun précédé d'une date : « Le 18 mars 1859. Temps gris. Matinée dans le petit salon à apprendre la broderie, dispute avec Sœur pour une histoire de rubans, réprimande de Père et Mère... » ; « Le 24 septembre 1864. Journée avec Oncle, promenade au bord de la rivière, eau froide, mais grand soleil... »

— En voilà un style télégraphique ! commenta Balthazar qui fixait le texte, les sourcils froncés.

— Il manque aussi des mots, souligna Alistair. Des phrases entières ont disparu...

Plus Holly tournait les pages, plus elle découvrait des passages amputés, des caractères à moitié effacés. Le livre était l'épicentre du phénomène : les voix s'en échappaient et formaient une insupportable chorale où chaque parole se mêlait à une autre. Holly se sentait envahie d'émotions contraires ; elle avait l'impression d'être devenue l'ensemble de ces victimes, comme si son esprit ne lui appartenait plus.

— Fermez ce bouquin, grogna Balthazar, on n'arrive même plus à réfléchir...

Holly claqua la couverture. Un brusque silence s'abattit sur eux ; un silence qui leur permit de remarquer la présence d'un homme, debout dans un coin de la pièce. Vêtu de son inséparable pyjama gris, Mr Lewis était appuyé sur sa canne.

— Miss Nightingale, vous et vos amis, vous ne devriez pas être ici, lâcha-t-il.

Holly ne put réprimer une exclamation de surprise.

— Que faites-vous là, Mr Lewis ? murmura-t-elle.

— Je peux vous retourner la question, ma chère.

— Quel est… cet endroit ? bafouilla Holly en s'avançant vers lui d'un pas incertain.

Le vieux directeur poussa un long soupir. Un court moment, il parut peser le pour et le contre, hésiter entre le mensonge et la vérité, avant de finalement déposer les armes.

— Là où vont toutes les subventions, déclara-t-il. Chaque année, le Consul nous verse des milliers de doublons pour maintenir le Musée national en état mais, inexorablement, sa base se fragilise. Bientôt, le bâtiment se fissurera – ce qui a déjà commencé avec le plafond – et, ce jour-là, nous ne pourrons plus rien faire pour le sauver… Ce jour-là, ce sera aussi la fin d'Astrelune…

— La fin d'Astrelune ? répéta Alistair, sceptique. Que voulez-vous dire ?

— La cité indépendante a besoin du Musée national car il est son cœur, sa source d'énergie principale… Vous savez, Miss Nightingale, ajouta Mr Lewis avec un sourire triste, je vous ai toujours appréciée ; vous êtes une employée modèle et, plus que n'importe qui, vous aimez nos collections. Personne d'autre que vous ne connaît aussi bien *Recherches interminables, déductions et hypothèses sur le Monde-qui-aurait-peut-être-existé-ou-peut-être-pas* d'Aloysius Robinson. Aujourd'hui, je vous confie ce secret parce que j'estime que vous avez le droit de savoir… Savoir qui nous sommes réellement, nous, les oubliés d'Astrelune ! Oui, nous avons été oubliés, enfermés dans cette prison, sans le moindre espoir d'en sortir.

— Sortir de quoi ? lança Balthazar.

— De cette réalité où tout n'est que tromperie. Rien de ce que vous voyez n'existe, ce n'est qu'une illusion, une magnifique illusion qui est en train de se déchirer. Le Consul tente vainement de recoller les morceaux, mais cela ne sera pas suffisant…

— Je ne suis pas sûre de comprendre, Mr Lewis, coupa Holly. Pourquoi pensez-vous qu'Astrelune est sur le point de sombrer ?

— *Parce que Phryne Ashwood est mourante.*

Journal de Phryne Ashwood

Le 14 mars 1872

Cher journal,

Hier soir, Davras s'est glissé dans ma chambre. Combien de fois lui ai-je dit de ne pas pénétrer à l'intérieur du manoir ? J'ai toujours peur qu'il se fasse surprendre... Mais ce qu'il avait à me dire était trop important pour qu'il se contente d'une simple lettre. Davras a décidé de rejoindre la résistance ! Le peuple le voyait déjà comme son chef, il en a désormais le titre. Sa colère a explosé quand il a appris la mort d'une fillette. Cette enfant venait d'être exécutée pour avoir volé du pain. Elle a été condamnée, jugée coupable d'un crime qui la dépassait totalement. Davras a hurlé à la foule que, si le gouverneur voulait la guerre, il aurait la guerre.

Cher journal, voici les mots qu'il m'a rapportés :

« Messieurs-dames, je vous informe que nous n'obéirons plus aux Ashwood. Sheryton nous appartient autant qu'à eux ! Nous ne paierons plus leurs impôts, nous ne nous tairons plus quand un nouveau décret viendra restreindre nos libertés, et nous cesserons de nous prosterner devant eux ! »

Lorsqu'il m'a annoncé la nouvelle, j'ai cru recevoir une gifle. Son ton était si grave, ses traits si durs qu'il semblait avoir vieilli d'une dizaine d'années. En cet instant précis, j'ai eu l'impression de me retrouver à la croisée des chemins. Non, je n'ai aucune envie de choisir un camp, de renoncer à ma famille pour suivre mes idéaux. Les Ashwood sont coupables de bien des crimes, mais ce ne sont pas les gens que je côtoie. Ni mes parents, ni Finn, ni la tante Cathalina ne sont l'ennemi… Parfois, j'aimerais remonter dans le temps. Revenir à cette époque où rien n'avait d'importance.

Cela fait plusieurs mois qu'un climat de tension s'est emparé de Sheryton. Les provocations ne cessent de se succéder : sur la place du marché, Davras n'hésite pas à étaler sa magie, démontrant sa puissance dans des spectacles de plus en plus impressionnants, tandis que le cousin Jacob continue de multiplier les décrets. Aujourd'hui plus que jamais, la coupe est sur le point de déborder.

Qu'allons-nous devenir ?

Le 15 mars 1872

Cher journal,

Il est vingt heures, et la guerre vient d'être déclarée. Cet après-midi, Jacob Ashwood a fait placarder un décret aux quatre coins de Sheryton. En peu de mots, il a ordonné le départ des anciens sans-pouvoirs. S'ils refusent de quitter la ville d'ici demain matin, ils s'exposent à des représailles armées. La réponse de Davras ne s'est pas fait attendre : NON.

Désormais, plus rien ne sera comme avant.

Le 16 mars 1872

Cher journal,

Je n'ai pas fermé l'œil de la nuit... Hier soir, alors que le soleil n'était pas encore couché, Mère a insisté pour barricader chaque fenêtre, comme si un simple morceau de bois suffirait à nous protéger du monde extérieur. Le manoir était en proie à un véritable branle-bas de combat. Du rez-de-chaussée jusqu'au troisième étage, je ne croisais que des silhouettes empressées, des parents éloignés qui accouraient en quête d'informations. Pour des raisons pratiques, mon cousin Jacob s'est installé dans l'aile ouest ; il a abandonné ses bureaux du centre-ville, trop exposés en cas d'attaques soudaines. Il a ramené avec lui ses collaborateurs, des gardes et des hommes en uniforme qui parlent de directives et de manœuvres à suivre.

Tout à l'heure, j'ai réussi à me glisser à l'extérieur du manoir. Je me suis agrippée à la lourde grille qui entoure la propriété. Là-bas, aux frontières de Sheryton, je devinais des éclairs déchirer le ciel. En cet instant précis, les deux clans sont en train de s'affronter... Cher journal, crois-tu que Davras est parmi eux ? Oui, bien que j'espère le contraire, je suis persuadée qu'il combat avec ses hommes.

Finn est mort. Il a été TUÉ par Jacob Ashwood...

Par pitié, si vous trouvez ce message, dites à mon père que le gouverneur est un meurtrier... J'ignore ce que cet homme manigance, mais il a en sa possession un coffre imprégné de magie noire...

Finn a découvert ses secrets, c'est pour cette raison qu'il a été exécuté... Dans quelques minutes, ce sera probablement mon tour...

J'ai peur...

Jacob sait que j'aime Davras, il va m'utiliser contre...

16

RÉVÉLATIONS

Surexcitée, Sue fixait Clara Nightingale dans l'espoir de comprendre enfin l'histoire de sa famille. Après s'être raclé la gorge, la vieille femme débuta son récit.

— La guerre a eu lieu en 1872, déclara-t-elle en effectuant de nouveaux moulinets avec sa canne. Elle opposait le clan des Ashwood à celui de Davras : c'étaient deux idéologies différentes. Les uns clamaient que la magie n'appartenait qu'à eux ; les autres affirmaient que cette puissance supérieure les avait également choisis. Peut-être l'as-tu déjà appris, mais la magie se transmet à la fois par le sang et par la terre, et le sol de Sheryton était particulièrement riche. Jusqu'à cette année fatidique, les tensions se sont accumulées, notamment parce que Davras et les siens voyaient leurs pouvoirs croître, alors que les Ashwood n'étaient plus que l'ombre d'eux-mêmes... Il faut que tu comprennes, Sue, que la magie n'est pas illimitée. C'est comme une réserve d'eau qui se remplit lentement, mais si les uns puisent à l'intérieur à tout-va, il ne restera plus rien pour les autres. Avec ses dragons de feu qui nécessitaient énormément de ressources, Davras a fait pencher la balance en sa faveur, devenant de plus en plus fort au détriment de ta famille. Et quand je dis cela, je ne cherche pas à jeter la pierre à l'un des deux camps : à mon avis, ils étaient tout autant coupables. Les Ashwood provoquaient Davras tandis que lui faisait preuve d'une belle insouciance. À ce moment-là, s'ils avaient tenté de s'entendre, la guerre aurait encore pu être évitée. Malheureusement, cela n'a pas été le cas…

— Jacob Ashwood, n'est-ce pas ?

— Oui, de tous les Ashwood, Jacob était le plus vindicatif. Il méprisait Davras, car celui-ci était fils de saltimbanques. Comme beaucoup de magiciens avant lui, Jacob courait après un vieux rêve : celui de la vie éternelle. Depuis des années, il étudiait un ancien livre, les écrits de Virginia Ashwood, la fondatrice de Sheryton. Cette femme était aussi une grande théoricienne qui s'était penchée sur la question de l'immortalité. D'après elle, le seul moyen était de trouver l'Arbre éternel et de bâtir un coffre avec son bois. Bien qu'on le nomme « éternel », cet Arbre ne subsiste que d'un coucher de soleil à l'autre. Il est extrêmement rare, car il naît de la magie elle-même. Un beau jour, hélas, les efforts de Jacob Ashwood ont porté leurs fruits. Après des années de recherche, il a découvert l'Arbre éternel et il est parvenu à créer un coffre… Puis il nous a déclaré la guerre.

Clara marqua une pause, comme si de lointaines réminiscences s'amusaient à hanter son esprit.

— Avec ma sœur Holly, continua-t-elle, j'appartenais au clan de Davras. Nous étions toutes les deux des démêleuses d'âme, c'est-à-dire que nous aidions les personnes qui étaient tourmentées par leurs pensées. Il nous suffisait de poser nos mains sur leurs têtes pour nous glisser dans leurs esprits. Nous vivions dans les bas-fonds de Sheryton qui, aujourd'hui, n'existent plus. C'était une vie paisible, faite de bonheurs simples et de dur labeur... Quand le conflit a éclaté, Davras a riposté avec violence. Il pensait que la menace du feu permettrait d'obtenir un statu quo. Il ne s'attendait pas à ce que Jacob Ashwood nous attaque de la sorte. Le matin du 16 mars 1872, nous nous affrontions déjà dans le grand champ. Cathalina Ashwood était capable de faire pleuvoir – d'ailleurs, elle est morte dans la cave du manoir, et de la pluie continue toujours de tomber – et elle avait déchaîné sur notre camp un véritable déluge. Certains Ashwood étaient spécialisés dans les illusions et, pour nous disperser, ils avaient fait jaillir d'immenses labyrinthes. Dans ces dédales nous attendaient des pièges mortels, créés par d'autres membres de leur clan : des lames lévitaient et menaçaient de nous poignarder dans le dos ; des avalanches de glace s'abattaient sur nous ; la folie s'immisçait soudain dans notre esprit et nous dévorait de l'intérieur... C'était un combat terrible, mais le pire était encore à venir. Jacob a ensorcelé Phryne Ashwood, une sorte d'hypnose qui annihilait sa volonté, et nous l'a envoyée. Davras était son amant, alors il ne s'est pas méfié d'elle.

Une larme silencieuse coula sur la joue de Clara.

— Phryne portait le coffre, poursuivit-elle. Lorsqu'elle a ouvert le couvercle, les âmes des nôtres ont été arrachées de leurs corps. Voilà la perfidie de l'Arbre éternel : il n'offre l'immortalité qu'au prix d'un sacrifice. Piéger des esprits à l'intérieur, les soumettre à des tourments perpétuels, pour laisser à d'autres le privilège de la longévité… C'est ainsi que fonctionne le coffre. Il extirpe la vie à ses victimes et, en usant d'un tel pouvoir, Jacob se serait approprié un surplus d'existence… Pour ma part, j'ai échappé à ce maléfice par miracle. Je suis parvenue à fuir le champ de bataille en entraînant Tommy, le jeune frère de Davras, avec moi. Hélas, Holly n'a pas eu la chance de me suivre, elle s'est retrouvée piégée au cœur du labyrinthe. J'ai été lâche, je l'ai laissée derrière moi. J'ignorais encore que le plus dur serait de vivre avec ce poids sur ma conscience… Tommy et moi, nous avons observé la scène de loin et, impuissants, nous avons vu nos amis, nos parents tomber les uns après les autres. Ils étaient mille et un, les Mille-et-un de Davras. Le coffre s'apprêtait à se refermer sur eux quand Phryne a eu un sursaut. Elle a réussi à briser l'hypnose et elle s'est sacrifiée pour eux…

— Elle s'est sacrifiée ? répéta Sue dont les yeux s'étaient écarquillés comme des soucoupes.

— Oui, elle a brisé le coffre éternel, mais la magie était telle qu'il était impossible d'annuler son effet. Les âmes des Mille-et-un avaient besoin d'un réceptacle, elles étaient en train d'errer entre la vie et la mort, alors Phryne les a sauvées. Elle les a emprisonnées dans sa tête. La magie était si puissante qu'elle a basculé dans un sommeil proche du coma… Depuis 1872, elle partage son esprit avec les Mille-et-un. Ce sont les voix que tu entends parfois hanter le manoir, les mille et une voix qui continuent d'hurler leur souffrance…

Sue sentit l'émotion lui tordre le ventre. C'était donc cela le secret de sa famille, un secret teinté de sang qui lui donnait presque envie de vomir. Jacob Ashwood… L'oncle Bartholomew. L'adolescente avait la désagréable impression que l'histoire était sur le point de se répéter.

— Suite à cette tragédie, reprit Clara, les Ashwood n'ont pas tardé à découvrir la vérité. Ils ont éprouvé un tel sentiment de honte que la magie a effacé leur mémoire. L'oubli s'est emparé d'eux, mais je crois surtout que cette puissance supérieure les a maudits. Elle a quitté Sheryton, ne laissant derrière elle que des échos, des bribes de sa grandeur passée. Cette même année, Jacob s'est suicidé, et une tempête terrible a ravagé la majeure partie de la ville. Aujourd'hui, il ne reste plus que le manoir et quelques quartiers, alors que Sheryton s'étendait autrefois bien au-delà des limites actuelles.

— Donc, mes grand-tantes ne sont pas au courant ? murmura Sue.

— À mon avis, elles se doutent qu'un événement terrible a eu lieu, répondit Mr Ferguson. Mais elles ignorent que le corps de Phryne est devenu la prison d'un clan tout entier. Elles savent seulement que la pauvre femme a été victime d'un enchantement et qu'elle survit grâce à la magie qu'elle a absorbée… À plusieurs reprises, j'ai essayé d'en parler à vos tantes mais, à chaque fois, le même phénomène se produisait. Le poids d'un tel passé était si lourd à supporter que je lisais de la honte dans leurs yeux.

Elles ne pouvaient s'empêcher d'éprouver des remords, et quelques jours suffisaient pour que l'oubli s'abatte sur elles. J'avais beau leur répéter les mêmes mots, elles n'en gardaient aucun souvenir. Malgré les années, la malédiction continue de faire effet. Personne n'a envie de déterrer le passé et surtout pas un passé aussi dérangeant… Malheureusement, ce n'est pas le cas de Mr Bartholomew Ashwood. Il tire une grande fierté des crimes de son ancêtre, de la fierté et non de la honte : contrairement à vos tantes, il ne cherche pas à oublier.

— Il veut faire renaître la magie, marmonna Sue, je l'ai entendu l'autre jour… Que croyez-vous qu'il manigance ?

— Cet homme attend la mort de Phryne. Car, à son décès, son être libérera la magie accumulée, la sienne et celle des Mille-et-un. Ce sera de l'énergie à l'état brut, assez de puissance pour espérer rendre au clan son ancien prestige.

Sue se souvenait des mots de sa mère. Coincée dans le placard à balais, elle avait évoqué des miettes de magie piégées dans le corps de Phryne, mais c'était bien plus que cela… C'était une puissance qui, confiée à l'oncle Bartholomew, pouvait se révéler fatale.

— Et que deviendront les Mille-et-un à la mort de Phryne ? lança Sue.

— Ils s'éteindront avec elle, prononça Clara dans un souffle. Cela fait plus d'un siècle que, Tommy et moi, nous essayons de les sauver, mais chacune de nos tentatives a échoué… Pourtant, ils sont là, je sais qu'ils vivent en elle.

Je sais que ma sœur Holly a encore une chance de revenir... Le soir de la bataille, quand nous sommes retournés sur les lieux, nous étions les seuls rescapés. Le coffre éternel avait été grignoté par les flammes, il n'en restait plus que de la poussière. En fouillant l'herbe, nous avons fini par dénicher un fragment de la taille d'un dé à coudre. Tommy et moi, nous l'avons coupé en deux avant de nous l'enfoncer dans la chair. Lorsqu'il était encore intact, le coffre avait été touché par les âmes, un court instant, mais suffisamment pour qu'il s'imprègne d'énergie. Cela nous a permis d'affronter le cours du temps, de traverser les époques jusqu'à aujourd'hui. Le 16 mars 1872, nous avons aussi fait un serment. Un serment que nous avons hurlé aux étoiles ! Celui de libérer les Mille-et-un...

— Alors, depuis cette date, vous ne vivez que dans ce but ?

— Oui, affirma Mr Ferguson. Un jour, je vous ai dit que je servais votre famille depuis des décennies, comme mon grand-père et mon arrière-grand-père. C'était un mensonge, j'ai toujours été votre seul domestique... Enfant déjà, je maîtrisais le pouvoir de changer d'âge à volonté, tantôt jeune, tantôt vieillard. Par chance, la magie m'a laissé un écho de mon ancien pouvoir ; j'en ai usé pour m'infiltrer au sein de votre demeure... Pardonnez-moi, Miss Sue, mais il m'était impossible de vous révéler la vérité plus tôt. Avec Clara, je craignais que la malédiction ne s'abatte sur vous. Pour que vous conserviez vos souvenirs, vous deviez parcourir votre propre chemin. Il vous fallait découvrir une part des faits par vous-même, que le sort de Phryne vous touche si profondément que cela vous protège de l'oubli.

— Oui, je comprends.

Sue se tourna vers Clara Nightingale.

— Pourquoi avez-vous dit tout à l'heure que… j'étais votre meilleur espoir ? demanda-t-elle d'une voix hésitante.

— Parce que nous devons impérativement réveiller Phryne Ashwood avant qu'il ne soit trop tard.

— Il est déjà trop tard, intervint Mr Ferguson dans un soupir. Les corps des Mille-et-un ne sont plus que des squelettes… Pour les ramener à la vie, nous devrions leur créer des enveloppes charnelles et, hélas, c'est loin d'être gagné. Clara est persuadée qu'en tirant Phryne de son sommeil, il serait possible de communiquer non seulement avec elle, mais aussi avec le clan de Davras…

Sue crut percevoir un désaccord entre eux. Ils poursuivaient un but commun, mais ne semblaient pas partager la même vision des choses. Mr Ferguson était beaucoup plus réaliste, songea Sue, alors que Clara Nightingale paraissait portée par un rêve, un besoin dévorant de retrouver sa sœur.

— Je ne peux pas réveiller… Phryne, bafouilla l'adolescente.

— Si, je suis persuadée que si, insista Clara. Depuis que tu es gamine, tu as établi un lien avec elle, tu as passé des heures et des heures en sa compagnie. Phryne Ashwood entend ta voix, j'en suis convaincue… Par pitié, parle-lui ! Si elle ne revient pas à elle, les Mille-et-un seront perdus pour toujours.

Sue acquiesça d'un timide signe de tête. Elle avait l'impression qu'un poids immense venait de s'abattre sur ses épaules.

— Phryne Ashwood ? répéta Holly, perplexe.

Face à elle, Mr Lewis la regardait avec une expression grave, comme si ce nom concentrait à lui seul toute la tristesse du monde.

— La vérité est que nous sommes prisonniers de sa tête, déclara le vieux directeur. Nos mémoires, nos souvenirs ont été altérés pour effacer l'événement le plus marquant de notre existence. Le jour où tout a basculé… Nous étions le clan de Davras, les « anciens sans-pouvoirs » de Sheryton qui avaient fini par devenir plus puissants que nos ennemis eux-mêmes… Nous sommes les Mille-et-un.

Les sourcils froncés, Holly l'écouta parler, lui détailler un monde lointain où ils vivaient en paix jusqu'à ce que la guerre éclate. Des noms déferlaient sur ses lèvres : Jacob Ashwood, Davras, Phryne… C'était impossible ! Pourtant, plus Mr Lewis s'exprimait, plus des images ressurgissaient par bribes dans la tête d'Holly : Clara penchée sur une vieille dame, chassant les mauvais rêves de son esprit ; des saltimbanques sur la place du marché ; un homme qui marchait avec elle sur une plage déserte…

— Astrelune n'est qu'une illusion, martela Mr Lewis.

La cité repose sur un mensonge, un gigantesque mensonge qui ne va pas tarder à voler en éclats. Bientôt, les Mille-et-un sauront et, ce jour-là, nous n'aurons plus aucun espoir.

— Une petite question, coupa Balthazar d'un ton sec, comment Astrelune ne pourrait-elle compter que mille et un citoyens ? Sans être un champion en arithmétique, il suffit de se promener sur les grands boulevards pour voir que l'endroit grouille de monde.

— Parce que la majorité des gens ne sont pas réels. Miss Nightingale, je sais que vous enquêtez sur la disparition de votre sœur. Mais votre sœur n'existe pas, elle non plus… Quand les Mille-et-un se sont retrouvés à Astrelune, ils étaient désorientés et perdus. Pour ne pas sombrer dans la folie, ils se sont construit une vie ; leur inconscient a fait ressurgir les êtres qui leur étaient chers. Vous qui avez été séparée de votre cadette, vous aviez besoin de sa présence, alors votre esprit en a créé le reflet. En un claquement de doigts, la voilà qui s'installe à son piano ! À présent, multipliez ce phénomène par tous les habitants d'Astrelune : une femme qui s'imagine un époux, des enfants ; un homme qui fait renaître ses parents décédés… Les exemples sont nombreux. Nous sommes coincés dans un monde onirique, poursuivit Mr Lewis en triturant la manche de son pyjama. Il faut que vous voyiez Astrelune comme un rêve, un royaume où, si l'on croit suffisamment fort en un élément, celui-ci finit par se matérialiser. Les Mille-et-un ne se sont pas seulement inventé des proches, ils se sont réinventé un passé et une existence entière. Vous trois, vous n'étiez ni guide de musée, ni avocat, ni pirate ; vous avez enfilé ces costumes sans vous rendre compte qu'ils étaient faux. Ce sont à la fois notre inconscient et les pensées de Phryne Ashwood qui modèlent notre environnement. Notre architecture, nos us et coutumes, c'est à elle que nous les devons. Son esprit a bâti nos murs, nos quartiers et tout ce qui nous entoure. Depuis que nous sommes ici, beaucoup de choses ont évolué : les dirigeables, les automates, les tapis volants ont surgi du néant, tirés des méandres de son imagination. Ils se sont ajoutés progressivement ; ils se sont insérés dans notre quotidien et, à chaque fois, nous les avons admis comme s'ils avaient toujours été là. Bien qu'elle soit plongée dans le sommeil, son esprit n'est jamais au repos. Il continue de travailler pour soutenir Astrelune, pour inventer des cités voisines, des échanges commerciaux et nous convaincre un peu plus de son existence... Vous, capitaine, vous avez vu Auberouge, Constelnation et Limbéclat ; vous avez cru discerner l'animation dans ces rues, mais comme tout le reste, ce n'était que du vent. Un gigantesque décor de théâtre destiné à nous insuffler l'illusion de la réalité.

— Si c'était vrai, quelqu'un aurait bien fini par le découvrir, marmonna Balthazar.

— L'être humain a cette charmante particularité d'oublier ce qui le dérange. Personne n'a envie d'apprendre qu'il est prisonnier... Oui, évidemment, il y a eu quelques cas, des petits malins qui ont réussi à percer l'un des secrets les mieux gardés du Consul. Soit les autorités se sont chargées de les faire disparaître, soit leurs souvenirs se sont évanouis d'eux-mêmes. Je vous l'ai dit, Astrelune est comme un rêve, insista Mr Lewis. Parfois, au beau milieu d'un songe, vous réalisez soudain que vous êtes endormi et, une pensée plus tard, vous l'avez déjà effacé de votre mémoire… De son côté, Phryne Ashwood tente également de nous protéger contre notre propre curiosité. Le dorium, par exemple, vise à remplacer la magie. Ce mot aurait suffi à provoquer des réminiscences, alors elle a inventé les alchiriums et cette énergie toute puissante pour étouffer les soupçons.

Holly sentait sa tête bouillonner de questions. Elle avait l'impression que la pièce tournait autour d'elle. Les informations se bousculaient, s'entrechoquaient avec fracas et, parmi cette avalanche de données, sa raison s'efforçait vainement de trouver un sens. Un court instant, elle eut une pensée pour Alistair. « Cela ne vous semble pas curieux ? » avait-il lancé après avoir listé des éléments qui allaient des trottoirs mouvants jusqu'au Crustacé-Tout-Puissant. Oui, il avait raison…

— Et ma sœur, murmura Holly, je n'ai jamais cessé de croire en elle, alors pourquoi a-t-elle disparu du jour au lendemain ?

— Phryne Ashwood n'est plus très loin de la mort, soupira Mr Lewis. L'effort que lui demande Astrelune à chaque instant est énorme, et son esprit ne le supporte plus… Imaginez que vous portez dans vos bras des milliers et des milliers de pièces ; vous luttez pour qu'aucune ne vous échappe mais, en parallèle, d'autres se rajoutent encore et encore. Tôt ou tard, vous finirez par en laisser tomber. Ces pertes collatérales, ce sont les disparus d'Astrelune…

— Pourquoi personne ne se rappelle d'eux ? demanda Alistair qui avait la même expression que quelqu'un qui se serait pris une enclume sur le crâne.

— Parce que l'esprit de Phryne tente vainement de faire de la place pour préserver ce qui est nécessaire. Pour chacun de ces êtres fictifs, ce sont des parents, des collègues, des voisins qui interagissent avec eux… C'est une charge aussi lourde qu'inutile pour un système qui peine déjà à se maintenir. En supprimant leur existence, il s'agit également d'effacer les mémoires. La seule exception est la personne à l'origine de la création. Vous, Miss Nightingale, dans le cas de votre sœur. Vous avez gardé vos souvenirs, car faire ressurgir un proche n'est pas un acte ordinaire : il puise sa source dans l'âme. Même pour l'esprit de Phryne, vous retirer Clara de la tête n'est pas aussi facile que si vous étiez simplement sa logeuse ou une lointaine connaissance.

— Où est… ma sœur ? prononça Holly dans un souffle. La véritable Clara ?

— Elle ne fait pas partie des Mille-et-un, elle a dû périr durant la grande bataille… Mes condoléances, Miss Nightingale.

Holly avait retardé sa question, car elle craignait plus que tout d'entendre la réponse. Ses jambes chancelèrent ; elle s'agrippa à Balthazar pour ne pas défaillir, faisant voler son tricorne qui tomba à ses pieds.

— Elle a peut-être survécu ?

— Plus d'un siècle s'est écoulé, même si c'était le cas, les aléas du temps l'auront emportée. Je suis sincèrement désolé, ajouta Mr Lewis.

Le teint d'Holly était devenu blafard. Le regard perdu dans le vide, la jeune femme ne semblait plus vraiment présente.

— Et les membres de mon équipage ? lança Balthazar dans un sursaut. Étaient-ils réels ?

— Non, vous étiez le seul à avoir une existence tangible. Les autres n'étaient que les reflets de vos anciens compagnons, vos camarades de Sheryton avec lesquels vous couriez dans les bas-fonds. Dans cet autre monde, Balthazar Riley, vous étiez un pickpocket dont la spécialité était de vous rendre translucide. Quand vous vous êtes réveillé à Astrelune, vous vous êtes créé ce personnage de pirate. Vous vous êtes imaginé un navire, une porte ouverte sur le frisson et l'aventure. Jamais vous n'avez remarqué que vous n'étiez que cinq à bord. Vous et vos fantômes… Par contre, Oliver était bel et bien réel.

Balthazar se mordit rageusement les lèvres. Si Mr Lynch avait été présent, il n'aurait pas tardé à recevoir son poing en pleine figure.

— Qui sont les Ombres ? intervint Alistair.

— Ils appartiennent à l'esprit de Phryne. Comme ils ont conscience de la réalité, ils ont le pouvoir de modifier leur environnement. Ils sont là pour assurer l'ordre et, puisqu'ils poursuivent le même but que le Consul, ils agissent souvent ensemble. En ce moment, leur unique priorité est d'éviter un mouvement de panique, expliqua Mr Lewis. Ils essayent désespérément de gagner du temps car si la vérité s'ébruite, ce sera un véritable raz-de-marée. Astrelune a besoin que ses habitants croient en elle pour survivre. Si la structure est remise en cause, si chacun découvre que tout n'est qu'un gigantesque mensonge, la cité s'écroulera comme un château de cartes. La chute d'Auberouge, l'affaire des disparus... La cause est toujours la même : un esprit trop encombré et un corps qui faiblit. À la différence près que les disparitions étaient un choix de Phryne, alors qu'Auberouge est un mal bien plus profond. Le monde a commencé à s'effondrer, voilà ce qu'il en est. D'abord, ce seront les périphéries, puis nous verrons Astrelune tomber à son tour. La mort guette Phryne Ashwood, aucune magie ne peut l'aider à survivre éternellement... Selon moi, les manœuvres du Consul sont vaines car notre destruction est inéluctable.

— Tout à l'heure, vous avez dit que le Consul tentait de recoller les morceaux, fit remarquer Balthazar. Que projette-t-il exactement ?

— Il espère nous accorder un sursis, comme il l'a déjà fait dans le passé. Vingt ans plus tôt, le Musée national a commencé à perdre ses trésors, ses vitrines se vidaient à vue d'œil, alors pour calmer la population, les autorités ont choisi un bouc émissaire. Ils ont accusé un certain Edgar Kirby d'avoir dérobé les pièces du Musée. Cet homme était à la tête d'un petit groupe d'idéalistes, des étudiants qui voulaient sortir un journal dissident. Lui et sa bande ont été pendus sur la place publique. Cela a suffi pour enterrer le scandale, quelques jours se sont écoulés et hop, la vie a repris son cours... Aujourd'hui, c'est vous, capitaine, que le Consul cherche à exécuter pour maintenir le statu quo.

— Qu'est-il arrivé aux collections du Musée ? articula Holly avec difficulté.

— Le Monde-qui-aurait-peut-être-existé-ou-peut-être-pas existe vraiment. Voyez-vous, le Musée national est la mémoire de Phryne Ashwood. Chacune de ces pièces que vous avez tant admirées lui appartenait : c'étaient des objets du quotidien, des biens personnels, des souvenirs immortalisés sous forme de tableaux – ceux du deuxième étage –, et j'en passe. Depuis qu'elle a sombré dans le sommeil, elle a dû continuer d'interagir avec le monde extérieur, car nous avons été confrontés à une pluie de bric-à-brac : ordinateur, micro-ondes, portable... Oui, bien sûr, vous ne savez pas de quoi je parle. Pour faire simple, ce sont des produits technologiques que j'ai préféré dissimuler à la vue des visiteurs. Mais, comme je vous l'ai dit, continua Mr Lewis d'un ton grave, Phryne Ashwood est mourante, et sa mémoire est en train de se détériorer. C'est pour cette raison que nos collections se volatilisent et que le reste de nos pièces se dégrade – des boutons dépareillés, des cuillères tordues, des chaussettes trouées... – et se couvre de poussière. Parce qu'elle perd peu à peu la mémoire... Les merveilles du Musée ont disparu. Il s'agissait surtout de ses rêves, toutes ces choses que Phryne espérait accomplir un jour : monter dans une montgolfière, partir dans des pays lointains admirer des animaux gigantesques, des temples mystérieux... Les subventions, Miss Nightingale, les subventions sont destinées à maintenir le Musée national debout. Dans la journée, ce sont des centaines d'Ombres qui envahissent cette salle pour consolider les fondations. Elles entrent par un passage souterrain et repartent sans être vues.

Mr Lewis se tut, laissant un silence pesant s'installer. Ainsi, songea Holly, toutes les cartes venaient de s'abattre, mais elle n'aurait su dire si la vérité était préférable au mensonge. Le vieux directeur leur avait présenté un monde sur le point de sombrer ; le compte à rebours était déjà enclenché, leur fin était inexorable...

Balthazar fut le premier à se ressaisir. Il se pencha pour ramasser son tricorne, l'épousseta comme si c'était son bien le plus précieux et l'enfonça sur sa tête.

— Je n'ai aucune envie de me faire pendre parce que le Consul espère provoquer une nouvelle amnésie collective, déclara-t-il. Ces imbéciles n'ont qu'à se trouver un autre pigeon à sacrifier...

— Mr Lewis, coupa Alistair en réajustant ses lunettes. Si j'ai bien compris, ce monde existe depuis presque cent cinquante ans. Un siècle et demi que nous sommes bloqués à Astrelune et que nos souvenirs s'effacent pour nous conforter dans une impression de normalité... Donc, nous ne vieillissons pas ?

— Non, en effet, nous avons conservé le même âge. Si vous vous souvenez de votre enfance à Astrelune, ces images n'ont rien de réel. Elles ont été créées par votre esprit.

— Mais est-il possible pour les Mille-et-un de mourir ?

— Oui, malheureusement ils le peuvent. Parce qu'ils sont persuadés d'être en vie. Leur esprit les entraîne dans les limbes, une sorte d'entre-deux dont il est très difficile de s'échapper. C'est une prison de ténèbres, une nuit sans fin qui plonge ses victimes dans la folie. Je vous ai parlé des « Mille-et-un », mais il s'agit d'une expression figée car nous avons subi plusieurs pertes. Une centaine d'entre nous ont déjà péri… Je me rappelle de vous, Alistair Sheffield, reprit Mr Lewis avec un léger sourire. Vous étiez un érudit autrefois, un gamin des bas-fonds qui passait son temps le nez plongé dans un volume. Vos questions étaient toujours très pertinentes. Je vois que vous n'avez pas changé…

— Et vous, Mr Lewis, qui étiez-vous ?

— Quelqu'un qui aimait s'interroger sur le monde. Je tenais une petite librairie ambulante, j'allais de quartier en quartier avec mon charriot de livres. Je m'intéressais à la culture et au savoir. Comme vous, Alistair, j'aurais pu prétendre à une grande carrière si les Ashwood ne nous avaient pas condamnés à occuper des postes subalternes.

— Je suppose que vous ne nous avez pas raconté tous ces secrets pour que nous restions les bras croisés ! lança Balthazar. Je me trompe ?

— À Sheryton, vous étiez une véritable tête brûlée, Balthazar Riley. Aujourd'hui, je pense que nous aurions bien besoin de vos talents. Vous vous souvenez de Davras ? ajouta Mr Lewis. Cet homme a quitté Astrelune, il y a très longtemps, il est allé s'exiler dans le désert de

Nébuleusedor. Trouvez-le et ramenez-le ici… D'après la rumeur, il est le seul à être assez puissant pour pouvoir encore nous sauver. Je n'ai aucune autre indication à vous donner, hélas…

— Le désert de Nébuleusedor est vaste, marmonna Balthazar, et ce n'est pas la porte à côté.

— C'est pourquoi je vous conseille de ne pas traîner… Surtout que, dès que vous aurez franchi cette porte, je serai obligé de prévenir Mr Lynch de votre intrusion.

— Pourquoi ? bafouilla Holly, surprise.

— Parce que j'appartiens à la mémoire de Phryne Ashwood : à ma façon, je fais partie du système. Par le passé, j'ai juré ma loyauté aux Ombres et, malheureusement, c'est un serment qu'il est impossible de rompre… Une dernière chose, Miss Nightingale, prenez ce livre. Il s'agit des souvenirs de Phryne, le compte-rendu de chacune de ses journées. Dedans reposent également les voix des Mille-et-un ; les nôtres, à cet instant précis où notre réalité s'est déchirée. Avant de disparaître, Davras était obsédé par ces pages noircies. Peut-être dénicherez-vous des réponses à l'intérieur. Au revoir, mes amis, et bonne chance !

Tandis qu'Holly s'éloignait d'un pas titubant, elle discerna la silhouette de Mr Lewis, courbée sur sa canne. Sa voix continuait à planer dans l'air, presque un regret qui déchirait le silence : « *Nous sommes les oubliés d'Astrelune, nous avons été oubliés et nous nous sommes oubliés nous-mêmes…* »

17

LE DIRIGEABLE

Sue n'avait pas fermé l'œil de la nuit. Les paroles de Clara Nightingale et de Mr Ferguson tournaient en boucle dans sa tête, tel un refrain lancinant. Dans quelques heures, sa mère allait encore essayer de la traîner hors du manoir pour la faire monter dans le premier train. L'adolescente n'avait aucune intention de céder... Elle avait reçu pour mission d'entrer en contact avec Phryne Ashwood et elle était bien décidée à réussir.

Alors que les premières lueurs de l'aube teintaient le ciel de couleurs pastel, Sue s'extirpa de son lit. Les yeux cernés, elle se glissa dans le couloir encore silencieux et gravit les marches jusqu'au troisième étage. Doucement, elle se faufila dans la chambre de Phryne et laissa son regard se poser sur la vieille dame endormie. Des hommes et des femmes vivaient à l'intérieur de sa tête, les Mille-et-un de Davras que le sort avait emprisonnés... Une semaine plus tôt, Sue aurait juré le phénomène impossible. Elle aurait haussé les épaules et se serait contentée d'en rire. À présent, elle réalisait dans toute son horreur la gravité de la situation.

— Grand-mère Phryne, est-ce que tu m'entends ? lâcha Sue. Il faut absolument que tu te réveilles, c'est très important. Nous avons besoin de toi plus que jamais… Davras, tu te souviens de Davras ? Et de la guerre contre son clan ? Ces gens vont être condamnés si nous ne faisons rien…

Comme à son habitude, Phryne Ashwood ne bougea pas d'un pouce. Alors, Sue tenta de la replonger dans ses souvenirs et de raviver sa mémoire.

— Davras est un U-SUR-PA-TEUR ! s'exclama-t-elle en imitant la voix haut perchée d'Estella. Il doit quitter Sheryton et nous restituer ce qui nous appartient. Cet homme est dangereux, tu devrais t'en rendre compte par toi-même !

Malheureusement, ses efforts n'eurent aucun effet. Durant deux bonnes heures, Sue persévéra jusqu'à ce que des coups secs retentissent contre la porte. Le visage de Ms Ashwood ne tarda pas à apparaître dans l'entrebâillement.

— Sue, qu'est-ce que tu fais encore là ? soupira sa mère. Viens prendre ton petit-déjeuner, nous partons ce matin… Et je parie que tu n'as pas fait ton sac…

Parmi ses priorités, préparer ses bagages figurait en bas de la liste. Sue hésita. Révéler la vérité à sa mère ne servirait à rien – à part à la convaincre qu'elle s'était pris un coup sur la tête –, mais il était hors de question qu'elle renonce.

— Tu peux rentrer à Londres, lui dit-elle, je te rejoindrai à la fin des vacances scolaires, mais pas avant.

— Sue, nous en avons déjà discuté ! Je refuse que tu restes au manoir avec Bartholomew... Tu sais comme moi ce qu'il manigance, c'est pour ta propre sécurité.

— Alors, tu veux fuir ? Tu as toujours fui ! lança Sue dans un élan de colère. Tu as fui ta famille, ton passé ; tu continues de tourner le dos aux difficultés, comme si cela suffisait à les faire disparaître ! Ce manoir est ma MAISON, beaucoup plus que l'appartement à Londres... Tu n'as jamais été là pour moi, tu étais à des réceptions ou dans des bars à traîner avec des types différents...

— Jeune fille, je t'interdis de me parler sur ce ton !

— Le problème avec toi, c'est qu'on ne s'est jamais parlé... Depuis que je suis enfant, tu m'as mise dans un placard, tu m'as enfermée avec le reste de tes problèmes. Pourquoi est-ce que tu te soucies brusquement de moi, hein ?

— Je suis ta mère, j'ai tout fait pour veiller sur toi...

— Ah oui, quand ça ? Quand tu revenais à quatre heures du matin, complètement soûle, ou quand tu as chassé papa de ma vie parce que tu ne voulais plus qu'il fasse partie de la tienne ? Cela fait des années que je me débrouille seule et que je ne te demande rien. Alors, aujourd'hui, fiche-moi la paix ! Je déteste Londres, je déteste notre appartement, j'étouffe entre ces quatre murs !

Sue s'était levée d'un bond. Elle avait craché ces derniers mots avec une expression dure qui ne lui ressemblait pas. Face à elle, Ms Ashwood avait ouvert la bouche de surprise. L'espace d'un instant, elle parut sur le point de répliquer, mais ses lèvres tremblèrent sans qu'aucun son n'en sorte. Plantée dans la chambre, elle regarda sa fille passer devant elle et claquer violemment la porte.

Holly avait le sentiment que son esprit s'était détaché de son corps. Sa sœur était morte. Depuis plus d'un siècle, elle vivait avec un reflet de Clara, un écho qu'elle s'était inventé pour surmonter sa tristesse. Elle l'avait imaginée joyeuse, pleine de vie derrière son piano, comme pour compenser le gouffre qui s'était creusé en elle. Durant toutes ces années, Holly s'était drapée d'un voile de mélancolie dont elle-même ignorait la raison. L'illusion venait de voler en éclats, lui laissant un goût amer qui la dévorait de l'intérieur.

— Vous pourriez avancer droit devant vous au lieu de me marcher sur les pieds ? siffla Balthazar.

La jeune femme avait l'impression de flotter dans un rêve. Quand elle jeta un coup d'œil autour d'elle, elle s'aperçut qu'ils étaient dans les bas-fonds d'Astrelune. Elle reconnaissait ces ruelles humides, ces venelles plongées dans la pénombre qui figuraient sur chaque dépliant touristique : « Visiteurs, fuyez cette zone ! Vous avez soixante-douze pour cent de chance de finir dépouillés ! »

— Si nous n'avions pas été trois, je pense que des voyous nous auraient déjà fait les poches, lâcha Alistair dans un souffle. Vous allez bien, Miss Nightingale ?

— Non, pas vraiment…

— Moi, je me sens en pleine forme ! lança Balthazar. Quitte à être sacrifié en tant que bouc émissaire, je ne vais pas rester les bras ballants à regarder l'herbe pousser. Une mission suicidaire dans le désert, c'est précisément ce qu'il me faut ! Avec de la chance, peut-être que je crèverai en chemin plutôt que sur la place publique...

— Ce monde n'existe pas, murmura Holly pour elle-même. Nous avons toujours vécu dans un mensonge, un mensonge dont nous nous sommes convaincus de la réalité. Pour oublier que nous avions perdu notre liberté.

Holly sentit la main d'Alistair presser son épaule.

— Je sais que c'est difficile, lui dit-il, mais soyez forte ! Votre sœur ne voudrait pas vous voir abattue. Il faut que vous vous releviez et que vous gardiez votre sang-froid... Si nous trouvons Davras, nous avons encore une chance de nous en sortir.

— Comment cet homme pourrait bien faire pencher la balance ? murmura Balthazar. À mon avis, c'est une manœuvre aussi vaine que celle du Consul...

— Au fait, capitaine, où allons-nous ? demanda Alistair en essuyant ses lunettes.

— Hum...

Balthazar répondit par un air ennuyé. Lui-même ne semblait pas très sûr de sa destination. D'un signe de tête, il montra un terrain vague où une plaque commémorative avait été fixée : « Ici, le 15 juillet 1889, Mrs Gibbon a perdu une chaussette de son panier de linge sale que lui a aussitôt rendue le jeune Connor Brown. En souvenir de cet événement, la zone a été déclarée non constructible. »

Après avoir franchi la palissade, Balthazar guida ses compagnons au centre d'un espace gadouilleux où ils manquèrent plusieurs fois de s'étaler par terre.

— Le désert de Nébuleusedor n'est guère facile d'accès, déclara Balthazar. Il est encerclé d'un côté par des falaises abruptes et, de l'autre, par la mer des Égarés et ses flots tumultueux. Vu que ce territoire n'attire pas le moindre touriste, il n'existe aucune liaison en dirigeable depuis Astrelune.

— Vous êtes en train de nous dire que nous n'avons aucun moyen de nous rendre là-bas ? traduisit Holly, perplexe.

— À l'époque où j'avais encore un navire, nous aurions pu tenter de défier les océans. À présent, il nous reste soit la possibilité d'y aller à pied – j'espère que vous avez de bonnes chaussures car ce n'est vraiment pas à côté –, soit… d'utiliser le système à nos fins.

— Utiliser le système à nos fins ? répéta Alistair, les sourcils froncés.

Poussant un soupir, Balthazar se résolut à détailler sa pensée.

— Comme Mr Lewis nous l'a expliqué, le monde qui nous entoure n'est pas réel, marmonna-t-il. Il suffit de se convaincre qu'un élément existe pour qu'il se matérialise. Et si nous invoquions un passage vers le désert ?

Holly demeura quelques instants interdite. L'idée était audacieuse, mais était-ce seulement possible ? Face à elle, Alistair affichait une expression sceptique. Au-dessus de sa tête, le nuage cessa soudain de faire pleuvoir pour déverser sur lui une tempête de neige.

— Cela ne nous coûte rien de tenter le coup, lâcha-t-il dans un haussement d'épaules.

— Vous devriez faire preuve de plus de conviction, maître Sheffield.

— Très bien, essayons ! s'exclama Holly.

Aucun d'eux ne savait comment s'y prendre. Les pieds enfoncés dans la boue, ils fixèrent la nuit et son manteau de ténèbres. Le front plissé par la concentration, Holly tâcha de visualiser des dunes de sable sous un soleil brûlant. De longues minutes s'écoulèrent sans le moindre résultat.

— Nous ne réussirons pas, finit-elle par articuler. Et je ne vous dis pas cela par défaitisme, nous ignorons complètement à quoi ressemble le désert de Nébuleusedor, alors comment pourrions-nous créer un passage ?

— Vous pensez que nous devrions nous focaliser sur quelque chose de plus simple ? lança Balthazar. Quoi, par exemple ?

— Un dirigeable, peut-être. Le désert ne doit pas être loin par la voie des airs, non ?

— À peine quelques heures… Bon, recommençons, soupira le capitaine.

Cette fois-ci, Holly ferma les yeux. Elle s'imagina à bord d'un aérostat, l'un de ces aérostats que vantait la fausse Clara dans son agence de voyage et qui promettaient une « expérience extraordinaire » à l'autre bout du monde. Les détails surgirent dans son esprit : une forme élancée, d'immenses hélices, une structure métallique conçue pour affronter les éléments… Lorsqu'elle ouvrit les paupières, la réalité était tout autre. Devant eux, au milieu du tertre fangeux où ils pataugeaient, venait de jaillir un dirigeable de fortune. L'habitacle était fait de bric et de broc, construit avec des plaques de tôle qui paraissaient tenir ensemble par un heureux hasard. Quant au ballon, c'était un assemblage de tissus colorés qui donnaient l'impression d'avoir été cousus grossièrement.

— Eh bien, commenta Balthazar avec un sourire en coin, on dirait que le résultat est plutôt concluant.

— Vous êtes sûr que cette chose est destinée… à voler ? bafouilla Alistair.

— C'est ce que nous allons voir.

Dans un grincement sinistre, Balthazar ouvrit la porte de l'habitacle. Bientôt suivi par les deux autres, il se glissa dans un espace confiné où il dut s'accroupir pour ne pas se cogner la tête. Le capitaine se contorsionna à moitié afin d'atteindre le poste de pilotage. Devant lui se trouvait une série de leviers et de manettes, en grande partie rafistolés et qui semblaient attendre la moindre pression pour tomber en morceaux.

— Allons bon, marmonna Balthazar, ce ne devrait pas être très difficile de conduire cette chose.

Avec précaution, il appuya sur différents boutons et, après plusieurs essais laborieux, le dirigeable s'ébranla lentement dans un nuage de fumée noire. Les hélices commencèrent à tournoyer, et l'appareil finit par quitter le sol pour prendre de l'altitude. « Le vol en tapis est peut-être plus agréable », songea Holly qui avait déjà envie de vomir. L'aérostat penchait dangereusement d'un côté et secouait ses passagers dans tous les sens. Vu l'état de la machine et la façon dont Balthazar actionnait les manettes, il était difficile de savoir lequel des deux était le plus à blâmer.

— Et voilà, tout se passe très bien ! s'exclama Balthazar dans un élan d'optimisme. Demain, dans la journée, nous devrions atteindre le désert de Nébuleusedor.

De moins en moins rassurée, Holly discerna par le hublot les toits d'Astrelune, noyés dans la pénombre. À intervalles réguliers, les réverbères répandaient de pâles halos de lumière. Lorsqu'elle aperçut le Musée national, encore plus imposant vu d'en haut, Holly éprouva un pincement au cœur.

Le dirigeable s'était élevé à la verticale. Parvenu à une distance raisonnable du sol, il cracha une nouvelle avalanche de fumée avant de se diriger vers le sud. Vers le désert de Nébuleusedor et vers Davras.

Sue s'était réfugiée dans le parc, loin du manoir où sa mère avait une chance de l'apercevoir. Ses pensées s'agitaient dans tous les sens. Elle devait réveiller Phryne Ashwood… Oui, mais ce problème était une équation à plusieurs inconnues. Dans le cas même où elle réussirait à l'arracher à sa torpeur, comment pourrait-elle ramener à la vie les Mille-et-un ? Puisque leurs corps avaient péri, leurs âmes avaient terriblement besoin d'un réceptacle.

— Il doit bien exister un moyen, murmura-t-elle.

Les mains dans les poches, Sue sentit un contact froid sur ses doigts. Les billes de Dorian Ashwood, elle les avait encore sur elle… La jeune fille avait déjà plongé dans chacun de ces souvenirs : sur la surface en verre, des reflets dorés continuaient pourtant de scintiller. Obéissant à une impulsion, elle s'empara de l'une des sphères et la serra dans sa paume. Le décor du laboratoire jaillit entre deux massifs de bégonias, se superposant à l'herbe du parc.

— Ravi de vous voir, jeune demoiselle !

La silhouette de Dorian Ashwood venait de surgir près de la pergola. De même que les fois précédentes, il observait Sue sans savoir s'ils s'étaient déjà rencontrés.

— Oui, nous nous connaissons, lui dit-elle avant même qu'il ne pose la question. Je suis l'une de vos descendantes et, s'il vous plaît, Mr Ashwood, j'ai vraiment besoin de votre aide.

— À quel propos ?

Sue ignorait quelle était la meilleure façon de lui présenter les faits. Ce qui sortit de sa bouche fut un déluge d'informations, une pluie de nouvelles qui déferla sur Dorian. Les yeux écarquillés, il entendit parler de l'Arbre éternel, du clan de Davras et du sort que le destin réservait à sa nièce Phryne.

— Est-ce que vous avez la moindre idée ? lança Sue. La moindre idée pour nous sortir de cette impasse ?

— En toute honnêteté, je pense qu'il est impossible de sauver les Mille-et-un, déclara Dorian après une longue réflexion. Tout du moins, pas tant que la situation sera celle que vous m'avez présentée...

— Que voulez-vous dire ?

— Ma chère, cela fait des décennies que je me creuse les méninges sur les grandes théories de la magie – la Boucle de la sempiternelle indécision, pour ne citer qu'elle –, et je suis parvenu à une conclusion. Si les termes de l'énoncé ne permettent pas d'aboutir à une solution, c'est que nous devons changer les données du problème.

— Comment ?

Les lèvres de Dorian s'étirèrent en un sourire malicieux.

— En appelant l'Autre moi à la rescousse.

— L'Autre vous ? Je ne suis pas sûre de comprendre...

— Il faut que vous contactiez Dorian Ashwood avant la guerre.

Sue déglutit. Comment pouvait-elle avoir la moindre chance de communiquer avec un homme dans le passé ?

— C'est impossible..., bafouilla-t-elle.

— Difficile oui, mais pas impossible. Vous et l'Autre moi avez accès à ce souvenir, si vous parveniez à lui laisser un message, cela pourrait offrir une chance inespérée au clan de Davras.

— Je croyais que le souvenir naissait et s'évanouissait à chacun de mes passages.

— Oui, c'est le cas. Pour réussir à modifier le décor, ce tableau noir, par exemple, vous aurez besoin de vous enfoncer très profondément dans le souvenir. Imaginez-le comme une succession de strates : actuellement, vous êtes au premier niveau – celui qui, dès votre départ, se sera déjà effacé –, mais si vous parvenez à atteindre les couches inférieures, vous serez en mesure d'impacter définitivement la scène.

— Mais l'Autre vous n'est pas à la même époque que moi !

— Les souvenirs sont liés entre eux, expliqua Dorian d'une voix douce. Vous et l'Autre moi appartenez à deux lignes temporelles distinctes, mais si un souvenir subit un changement en 2019, ce changement figurera déjà en 1872. Il s'agit d'une magie complexe, assez capricieuse, et je ne vous cache pas qu'elle peut se révéler dangereuse. Je vous demande de jouer avec le temps, Miss Sue, car seul le temps est capable de sauver les Mille-et-un.

— Comment dois-je faire pour atteindre… les niveaux inférieurs ? lâcha Sue.

— Il vous faudra descendre au plus profond de vous-même. Mais je vous mets en garde, ma chère, le parcours ne sera pas dénué d'obstacles : des images viendront vous hanter, elles feront tout pour vous happer dans un labyrinthe de pensées. Vous devrez résister à leur appel et surtout ne vous perdez pas en chemin ! Bonne chance…

Sue ne put réprimer un cri de surprise. Comme dans un film mis sur pause, Dorian Ashwood venait de s'immobiliser, la bouche grande ouverte. Autour de l'adolescente, le monde s'était figé. Puis, lentement, le laboratoire s'évanouit, grignoté par les ténèbres. Sue se retrouva seule au milieu d'un espace noirâtre. Un escalier jaillit devant elle, ses marches s'enfonçant dans la nuit.

— Je n'ai pas le droit de renoncer, murmura-t-elle.

Sans un regard derrière elle, Sue s'engouffra dans l'obscurité. Tandis que son esprit se lançait dans un périlleux voyage, son corps l'abandonna. Il s'effondra à l'ombre du grand chêne…

18

LE DÉSERT DE NÉBULEUSEDOR

Holly avait fini par s'assoupir dans le dirigeable. Bercée par le bruit des hélices, elle avait sombré dans un demi-sommeil. Dans sa tête, ce n'était qu'un dédale de pensées où la vérité luttait pour ne pas se perdre. Le monde n'existait pas ; le voile s'était déchiré pour révéler un tissu de mensonges. Pour Holly, le plus dur était de continuer à avancer quand elle aurait tant voulu se raccrocher à une illusion.

La jeune femme sentit soudain la chaleur d'un manteau posé sur ses épaules. Entrouvrant les yeux, elle découvrit Alistair penché sur elle.

— Désolé, lui dit-il, je ne voulais pas vous réveiller. Je craignais que vous ne preniez froid…

— Merci, c'est très gentil à vous.

Alistair s'apprêtait à regagner son côté – qui n'était pas très loin, vu le manque d'espace – quand Holly le retint par la manche.

— Pourquoi faites-vous cela ? murmura-t-elle.

— Je vous l'ai dit, parce qu'il commence à faire froid…

— Non, pourquoi est-ce que vous nous accompagnez ?

Je cherche ma sœur ; Balthazar a été accusé à tort d'avoir provoqué la chute d'Auberouge. Vous, vous n'êtes pas obligé de rester, vous auriez pu partir depuis le début...

— Oui, mais vous aviez besoin d'un avocat, alors je vous ai suivie. Maintenant, il est trop tard pour que je fasse marche arrière. À l'université, ajouta Alistair avec un petit rire nerveux, certains disaient qu'en plus de ma maladresse, je souffrais d'un énorme défaut : celui de ne jamais renoncer une fois que je m'étais engagé. Lorsque j'ai terminé mes études, mon but était de défendre la veuve et l'orphelin, ceux qui avaient été abandonnés et qui n'avaient plus la force de croire en la justice... Je sais que je ne suis pas aussi courageux que d'autres (Alistair jeta un regard vers Balthazar qui somnolait au poste de pilotage), mais peu importe ce qui nous attend, je ne vous laisserai pas tomber. Vous avez ma parole.

— Vous ne m'avez toujours pas dit à combien s'élevaient vos honoraires, fit remarquer Holly avec un mince sourire.

— Au rythme où vont les choses, je me contenterai de votre exemplaire de *Recherches interminables, déductions et hypothèses sur le Monde-qui-aurait-peut-être-existé-ou-peut-être-pas* d'Aloysius Robinson.

— Je vous l'offre volontiers.

Le silence les enveloppa, et Holly finit par replonger dans le sommeil. Flottant dans une autre réalité, elle rêva que Clara était de retour, qu'elle était assise derrière son piano et que la vie avait de nouveau le goût de l'insouciance.

Il était à peine sept heures du matin quand les rayons du soleil commencèrent à frapper le dirigeable, faisant grimper la température intérieure. L'air était de plus en plus étouffant et, serrée dans sa robe à corset, Holly suait à grosses gouttes. À côté d'elle, Alistair n'avait jamais été aussi satisfait de recevoir une pluie diluvienne sur la tête.

— La bonne nouvelle, c'est qu'on approche du désert de Nébuleusedor, commenta Balthazar qui s'éventait avec son tricorne. La mauvaise, c'est qu'il ne fera pas moins chaud dehors...

— Et une fois dans ce désert, marmonna Alistair, vous avez une idée de l'endroit où peut bien se terrer Davras ?

— Pas vraiment. J'ai cru comprendre qu'il existait des grottes : ce serait le seul endroit assez frais pour ne pas cuire complètement au soleil. Mais si Davras est conscient que ce monde n'est qu'une illusion, peut-être n'a-t-il pas plus besoin d'ombre que de nourriture...

« Encore faut-il espérer que Davras n'ait pas péri d'une façon ou d'une autre », songea Holly. Elle craignait que cet homme ne soit qu'un fantôme, un nom qui hantait le désert. Pendant combien de jours allaient-ils devoir fouiller ce royaume de sable ? Par le hublot, la jeune femme discernait des dunes qui s'étendaient à perte d'horizon.

Dans l'espoir de se changer les idées, Holly entrouvrit le lourd volume qu'elle avait rapporté du Musée national. Les voix s'échappèrent aussitôt du livre et résonnèrent dans l'habitacle. Ce fut une chorale de désespoir, un véritable océan de souffrance qui déferla à l'intérieur du dirigeable.

Luttant pour rester concentrée, Holly se pencha sur les feuillets jaunis. Mr Lewis leur avait révélé que la Perle d'Astrelune était la mémoire de Phryne Ashwood. Dans cet ouvrage s'enchaînaient les comptes-rendus de ses journées. Les mots s'effaçaient ; certaines pages étaient redevenues vierges car, comme le reste, ses souvenirs s'altéraient.

— Vous n'auriez pas une occupation silencieuse ? siffla Balthazar en se bouchant les oreilles. Et puis, qu'espérez-vous découvrir, hein ?

— Je ne sais pas vraiment, admit Holly. Peut-être que Phryne a laissé traîner un indice, une indication quelconque sur le clan de Davras, n'importe quoi qui puisse nous aider à sortir de sa tête...

— Cela n'a rien d'impossible, commenta Alistair qui s'était déjà penché au-dessus de son épaule. Phryne appartenait à la famille Ashwood : avant de sombrer dans ce sommeil éternel, elle aurait très bien pu entendre certaines informations.

— Moi, ça m'étonnerait fortement, soupira le capitaine. Et même si c'était le cas, ce bouquin est en train de tomber en poussière.

Holly ne se découragea pas. Pendant une bonne heure, elle tenta de déchiffrer les minuscules caractères, mais les seuls paragraphes encore lisibles n'énonçaient que des banalités : les interminables leçons de son précepteur, des querelles avec sa sœur, des dîners et des conversations sans intérêt.

— Encore quelques minutes et nous serons arrivés à

destination, annonça Balthazar. Je poserai le dirigeable à proximité des grottes, et nous continuerons à pied. Le mieux serait que nous…

— Bon sang, vous avez vu ? s'exclama Alistair.

Les yeux grands écarquillés, il pointait du doigt une centaine de points sombres qui se dressaient au loin. Des masses indistinctes avaient brusquement surgi dans leur champ de vision et parsemaient le sable à intervalles réguliers.

— Mais qu'est-ce que c'est ? bafouilla Holly. Ce sont des choses… ou des gens ?

— Je n'en ai aucune idée, prononça Balthazar dans un souffle.

Machinalement, Bartholomew faisait tourner un coupe-papier entre ses doigts. Il attendait… Durant des décennies, il avait attendu, guetté le moindre signe annonçant la mort de Phryne Ashwood. À présent, il en était persuadé, la vieille dame allait bientôt casser sa pipe et, ce jour-là, elle recracherait le dernier gisement de magie qui subsistait.

— Le pouvoir et l'immortalité, murmura Bartholomew pour lui-même.

Contrairement au reste de sa famille, il avait consacré des années à fouiller les écrits laissés par le clan Ashwood. Il avait passé des heures, penché sur des textes anciens, des manuscrits à moitié effacés par le temps et rongés par l'humidité. Il éprouvait un besoin dévorant de savoir, de comprendre cette puissance supérieure qui habitait autrefois Sheryton. La magie allait renaître, oui, elle renaîtrait de ses cendres…

Un soir d'hiver, lorsqu'il n'était encore qu'un adolescent, Bartholomew avait déniché le journal de Jacob Ashwood. C'étaient des feuillets jaunis, recouverts de poussière et ensevelis sous une tonne de bric-à-brac. Quand ses yeux avaient parcouru ces lignes tracées à l'encre noire, il avait eu une révélation. Il venait de trouver le but de sa vie, l'objectif ultime vers lequel se concentreraient tous ses efforts.

Jacob Ashwood était devenu son modèle. À cette époque, le jeune Bartholomew était un esprit faible. Ses professeurs le qualifiaient volontiers de suiveur, le genre de garçon dépourvu de personnalité et qui imitait ses camarades. À l'image d'un navire perdu en pleine tempête, il avait découvert un phare et, au fil des ans, ne s'était jamais écarté de sa lumière. Pour lui, plonger dans les mémoires de son ancêtre, c'était revêtir son habit, se glisser peu à peu dans sa peau. Depuis toujours, il rêvait d'être quelqu'un d'autre, quelqu'un dont le nom susciterait le respect. Lui n'était que ce gamin, grand et maigre, dont la silhouette d'échassier lui attirait une pluie de moqueries. Jour après jour, il avait laissé ces écrits pénétrer son âme. Il avait adopté les idéaux de Jacob Ashwood, bercé par ces mots qui lui promettaient un avenir glorieux. L'ambition avait dévoré son sens critique jusqu'à faire de lui un simple pantin. Une marionnette qui se contentait de répéter les actions de son prédécesseur.

Dans son journal, Jacob Ashwood livrait un véritable mode d'emploi : il décrivait l'Arbre éternel et le coffre qui aurait dû être la prison des Mille-et-un. Ces propos sonnaient juste ; ils étaient enrobés d'une prose où sifflait le serpent de la persuasion. Il n'en fallait pas plus pour convaincre Bartholomew du bien-fondé de la manœuvre. Parmi ces précieux renseignements, un élément n'avait pas tardé à piquer sa curiosité : la dernière page où s'étalait une longue succession de dates. Elles étaient situées à la fois dans le passé et dans le futur, précédées d'un nom « Virginia Ashwood ». Comme Bartholomew allait bientôt le découvrir, cette femme n'était pas seulement la fondatrice de Sheryton, elle était aussi réputée pour ses dons de voyance.

L'une de ces dates l'intriguait particulièrement : le 13 juillet 1996. Ce matin-là, après deux décennies d'attente, Bartholomew était retourné au manoir. Il avait arpenté chaque coin et recoin du village jusqu'à ce qu'un arbre attire son regard. Frêle, sans la moindre feuille à ses branches, il paraissait malade. Pourtant, son tronc dégageait une énergie étrange, une aura dont Bartholomew avait ressenti la puissance au plus profond de son âme. Bien qu'affaibli, l'Arbre éternel venait de ressurgir. En proie à un sentiment d'excitation, Bartholomew avait couru chercher une hache pour l'abattre. Comme Jacob Ashwood avant lui, il avait fait bâtir un coffre avec son bois. Malheureusement, cet objet enchanté n'avait pas fonctionné ; il s'était révélé aussi inutile qu'une voiture de course privée de son moteur. Le coffre nécessitait de la magie… Cette même magie qui sommeillait en Phryne Ashwood.

— Encore un peu de patience, lâcha-t-il dans un souffle.

Ses sœurs Harmony et Opal refusaient de le croire. Elles étaient incapables de voir dans ses plans autre chose que des divagations, les élucubrations d'un esprit malade attaché au passé. Et pourtant, Virginia Ashwood l'avait prédit. Le lendemain, un nouvel événement allait se produire, et Bartholomew était prêt à le parier, ce serait la mort de Phryne.

Un étage plus haut, Christine luttait pour se ressaisir. Les mots de sa fille claquaient encore à ses oreilles. La gamine avait frappé là où ça faisait mal, là où elle avait le plus de chance de l'ébranler. C'était comme si elle lui avait balancé sa vie à la figure, ses erreurs et toute cette masse de problèmes qu'elle traînait derrière elle. « Pourquoi est-ce que tu te soucies brusquement de moi, hein ? » lui avait craché Sue. Dans le fond, elle avait raison : pendant des années, Christine se moquait bien de savoir comment se passaient ses journées. Elle la laissait dans son coin, seule avec sa pile de bouquins. Du moment que Sue rentrait à l'heure et que ses notes étaient correctes, Christine estimait avoir rempli ses devoirs de mère. Certains jours, elle s'imaginait avoir encore du temps devant elle, du temps pour rattraper les choses, avant de réaliser qu'il était déjà trop tard. Peu à peu, la mère et la fille s'étaient engagées sur deux chemins différents, et il n'existait aucun retour en arrière possible.

— Bon sang, soupira Christine, où est-ce que Sue a bien pu filer ?

Sheryton présentait au moins un avantage : elles ne risquaient pas d'être en retard à la gare. Cela faisait partie de l'enchantement qui accompagnait le dôme de protection. Une fois parvenues sur le quai, il leur suffisait de penser à Londres pour que n'importe quel train en direction de la capitale s'arrête devant elles. Mais devaient-elles vraiment rentrer ?

La question tournait en boucle dans sa tête. De mauvaise humeur, Christine s'empressa de chasser cette pensée et se concentra sur l'instant présent. Il lui fallait d'abord retrouver Sue. Ses pas l'entraînèrent de couloir en couloir, d'étage en étage. Elle vérifia sa chambre et, par acquit de conscience, retourna dans celle de Phryne. Est-ce que Sue s'était cachée là dès qu'elle avait eu le dos tourné ? Non, ici non plus, il n'y avait personne, hormis la vieille dame endormie. Alors, il ne restait plus que le parc.

— Je ne sais pas vraiment…

Un murmure venait de déchirer le silence. Perplexe, Christine jeta un nouveau coup d'œil dans la pièce. À qui appartenait cette voix qui semblait flotter dans l'air ? Et puis, la vérité la frappa soudain de plein fouet. C'était

Phryne Ashwood… Toujours allongée, les paupières closes, elle avait laissé ces mots franchir le seuil de ses lèvres.

— Tu es réveillée ? s'exclama Christine en se précipitant à son chevet.

— Peut-être que Phryne a laissé traîner un indice, articula la vieille dame avec difficulté, une indication quelconque sur le clan de Davras, n'importe quoi qui puisse nous aider à sortir de sa tête…

Christine ne put réprimer un violent sursaut. Elle avait l'impression qu'à travers sa bouche, quelqu'un d'autre s'exprimait. Mais qui était le clan de Davras ?

Agrippée au hublot, Holly fixait sans comprendre une longue succession de dunes où le sable était parsemé de masses sombres. C'étaient de curieuses boîtes rectangulaires de différentes tailles. Jamais la jeune femme n'avait contemplé de telles curiosités même au Musée national.

— Quelqu'un veut aller jeter un coup d'œil de plus près ? lança Balthazar qui se caressait le menton d'un air perplexe. Je peux faire descendre une échelle en corde et vous attendre à l'intérieur du dirigeable.

Holly et Alistair paraissaient aussi intrigués l'un que l'autre. Se portant volontaires pour cette mission de reconnaissance, ils se risquèrent hors de l'aérostat. Les barreaux de l'échelle étaient brûlants. Gênée par sa robe longue et ses talons, Holly manqua plusieurs fois de glisser.

Lorsqu'elle finit par atteindre le sol, ses joues étaient devenues rouges. Trébuchant dans le sable, la main levée en visière pour se protéger du soleil, elle s'avança jusqu'à la boîte la plus proche. Alistair était déjà en train de l'examiner.

— Qu'est-ce que c'est ? demanda Holly.

— Je ne suis pas sûr... Regardez, il y a une sorte de porte et là, on dirait une horloge.

— À quoi cet objet peut-il bien servir ?

Troublée, Holly tapota la machine qui, observée sous tous les angles, semblait de plus en plus étrange. Les sourcils d'Alistair s'étaient plissés sous l'effet d'une puissante réflexion.

— C'est un micro-ondes, murmura-t-il dans un sursaut.

— Un quoi ?

— Un micro-ondes... Il s'agit d'un appareil qui permet de chauffer rapidement des aliments.

— Comment le savez-vous ? s'étonna Holly.

— Je ne... sais pas, c'est comme une réminiscence.

— Et les autres boîtes ?

— Un réfrigérateur, un lave-vaisselle, un téléviseur, un ordinateur...

Les yeux aussi grands que des soucoupes, Holly écoutait Alistair réciter des termes inconnus. Certains de ces mots firent écho dans son esprit aux paroles de Mr Lewis : « Ce sont des produits technologiques que j'ai préféré dissimuler à la vue des visiteurs. » C'était donc cela, cette fameuse « pluie de bric-à-brac » qu'avait évoquée le vieux directeur ? Comment toutes ces choses avaient-elles atterri là ?

— C'est très étrange, commenta Alistair qui ne cessait de réajuster ses lunettes. Vous croyez que c'est tombé du ciel ?

— Le monde est en train de se détériorer, prononça Holly dans un souffle. Il s'agit peut-être d'une autre manifestation… Espérons seulement que rien ne percutera le dirigeable.

— Z'êtes qui, vous ?

Holly et Alistair sursautèrent violemment. Le réfrigérateur venait de s'ouvrir pour libérer une adolescente en robe de bal. Les cheveux décoiffés, elle semblait avoir fait la sieste à l'intérieur. Son regard scrutateur détailla les intrus de la tête aux pieds et s'arrêta sur le nuage noir qui déversait sur son propriétaire une pluie torrentielle.

— D'où vous venez, les gus ? s'exclama-t-elle, les lèvres pincées en un sourire hautain.

Sa façon de s'exprimer évoquait davantage un voleur des bas quartiers qu'une demoiselle raffinée. Si la situation n'était pas aussi incongrue, le contraste aurait presque pu être amusant.

— C'est la Dame qui vous envoie ?

— Quelle dame ? bafouilla Alistair que cette rencontre au milieu de nulle part rendait mal à l'aise.

— Eh bien, la seule et l'unique : Mrs Phryne Ashwood, pardi !

— Vous la connaissez ? lâchèrent Holly et Alistair d'une même voix.

— Bah comme tout le monde, bande de nazes ! De quelle planète vous débarquez ?

— Euh… Est-ce que vous seriez assez aimable pour nous expliquer la situation ? demanda Alistair. Je suis maître Sheffield et voici Miss Nightingale, nous venons d'Astrelune… Nous ne sommes pas très au courant de vos…

— Bon, z'avez de la chance que je m'ennuie, soupira l'adolescente, je vais vous remettre les pendules à l'heure ! Ici, tout ce formidable désert où on crève de chaud, c'est le subconscient de Phryne Ashwood… Pour faire simple, et parce que vous me semblez un peu crétins tous les deux, c'est aussi la poubelle de la Dame. Tous les objets, toutes les choses que son esprit ne veut pas voir apparaître à Astrelune finissent là. Le ciel se couvre et bam, on se prend un déluge de bazar sur la tête ! Et puis, y a aussi la sale gamine…

— Quelle gamine ?

— Une gosse qui lui lit des histoires. Elle s'appelle Sue Ashwood. Cette morveuse ne se rend pas compte des conséquences de ce qu'elle baragouine : l'esprit de la Dame est de plus en plus perméable, et certains de ces machins se retrouvent ici… Moi, par exemple. Sa vie doit être tellement ennuyeuse qu'elle m'a créée pour être son alter ego : Lady Susan Blackwood, une pauvre orpheline capable de voyager dans des réalités parallèles et héritière de je ne sais plus trop quoi. Cette môme passe son temps libre à scribouiller mon histoire et tada, comme c'était à prévoir, j'ai été propulsée dans ce désert alors que je ne demandais rien à personne…

— Cela se produit souvent ? lança Holly.

— Ce phénomène n'est pas mathématique : des fois oui, des fois non. Tout dépend aussi des dispositions de la

Dame, y a des moments où elle écoute plus que d'autres…
Vous à Astrelune, vous n'avez aucune raison de vous
plaindre, siffla Lady Susan entre ses dents. Vos dirigeables
et même vos tapis volants, à l'origine, c'est dans notre
désert à nous qu'ils sont apparus. Ils sont arrivés avec
les récits de la gamine, d'abord un ou deux, et puis, l'esprit de la Dame a dû trouver que c'était une bonne idée,
car ils sont partis envahir vos ciels et vos rues… Z'avez
aussi le Musée national qui recevait des ordinateurs, des
portables, et j'en passe. C'est pour ça que je vous dis que
la voix de la petite peut être dangereuse. Elle en a tellement parlé avec ses fichues histoires que ça s'est même
inscrit dans la mémoire de la Dame.

— Comment vous savez tout cela ? marmonna Alistair
qui la trouvait particulièrement bien renseignée.

— Parce que j'appartiens au subconscient de la Dame,
normal que je sois au courant… Au fait, vous deux, qu'est-
ce que vous fichez là ?

— Nous cherchons Davras, répondit Holly. Est-ce que
par hasard vous le connaissez ?

— Ça dépend. Qu'est-ce que vous lui voulez ?

— Nous avons besoin de son aide, c'est très important… Astrelune est en danger.

— Ah ouais, et qui vous envoie ? Le Consul ? Les
Ombres ?

— Non, c'est le directeur du Musée national qui nous
a donné ce renseignement.

Lady Susan parut réfléchir à la question, puis ses
lèvres s'étirèrent en un sourire satisfait.

— O.K., vous avez de la chance, Davras m'a parlé l'autre fois de ce Musée à la noix, alors je pense qu'il acceptera de vous voir. Par contre, vous allez m'aider à transporter ce réfrigérateur jusqu'à ma maison… Dites, z'avez un copain dans votre dirigeable ?

— Oui, le capitaine. Pourquoi ?

— Parce que ça ne va pas tarder à tomber, et il ferait mieux de planquer ses fesses ailleurs. Sauve qui peut !

Clignant des yeux sans comprendre, Holly la vit plonger à l'intérieur de son réfrigérateur avant de claquer la porte derrière elle. Que se passait-il donc ? L'explication ne fut pas longue à découvrir. En l'espace de quelques secondes, le ciel était devenu noir. Aussi noir que de l'encre. Sans prévenir, une pluie d'objets se déversa sur eux : appareil photo, casque audio, téléviseur, multiprise, gaufrier, sèche-cheveux, tronçonneuse, aspirateur…

Dans une fuite désordonnée, Holly et Alistair coururent s'abriter sous un jacuzzi retourné. Ils perçurent bientôt des bruits sourds alors que des projectiles s'abattaient sur leur abri de fortune.

— Balthazar ! s'exclama Holly. Vous croyez qu'il est en sécurité ?

Balthazar était en train de cuire. Pour la troisième fois d'affilée, il avala une gorgée de rhum sans savoir si cela l'aidait vraiment à supporter la chaleur. Depuis leur discussion avec Mr Lewis, ses mots ne cessaient de résonner dans sa tête. Leigh, Darell, Sydney, Palmer... Ils n'étaient que les reflets de ses anciens compagnons à Sheryton. Telles les pièces éparpillées d'un puzzle, son passé avait ressurgi sous forme de bribes lointaines. Là-bas, dans cette autre vie, il répondait au surnom de « Pocket ». Il avait hérité de ce sobriquet lorsqu'il avait choisi sa profession, celle de pickpocket. Lui et ses camarades s'amusaient à faire les poches des riches sur la place du marché. Comme pour l'encourager dans cette voie, la magie lui avait accordé un pouvoir bien pratique, le don de *se décolorer* de la tête aux pieds. En un claquement de doigts, sa silhouette devenait translucide, perdant toute couleur, pour l'aider à se fondre dans le décor. Quand il s'était réveillé à Astrelune, était-ce ce souvenir qui avait fait naître *L'Orion* et son voile d'invisibilité ?

Parmi la masse de questions qui se bousculaient dans la tête de Balthazar, une réponse avait fini par jaillir. Quelques jours plus tôt, lorsqu'il avait fui son navire, entraînant Oliver derrière lui, il s'était étonné que les Ombres ne les poursuivent pas. À présent, il était persuadé que son pouvoir les avait protégés. Sa magie avait ressurgi des tréfonds de sa mémoire ; elle avait explosé en une gerbe d'énergie avant de les envelopper d'un manteau transparent.

Depuis les révélations du vieux directeur, l'esprit de Balthazar bouillonnait, mais ce qui le rongeait surtout de l'intérieur était un poids immense. Ses camarades étaient morts, ils avaient été tués durant la grande bataille qui avait propulsé les survivants à Astrelune. Était-ce la culpabilité qui l'avait dévoré pendant toutes ces années ? Ce besoin irrésistible de se punir, de scarifier sa chair, comme si cela suffirait à ressusciter ses amis ?

Mr Lynch les avait exécutés à bord de *L'Orion* mais, peu à peu, de lointains souvenirs avaient refait surface. Ce n'était pas la première fois... Depuis qu'il flottait dans cette réalité, Balthazar les avait vus encore et encore périr sous ses yeux. Il avait assisté, impuissant, à leur agonie. Invariablement, le même scénario se répétait à quelques changements près : un naufrage, une violente tempête, une attaque ennemie qui se concluait dans le sang... Balthazar était toujours le seul rescapé. Les semaines s'écoulaient, l'oubli s'emparait de son esprit, et il retrouvait sa bande pour la perdre à nouveau quelques mois plus tard. Le destin l'avait condamné à un jeu horrible où il n'avait aucune chance de remporter la partie.

Dans l'espoir de se changer les idées, le capitaine se pencha vers le hublot. Au loin, il distinguait les falaises de roche et l'entrée des différentes grottes qui lui apparaissaient comme un paradis de fraîcheur.

— Holly, Alistair, grommela-t-il, dépêchez-vous un peu !

Par la vitre, il n'avait aucun mal à apercevoir les deux autres en contrebas. Les sourcils froncés, il discerna bientôt une troisième silhouette en robe de bal qui s'enfermait dans une étrange boîte métallique.

— À quoi jouent-ils ? Pourquoi est-ce que tout le monde se cache ?

Un craquement sinistre résonna dans l'habitacle. « De la grêle ? » songea le capitaine en tendant l'oreille. Il avait l'impression que l'aérostat était en train de se faire canarder. C'était gros, beaucoup trop gros pour que la nature seule soit à l'œuvre. Et puis, une violente secousse fit soudain trembler le dirigeable. Balthazar ne tarda pas à en comprendre la raison : le ballon venait de se déchirer. Incapable de stabiliser l'appareil, il vit le sol se rapprocher dangereusement. Une douleur perçante, une explosion de couleurs, un goût de sable et de sang…

Étendu au milieu des décombres, Balthazar sombra dans l'inconscience.

19

L'ESCALIER

Les sens en alerte, Sue descendait les marches de l'escalier. Il n'y avait ni torche ni la moindre lueur pour percer l'obscurité. Sa main fermement agrippée à la rampe, l'adolescente n'avait pas seulement le sentiment de s'enfoncer dans les ténèbres. Elle s'enfonçait aussi au plus profond d'elle-même. À chaque pas en avant, des souvenirs ressurgissaient : des images qu'elle avait crues enfermées dans sa mémoire et qui s'échappaient soudain de leur prison mentale. Était-ce cela les fameux obstacles dont lui avait parlé Dorian Ashwood ?

Un brouillard de pensées s'abattit sur Sue. Malgré ses efforts, elle ne parvenait pas à se concentrer, à chasser ces scènes du passé qui s'imposaient peu à peu dans son esprit. Lentement, des silhouettes translucides jaillirent pour se superposer à la nuit. Leurs contours étaient flous, indistincts, mais lorsque Sue s'approcha, les traits de leurs visages se précisèrent. Elle les reconnaissait, c'étaient d'anciennes camarades de classe. Deux fillettes étaient en train de jouer à la corde à sauter et, à chaque bond, leurs cheveux se soulevaient dans une envolée de boucles brunes.

« Non, pas ce jour-là », songea Sue en sentant sa gorge se nouer. Elle savait déjà ce qui allait se produire… En dépit des années écoulées, elle n'était pas près d'oublier l'une des plus grosses humiliations de sa vie. Bientôt, la petite Amy se tourna vers sa meilleure amie pour lui souffler à l'oreille le secret de Sue. Sue, cette gamine bizarre constamment renfermée sur elle-même et qui ne parlait jamais en cours, sauf si la maîtresse l'interrogeait.

— Sue n'a pas de papa, chuchota Amy avec un vilain sourire.

Elle l'avait prononcé assez fort pour que Sue l'entende. Aussitôt, Liz – l'autre fillette qui n'avait jamais apprécié Sue parce qu'elle avait toujours les meilleures notes – jugea que l'information méritait d'être rendue publique. Elle plaça ses mains en porte-voix autour de sa bouche et hurla dans la cour : « SUE N'A PAS DE PAPA. SON PAPA EST PARTI PARCE QU'IL NE L'AIMAIT PAS. » Ce fut un raz-de-marée de moqueries qui déferla sur Sue. L'illusion était telle que l'adolescente se sentit de nouveau transportée dans le passé. Ses joues virèrent au rouge alors qu'elle redevenait cette môme qui luttait pour retenir ses larmes. Si elle avait pu, elle se serait réfugiée dans les toilettes, comme elle l'avait fait sept ans plus tôt.

Les enfants étaient cruels. Par certains aspects, peut-être plus que les adultes… Ils connaissaient les mots qui faisaient mal, ceux qui blessaient intérieurement et qui laissaient des traces indélébiles. Cet après-midi-là, Sue avait pris une résolution. Puisque personne ne voulait être son ami, elle ne serait l'amie de personne. Elle allait se créer son monde à elle, un royaume où elle serait sa propre héroïne et où il n'y aurait ni Liz ni Amy pour lui rappeler que son papa était parti.

D'ailleurs, elle n'avait jamais compris pourquoi son papa l'avait abandonnée du jour au lendemain. C'était un lundi soir : attablée devant une horrible assiette d'épinards, Sue avait entendu sa mère lui annoncer la nouvelle. « Ton père a fait ses bagages. Il ne reviendra pas. Nous ne sommes que toutes les deux à présent. » Trois phrases courtes qui avaient claqué dans la minuscule cuisine. « Pourquoi ? » avait demandé Sue d'une petite voix. « Parce que c'est comme ça », avait répondu sa mère sèchement.

Sue espérait encore que ce soit une méchante plaisanterie. Oui, son papa était bizarre ces derniers temps… Le matin même, il l'avait serrée très fort dans ses bras, avant son départ pour l'école. Il l'avait embrassée sur le front en lui disant des mots sérieux qu'elle n'avait pas compris. Mais elle ne se rappelait pas avoir entendu un « Parce que c'est comme ça ». Comme quoi, d'ailleurs ? Comme une chaise vide en bout de table, comme une case « signature des parents » sur les documents scolaires où il n'y aurait plus qu'un seul nom ? À cette époque, Sue avait quatre ou cinq ans. C'était l'un des rares souvenirs qu'elle conservait de sa petite enfance. Un souvenir flou, confus et qui l'avait laissée avec une foule de questions.

Et puis, Sue avait appris à faire avec. Elle avait ignoré les quolibets de ses camarades ; elle avait traversé les années sans se retourner. Après tout, si elle enfermait son mal-être au fond d'un coffre et qu'elle jetait la clef, peut-être réussirait-elle à se convaincre que tout allait bien ?

La scène s'évanouit sous les yeux de Sue. Les silhouettes d'Amy et Liz disparurent, grignotées par les ténèbres. « Il faut que je descende les marches de l'escalier sans lâcher la rampe », se répéta Sue. Oui, c'était cela sa mission ! Elle devait rester concentrée et fermer son esprit à ses démons intérieurs. Pourtant, un nouvel être aux contours évanescents ne tarda pas à se matérialiser. C'était une adolescente aux jambes filiformes qui paraissait plongée dans ses pensées. Assise en tailleur, elle griffonnait sur un carnet sans s'apercevoir que ses doigts étaient couverts d'encre.

— … malgré les plans machiavéliques de ses ennemis, Lady Susan Blackwood ne se laissa guère ébranler. Elle demeurait fière et noble, aussi belle qu'une statue en marbre.

Susan Blackwood... Sue avait fait d'elle sa meilleure amie, la confidente de ses joies et de ses peines. Pour mieux affronter son quotidien, elle s'était créé sa réalité parallèle. Lorsqu'elle écrivait, la jeune fille se sentait libre ; elle avait le sentiment de maîtriser enfin son existence. Le manoir des Ashwood lui offrait un formidable terrain d'exploration. Dès que sonnait l'heure des vacances scolaires, Sue n'avait qu'une hâte : retrouver cette vieille bâtisse où le temps semblait s'écouler au ralenti. La demeure familiale était devenue son refuge, le seul endroit où elle n'était plus cette « gamine bizarre » que les autres élèves pointaient du doigt.

— Sue ! Tu n'as rien de plus intelligent à faire ?

Une silhouette translucide venait de surgir derrière l'autre Sue. Avec sa coiffure sophistiquée, Ms Ashwood avait toujours l'air de sortir d'une réception mondaine.

— J'ai fini mes devoirs, bafouilla l'autre Sue.

— Eh bien, dans ce cas, lis donc un livre… Mais pas un de tes bouquins pleins de bêtises ! Regarde, tu as une rangée de classiques dans la bibliothèque.

Sue se rappelait très bien cet instant. Conformément à son habitude, sa mère l'avait encore empêchée d'écrire. Dans un violent effort, elle tenta de se détacher de la scène pour s'enfoncer parmi les ténèbres. Agrippée à la rampe, elle avait du mal à poser un pied devant l'autre, comme si ses pensées s'acharnaient à la tirer en arrière.

— Oh, ma chérie, je suis vraiment désolée si je t'ai fait de la peine ! lança brusquement Ms Ashwood. Tu sais, j'ai eu une journée très difficile aujourd'hui… Je ne voulais pas m'en prendre à toi. Continue donc à écrire !

C'était étrange, songea Sue, les sourcils froncés. Non, plus qu'étrange, cela ne s'était jamais produit. Elle aurait dû hausser les épaules et s'obstiner à avancer, mais certains mots avaient encore le pouvoir de la retenir. Dans un état second, elle se tourna vers sa mère. Sur ses lèvres se lisait presque un sourire contrit.

— Je n'ai aucune envie de te perdre, Sue, murmura-t-elle. Je sais que, toi et moi, nous ne nous sommes pas toujours comprises… Je m'en veux terriblement de t'avoir négligée. Tu dois croire que je ne m'intéresse pas à toi, mais c'est faux !

Sue s'immobilisa. C'était un piège, c'était forcément un piège et pourtant, elle avait envie de croire à ces paroles où pointait l'ombre d'un regret. « Dorian Ashwood t'a dit de te méfier, lui souffla une petite voix intérieure. Ne te fais pas avoir bêtement ! »

— Pardonne-moi d'avoir été aussi sévère… Ce que je veux, c'est ton bonheur ! poursuivit sa mère. Toutes ces heures supplémentaires au bureau, je les fais pour toi, pour que tu aies une vie heureuse et que nous puissions garder notre appartement à Londres. S'il te plaît, ne me chasse pas de ton existence…

Ms Ashwood semblait sincèrement désolée. L'espace d'un instant, Sue éprouva le besoin de la consoler, de se jeter dans ses bras comme une enfant en quête d'affection. Sa mère s'éloignait lentement, sa silhouette translucide se fondant de plus en plus dans l'obscurité. Alors, Sue lâcha la rampe et courut pour la rattraper. Il n'en fallait pas davantage pour que la nuit et son manteau noirâtre se referment sur elle…

— Il a l'air bien assommé, votre copain ! commenta Lady Susan en laissant éclater une bulle de chewing-gum. Peut-être même qu'il est mort après une dégringolade pareille… À votre place, j'essaierais de lui coller des baffes pour voir si ça le réveille.

Aussi brutalement qu'elle avait débuté, la pluie d'objets avait cessé de s'abattre sur le désert de Nébuleusedor. Holly et Alistair s'étaient extraits de sous leur abri de fortune pour découvrir le dirigeable en mille morceaux. En fouillant la carcasse, la jeune femme n'avait pas tardé à retrouver Balthazar, inconscient parmi les décombres.

— Capitaine ! s'exclama-t-elle. Est-ce que vous m'entendez ?

Les paupières closes, il paraissait presque endormi, si une vilaine coupure n'éraflait pas sa joue. À défaut d'une meilleure idée, Alistair entreprit de le secouer. Lentement, Balthazar ouvrit les yeux, et son regard se posa sur Holly. Ses cheveux bruns resplendissaient sous le soleil brûlant.

— On s'enfuit ensemble, toi et moi ? murmura-t-il d'une voix pâteuse. On pourrait partir dans les Cornouailles, il paraît que le coin est magnifique… Viens avec moi, Holly, je t'en supplie…

— Euh… vous comprenez ce qu'il raconte ? lança Alistair, perplexe.

— J'ai l'impression qu'il se croit dans son ancienne vie.

Holly éprouva un pincement au cœur. Ils avaient quitté Astrelune précipitamment et, dans leur fuite, la jeune femme avait tenté de fermer son esprit. De ne pas se laisser envahir par ses réminiscences. Dans cette autre réalité, elle avait été proche de Balthazar ; ils avaient grandi tous les deux dans les bas-fonds : elle, la gamine orpheline qui vivait avec sa sœur, et lui, le voleur qui avait fait des quartiers malfamés son royaume. Dès l'âge de huit ans, ils traînaient le soir dans les ruelles silencieuses, hurlant leurs rêves aux étoiles. « Quand je serai grand, j'apprendrai à me rendre invisible, avait clamé le jeune Balthazar. Invisible de la tête aux pieds ! J'irai cambrioler les Ashwood et j'aurai assez d'argent pour m'enfuir loin d'ici ! » Holly, quant à elle, se satisfaisait de son existence. Au fil des années, elle avait réussi à se bâtir une vie avec Clara, à mettre suffisamment d'économies de côté pour s'assurer un toit au-dessus de leur tête, et sa cadette s'était même offert un vieux piano. Elles auraient pu être heureuses si la guerre n'avait pas menacé d'éclater. Peu importait le contexte, Balthazar était incapable de tenir en place. *Partir...* Il n'avait que ce mot à la bouche.

Un beau matin, il était venu trouver Holly et l'avait invitée sur son cheval – un cheval qui, la veille encore, n'était pas à lui. Au terme d'une longue chevauchée, ils s'étaient promenés sur une plage déserte, loin de Sheryton et de ses conflits. « Tu m'aimes, avait affirmé Balthazar, mais tu n'oses pas l'avouer ! T'inquiète, j'attendrai le temps nécessaire pour entendre ces mots sortir de ta bouche... » Ce jour-là, Holly ne lui avait pas répondu. Elle s'était contentée de le pousser dans l'eau en riant. Et puis, les tensions avec l'autre clan s'étaient aggravées et, quels que soient ses sentiments, Holly les avait emportés avec elle à Astrelune. Comme son passé, elle les avait oubliés.

— Capitaine, prononça-t-elle en insistant sur chaque syllabe, nous sommes dans le désert de Nébuleusedor. Vous vous souvenez ?

Une lueur de folie brilla soudain dans les prunelles sombres de Balthazar.

— NON ! hurla-t-il. Leigh, je suis désolé, je suis vraiment désolé… Sydney, Palmer, Darell…

Son passé était en train de le dévorer de l'intérieur. D'un geste nerveux, il commença à se griffer le visage. Alistair tenta en vain de l'immobiliser, mais le capitaine paraissait possédé, en proie à une énergie destructrice.

— Attendez, murmura Holly, je crois avoir une idée…

Depuis leur discussion avec Mr Lewis, des souvenirs de son ancienne vie lui étaient revenus sous forme de bribes. Quand elle habitait encore Sheryton avec sa sœur, elles étaient toutes les deux des démêleuses d'âme. Du matin jusqu'au soir, elles voyaient défiler des hommes et des femmes qui étaient tourmentés par leurs pensées. Alors que certains étaient capables de faire léviter des objets, de provoquer des tempêtes ou de faire jaillir des torrents d'eau, leur pouvoir avait pour seule utilité d'apaiser l'esprit. « C'est le plus beau cadeau que la magie pouvait vous offrir », avait un jour déclaré leur vieille voisine avec un sourire complice.

Doucement, Holly plaça ses mains de chaque côté de la tête de Balthazar. Dans le passé, elle avait répété ce geste des milliers de fois. Elle sentait son ancien don renaître en elle mais, malgré ses efforts, elle avait l'impression d'être rouillée, comme un instrument jeté dans un coin et qui aurait perdu sa raison d'être. Du crâne de Balthazar s'échappèrent bientôt des images, des scènes qui semblaient constituées de fumée et qui flottèrent dans les airs. L'ensemble était flou ; ce n'étaient que des volutes qui s'entremêlaient jusqu'à ce que des silhouettes finissent par se détacher. Un petit groupe courait sur la place du marché, des pickpockets qui faisaient les poches des passants, et puis, le décor changea brusquement. À cette bonne humeur succédèrent quatre corps étendus sur le sol, les yeux révulsés par la mort.

— Whaaa, c'est dingue ! Comment vous faites ça ? s'exclama Lady Susan.

— C'est un talent que j'ai reçu à la naissance, répondit Holly. Je parviens à me glisser dans l'esprit d'une personne pour lire ses rêves ou ses pensées… Balthazar est hanté par son passé, ajouta-t-elle tristement. Ce cauchemar est né de ses regrets : ce sont ses amis de Sheryton qui le torturent de l'intérieur, ce sont eux qui l'empêchent d'avancer. Ils ont tissé tellement de souffrance dans son cœur qu'ils ont fait de lui leur prisonnier…

— Et que peut-on faire ? marmonna Alistair.

— Rien, à part l'aider à vivre avec.

D'un coup sec, Holly chassa les silhouettes d'un revers de main. Elles s'évanouirent peu à peu et, tandis que la fumée se dissipait, Balthazar commença à revenir à lui. Au prix d'un prodigieux effort, le capitaine se redressa et embrassa les alentours du regard. Le décor ne devait pas être à sa convenance, car il poussa un grognement.

— Sheffield, aidez-moi à me relever !

— Vous êtes sûr que c'est prudent ? s'inquiéta Alistair qui semblait trouver l'idée particulièrement mauvaise.

— Oui, de toute façon, rien n'est réel. Mr Lewis n'a pas cessé de nous le répéter... Prêtez-moi votre bras, j'ai besoin de quelques minutes pour me ressaisir.

Avec la même assurance que s'il s'apprêtait à rebasculer en arrière, Balthazar se mit difficilement debout. L'espace d'un instant, il cligna des yeux en découvrant Lady Susan. Avec sa robe de bal et son attitude nonchalante, elle avait tout l'air d'être une hallucination.

— Hé, mon pote ! intervint Lady Susan en faisant claquer une nouvelle bulle de chewing-gum. Pas besoin de buguer sur moi, je ne t'ai rien fait ! J'ai juste dit à tes copains que, s'ils voulaient rencontrer Davras, ils allaient devoir m'aider à traîner mon réfrigérateur. Le mien est H.S... Et à votre place, je me dépêcherais un peu, sinon on va cuire comme des steaks en moins de deux !

Balthazar n'était pas sûr de tout comprendre. Ce qu'il voyait surtout, c'était qu'Holly fuyait son regard.

Christine se débattait contre des pensées étranges. Elle était persuadée d'avoir entendu la voix de Phryne Ashwood. « Peut-être que Phryne a laissé traîner un indice, une indication quelconque sur le clan de Davras, n'importe quoi qui puisse nous aider à sortir de sa tête... » C'étaient des mots curieux, des paroles sans queue ni tête, qui lui avaient fait froid dans le dos... Mais le plus inquiétant était que Sue avait disparu. Après avoir fouillé chaque étage, Christine était sortie dans le parc. Où sa fille avait-elle bien pu se cacher ? L'endroit était gigantesque, plein de coins et de recoins.

De plus en plus préoccupée, Christine fit le tour du manoir. Lorsqu'elle contourna la pergola, elle ne tarda pas à apercevoir une forme étendue sur le sol. Il lui fallut quelques instants pour reconnaître Sue. Allongée entre deux massifs de bégonias, l'adolescente paraissait simplement endormie. Pourtant, quand sa mère la secoua par l'épaule, elle n'eut pas la moindre réaction. Son visage était blafard, d'une pâleur presque cadavérique.

— Sue ! s'exclama Christine en sentant la panique l'envahir. Sue !

Elle n'obtint aucune réponse. Que lui était-il arrivé ? Et surtout, est-ce que Sue était encore en vie ?

Sue errait au milieu de nulle part. Dès que sa main avait lâché la rampe, l'escalier avait disparu. Il s'était évanoui, la laissant tituber dans le néant. Un constat terrible s'était imposé en elle. Malgré les recommandations de Dorian Ashwood, elle avait cédé à la tentation. Elle n'avait pas écouté la petite voix intérieure qui la mettait en garde. Un instant, un court instant, elle avait cru que cette femme était réellement sa mère. Tête la première, elle s'était engouffrée dans le piège sans réfléchir… À sa place, Lady Susan aurait fait travailler ses méninges. Elle aurait tout de suite compris que ses paroles pleines de regret étaient trop belles pour être vraies.

— Qu'est-ce que je vais faire maintenant ? soupira Sue.

Elle était perdue. Elle s'était perdue dans un souvenir. Comment pourrait-elle se réveiller ? Un labyrinthe obscur s'était refermé sur elle, et il n'existait aucun panneau pour lui indiquer la direction à suivre. « Et moi qui me prenais pour une grande aventurière », songea-t-elle avec un pincement au cœur.

Si elle ne parvenait pas à quitter cette prison, les Mille-et-un étaient condamnés à périr. Leur sort reposait sur ses épaules et, parce qu'elle avait été impulsive, ils avaient perdu leur unique espoir d'être libérés. Et que penserait sa famille en ne la voyant pas revenir ? Les tantes Harmony et Opal devaient être mortes d'inquiétude. Des larmes glissèrent le long de ses joues, et Sue s'aperçut qu'elle pleurait. Elle n'était qu'une gamine de douze ans, trop jeune, trop naïve, et qui, en croyant sauver le monde, venait de se brûler les ailes.

Sanglotant de plus belle, Sue se laissa tomber à genoux. En cet instant, elle n'avait qu'une envie : se rouler en boule pour oublier. Se convaincre qu'elle était au fond de son lit et qu'il lui suffirait d'ouvrir les yeux pour se réveiller dans sa chambre. Au moment où elle était prête à abandonner, une voix lui parvint. C'était une voix lointaine, une voix qui paraissait flotter dans les airs.

— Sue, je t'en prie, réveille-toi ! Je ne sais pas si tu

m'entends, mais je te promets que, si tu reviens à toi, plus rien ne sera comme avant.

Est-ce que sa mère était en train de lui parler ou bien était-ce encore une illusion ? Cette fois-ci, pourtant, Sue avait le sentiment que ce n'était pas seulement à l'intérieur de sa tête. Ce murmure venait du monde réel. Un gouffre s'était créé entre son corps et son esprit mais, malgré la distance, Sue aurait juré qu'une main s'était glissée dans la sienne.

— Écoute, j'ai commis pas mal de bêtises dans ma vie… J'ai tourné le dos à ma famille, j'ai enchaîné les petits boulots et les mauvaises fréquentations, poursuivit Ms Ashwood avec difficulté. Je voulais me libérer de mon passé, comme s'il était possible d'oublier ses racines. Quand j'ai rencontré ton père, je pensais qu'en me casant avec un homme, cela me permettrait de devenir quelqu'un d'autre… C'est faux, mais je l'ignorais encore. Pendant des années, j'ai essayé de ne plus voir mes cicatrices, d'oublier à quel point ma jeunesse m'avait bouffée et recrachée en bouillie. Ta grand-mère n'était pas une femme tendre, le retour de la magie était la seule chose qui l'obsédait, et elle me répétait en permanence que le nom des Ashwood s'imposerait bientôt dans l'histoire. Quand je me suis retrouvée loin de son emprise, j'étais complètement perdue. Je n'avais aucun repère, j'ai sombré dans l'alcool, j'ai même touché à la drogue pour ne plus avoir à réfléchir à mon avenir. Et puis, je suis tombée sur ton père. Il voulait voir en moi la femme idéale : pour lui plaire, je lui ai caché d'où je venais, dans quel milieu j'avais grandi, et je me suis imaginé une nouvelle existence. Peu importe le déguisement, il ne dure jamais éternellement. Le mien a fini par craquer ; un jour, j'ai tout révélé à Colin, je lui ai parlé de la magie, et il m'a quittée dans la foulée. Selon lui, j'étais « complètement tarée » et j'avais besoin d'être internée dans un hôpital psychiatrique... Ce soir-là, j'ai compris aussi que je ne l'aimais pas. Ou plutôt que j'étais incapable d'aimer qui que ce soit. Au fil du temps, je m'étais bâti une carapace, un rempart qui me protégeait de ma mère. Je croyais que ce mur s'écroulerait lorsque j'aurais fui le manoir. Que je parviendrais à m'ouvrir aux autres, à éprouver des sentiments. Et puis, j'ai fini par comprendre la vérité. Les casseroles que l'on se trimballe dès l'enfance, on se les garde à vie... Je suis désolée, Sue, j'aurais dû te le dire plus tôt. J'aurais dû te parler de ton père et répondre à tes questions au lieu d'étouffer le problème, comme s'il n'existait pas. Pardonne-moi... Je sais que je ne suis pas une mère exemplaire, mais je te jure que je vais faire des efforts. Je t'écouterai, Sue...

Sue tremblait. Elle avait l'impression qu'une barrière venait de tomber entre sa mère et elle. Que ces mots lui avaient révélé une femme brisée qui luttait pour recoller les morceaux.

— Maman, lâcha Sue dans un souffle, attends-moi, j'arrive...

D'un pas décidé, l'adolescente se remit en route. Elle s'avança dans la nuit et son manteau noirâtre. Ce monde était un souvenir ; il avait tenté de la perdre, de l'affaiblir en lui faisant revivre son passé. À présent, Sue avait la sensation qu'une force intérieure l'habitait. *Elle allait marcher jusqu'à atteindre l'escalier...* Ce n'était pas seulement un projet fou lancé par une gamine apeurée, c'était une certitude.

Elle réussirait.

20

SHERYTON

La tante Harmony s'efforçait de garder son sang-froid. Clac… Clac… Ses mains ne cessaient de triturer le lourd médaillon qui pendait autour de son cou. Cela faisait presque une heure que Sue avait été retrouvée inconsciente dans le parc. Pour la tante Harmony, il planait dans l'air une ambiance étrange. C'était comme un matin de tempête, quand des nuages noirs se pressaient à l'horizon et menaçaient de déverser un véritable déluge. Depuis des mois, la magie était devenue capricieuse : les voix surgissaient à des heures incongrues et, dans la cave, même la pluie avait redoublé d'intensité. À ces éléments s'ajoutait son frère Bartholomew.

« Cet homme m'inspire autant confiance qu'un arracheur de dents », songea la tante Harmony. Depuis qu'elle était enfant, sa curiosité l'avait poussée sur des chemins interdits. À la différence de sa sœur, la jeune Harmony avait tenté d'en apprendre plus sur la vieille dame endormie. Quel enchantement avait bien pu la plonger dans le coma ? Autour d'elle, personne ne semblait s'en soucier. Ses parents, ses grands-parents, ses cousins éloignés, tous haussaient les épaules avec un air indifférent. La tante Harmony ignorait qu'une ancienne malédiction avait effacé leurs souvenirs et qu'un jour, elle effacerait aussi les siens.

En secret, l'adolescente avait entrouvert les archives familiales, alors soigneusement conservées au sous-sol. De 1865 à 1875, l'ensemble des pages avait été arraché, comme si quelqu'un avait tenté d'effacer une décennie entière. Seule une ligne, griffonnée dans un coin, avait été oubliée : « Jamais les Ashwood n'auraient dû commettre un crime aussi abominable, que l'avenir nous préserve des ténèbres… » Au fil des années, la tante Harmony était parvenue à une conclusion : d'une façon ou d'une autre, ce monde avait sombré. Et Phryne Ashwood en était le dernier vestige.

Bartholomew prétendait que de la magie sommeillait en elle, mais c'était bien plus que cela… C'était une menace, un danger qui risquait de s'abattre sur eux. Le passé avait été enterré ; à aucun prix, il ne devait ressurgir pour grignoter leur présent.

Lady Susan les avait conduits à travers le désert de Nébuleusedor. Ployant sous le poids de son réfrigérateur, Holly, Alistair et Balthazar s'efforçaient de la suivre. Malgré les protestations, le capitaine avait insisté pour participer, comme si s'occuper les mains lui permettait aussi de s'occuper l'esprit.

— C'est… encore loin ? marmonna Alistair dont la chemise était imbibée de sueur.

— Un peu de patience, les blaireaux ! répondit Lady Susan en agitant un large éventail recouvert d'autocollants à la gloire d'un groupe de rock. Nous arrivons bientôt aux grottes… Heureusement que je suis tombée sur vous parce que sinon j'aurais grave morflé pour traîner cette petite merveille jusqu'à chez moi. Enfin, bref !

Empêtrée dans sa robe, Holly fut surprise de voir le « Nous arrivons bientôt aux grottes » se concrétiser aussi vite. Jusqu'à présent, les falaises de roche formaient une barrière lointaine qui paraissait ne jamais se rapprocher. Et puis, sans le moindre signe avant-coureur, les grottes jaillirent soudain devant eux. Cet endroit était le subconscient de Phryne Ashwood et, contrairement au reste du monde, l'espace ne semblait pas obéir aux mêmes règles.

Le petit groupe s'empressa de parcourir les derniers mètres pour s'accorder une pause. Tandis qu'elle s'épongeait le front, Holly ne tarda pas à remarquer un élément curieux. Les parois intérieures ressemblaient à du carton… ou plutôt c'était bel et bien du carton. Vu de près, l'aspect factice sautait aux yeux. Quant à la fraîcheur qui régnait, elle était due à deux gigantesques ventilateurs dont les hélices vrombissaient en un joyeux bruit de fond.

— Ben quoi ? lança Lady Susan en découvrant les visages surpris de ses compagnons. Vous ne vous attendiez quand même pas à de vraies grottes ?

— J'ignorais jusqu'alors le concept de fausses grottes, ricana Balthazar, les lèvres étirées en un rictus.

— Allez, dépêchez-vous ! J'ai envie de rentrer chez moi et de me vautrer sur le canapé.

Accompagné de Lady Susan, le trio s'engouffra dans un couloir étroit. Le passage déboucha bientôt sur un escalator qui s'enfonçait dans les profondeurs de la terre. C'était de plus en plus bizarre, songea Holly qui observait cette modernité d'un œil perplexe. L'escalier mécanique les emporta dans un grincement sinistre. Sur les murs, la jeune femme voyait défiler des affiches multicolores : « Attention aux pluies d'objets ! Vivons planqués, vivons tranquilles » ou « Pour se plaindre du subconscient de la Dame, venez signer la pétition (elle ne la recevra jamais mais, au moins, ça vous occupera) ». Lorsqu'ils parvinrent en bas des marches, une lumière aveuglante leur fit cligner des yeux.

Holly ne comprenait plus rien. C'était comme s'ils étaient remontés à la surface. Alors qu'ils auraient dû se trouver à des centaines de mètres sous le sol, un grand ciel bleu s'offrait à eux. Devant leurs regards ébahis se dressait un quartier populaire avec des bâtiments en pierre serrés les uns contre les autres. Le décor était étrangement familier… Holly ne put réprimer un sursaut.

— Sheryton ! s'exclama-t-elle. Comment est-ce possible ?

— Ouais, ça faisait partie des souvenirs de la Dame. On a hérité de cette grosse ville avec tout un tas de baraques. Moi, j'ai posé mes bagages là-bas, dans une vieille bicoque qui tombe en ruine ! Allez, viendez, on n'est plus très loin…

D'un pas mal assuré – parce que le réfrigérateur commençait à faire son poids –, Holly la suivit dans les ruelles. Elle reconnaissait certaines places, certains dédales où, enfant, elle s'était tant amusée à courir. Devant elle, c'était un monde oublié qui venait de ressurgir dans une explosion de couleurs. C'était ici que vivait le cordonnier ; là que se trouvait autrefois l'atelier de Mr Riley, le père de Balthazar. Il gagnait sa vie en tissant des tapis, de vrais tapis et non pas des tapis volants ! Son pouvoir était d'enchanter les motifs : d'un coup d'aiguille, il créait l'illusion que les fleurs étaient réelles, que tel animal, tapi dans les buissons, s'apprêtait à bondir, ou que les arabesques s'enroulaient et se déroulaient à l'infini.

Holly sentait les larmes lui monter aux yeux. Au coin de la rue, elle reconnaissait sa maison. Un misérable logis qu'elle louait avec sa sœur. Elle revoyait encore le panneau cloué au-dessus de la porte : « Démêleuses d'âme ». L'espace d'un instant, elle eut envie d'hurler qu'elle était de retour, comme si rien de tragique ne s'était passé. Elle entendait presque la voix de Clara et la mélodie pleine de joie qui s'échappait de son piano. D'un instant à l'autre, son visage souriant apparaîtrait à l'une des fenêtres. Holly lui adresserait un signe de la main et, en retour, sa cadette s'amuserait à tordre ses lèvres en une succession de grimaces. « Oh, Clara, songea Holly avec un pincement au cœur, si tu savais à quel point tu me manques ! »

Sans prévenir, Lady Susan les fit soudain bifurquer dans une venelle sombre. Elle les entraîna vers une bâtisse repeinte en violet où pendait une banderole au message clair : « Si c'est pas urgent, ne venez pas m'enqui-quiner ! »

— Nous y voilà ! soupira-t-elle, comme si c'était elle qui avait porté le réfrigérateur jusque-là. Posez mon nouveau camarade dans l'entrée, les nazes, et magnez-vous, nous allons voir Davras !

Tandis qu'ils s'enfonçaient dans un labyrinthe de passages étroits, Holly fut surprise par l'apparence de certains habitants. Le subconscient de Phryne Ashwood avait produit des êtres étranges : l'un d'eux semblait avoir une ligne invisible qui partait du haut de son front et descendait jusqu'à ses pieds. D'un côté, il était velu, recouvert d'un pelage brun ; de l'autre, c'était une peau blafarde, un œil rouge sang et une moitié de chevelure noire.

Les yeux écarquillés, Alistair ne cessait de se retourner et manqua plusieurs fois de percuter un mur.

— Ouais, ce sont des trucs qui arrivent, expliqua Lady Susan d'un ton badin. Ce mec-là doit être un mélange entre un loup-garou et un vampire. Ça arrive quand la gosse lit un bouquin et se goure entre les personnages : « Machin lui saisit la main… ah non, pardon, c'est Bidule. Bidule lui saisit la main. » Trop tard, la Dame a déjà confondu les deux types et, nous, on hérite d'un hybride qui se retrouve propulsé dans le désert.

— J'ai l'impression que l'on ne s'ennuie jamais chez vous, commenta Balthazar, les lèvres étirées en un sourire sarcastique.

— Vous n'avez pas idée, soupira Lady Susan.

Sue sentait la fatigue s'emparer d'elle. Elle avait l'impression d'avoir parcouru des centaines de kilomètres. Inlassablement, elle continuait à progresser dans les ténèbres. Animée d'une foi inébranlable, elle ne cessait de se répéter que chaque pas en avant la rapprochait de sa destination. Elle croyait à un miracle, et le miracle finit par se produire. Ce monde avait-il lu dans son âme ? Avait-il perçu que cette gamine aux jambes d'allumettes ne renoncerait jamais... ou n'était-ce qu'un hasard ? Soudain, sa main se referma sur la rampe.

Sue était de retour sur l'escalier.

Avec une étonnante confiance, elle ferma les yeux. Elle ferma son esprit aux voix extérieures, à ces silhouettes malveillantes qui tentèrent une nouvelle fois de la perdre. « Celle que j'ai entendue tout à l'heure était ma mère, songea-t-elle, les autres ne sont que des leurres. » Lentement, elle descendit les marches une à une. Son voyage s'étira, comme si une puissance supérieure s'amusait à tester sa patience et sa résolution. Puis, d'un coup, le sol se déroba sous ses pieds. L'adolescente bascula dans un puits sans fond ; elle chuta encore et encore jusqu'à ce qu'un décor surgisse de l'obscurité. La lumière l'éblouit. Il lui fallut quelques instants pour réaliser qu'elle se trouvait dans le laboratoire de Dorian Ashwood. Elle avait réussi à atteindre les strates inférieures du souvenir. Alors que le décor ne comportait auparavant que des couches translucides, il avait pris une consistance solide. Réelle.

Sans pouvoir cacher sa joie, Sue se précipita vers le grand tableau noir. Elle s'empara d'une craie et traça son message. Avec un peu de chance, l'Autre Dorian lirait son appel à l'aide. Il ne lui restait plus qu'à espérer...

Lorsqu'elle entrouvrit les paupières, Sue avait l'impression qu'un brouillard avait envahi la pièce. Où était-elle ? Dans un violent effort, elle reconnut la couleur du papier peint. Elle était dans sa chambre, allongée sous sa couette, comme si son périple de l'autre côté des souvenirs n'était qu'un mauvais rêve.

— Nous devrions l'emmener à l'hôpital, s'exclama Ms Ashwood, c'est peut-être grave !

— On dirait de la magie et si c'est le cas, aucun médecin ne pourra l'aider, affirma la tante Opal.

— Il se passe des choses bizarres en ce moment, marmonna la tante Harmony en faisant claquer sa langue. Je n'ai jamais vu le coquetier s'agiter autant dans le placard de la cuisine. Même la pluie au sous-sol a doublé d'intensité !

— Je vais... bien, articula Sue avec difficulté. Tout... va bien.

— Tu es réveillée ?

Ms Ashwood se précipita à son chevet. Dans ses yeux, Sue lut une vive inquiétude. Pour la première fois de sa vie, elle se sentit proche de cette femme. Ses paroles continuaient à résonner dans sa tête : « Je te jure que je vais faire des efforts. » En cet instant, l'adolescente avait un terrible besoin d'être écoutée, d'être crue… Jusque-là, elle pensait agir seule comme elle l'avait toujours fait. Depuis son enfance, elle s'était débrouillée, elle s'était débattue avec ses problèmes dans son coin. À présent, elle saisissait enfin que l'union faisait la force. Sans la voix de sa mère pour l'arracher aux ténèbres, elle errerait encore dans cette nuit sans fin ni commencement.

— Qu'est-ce qui t'est arrivé ? lança Ms Ashwood.

— J'essayais de sauver le clan de Davras…

— Le clan de Davras ? répéta la tante Opal en fronçant les sourcils. De quoi parle-t-elle ?

Le visage de Ms Ashwood s'était décomposé. Quelques heures plus tôt, elle avait déjà entendu ces mots : « Une indication quelconque sur le clan de Davras, n'importe quoi qui puisse nous aider à sortir de sa tête… »

— Je ne suis pas sûre, murmura-t-elle.

— Les Mille-et-un, bafouilla Sue dans un état second, ils sont prisonniers de l'esprit de Phryne. Si nous ne parvenons pas à les libérer, ils vont tous mourir…

La tante Harmony adressa à sa sœur un regard interloqué.

— Elle a peut-être besoin de repos, supposa-t-elle.

— Pourquoi ? lança Ms Ashwood. Pourquoi sont-ils prisonniers de l'esprit de Phryne ?

Sue ne put s'empêcher d'esquisser un sourire. D'ordinaire, sa mère ne lui aurait jamais demandé pourquoi, elle aurait aussitôt classé l'affaire d'un « Non, c'est impossible ». Il était trop tard pour reculer. D'une voix faible, Sue lui révéla la vérité. Tandis que s'échappait de sa bouche un récit qui parlait de guerre, de clans et de magie, la jeune fille avait l'impression de se libérer d'un poids. Peu importait le chemin qui lui restait à parcourir, elle venait de se trouver un allié. Sa famille.

— Et celle-là, c'est la baraque de Davras ! s'exclama Lady Susan en désignant du menton un bâtiment en pierre.

Vue de l'extérieur, la demeure était semblable à ses voisines avec sa façade élégante et son portail en fer forgé. Le petit groupe venait d'atteindre les beaux quartiers, un endroit où le véritable Davras de Sheryton n'aurait jamais mis les pieds. Lorsqu'ils franchirent le seuil, Holly fut surprise par le déluge technologique qui régnait à l'intérieur. De gigantesques écrans recouvraient les murs et même le sol. Vautré sur un canapé, un homme était plongé dans un jeu de course automobile. Pianotant sur sa console, il faisait rugir le moteur de sa voiture tandis qu'il slalomait entre les obstacles. Dès qu'il aperçut ses visiteurs, il s'empressa d'interrompre sa partie.

— On ne t'a jamais appris à frapper à la porte avant d'entrer, Lady Susan ? lâcha-t-il avec un sourire en coin.

— Si c'est le cas, j'ai dû oublier... Tiens, je te laisse avec ces trois zozos, je les ai trouvés en train d'errer bêtement dans le désert, et ils te cherchaient. À plus, les nazes !

Sur ces bonnes paroles, Lady Susan s'éloigna dans un froissement de robe.

— Vous voulez boire quelque chose ? proposa l'homme.

Sous la lumière artificielle, ses cheveux roux flamboyaient. Il paraissait toujours aussi jeune, songea Holly, toujours aussi insouciant que ce jour où il s'était dressé contre les nobles. Lui, le saltimbanque, celui qui divertissait la foule sur la place du marché, avait osé s'opposer à Jacob Ashwood. À tous ces riches fiers de leur statut, il avait craché la colère de son clan.

Alors que Davras se levait pour leur servir des boissons, les traits de son visage se figèrent soudain.

— Pocket ! s'exclama-t-il dans un sursaut. Bon sang, qu'est-ce que tu fiches ici ?

Rayonnant de joie, Davras se précipita vers Balthazar pour le serrer dans ses bras. Son regard se posa alors sur ses deux compagnons.

— Attendez, lança-t-il, vous aussi, je vous connais ! Toi, tu es… Holly Nightingale, la démêleuse d'âme, n'est-ce pas ? Quant à toi, tu dois être Alistair Sheffield ! Ce gamin qui passait tout son temps, le nez plongé dans un bouquin… Mes amis, vous devriez être à Astrelune !

Et sans prévenir, Davras les enlaça à leur tour. À moitié étranglée, Holly se sentit presque coupable d'être venue lui apporter des nouvelles aussi funestes.

— Si vous saviez à quel point je m'ennuie, soupira-t-il. Cela fait des décennies que je n'ai vu personne de Sheryton !

— Nous sommes là parce que nous avons besoin d'aide, murmura Holly. La situation est très grave…

— Oui, j'aurais dû m'en douter.

La bonne humeur de Davras ne tarda pas à s'évanouir. Résigné, il éteignit sa console et les invita à prendre place autour de la table basse.

— Astrelune est en train de périr, déclara Alistair en réajustant ses lunettes sur son nez. Il ne nous reste plus énormément de temps. La cité d'Auberouge est tombée, de nombreux habitants qui ne faisaient pas partie des Mille-et-un ont disparu…

— Nous sommes allés au Musée national, ajouta Balthazar. D'après Mr Lewis, tu serais le seul à pouvoir nous sauver. Et si c'est le cas, j'aimerais bien savoir pourquoi tu es parti t'exiler au fin fond de ce maudit désert…

— Je ne me suis pas exilé. C'est *elle* qui m'a exilé, rectifia Davras dans un souffle.

— Elle ? répéta Holly. Vous voulez dire Phryne Ashwood ?

— Oui, la Dame en personne.

— Mais pourquoi aurait-elle fait une chose pareille ? s'étonna Alistair.

— Parce qu'elle m'aime encore.

Dans les yeux de Davras, Holly lut une tristesse infinie.

— Elle m'a enfermé dans son subconscient pour que je cesse de la distraire, expliqua-t-il. Lorsque j'étais encore à Astrelune, je prenais trop de place dans son esprit. Elle ne parvenait pas à se concentrer sur la cité indépendante, car chacune de ses pensées la ramenait à moi. Alors, elle m'a sacrifié comme elle-même s'était sacrifiée durant la

Grande Guerre. En un claquement de doigts, je me suis retrouvé dans cette maison des beaux quartiers.

— Qu'est-ce qui vous empêche de sortir ? demanda Holly.

— Une chose très simple. Dès que je tente de m'enfuir, mes membres se paralysent, et je ne peux plus faire le moindre mouvement. J'ai essayé des centaines et des centaines de fois, et le résultat est toujours le même… Vous n'avez pas idée à quel point je rêverais de retourner à Astrelune, soupira Davras. Le Musée national me manque terriblement…

Sur le visage de Balthazar apparut une expression qui semblait dire : « Oh non, pas encore un adorateur de tout ce bric-à-brac ! »

— Pourquoi le Musée ? fit Holly, surprise.

— Avant de finir enchaîné dans le subconscient, c'était là-bas que je travaillais. En parcourant la mémoire de Phryne, j'avais l'impression d'être encore avec elle. J'avais même rédigé un ouvrage sous un pseudonyme – le Consul m'avait interdit d'utiliser mon véritable nom, car il craignait que cela ne réveille les mémoires. Oh, bien sûr, je ne révélais rien d'important, je voulais simplement susciter l'intérêt des lecteurs pour que ce lieu continue de vivre. Qu'il ne tombe pas en ruine parce que plus personne ne le fréquenterait…

— Eh bien, c'est le cas, marmonna Balthazar.

— Quel livre ? interrogea Alistair qui essayait d'ignorer l'orage qui grondait au-dessus de sa tête.

— *Recherches interminables, déductions et hypothèses*

sur le Monde-qui-aurait-peut-être-existé-ou-peut-être-pas, répondit Davras.

— Mais alors, vous êtes Aloysius Robinson ? s'écria Holly.

— Oui, c'est moi…

— Misère ! lança Balthazar en levant les yeux au ciel. Au risque de vous interrompre, je ne suis pas venu pour discuter de vieux bouquins poussiéreux… Est-ce que tu sais, oui ou non, comment nous échapper d'Astrelune avant que la cité ne vole en éclats ?

Davras se mordit la lèvre.

— Pas vraiment, lâcha-t-il. Dès le commencement, Astrelune était condamnée. Phryne n'est malheureusement pas éternelle. Elle va bientôt mourir et, si nous voulons quitter cette prison avant qu'il ne soit trop tard, nous avons besoin de nos corps. Hélas, depuis tout ce temps, ce ne sont plus que des squelettes… Notre meilleur espoir est de contacter le monde extérieur. Avec un peu de chance, nous pourrons trouver un nouveau réceptacle.

— Vous voulez dire que quelqu'un d'autre sombre dans l'inconscience pour nous sauver ? traduisit Holly.

— Oui, et encore cela ne nous ferait gagner qu'un siècle ou deux, grand maximum… Est-ce que par hasard Mr Lewis vous aurait remis un ouvrage avec une reliure en cuir ?

En guise de réponse, Holly tira le lourd volume de son sac. Les yeux de Davras s'illuminèrent aussitôt. Avec un certain empressement, il s'empara du livre où s'étalaient les souvenirs de Phryne et commença à le feuilleter. Les voix des Mille-et-un emplirent la pièce et, de nouveau, Holly ressentit un flot de tristesse l'envahir.

— Merveilleux ! commenta Davras. Peu avant mon exil forcé, j'étudiais une théorie. En fait, je suis persuadé qu'il est possible de communiquer avec l'extérieur par l'intermédiaire de ce livre...

— Euh... même si ce n'était qu'une hypothèse, bafouilla Alistair, pourquoi est-ce que personne n'a jamais tenté l'expérience ?

— Parce que le Consul est un vieux conservateur. Lorsque j'étais encore à Sheryton, Nick... pardon, Nicholas Montgomery appartenait comme moi aux anciens sans-pouvoirs. Il avait toujours cherché à s'élever dans la société, mais les Ashwood exerçaient un monopole sur les postes clefs de la ville. Depuis très longtemps, il souhaitait s'opposer à l'autre clan. Quand j'ai rejoint sa cause et que le peuple s'est rallié à moi, il a perdu beaucoup de son influence. Il me voulait dans son camp, mais il n'avait jamais eu l'intention de me laisser tenir les rênes.

— À mon avis, il était simplement jaloux que la population se choisisse un saltimbanque comme chef, siffla Balthazar entre ses dents.

— Oui, peut-être bien. Quand nous nous sommes tous réveillés à Astrelune, poursuivit Davras d'un ton grave, les tensions se sont accentuées entre nous. Bien qu'il n'en ait pas encore le titre, Nick a commencé à s'imposer comme le nouveau dirigeant. Pour lui, nous étions sauvés ! L'esprit de Phryne nous offrait un refuge, et c'était le mieux que nous puissions espérer. Ma première réaction a été de le mettre en garde : je n'ai pas cessé de lui répéter que ce monde était voué à s'effondrer et que nous devions dès à présent réfléchir à un moyen de nous enfuir. À cette époque, Astrelune était instable : les bâtiments continuaient de changer de couleur et de forme, ils n'avaient pas encore leur aspect définitif. L'ensemble du décor était en permanente évolution, et les gens étaient désorientés. Aux yeux de Nick, je n'étais qu'un perturbateur qui s'amusait à tirer la sonnette d'alarme, sans voir qu'il avait déjà une masse de problèmes à régler... Comme je vous l'ai dit tout à l'heure, je travaillais au Musée national. Un beau jour, j'ai découvert ce livre où figuraient les souvenirs de Phryne. Il était rangé dans l'une des vitrines, fermé car plus personne ne supportait d'entendre les voix. J'ai passé des heures à l'étudier et, au milieu de cette cacophonie, j'ai fini par entendre une voix différente, presque noyée parmi les autres. Elle parlait de nous et nous nommait les Mille-et-un...

— Vous êtes allé voir le Consul ? demanda Holly.

— Le Consul n'existait pas encore officiellement, mais oui, je me suis précipité pour lui annoncer la nouvelle. Il a refusé de m'écouter. Selon lui, il ne fallait surtout pas essayer d'établir un contact. De l'autre côté – et cet argument était loin d'être faux – se trouvait probablement l'ennemi. Phryne faisait partie du clan adverse. Peu importait à qui appartenait cette voix, son propriétaire était forcément sous les ordres de Jacob Ashwood. Révéler notre présence serait une grave erreur qui pourrait entraîner notre perte… Et puis, ajouta Davras dans un murmure, il m'a accusé de distraire Phryne, que ses sentiments pour moi détournaient son esprit d'Astrelune. En gros, que tout était brinquebalant par ma faute. Quelques jours plus tard, Phryne m'a exilé au fin fond de ce désert. Nick a sauté sur l'occasion pour s'autoproclamer Consul…

— Puis-je me permettre une question ? coupa Alistair. Comment savez-vous ce qui s'est passé à Astrelune après votre départ ?

— Je le sais parce que certaines images sont si puissantes qu'elles atteignent le subconscient de Phryne, répondit Davras dans un ricanement. Durant de courts instants, je parviens à avoir des visions d'Astrelune…

— Mais maintenant ? fit valoir Holly. La situation n'a jamais été aussi catastrophique, alors pourquoi le Consul ne tente-t-il rien ?

— Le problème, c'est qu'il est resté bloqué dans le passé. Plus d'un siècle s'est écoulé, je ne suis même pas sûr que les Ashwood se souviennent encore de nous mais, pour le Consul, c'est comme si la Grande Guerre avait eu lieu hier. Nick s'est renfermé sur lui-même et, par principe, il refusera toute communication avec l'extérieur… Voilà ce que nous allons faire, décréta Davras. À tour de rôle, nous allons essayer de joindre quelqu'un de l'autre côté. Alistair, tu commences ! Moi, je vais vous préparer du café…

Tandis qu'Alistair partait s'acquitter de sa mission, Holly se surprit à éprouver une pointe de déception.

C'était leur meilleur plan mais, en allant voir Davras, elle s'attendait peut-être à un miracle. Qui les entendrait ? Et même s'ils réussissaient ce tour de force, pourquoi leur interlocuteur aurait-il la solution à leur problème ?

21

LA LETTRE

Postée au pied du lit, Harmony Ashwood était bien décidée à monter la garde. Peu importait ce que manigançait son frère, Phryne était la clef. Il était hors de question de la laisser seule.

La tante Harmony se mordit la lèvre. *Elle se souvenait…* Lorsque Sue leur avait parlé des Mille-et-un, son corps tout entier avait frissonné. Des années plus tôt, Mr Ferguson lui avait révélé le terrible secret du clan Ashwood. La vérité l'avait alors percutée de plein fouet. Durant deux jours, la tante Harmony n'avait pu fermer l'œil de la nuit, dévorée par un puissant sentiment de honte. Et puis, comme tous les autres membres de sa famille avant elle, la vieille dame avait préféré oublier. Incapable de résister, elle avait laissé la malédiction effacer sa mémoire.

Peu à peu, la tante Harmony avait repris ses habitudes. Parfois, un lointain souvenir venait bousculer ses pensées : celui d'une ligne manuscrite griffonnée sur un document d'archives. « Jamais les Ashwood n'auraient dû commettre un crime aussi abominable, que l'avenir nous préserve des ténèbres… » Mais, à chaque fois, la tante

Harmony s'empressait de chasser cette image, d'enterrer ces mots au plus profond d'elle-même.

— Sue, pardonne-moi d'avoir été aussi faible, murmura-t-elle.

En cet instant, elle refusait d'oublier, de céder à la tentation comme elle l'avait fait par le passé. Elle se devait d'être forte pour Sue, pour cette enfant de douze ans qui portait sur ses épaules un poids immense.

— Je ne sais pas ce qu'il trafique, lança une voix, mais notre cher frère a eu la très bonne idée de se claquemurer dans sa chambre.

La tante Harmony releva la tête. Le visage de sa sœur venait de surgir à travers l'entrebâillement de la porte. Dans ses yeux se lisait le même regret, celui d'avoir su la vérité et d'être restée les bras croisés.

— Parfait, siffla la tante Harmony, moins je le vois, mieux je me porte !

— Et Phryne, comment va-t-elle ?

— Comme d'habitude.

Vêtu de son pyjama en satin gris, Mr Lewis se retournait sous sa couette. Cela faisait plusieurs heures qu'il ne parvenait pas à trouver le sommeil. Une pensée bizarre flottait dans sa tête. L'intuition que quelque chose clochait… Le vieux directeur finit par s'arracher de son lit pour aller se servir une tasse de thé. Oui, il en était persuadé, ce sentiment le poursuivait depuis sa discussion avec Holly Nightingale. Elle et ses deux compagnons.

Lorsqu'il les avait vus fouiner, Mr Lewis avait entraperçu un espoir, une chance de devancer le Consul pour joindre Davras. D'après ses recherches, cet homme se trouvait dans le désert de Nébuleusedor où s'étendait le subconscient de Phryne Ashwood. Si ses déductions étaient correctes, son ancien ami était prisonnier de ces terres arides. Mais ce n'était pas cela qui préoccupait le plus Mr Lewis.

— Holly Nightingale, Balthazar Riley, Alistair Sheffield, récita-t-il.

Le problème venait de ce trio. Mr Lewis sentait un détail le tourmenter, un élément qui n'aurait pas dû s'emboîter avec les autres et qui, pourtant, était bien là. Une image flottait dans son esprit, une image floue qui avait la forme d'une coupure de presse.

— Je l'ai lu dans *La Gazette d'Astrelune*, marmonna Mr Lewis.

La puissante cité indépendante était un rêve qui grignotait peu à peu ses souvenirs. Sa mémoire avait beau lui jouer des tours, le vieil homme en avait désormais la certitude : il courait derrière une information qui était parue dans le journal. Tel un collectionneur compulsif, il avait conservé des centaines et des centaines d'exemplaires qui s'entassaient dans son grenier.

— Il ne me reste plus qu'à examiner les numéros un par un, conclut Mr Lewis.

Sans tarder, il s'attela à la tâche. Une aura néfaste entourait Miss Nightingale, un danger qui grondait et menaçait de la submerger. Il était de son devoir de la prévenir.

Dorian Ashwood avait l'impression que son crâne était sur le point d'exploser. Il venait de passer quatre heures à table – quatre heures qu'il aurait pu utiliser dans un but bien plus glorieux que de se gaver de tartes pour faire plaisir à sa sœur. Avec d'inutiles trémolos dans la voix, cette créature futile avait annoncé le mariage de sa fille, Estella, avec l'un de ses cousins au sixième ou septième degré. Alfred, Alexander, Arthur… Dorian ne se souvenait même plus du nom de l'heureux élu.

— Enfin, la paix ! lâcha-t-il en claquant la porte de son laboratoire derrière lui.

Il avait bon espoir de mettre cette journée à profit et de continuer ses recherches. Depuis des décennies, il s'efforçait de résoudre la Boucle de la sempiternelle indécision. C'était l'un des plus grands mystères de la magie et, après des années à tâtonner dans l'ombre, ses récentes découvertes n'allaient pas tarder à porter leurs fruits.

— Voyons voir, marmonna-t-il, où est-ce que j'ai rangé mes feuilles de calcul ?

Son bureau ressemblait à un véritable champ de bataille. C'était un joyeux bric-à-brac où se mêlaient des livres, des traductions de runes anciennes et des pages noircies par son écriture brouillonne. Vingt minutes plus tard, après avoir soulevé chaque volume et farfouillé dans l'ensemble de ses tiroirs, Dorian dut se résoudre à un triste constat. Il n'avait aucune idée de l'endroit où étaient rangées ses précieuses feuilles.

— Aux grands maux les grands remèdes ! conclut-il d'un air résigné.

Par chance, la veille au soir, il avait créé une nouvelle bille pour conserver le souvenir de sa journée. Son Ancien lui devait savoir dans quel recoin l'attendaient ses calculs. Enfermer le temps dans des sphères colorées était le seul remède qu'avait trouvé Dorian pour lutter contre sa mauvaise mémoire.

Lorsqu'il serra la bille dans sa main, le décor translucide de son laboratoire se superposa à celui, bien réel, qui s'étalait déjà sous ses yeux. L'Ancien lui jaillit près de la fenêtre avec un petit sourire amusé.

— Alors, lança-t-il, qu'avons-nous perdu cette fois-ci ?

— Nos feuilles de calcul…

— Celles où nous appliquions le théorème de Leopoldo Rodas à la Boucle de la sempiternelle indécision ?

— Oui, est-ce que tu sais où je les ai mises ?

— Dans la poche de ton pantalon. Regarde, je les vois d'ici…

Dorian laissa échapper un soupir de soulagement. Il s'apprêtait à remercier l'Ancien lui et à prendre congé quand un détail lui fit soudain froncer les sourcils. Quelqu'un avait gribouillé sur son tableau… « Qu'est-ce que c'est encore ? » songea-t-il avec mauvaise humeur. Sa traduction des runes du Croissant d'argent avait été effacée. À la place, un texte se déclinait sur plusieurs lignes :

« Je m'appelle Sue Ashwood et je viens de votre futur. J'ai absolument besoin de votre aide... Le 16 mars 1872, votre clan affrontera celui de Davras. Ce jour-là, les ennemis de votre famille seront vaincus. Phryne Ashwood se sacrifiera pour les sauver, et leurs âmes finiront emprisonnées dans son esprit. Aujourd'hui, nous sommes en 2019 : Phryne est mourante, et les Mille-et-un sont sur le point de périr avec elle. S'il vous plaît, je dois les libérer avant qu'il ne soit trop tard, mais je ne sais pas comment faire... »

Le premier réflexe de Dorian fut de se frotter les yeux. Manifestement, ce n'était pas une hallucination car le message refusait de disparaître. Qui était cette Sue Ashwood ? Et qu'espérait-elle obtenir de lui ?

— Eh bien, la Boucle de la sempiternelle indécision attendra bien quelques jours de plus, murmura-t-il.

— Des âmes prisonnières d'un esprit humain, de notre nièce par-dessus le marché, voilà un problème qui m'a l'air d'une grande complexité ! commenta l'Ancien lui.

— Peut-être, mais si cette fille vient d'une autre époque, elle a pris des risques inconsidérés pour me lancer cet appel de détresse. La moindre des politesses serait de lui répondre. De lui répondre et de trouver une solution.

Cela faisait des heures que les voix des Mille-et-un avaient envahi le salon. Alistair avait laissé sa place à Holly qui, à son tour, venait de transmettre le livre à Davras. Même en fermant la porte derrière elle, la jeune femme continuait à entendre les cris de détresse résonner dans sa tête. Au milieu de cette chorale de désespoir, elle avait aussi perçu sa propre voix. Elle hurlait de douleur ; elle clamait le nom de sa sœur, comme si se raccrocher à Clara la sauverait de son sort funeste.

— Vous allez bien ?

Holly s'était laissée tomber au sol. Avachie dans le couloir, elle n'avait pas remarqué la présence de Balthazar. Il avait retiré son tricorne et, sans son couvre-chef, il ressemblait davantage à ce voleur plein de fougue qui rêvait de parcourir le monde.

— Je veux rentrer chez moi, murmura-t-elle, le vrai chez moi.

— Vous savez bien que c'est impossible.

— Oui... mais, l'espace de quelques instants, j'ai envie de croire que ma sœur m'attend au coin de la rue. Qu'il me suffit de franchir cette porte pour retrouver Sheryton, le Sheryton que je connaissais avant que la guerre ne ravage tout.

— Ce Sheryton-là est perdu pour toujours...

Doucement, Balthazar s'assit à côté d'elle. Un silence étrange les enveloppa, un silence qui rappelait à Holly son ancienne vie. Ces lointaines soirées d'hiver où elle observait les étoiles, blottie contre son camarade des bas-fonds. Sans un mot, sans une parole qui menaçait de briser la magie du moment.

— J'allais partir avec toi, Riley, prononça-t-elle dans un souffle.

— Quoi ?

— Ce jour-là sur la plage, j'allais te dire oui...

— Tu allais quitter ta sœur pour moi ?

— Oui.

— Pourquoi ?

— Tu sais très bien pourquoi.

Balthazar émit un ricanement qui semblait dire « Ah, les femmes ! ». D'un geste hésitant, il effleura la joue d'Holly.

— Peu importe le passé, il nous reste encore l'avenir, lâcha-t-il.

— Si Phryne Ashwood ne nous entraîne pas dans la mort avec elle.

— Ne dis pas cela... Les dés sont loin d'être jetés, qui sait si le destin ne nous accordera pas la chance de vivre ?

— Et que ferais-tu si c'était le cas ?

— Je t'enquiquinerais du matin au soir, ricana Balthazar.

— Tu es incorrigible, Riley !

— Oui, mais c'est ce qui fait mon charme, non ?

En guise de réponse, Holly le frappa à l'épaule. Et puis, comme s'ils étaient de nouveau deux gamins qui se chamaillaient dans la rue, Balthazar se jeta sur elle. Ils roulèrent sur le sol dans un grand éclat de rire.

— Holly, fais-moi une promesse, susurra Balthazar à son oreille. Promets-moi que tu me diras un jour que tu m'aimes…

— C'est si important pour ton orgueil ?

— Oui.

Un bruit de porte leur fit lever la tête. Planté devant eux, Alistair les observait en clignant des yeux.

— Euh…, marmonna-t-il, je cherchais seulement la salle de bains. Faites comme si je n'étais pas là.

Gênée, Holly s'empressa de se relever et d'épousseter sa robe. À côté d'elle, Balthazar ne semblait guère préoccupé par la présence d'Alistair. Dans ses prunelles sombres brillait presque une lueur de défi.

— Je vais voir si Davras a besoin d'aide, marmonna Holly.

Avec regret, Balthazar la regarda s'éloigner.

Sue s'était levée. Malgré ses efforts, sa mère n'était pas parvenue à la convaincre de rester couchée. Une question la hantait… Elle avait réussi à triompher des souvenirs, mais Dorian Ashwood avait-il reçu son message ?

— Donc, résuma Ms Ashwood en la poursuivant dans le corridor, tu as lancé un appel de détresse à un homme dans *le passé* ?

Sue acquiesça d'un signe de tête. Face à ce flot d'informations dont la plupart défiaient la raison, sa mère ne réagissait pas trop mal. Certes, ses sourcils n'avaient cessé d'escalader son front mais, contrairement à son habitude, elle n'avait pas balayé ses histoires d'un revers de main.

— Et maintenant, tu te demandes s'il t'a répondu ? lâcha Ms Ashwood de plus en plus perplexe. En sachant que presque cent cinquante ans vous séparent ?

— Oui. Si c'est le cas, il a dû me laisser quelque chose… Une lettre ou une autre bille.

— Qu'il aurait rangée à quel endroit ?

Là était bien le cœur du problème. Depuis son époque, comment Dorian pouvait-il avoir la certitude que tel ou tel objet ne serait pas égaré au cours des siècles à venir ? À défaut d'une meilleure piste, Sue partit en quête de la seule personne qui avait une chance de l'aider : Mr Ferguson. Tandis qu'elle descendait les marches, elle éprouva une sensation étrange. Pour la première fois depuis des années, sa mère était à ses côtés.

— Maman, pourquoi tu me crois ? lança-t-elle soudain.

Ms Ashwood se mordit la lèvre.

— Parce que… j'ai entendu grand-mère Phryne parler, murmura-t-elle. Quand je te cherchais tout à l'heure, elle a prononcé ces mots : « Peut-être que Phryne a laissé traîner un indice, une indication quelconque sur le clan de Davras, n'importe quoi qui puisse nous aider à sortir de sa tête… »

Sue pila net dans le couloir. L'espace d'un instant, elle fixa sa mère, les yeux grands écarquillés, puis elle se jeta dans ses bras.

— C'est merveilleux ! s'écria-t-elle. Cela veut dire que nous avons une chance de communiquer avec les Mille-et-un.

— Tante Harmony est au chevet de Phryne. Je vais la relayer et lui dire d'aller se reposer… Si ce phénomène se reproduit, je te préviendrai…

Après une légère hésitation, Ms Ashwood repartit dans la direction opposée.

Lorsque Sue se précipita au rez-de-chaussée, elle trouva Mr Ferguson immobile dans le corridor. Un court instant, elle aurait juré qu'une autre silhouette l'accompagnait. Une silhouette qui semblait avoir été aspirée par le papier peint.

— Mr Ferguson, j'ai besoin de vos conseils ! s'exclama Sue en terminant sa course en un savant dérapage.

D'ordinaire si impassible, le vieux domestique poussa un soupir de soulagement. Ses bras tremblèrent, comme s'il hésitait à la serrer contre lui.

— Vous allez… mieux ? bafouilla-t-il sous le coup de la surprise. Je suis monté vous voir tout à l'heure, vous sembliez victime d'un maléfice… J'étais justement en train de parler à Clara, nous étions très inquiets à votre sujet.

— Je n'ai malheureusement pas le temps de tout vous expliquer, coupa Sue. Mais, oui, je vais bien… Écoutez, si vous étiez à une certaine époque et moi à une autre, et que vous deviez me transmettre un objet, comment procéderiez-vous ?

— Je suppose que la question n'est pas seulement théorique.

— Non, j'ai réussi à contacter Dorian Ashwood à travers les souvenirs.

— Hum…

Mr Ferguson s'accorda un instant de réflexion. Son front se plissa, il mâchonna sa langue jusqu'à ce qu'un sourire étire ses lèvres.

— Peu importe ce que Dorian Ashwood vous a remis dans le passé, déclara-t-il, je pense que cet objet fait partie de la maison depuis plus d'un siècle. À la place de Mr Ashwood, j'aurais choisi quelque chose de simple, susceptible de traverser les époques et qui attirerait votre attention.

Comment un objet pourrait-il attirer son attention ? songea Sue. C'est alors que les paroles de la tante Harmony lui revinrent brusquement en mémoire : « Il se passe des choses bizarres en ce moment. Je n'ai jamais vu le coquetier s'agiter autant dans le placard de la cuisine. »

— Le coquetier, murmura Sue dans un sursaut.

Sans donner la moindre explication, la jeune fille se précipita dans la cuisine. Elle ne tarda pas à dénicher le coquetier, caché derrière une pile d'assiettes. Il sautillait avec une telle force qu'il paraissait monté sur ressort. Son socle était assez large pour servir de cachette. Surexcitée, Sue s'en empara. D'un geste vif, elle jeta le coquetier au sol pour le briser net. Une fois, deux fois, trois fois… À la dixième tentative, Sue dut se résoudre à l'évidence. La magie protégeait l'objet car il semblait incassable. Dorian Ashwood l'avait-il ensorcelé pour qu'elle soit la seule à pouvoir l'ouvrir ?

— Je m'appelle Sue Ashwood, prononça-t-elle dans un souffle. Sue Ashwood.

Le coquetier n'eut pas la moindre réaction. Indifférent à ses efforts, il continuait à bondir dans sa main. Que devait-elle faire ? « Ferme ton esprit, murmura Sue intérieurement, réfléchis… Dorian Ashwood t'a forcément laissé un indice quelque part… » Après tout, si cet homme avait utilisé un enchantement, il en restait sans doute des traces. Prise d'une impulsion, Sue tira la paire de bésicles de sa poche. Un brouillard bleu envahit son champ de vision.

— À nous deux…

Lorsqu'elle examina le coquetier de plus près, un frisson d'excitation s'empara d'elle. Sur la surface en céramique, des lettres dorées venaient de jaillir : « Pourquoi ? »

Sue n'eut aucune hésitation.

— Pour sauver les Mille-et-un, répondit-elle.

Aussitôt, le coquetier émit un léger pop. Coulant telle une pâte humide, il se décomposa dans la paume de Sue jusqu'à révéler une bille colorée et une feuille de papier froissée. Avec une certaine émotion, l'adolescente déplia le message et découvrit des lignes manuscrites.

« *Chère Sue, j'espère que vous recevrez cette lettre. Vous m'avez parlé de la menace qui pesait sur le clan de Davras et sachez que votre appel de détresse n'est pas tombé dans l'oreille d'un sourd… Malheureusement, alors que j'aurais* » tant voulu empêcher ce drame de se produire, j'ai dû rester impuissant et laisser les événements suivre leur cours. Il aurait été dangereux de manipuler le temps et de créer un paradoxe qui n'aurait fait que tordre votre réalité. Tandis que je tournais et retournais le problème dans ma tête, je suis parvenu à une conclusion : le seul moyen de sauver les Mille-et-un est de les relâcher à l'intérieur d'un souvenir. Un souvenir qui n'en est pas vraiment un…

La bille que vous trouverez dans ce coquetier est particulière. Il m'a fallu plus d'une dizaine d'années pour obtenir ce résultat. Dans cette sphère, j'ai emprisonné une version différente de Sheryton, un monde destiné aux anciens sans-pouvoirs où la guerre n'aurait pas éclaté. Le plus difficile a été d'étirer le temps afin de ne pas limiter ce «souvenir» à quelques minutes ou quelques heures pour ses occupants…

Chère Sue, je vous demande d'être très attentive. Vous ne pourrez ouvrir cette bille qu'une seule fois et, pour vous, elle ne durera que cinquante-neuf secondes. Durant ce court délai, les esprits des Mille-et-un devront être libérés à l'intérieur. Méfiez-vous car, dès que cette période sera écoulée, la bille se verrouillera d'elle-même.

Je vous souhaite bon courage, Sue. Puissiez-vous réussir… »

Sue serra la lettre dans sa main. *Libérer les Mille-et-un à l'intérieur de la bille…* Comment pourrait-elle parvenir à un tel tour de force ? Son seul espoir était de réveiller Phryne Ashwood.

L'adolescente en avait le pressentiment : pour tirer la vieille dame de son sommeil éternel, elle allait avoir besoin de renfort.

Planté devant le lavabo, Alistair observait son reflet dans la glace. Son nuage déversait sur lui une pluie diluvienne, et les essuie-glaces de ses lunettes peinaient à suivre la cadence. Lorsqu'il avait surpris Balthazar et Holly, allongés au milieu du couloir, il avait éprouvé un léger pincement au cœur. L'espace d'un instant, il s'était senti inutile, le membre de trop, celui qui serait toujours la cinquième roue du carrosse. Alistair avait beau apprécier moyennement Balthazar, il lui reconnaissait des qualités : la bravoure, une certaine fougue ; quand lui n'était qu'un binoclard juste bon à réciter des articles de loi.

— Hé, mince ! soupira-t-il.

Son tic était revenu. Sa main droite commençait à s'agiter dans le vide, comme si elle tournait les pages d'un livre invisible. Incapable de se contrôler, il ne put empêcher son autre main de suivre le mouvement. Lorsque son regard croisa celui de son reflet dans la glace, il eut la curieuse sensation de voir quelqu'un d'autre. Un inconnu qui l'observait d'un air goguenard…

22

RETOUR À ASTRELUNE

Christine était retournée auprès de grand-mère Phryne. Assise à son chevet, elle avait l'impression de monter la garde. Pour la première fois depuis longtemps, elle sentait que le poids qui la rongeait de l'intérieur était moins lourd à porter. C'était comme si les barrières qui verrouillaient son cœur commençaient peu à peu à s'entrouvrir. Sa fille lui avait parlé de magie, elle avait évoqué un voyage à travers les souvenirs, et Christine l'avait écoutée. Dans un violent effort sur elle-même, elle avait laissé l'impossible envahir son esprit. Pendant tant d'années, elle s'était accrochée à la logique, chassant l'irrationnel de sa vie, pour oublier sa propre enfance. Un pont fragile reliait son monde à celui de Sue ; un pont que le silence et l'incompréhension suffisaient jusqu'alors à détruire. Une étape venait d'être franchie, et Christine n'avait aucune envie de faire marche arrière.

Phryne dormait paisiblement. Tandis que la grande horloge égrenait lentement les minutes, Christine avait fini par somnoler à son tour. Elle fut tirée de sa torpeur par un murmure. Une voix à peine plus audible qu'un souffle.

— Je m'appelle Davras, j'appartiens au clan des Mille-et-un… Est-ce que quelqu'un m'entend ?

Christine sursauta. Les lèvres de Phryne venaient de s'agiter, délivrant ce message qui défiait les lois de la réalité.

— Oui ! s'exclama-t-elle. Est-ce que vous m'entendez ?

— Je m'appelle Davras, j'appartiens au clan des Mille-et-un, répéta la voix. Est-ce que quelqu'un…

Le phénomène n'avait duré que quelques secondes. Pour Christine, c'était comme un poste de radio défaillant qui peinerait à capter certaines ondes. Se levant d'un bond, elle courut chercher Sue.

Lorsque l'adolescente se précipita dans la pièce, le silence régnait de nouveau. Le souffle court, elle se planta au pied du lit.

— Tu es sûre ? lança-t-elle. Tu es sûre qu'il a dit que son nom était Davras ?

— Oui, c'est ce que j'ai cru comprendre, répondit sa mère.

— Dans tous les cas, il faut réessayer… Ici, Sue Ashwood, je viens de Sheryton, est-ce que vous m'entendez ? Ici, Sue Ashwood, je viens de Sheryton, est-ce que vous m'entendez ?

Et Sue s'égosilla pendant une bonne heure. Elle ignorait que, de l'autre côté, de parfaits inconnus s'efforçaient également de la joindre. « Depuis que tu es gamine, tu as établi un lien avec elle, avait déclaré Clara Nightingale, tu as passé des heures et des heures en sa compagnie. Phryne Ashwood entend ta voix, j'en suis convaincue… » Tandis que sa bouche déversait les mêmes mots, encore et encore, Sue commençait sérieusement à en douter. Il était bientôt l'heure du dîner. Elle hésitait presque à se chercher un plateau-repas quand la barrière des univers se déchira une nouvelle fois.

La voix grave de Davras se mit à flotter dans l'air.

— Je m'appelle Davras, j'appartiens au clan… des Mille-et-un. Est-ce que… quelqu'un m'entend ?

Ce fut une bouffée d'excitation qui s'empara de Sue. Fébrile, elle se rapprocha de Phryne.

— Oui. Ici, Sue Ashwood, je viens de Sheryton, est-ce que vous m'entendez ?

— Oui, je vous entends, mais essayez… de parler plus fort…

Le temps leur était compté. D'un instant à l'autre, Sue s'attendait à être interrompue. En insistant sur chaque syllabe, elle s'empressa de délivrer ses informations.

— Je connais votre histoire, s'exclama-t-elle, et je sais aussi comment vous venir en aide ! Dorian Ashwood a créé une bille de souvenirs qui contient une version alternative de Sheryton. Si nous parvenons à libérer les Mille-et-un à l'intérieur, vous serez sauvés… Mais je dois d'abord réveiller Phryne Ashwood…

— L'esprit de Phryne ne vous laissera pas… réveiller son corps… Laissez-moi… m'en occuper.

Sa voix était entrecoupée. Sue devait tendre l'oreille : elle avait l'impression que Davras se trouvait de l'autre côté d'un terrain de football.

— Mer… ci. Je vous…

Sue ne sut jamais la fin de sa phrase.

Holly n'en croyait pas ses oreilles. Immobile à côté de Davras, elle venait d'entendre le plus étonnant message qu'il était possible d'imaginer. Au milieu des voix qui se mêlaient, des Mille-et-un qui criaient leur détresse, un murmure avait jailli pour leur apporter l'espoir sur un plateau d'argent.

— Sue Ashwood, prononça Holly dans un souffle. J'ai déjà entendu ce nom…

— C'est la fille qui lit des histoires à Phryne, répondit Davras, les sourcils froncés. Une bonne partie du subconscient et de ses habitants sont nés de ses récits. J'ignore comment elle est au courant, mais nous avons une chance inouïe.

— Est-ce qu'il est possible de l'appeler de nouveau ? lança Balthazar qui avait les pieds posés sur la table basse.

— Non, je ne crois pas… Joindre le monde extérieur est extrêmement compliqué. Si les téléphones portables existaient à Astrelune, je vous répondrais que c'est comme essayer de passer un appel avec une demi-barre de réseau… Bref, ajouta Davras devant le regard interloqué de ses invités, nous nous sommes époumonés pendant des heures mais, à mon avis, nos voix n'ont pas réussi à franchir la barrière des univers plus d'une fois ou deux. D'ailleurs, c'est un véritable miracle que les paroles de la gosse soient parvenues jusqu'à nous.

Davras se passa la main dans ses cheveux d'un roux flamboyant.

— Elle était peut-être la seule que nous puissions entendre, supposa-t-il. Après toutes ces années à écouter ses histoires, l'esprit de Phryne était sans doute plus perméable à sa voix qu'à une autre.

— Que voulait-elle dire par « bille de souvenirs » ? demanda Alistair qui affichait un air perplexe.

— Dorian Ashwood savait enfermer le temps dans des billes. Si la vérité est bien ce que nous a affirmé la jeune Sue, nous aurions enfin un refuge.

Holly n'osait pas encore se réjouir. Pour elle, les événements se combinaient de façon trop idéale pour que le destin ne leur réserve pas une entourloupe au dernier moment.

— Comment avez-vous l'intention de réveiller Phryne Ashwood ? murmura-t-elle.

— Ce n'est pas moi qui vais réveiller Phryne, répondit Davras, les lèvres étirées en un rictus. C'est vous qui allez le faire… Comme je vous l'ai dit, je suis enfermé entre ces quatre murs, et il m'est impossible de poser un pied hors de cette maison. Vous connaissez la Machine du temps ?

— Le truc qui surplombe Astrelune ? lâcha Balthazar.

— Ce truc-là, en effet, poursuivit Davras avec un petit rire. Voyez-vous, cette Machine abrite l'un des secrets les mieux gardés du Consul. Le désert de Nébuleusedor est le subconscient de Phryne, le Musée national est sa mémoire… et la Machine du temps est son esprit.

— Son esprit ? répétèrent Holly, Balthazar et Alistair d'une même voix.

— Oui, son esprit. Les autorités utilisent l'aspect « jour-nuit » comme une façade pour dissimuler ses réelles activités. Officieusement, il s'agit aussi du repaire des Ombres ; c'est là que Mr Lynch et ses acolytes ont établi leur camp de base.

Balthazar fit craquer les jointures de ses doigts. Apparemment, le simple nom de Mr Lynch lui donnait des envies de meurtre.

— Il n'existe qu'une seule solution, reprit Davras, éteindre l'esprit de Phryne pour que le décor d'Astrelune s'évanouisse. Ce que je vous décris en cet instant est un plan dangereux. La disparition de la cité devrait non seulement rendre leurs souvenirs aux Mille-et-un, mais aussi tirer Phryne de son sommeil…

— Petite question, intervint Balthazar, est-ce que ce n'est pas précisément ce que le Consul essaye d'éviter ?

Davras acquiesça d'un signe de tête.

— Ce sera quitte ou double, déclara-t-il, car il n'y aura pas de retour en arrière possible. Astrelune s'effondrera définitivement, et nous n'aurons pas de seconde chance…

— Une mission suicidaire, en gros, résuma Balthazar. Je vote pour, si cela me permet de faire la peau à Mr Lynch au passage !

Sur cette bonne résolution, le capitaine avala une gorgée de rhum. L'image d'un gamin, étendu mort sur une plage, refusait toujours de quitter ses pensées.

Mr Lynch était de très mauvaise humeur. Le Consul fonçait droit dans le mur… Il était tellement sûr de lui, si ancré sur ses positions, qu'il refusait de voir la vérité en face. La mise à mort de Balthazar Riley ne serait qu'un coup d'épée dans l'eau. Hormis le plaisir d'assister à sa pendaison, Mr Lynch trouvait la manœuvre inutile. Nicholas Montgomery agissait, comme il avait agi vingt ans plus tôt.

À cette époque, tuer Edgar Kirby sur la place publique avait encore un sens… Cet homme que les journaux avaient décrit comme un « criminel notoire » menaçait de répandre la vérité dans les rues d'Astrelune. Lui et ses complices n'étaient qu'une bande d'idéalistes ; des imbéciles qui s'opposaient au système, alors que le système aurait toujours le dernier mot. Leur trépas avait permis d'apaiser la foule, de leur faire oublier ce voile de mensonges qui commençait déjà à se déchirer. À présent, la crise était telle que la cité d'Astrelune se fissurait de toutes parts. Même en exécutant d'autres boucs émissaires, cela ne permettrait jamais de protéger la ville de la destruction.

— Monsieur, lança l'un de ses subordonnés en franchissant le seuil de son bureau. L'agent n° 483 vient de nous transmettre son rapport.

— Ce n'est pas trop tôt, soupira Mr Lynch. Est-ce qu'il nous a indiqué la localisation de Riley ?

— Oui, d'après lui, le criminel et ses complices se trouvent dans le désert de Nébuleusedor en compagnie de Davras.

Davras. *L'Homme-qui-a-disparu…* Voilà qui était très intéressant, songea Mr Lynch. Ainsi, c'était dans ce lieu perdu au milieu de nulle part qu'il avait passé toutes ces années. Lorsque celui-ci était encore à Astrelune, Mr Lynch ne pouvait nier avoir éprouvé une certaine admiration pour lui. Davras savait. Il savait où il mettait les pieds et il était capable de prendre des décisions radicales, tandis que le Consul s'obstinait à se voiler la face.

« Le secret des Mille-et-un sera préservé, tel est le serment des Ombres. » Cette phrase trônait au-dessus du bureau de Mr Lynch. Par principe, la loyauté des Ombres avait toujours été acquise au Consul. À présent, Mr Lynch envisageait très sérieusement de retourner sa veste. Était-ce se parjurer que d'envoyer valser ses engagements quand l'avenir même d'Astrelune était en danger ?

Mr Lynch était une Ombre. Il n'avait jamais appartenu aux Mille-et-un. Il n'avait jamais vu Sheryton. Il n'était qu'un serviteur, une créature que l'esprit de Phryne Ashwood avait fait jaillir du néant pour défendre la cité. Mais Astrelune, ce n'était pas seulement un ensemble de bâtiments, c'étaient aussi ses habitants… Mr Lynch l'avait bien compris. Et s'il devait s'opposer au Consul, il n'hésiterait pas à le faire.

Il était presque minuit. Holly venait de dire au revoir à Davras sur le pas de sa porte. « Prenez soin de vous ! » leur avait-il lancé, tandis que le petit groupe s'éloignait dans les ruelles silencieuses de Sheryton. Sans un mot, ils avaient traversé la ville jusqu'à l'immense escalator qui les avait conduits dans le désert. La nuit enveloppait les dunes, et seule la lumière de leurs lampes-torches – des présents de Davras – venait percer ce manteau d'obscurité.

— Je propose qu'on réalise le même tour que la dernière fois, déclara Balthazar. Invoquons un superbe dirigeable qui nous mènera jusqu'à Astrelune.

Holly ferma les yeux pour ne pas se laisser distraire. Elle tenta d'imaginer un aérostat capable de les transporter jusqu'à la cité sans cracher ses boulons. Lorsqu'elle rouvrit les paupières, aucun véhicule ne s'était matérialisé. La déception parcourut le trio. Depuis leur rencontre avec Davras, Holly sentait que sa tête avait emmagasiné tellement d'informations qu'elle n'allait pas tarder à exploser. Était-ce cette surchauffe cérébrale qui l'empêchait de se concentrer ?

— Euh…, bafouilla Alistair. Peut-être qu'en l'exprimant à voix haute, nous obtiendrons un meilleur résultat.

— Je ne suis pas sûr que cela change grand-chose, marmonna Balthazar.

Alistair n'eut pas le temps de tester sa nouvelle idée car une gigantesque fente surgit soudain devant eux. C'était une faille noirâtre qui flottait dans les airs. Ses contours étaient tremblotants, comme si elle menaçait de s'évanouir d'un instant à l'autre.

— Quelqu'un sait à quoi rime ce truc ? lâcha le capitaine qui observait l'apparition d'un air stupéfait.

Par curiosité, Holly s'était approchée. Elle avait l'intention de rester à une distance raisonnable, mais un souffle puissant l'attira brusquement. Son corps ne résista pas ; il se retrouva happé, aspiré par ce trou immense qui creusait la réalité.

— Au secours ! s'exclama-t-elle alors que ses pieds avaient déjà quitté le sol.

Dans un brouillard de sensations, elle discerna les silhouettes de Balthazar et d'Alistair qui essayaient vainement de la retenir. Et puis, le monde se referma sur elle d'un coup sec. La jeune femme eut l'impression de chuter, de tomber dans un puits sans fond jusqu'à ce que la fente la recrache brutalement. Le souffle court et les joues rouges, Holly venait d'atterrir dans une rue animée. Ce nouveau décor tournoyait autour d'elle dans une explosion de couleurs. Il lui fallut plusieurs secondes pour réaliser qu'elle était de retour à Astrelune.

— Laissez-vous tenter par notre nouveau produit double fonction : la brosse à dents qui fait aussi brosse à cheveux ! clama un marchand ambulant en lui secouant son plateau sous le nez.

— Non… merci.

Holly sentit ses jambes chanceler. Incapable de rassembler ses pensées, elle se laissa tomber sur un banc sauteur – un banc public qui avançait en bondissant et qui offrait à ses occupants une promenade à travers la cité. Bon sang, que s'était-il passé ? Peut-être avaient-ils invoqué ce passage de façon inconsciente, au lieu du dirigeable qu'ils espéraient voir apparaître. Mais où étaient Balthazar et Alistair ? Dans le désert de Nébuleusedor, c'était encore la nuit ; à Astrelune, qui obéissait à un autre fuseau horaire, c'était déjà le matin. La rue grouillait de monde et d'animation. S'ils étaient noyés au milieu de la foule, Holly avait très peu de chance de les repérer.

« Après tout, ce n'est pas grave, songea-t-elle. Je vais les attendre devant le Musée national, ils finiront bien par me retrouver là-bas. » Malheureusement pour elle, le banc sauteur était loin d'être arrangeant. D'après une association de consommateurs mécontents, il était beaucoup plus rapide de se déplacer à pied que de se fier à un banc « sourd, susceptible et constamment de mauvaise humeur ». Holly regagna le sol et entreprit de marcher jusqu'au boulevard des Cendres. Par chance, la Perle d'Astrelune ne se situait qu'à quelques pâtés de maisons.

Après avoir contourné les trottoirs mouvants et traversé la zone des chaussettes disparues – qui la délesta au passage d'une chaussette –, elle ne tarda pas à voir se profiler la façade du Musée. Lorsqu'elle poussa la lourde porte, Holly manqua de percuter Mr Lewis qui se précipitait en sens inverse.

— Miss Nightingale…, bafouilla le vieux directeur. Vous êtes… de retour ?

— Oui, d'une façon assez inattendue, répondit Holly avec un faible sourire. Vous n'auriez pas vu Balthazar ou Alistair par hasard ?

— Non, ni l'un ni l'autre… Écoutez, Miss Nightingale, c'est une coïncidence miraculeuse que vous soyez là. Je dois vous parler d'un sujet de la plus haute importance.

Mr Lewis paraissait anxieux. Il ne cessait de triturer la manche de son pyjama en satin gris.

— À quel propos ?

— Venez chez moi, j'habite au coin de la rue. Si vous ne voyez pas l'article de vos propres yeux, vous refuserez de me croire.

— Mais Balthazar et Alistair…

— Laissez-les, coupa Mr Lewis. Ce que j'ai à vous dire est primordial.

Sans trop savoir dans quoi elle s'embarquait, Holly lui emboîta le pas.

— Qu'est-ce que… ?

Balthazar ne comprenait plus rien. Une fente obscure l'avait avalé, puis venait de le rejeter comme un malpropre entre quatre murs. C'était une pièce sale, étroite avec des barreaux aux fenêtres, un matelas crasseux et surtout une aura funeste qui planait dans l'air. Les éléments ne tardèrent pas à s'additionner dans son esprit. *Une cellule de prison.*

Avec horreur, Balthazar tourna sur lui-même, comme si une sortie de secours avait une chance d'apparaître sous ses yeux. C'était forcément un cauchemar… Il allait se réveiller d'un instant à l'autre et s'apercevoir qu'il avait sombré dans un sommeil tourmenté, avachi sur le canapé de Davras. Hélas, le décor ne semblait pas décidé à disparaître.

— Laissez-moi sortir ! hurla Balthazar.

De toutes ses forces, il se jeta contre la porte pour tenter de la défoncer. Ses efforts eurent pour seul résultat d'attirer un garde dont la voix perça le silence.

— Ferme-la ! cria-t-il. On te fera sortir dans une heure, mais je te garantis que ça ne te plaira pas...

— Pourquoi ?

— Parce que ce sera pour te conduire à ton procès. Et si tu veux une nouvelle exclusive, ils ont déjà monté l'échafaud pour te pendre.

Un procès. Un échafaud. Ces mots se bousculèrent dans la tête de Balthazar. Il allait être jugé, il allait être condamné à mort... Non, c'était impossible ! Ils avaient un plan, une chance de sauver Astrelune ; son passé de criminel n'avait pas le droit de le rattraper à ce moment précis. Et d'ailleurs, comment l'avait-on retrouvé ? Cette faille dans la réalité était sans doute un piège que lui avaient tendu les Ombres : Mr Lynch ou l'un de ses subordonnés avait dû remonter la piste jusqu'à eux. Les avait-on suivis dans ce fichu désert ?

Un nom se glissa soudain dans les pensées de Balthazar. Un nom qui s'accompagnait d'un regret.

— Holly, murmura-t-il, je suis sincèrement désolé...

Où était-elle à présent ? Dans une cellule, semblable à la sienne, attendant de comparaître pour complicité...

ou ailleurs ? Balthazar serra les poings. Il avait l'impression d'être enseveli sous un amas de questions.

Une heure s'était écoulée. Durant ce laps de temps, Balthazar avait tout essayé. Il avait tenté d'invoquer un nouveau passage, mais rien n'avait réussi à le libérer de son cachot. Lorsque la porte s'ouvrit et qu'il fut tiré dans le couloir, encadré par deux gardes, le capitaine avait presque envie que cette histoire se termine.

Un corridor, des portes et encore des portes… Brusquement, ce fut une lumière vive qui lui fit cligner des yeux. Le couloir venait de déboucher sur une gigantesque salle d'audience. La pièce débordait de spectateurs tapageurs et bruyants qui mangeaient du pop-corn. Au milieu de toute cette agitation, Balthazar se retrouva assis à une table, à côté d'un homme en costume qui devait être son avocat commis d'office. La veste du capitaine fut bientôt couverte de tomates que lui jetait le public. Parmi l'assemblée, des marchands profitaient de l'occasion pour vendre des projectiles et un large choix d'encas.

— Capitaine Riley, enchanté, je suis maître Stevenson et je vais assurer votre défense, déclara son voisin de table.

Balthazar lui lança un regard suspicieux.

— Vous avez vraiment l'intention de me défendre ou vous êtes juste là pour faire semblant ?

— En réalité, je suis comédien au Grand Théâtre des Acteurs-qui-ne-jouent-pas-assez-bien-pour-jouer-ailleurs. On m'a proposé ce rôle ce matin et, comme je suis un peu en manque d'argent, j'ai accepté, répondit le prétendu maître Stevenson avec un large sourire. De toute façon, même le meilleur avocat d'Astrelune ne saurait vous tirer d'affaire. Donc, sans rancune ?

Balthazar poussa un profond soupir.

— Vu que vous ne me servez à rien, marmonna-t-il, je vous invite à déguerpir. Au moins, j'aurai davantage de place pour m'étaler. Un privilège qui me sera bientôt refusé puisque je vais me faire pendre…

Acclamé en héros, le faux maître Stevenson quitta la table pour aller s'asseoir au premier rang. À quoi rimait ce simulacre de justice ? Pour Balthazar, ce n'était qu'une farce ridicule dont l'unique but était d'exciter la foule. Il n'avait aucune chance de s'en tirer. Alors qu'il hésitait sérieusement à se retourner pour insulter les lanceurs de tomates, une porte s'ouvrit dans un grincement sinistre. Trois hommes pénétrèrent dans la salle : le juge vêtu de son uniforme rose bonbon, le greffier qui pestait déjà contre la paperasse… et un troisième individu.

Balthazar écarquilla les yeux. Avec son nuage noir qui grondait au-dessus de sa tête, il était reconnaissable entre mille. Alistair Sheffield. Par quel miracle se trouvait-il ici ? Un court instant, le capitaine se raccrocha à l'espoir fou qu'Alistair allait rejoindre son camp, qu'il allait vomir des articles de loi et obtenir sa libération…

Ce n'était pas le cas. C'était plutôt l'inverse.

23

L'AGENT N⁰ 483

Holly avait suivi Mr Lewis jusqu'à son appartement. Dans le salon, des centaines et des centaines de journaux envahissaient la table. Avec des gestes fébriles, le vieux directeur saisit l'un des numéros et le tendit à Holly. Légèrement perplexe, la jeune femme découvrit un article qui datait d'une vingtaine d'années.

— Miss Nightingale, je vous demande d'ouvrir votre esprit, déclara Mr Lewis, car certaines vérités sont plus difficiles à admettre que d'autres.

Sur plusieurs lignes, un journaliste à la plume acérée détaillait les crimes d'Edgar Kirby et de ses acolytes. Holly fronça les sourcils. « Et alors ? » songea-t-elle. En quoi cette vieille affaire était-elle si importante ? Lorsqu'elle tourna la page, elle découvrit une photographie en noir et blanc qui représentait les condamnés sur le point de se faire pendre. Sous l'image figurait le nom des coupables : Edgar Kirby, Charles Fitzwilliam, Frank Heston... et Alistair Sheffield.

— Alistair Sheffield ? répéta Holly qui n'en croyait pas ses yeux. C'est impossible...

— Quand je vous ai vus dans les sous-sols du Musée, poursuivit Mr Lewis d'un ton grave, un élément me chiffonnait. En raison de la nature même d'Astrelune, ma mémoire avait essayé de gommer ce souvenir, de l'effacer comme tant d'autres… Voilà ce qui ne collait pas avec le reste. Cet homme que vous appelez Alistair est mort il y a vingt ans.

— Enfin, c'est… ridicule ! bafouilla Holly. Peut-être a-t-il oublié son passé pour se construire une nouvelle existence.

— Non, personne n'a survécu…

— Qu'êtes-vous en train d'insinuer ?

— Vous devez absolument vous méfier d'Alistair Sheffield, insista Mr Lewis. Peu importe son véritable nom, il n'est pas celui qu'il prétend être.

Holly avait du mal à prendre ses avertissements au sérieux. Alistair l'avait accompagnée au Musée national, puis au poste de police et dans le désert de Nébuleusedor. Il avait agi en ami, lui tendant la main quand tous refusaient de la croire. Pourquoi lui aurait-il menti ? C'était forcément un malentendu.

— Est-ce que vous avez déjà remarqué quoi que ce soit d'étrange dans son comportement ? lança Mr Lewis.

— Je sais qu'en situation de stress, il se met à réciter frénétiquement des articles de loi et que ses mains sont en proie à des tics nerveux.

— Quel genre de tics ?

— Il agite ses doigts de la même façon que s'il tournait les pages d'un livre invisible.

Mr Lewis avait froncé les sourcils, comme si cette information venait conforter une théorie qu'il redoutait.

— Ce que je vais vous dire n'est qu'une supposition, murmura-t-il. Mais si Alistair Sheffield ne faisait pas partie des Mille-et-un ? S'il était quelqu'un d'autre, un imposteur qui se serait glissé dans la peau du vrai Sheffield ? Lorsque l'angoisse s'empare de lui, il développe des tics car son déguisement se fissure, sa fausse identité s'oppose à sa nature profonde…

Holly demeura silencieuse. Elle refusait de voir en Alistair un traître mais, dans son esprit, l'image de cet homme commençait peu à peu à se craqueler.

L'agent n° 483 était de retour. Pendant deux décennies, il s'était perdu ; il avait volé l'identité d'un autre et avait fini par se convaincre que ce nom, Alistair Sheffield, était le sien. À présent, il était revenu dans le droit chemin. Comment avait-il pu laisser son esprit se corrompre et rêver d'humanité ?

L'agent n° 483 était une Ombre : durant plus d'un siècle, il avait travaillé au service administratif. Lorsqu'il ne tamponnait pas des documents à longueur de journée, il compulsait frénétiquement des rapports à n'en plus finir.

Et puis, un beau matin, il s'était surpris à espérer mieux. *Il voulait vivre.* Il voulait se mêler à ces êtres qui se croisaient dans les rues d'Astrelune, ignorant que la cité n'était qu'un gigantesque tissu de mensonges.

Quand Edgar Kirby et ses complices avaient été pendus, l'agent n° 483 était présent. Alors qu'il assistait à l'exécution par hasard, il s'était pris d'intérêt pour l'un d'eux. Alistair Sheffield. Le ciel était couvert et, depuis sa position, l'agent n° 483 avait l'impression qu'un nuage flottait au-dessus de la tête du condamné. Cette image hantait encore ses pensées lorsqu'il avait regagné ses quartiers. Le lendemain, l'agent n° 483 n'avait pu résister à la tentation. Il s'était renseigné sur cet homme : dans son dossier, il avait découvert que le prisonnier poursuivait l'ambition d'être avocat.

Peu à peu, l'agent n° 483 s'était assimilé à Alistair Sheffield. Il avait fini par adhérer à ses idées, à sa conception de la justice et, sans pouvoir s'y opposer, il était devenu *lui*. Dans la glace, le miroir avait cessé de lui renvoyer son reflet. Son visage s'était transformé : ses traits s'étaient adoucis, ses cheveux avaient viré au blond paille et, tel un souvenir de ce fameux jour, un nuage avait poussé au-dessus de son crâne. Au fil du temps, il avait oublié qu'il appartenait aux Ombres, qu'il n'était qu'un rouage destiné à faire fonctionner le système. Et le système s'était passé de lui.

Pendant vingt ans, il avait été Alistair Sheffield. Jusqu'à ce qu'il reçoive une mystérieuse lettre à son bureau. Elle ne comportait que des chiffres entrecoupés de mots ; un charabia qui, *a priori*, n'avait aucun sens : « 25-83-69 ORANGE 44-784-558 POLOCHON 71-458-93354

CHAUFFAGE 83-5887-445… » Pour les Ombres, il s'agissait en réalité d'un message codé, d'un langage dont ils usaient pour les rapports confidentiels. Inconsciemment, l'agent n° 483 avait tenté de lutter contre l'appel de sa hiérarchie. Ses tics étaient devenus de plus en plus fréquents : ses deux identités s'entrechoquaient, elles se contredisaient l'une et l'autre… et, ce jour-là, dans la salle de bains de Davras, l'agent n° 483 avait repris ses droits.

Les Ombres et Mr Lynch souhaitaient l'arrestation de Balthazar Riley. Alors, l'agent n° 483 leur avait remis le capitaine. À Nébuleusedor, il avait fait jaillir une fente ; une faille qui avait propulsé Holly Nightingale dans un coin d'Astrelune et Balthazar Riley dans une cellule de prison.

Holly Nightingale était encore un cas à part. L'agent n° 483 aurait dû se débarrasser d'elle, la laisser au milieu des dunes ou la livrer, elle aussi, aux Ombres. Pourtant, il n'avait pu se résoudre à lui mettre des bâtons dans les roues. Le plan de Davras avait une chance de réussir. C'était leur meilleur espoir de sauver les Mille-et-un et, même si l'agent n° 483 suivait désormais le protocole, il avait conservé dans son cœur une infime part d'Alistair Sheffield.

Le procès avait débuté. Assis à la table des accusés, Balthazar avait une furieuse envie de serrer ses mains autour du cou d'Alistair. Ce traître avait rejoint le camp de l'accusation et, depuis une bonne demi-heure, usait de ses talents de rhétorique pour l'enfoncer. Un par un, il avait listé ses crimes – dont son effraction au poste de police, ce que Balthazar avait trouvé particulièrement gonflé. Quand il avait voulu signaler à l'aimable assistance que cette pourriture était son complice, une nouvelle pluie de tomates s'était abattue sur lui. De façon générale, dès qu'il essayait de s'exprimer, sa voix était noyée sous un flot de protestations.

Lorsqu'il avait évoqué la chute d'Auberouge, Alistair avait été acclamé en héros. Et bien que cela ne fût pas nécessaire, des hôtesses avaient profité d'une pause dans son monologue pour agiter des panneaux « Applaudir ».

Allongé sur la belle ottomane d'où il était censé rendre son verdict, le juge écoutait mollement l'accusation. Peu importait son niveau d'attention puisque la sentence serait la même. Au fond de la salle, caché derrière un rideau rouge, se trouvait déjà l'échafaud. De temps en temps, la silhouette du bourreau se distinguait en ombre chinoise et, manifestement, le brave homme commençait à s'impatienter.

— … ce qui constitue un crime capital selon l'article 87-9 du Code des vérités pourpres, conclut l'agent n° 483 en insistant sur chaque syllabe. Au nom des victimes de Balthazar Riley, nous réclamons la peine de mort pour que justice soit faite.

Ces bonnes paroles furent saluées par des vivats enthousiastes émanant de l'assemblée.

— Très bien, très bien, soupira le juge d'un air endormi. À présent, c'est au tour de la défense. Accusé Riley, nous vous écoutons.

— Je tiens à dire que…

— Votre temps de parole est écoulé, coupa aussitôt le juge. Après une intense réflexion et, en mon âme et conscience, je déclare l'accusé coupable. Je le condamne à être pendu par le cou jusqu'à ce que mort s'ensuive.

Cette fois-ci, ce fut une ola qui parcourut le public du premier au dernier rang. Pleurant de joie, le faux maître Stevenson applaudissait et clamait à qui voulait l'entendre que c'était la plus belle représentation à laquelle il avait assisté. Encouragé par la vox populi, le juge agita la main et, dans un roulement de tambour, le rideau fut tiré pour révéler un sinistre décor.

Balthazar déglutit. L'ombre de la mort se lisait sur le sourire ravi du bourreau. Lorsqu'il avait quitté la demeure de Davras, jamais le capitaine n'aurait imaginé que le destin lui jouerait un tel mauvais tour. Il allait périr alors qu'Astrelune était en danger ; lui, le bouc émissaire désigné, allait être dévoré par les ténèbres.

— Écoutez-moi, s'exclama-t-il avec force, la cité d'Astrelune n'existe pas…

Ses mots furent étouffés par le brouhaha qui s'éleva dans la salle. « Pendez-le ! scandaient les spectateurs. Pendez-le ! » Se débattant vainement, Balthazar se retrouva soulevé de terre, porté par deux gardiens jusqu'à l'échafaud.

— Allez, on se dépêche ! marmonna le bourreau. J'ai

promis à mes enfants qu'on irait ensemble à un spectacle de chaussettes dansantes.

Balthazar ignorait qu'il était encore possible d'accélérer la procédure. En l'espace de quelques instants, pourtant, la corde fut placée autour de son cou, le bourreau lui demanda à la vitesse de l'éclair s'il avait une dernière parole avant de conclure lui-même que non, puis il abaissa le levier. Le monde bascula, Balthazar sentit le nœud se resserrer autour de sa gorge et, tandis qu'il sombrait dans l'obscurité, il songea à une femme aux cheveux bruns.

« Holly, s'il te plaît, ne m'oublie pas… »

C'était le lendemain matin. Sue avait passé une nuit agitée. Entre deux insomnies, elle avait rêvé que la voix de Davras lui annonçait que le sort des Mille-et-un était scellé et que plus rien ne pouvait les sauver de la mort. « L'esprit de Phryne ne vous laissera pas… réveiller son corps… Laissez-moi… m'en occuper », lui avait-il déclaré la veille au soir. Avait-il la moindre chance de réussir ou la vision de Sue était-elle prémonitoire ?

Incapable de se rendormir, l'adolescente n'avait pas tardé à bâtir un nouveau plan de bataille. L'ennemi était l'oncle Bartholomew. Cet homme affreux attendait la mort de Phryne pour faire renaître la magie. Avant de se coucher, Sue avait interrogé les tantes Harmony et

Opal, mais ni l'une ni l'autre n'avaient une idée exacte de ses plans. L'heure était venue de découvrir ce qu'il trafiquait…

Sur la pointe des pieds, Sue traversa le couloir silencieux et se glissa dans un placard à balais. À travers le trou de la serrure, elle apercevait sans peine la porte du Croque-mort. Dès qu'il descendrait prendre son petit-déjeuner, il lui suffirait de se faufiler à l'intérieur et de fouiller ses affaires. Prenant son mal en patience, Sue se résolut à monter la garde. Il était presque neuf heures quand la porte pivota enfin sur ses gonds. Constamment vêtu de noir, l'oncle Bartholomew franchit le seuil et s'éloigna en direction de l'escalier d'un pas lourd.

« À nous deux ! », songea Sue en se retroussant les manches. Dans ce genre de moments, elle aimait s'imaginer que son héroïne, Lady Susan, l'accompagnait. Avec l'impression d'être une grande aventurière, elle pénétra dans la pièce. La simple présence de l'oncle Bartholomew semblait avoir déteint sur la chambre pour lui donner une ambiance sinistre. Toutes ses affaires étaient noires : de ses valises posées près de la fenêtre jusqu'à ses costumes suspendus dans la penderie. Sue n'aurait pas été étonnée de trouver un cercueil sous le lit.

En prenant bien soin de tout reposer à sa place, elle s'attaqua aux différents meubles. Un quart d'heure plus tard, Sue avait retourné des vêtements, farfouillé parmi des livres d'essai aux titres alambiqués, mais sans succès. Elle n'avait déniché qu'une toile d'araignée et une recette de cuisine oubliée dans un coin. Seul un tiroir fermé à clef lui résistait. « L'oncle Bartholomew n'est pas assez bête pour laisser traîner des indices, murmura une petite voix à son oreille. S'il a quelque chose à cacher, tu peux être sûre que c'est à l'intérieur... » Alors, Sue n'hésita pas. Renonçant à être discrète, elle saisit une paire de ciseaux et s'acharna sur la serrure tant et si bien que le mécanisme finit par céder.

Avec un frisson d'excitation, Sue découvrit des feuillets jaunis. Sur ces pages s'étalaient des lignes tracées à l'encre noire, précédées d'un titre : *Journal de Jacob Ashwood*. Bingo ! C'était précisément ce qu'elle cherchait.

Elle s'empressa de parcourir les documents, s'attardant sur certains passages qui décrivaient la Grande Guerre, d'autres qui mentionnaient la « vie d'après », comme l'avaient surnommée les Ashwood survivants. Une époque où la magie avait fini par s'évanouir peu à peu jusqu'à ne laisser que des échos derrière elle. Mais le plus intriguant était la dernière page : c'était une série de dates, qui se terminait par le 13 août 2019.

Sue tressaillit. C'était aujourd'hui... Pourquoi donc la date du jour était-elle inscrite là, sur ces vieux feuillets qui semblaient remonter à plus d'un siècle ? Un nom précédait cette longue liste : celui de Virginia Ashwood.

— La fondatrice de Sheryton, murmura Sue dans un sursaut.

Assaillie par un flot de questions, Sue aurait pu rester des heures, plantée devant le bureau à s'interroger. Le destin en décida autrement, car des bruits de pas ne tardèrent pas à percer le silence. Quelqu'un venait...

Sans hésiter, la jeune fille plongea sous le lit. Elle eut à peine le temps de disparaître qu'une paire de chaussures surgit sur le seuil. L'oncle Bartholomew était déjà de retour ! « Il aurait dû s'étouffer avec son petit-déjeuner », marmonna Sue intérieurement. L'homme paraissait préoccupé ; d'un geste nerveux, il grimpa sur une chaise pour s'emparer d'un objet lourd dissimulé en haut de l'armoire.

Écarquillant les yeux comme des soucoupes, Sue découvrit un coffre en bois noir. Aussitôt, une horrible conclusion s'imposa dans son esprit. L'oncle Bartholomew avait bâti un nouveau coffre ! D'une façon ou d'une autre, il avait découvert l'Arbre éternel et s'apprêtait à reproduire le plan de Jacob Ashwood. L'histoire était sur le point de se répéter…

Sue se tassa sur elle-même. Elle allait attendre, guetter le départ du Croque-mort et, dès qu'il aurait le dos tourné, elle cacherait le coffre quelque part. Son merveilleux programme vola en éclats quand l'oncle Bartholomew cala sa haute silhouette contre la porte.

— Sue, lâcha-t-il dans un souffle, je sais que tu es là…

Lorsque Holly sortit de chez Mr Lewis, sa tête bouillonnait de questions sans réponse. Le vieux directeur soupçonnait Alistair d'être un traître, une sorte d'agent double qui n'hésiterait pas à les livrer au Consul. En mettant de côté ses sentiments, la jeune femme ne pouvait nier que quelque chose clochait avec Alistair.

Il était bientôt midi quand elle se mêla de nouveau à la foule qui envahissait le boulevard des Cendres. Aussitôt, des clameurs inattendues parvinrent à ses oreilles. Placés à des endroits stratégiques, des gamins secouaient des exemplaires de *La Gazette d'Astrelune* au-dessus de leur tête.

— Demandez l'édition spéciale ! Balthazar Riley, le célèbre capitaine pirate, a été exécuté !

Holly sentit son cœur s'arrêter de battre. *Balthazar avait été exécuté…* Non, c'était forcément une erreur !

— Combien ? lança-t-elle à l'un des vendeurs.

— Un demi-doublon.

Holly jeta une pièce dans sa direction et, sans attendre la monnaie, s'empara d'un numéro. Bousculée par un flot de passants, elle s'empressa de lire les gros titres. Son regard ne tarda pas à se poser sur la photographie de Balthazar, immortalisé sur l'échafaud. C'était bien lui… La mort l'avait cueilli : recouvert de tomates, son tricorne tombé à ses pieds, il pendait lamentablement au bout d'une corde. Sur ses lèvres flottait étrangement l'ombre d'un sourire.

— Enfin, faites attention…, grommela quelqu'un en s'écartant.

Holly venait de vomir. Elle avait l'impression que ses entrailles étaient en train de se tordre. Des larmes silencieuses glissèrent le long de ses joues, puis ce furent ses jambes qui l'abandonnèrent. Elle s'écroula au milieu du trottoir, sanglotant sur le sort d'un homme qu'elle avait aimé sans oser se l'avouer. Toute sa vie, Balthazar avait voulu quitter Sheryton. Ce jour-là, il était définitivement parti…

— Vous êtes triste de ne pas avoir eu de place pour le procès ? demanda une vieille femme en passant à côté d'Holly. Vous savez, les tickets se sont vendus à la vitesse de l'éclair. Faut dire que la campagne de pub a été particulièrement efficace… Mais le spectacle en lui-même aurait pu être mieux. Le juge n'était pas assez mou, oui, pas assez mou… À certains moments, je l'ai même trouvé énergique.

Holly ne l'écoutait plus. Elle devait voir Balthazar, lui demander pardon de ne pas avoir été là quand il aurait eu tant besoin de sa présence. Lui dire adieu. Les membres tremblants, elle se releva difficilement et se précipita vers la salle d'audience. Vu l'ampleur de l'événement, le Consul avait sans doute choisi le gigantesque amphithéâtre qui jouxtait la prison.

À chaque pas en avant, des images de Balthazar dansaient dans sa tête : un gamin aux joues sales qui lui tendait une pomme dans les rues de Sheryton ; un adolescent, chef de bande, qui croyait diriger une armée sans voir que ses troupes rassemblaient les gosses les plus miséreux du quartier ; un ami qui marchait avec elle, main dans la main, sur une plage de sable. Lorsqu'elle parvint devant la porte principale, Holly continuait de se raccrocher à un espoir insensé.

— La représentation est terminée, madame, marmonna un employé qui balayait les restes de pop-corn et de tomates. Vous ne pouvez pas…

— Je vous donne cinq doublons si vous me laissez entrer, coupa Holly en agitant des pièces sous son nez.

Le balayeur accepta le pot-de-vin sans protester. Le souffle court, Holly s'élança vers l'immense échafaud qui se dressait au fond de la salle. Un corps était toujours suspendu, se balançant à la potence.

Balthazar Riley. Mort.

Holly sentit ses yeux se brouiller. Elle se jeta sur lui, s'agrippant à ses jambes comme un naufragé se cramponnant à une bouée de sauvetage.

— Oh, Balthazar, murmura-t-elle, je suis sincèrement désolée….

De longues minutes s'écoulèrent. Holly refusait de le lâcher, comme si Balthazar était encore en vie ; comme si, en le soutenant, elle pouvait encore lui éviter de se briser la nuque. Ce fut un raclement de gorge dans son dos qui la fit sursauter.

— Miss Nightingale, je suis ravi de voir que vous avez trouvé le chemin jusqu'à Mr Riley.

Vêtue de son uniforme sombre, la silhouette de Mr Lynch se détacha d'un pilier.

24

LES LIMBES

Balthazar Riley était de très mauvaise humeur. Il ne trouvait aucun membre de son équipage. De la proue à la poupe, il avait beau fouiller chaque cabine, pousser chaque porte, il ne tombait que sur des pièces vides. Bon sang, où étaient-ils tous passés ? Leigh, Sydney, Palmer, Darell... Ils étaient forcément quelque part, ils n'avaient quand même pas abandonné le navire.

— Hé ho ! cria Balthazar. Y a quelqu'un ?

Seul un silence lourd et pesant lui répondit. Quelque chose clochait, il en était persuadé... Depuis qu'il s'était réveillé, la tête posée sur une carte, son esprit fonctionnait au ralenti. Ses pensées se mélangeaient ; elles se mêlaient et formaient un tel paquet de nœuds qu'il ne parvenait plus à suivre un raisonnement logique.

À défaut de dénicher ses subordonnés, Balthazar se traîna jusqu'à la cuisine pour s'éclabousser le visage avec de l'eau froide. Le contact glacé sur sa peau n'eut aucun effet, et ce fut dans un état second qu'il gravit l'escalier menant au pont. L'espace d'un instant, Balthazar manqua de basculer en arrière et de dégringoler les marches en sens inverse. Devant lui s'étalait une vision cauchemardesque… Sous un ciel noir d'encre, de gigantesques vagues se dressaient au loin, tellement hautes qu'elles menaçaient de retourner son bateau. Jamais le capitaine n'avait assisté à un spectacle aussi effrayant.

Face à la colère des éléments, Balthazar se sentait minuscule. Il demeurait statufié, la bouche grande ouverte, fixant désespérément l'horizon. Il s'imaginait déjà perdu au milieu des flots tumultueux quand une petite voix intérieure chuchota soudain à son oreille.

— Ce n'est pas normal, lui dit-elle. Et si c'est anormal, c'est que rien n'est réel… Regarde autour de toi, mais utilise ta jugeote plutôt que tes yeux. Tu sais bien que ton équipage n'a aucune raison de disparaître de la sorte. Voilà le premier indice… Le second, c'est qu'aucun marin n'a jamais affronté une tempête pareille. Alors, calme-toi et essaye de réfléchir posément…

Dans un prodigieux effort, Balthazar ferma les yeux. Il tenta de claquemurer son esprit et de se couper du monde extérieur. Si cet univers était bel et bien factice, où se trouvait-il vraiment ? C'était bizarre mais, par-delà le fracas des vagues, il lui semblait entendre des cris. Des gens hurlaient des insultes et, pour une raison obscure, il sentait une odeur persistante de tomates pourries. « Pendez-le, pendez-le ! » Pourquoi voulait-on le pendre ? Parce qu'un traître lui avait collé de fausses accusations sur le dos… Oui, il s'en souvenait à présent, il avait été traîné de force à un procès. Un horrible procès où il n'avait pas réussi à en placer une. Un procès qui s'était terminé par sa mort.

« Misère, ils ont eu ma peau », réalisa Balthazar dans un sursaut. Lorsqu'il fouilla sa mémoire, les paroles de Mr Lewis lui revinrent sous forme de bribes : « Leur esprit les entraîne dans les limbes, une sorte d'entre-deux dont il est très difficile de s'échapper. C'est une prison de ténèbres, une nuit sans fin qui plonge ses victimes dans la folie. »

— Je suis dans les limbes, marmonna Balthazar avec effroi.

Quand il rouvrit les paupières, la mer était toujours aussi agitée. Seule différence notable, une planche flottait à quelques mètres de *L'Orion* et agrippé à ce morceau de bois se trouvait un naufragé.

Sue tremblait. Le Croque-mort venait de la tirer par la peau du cou pour la faire sortir de sa cachette. Elle avait beau se débattre, elle ne parvenait pas à se libérer de sa poigne de fer.

— Dès que je t'ai vue, siffla l'oncle Bartholomew entre ses dents, j'ai su que tu étais une sale petite fouineuse…

— Je ne suis pas venue fouiner, se défendit Sue en essayant vainement de tordre la vérité. Je cherchais juste un livre. Tante Harmony m'a dit qu'il se trouvait dans la chambre verte.

— Il n'y a jamais eu de bouquins dans cette pièce… Tiens, tiens, regarde un peu ce tiroir, tu as mis les documents en désordre. Tu t'es amusée à fouiller dans le journal de Jacob Ashwood, hein ?

— Non, m'sieur.

— Ravale tes mensonges.

Le Croque-mort jeta un coup d'œil vers la porte, comme s'il s'attendait brusquement à trouver quelqu'un sur le seuil.

— Personne ne sait que tu es ici, susurra-t-il. Tes maudites tantes et ta mère sont dans la cuisine. Elles n'ont aucune chance de t'entendre...

Sue aurait volontiers poussé un cri suraigu pour vérifier cette information, mais une main se plaqua violemment sur sa bouche.

— Aujourd'hui est un jour très important, poursuivit l'oncle Bartholomew dont les yeux brillaient d'une étrange lueur, et je ne laisserai personne me mettre des bâtons dans les roues. Toi, encore moins qu'un autre... J'ai travaillé trop dur pour que mes efforts soient balayés par une petite morveuse.

Incapable de résister, Sue se retrouva entraînée, tirée de force dans le couloir. Malgré ses efforts, elle ne faisait pas le poids face au Croque-mort. Sans ménagement, il l'obligea à le suivre jusqu'à la bibliothèque du deuxième étage.

— D'ici quelques heures, Phryne Ashwood mourra, ricana l'oncle Bartholomew, et dès qu'elle aura cassé sa pipe, j'utiliserai sa magie pour activer le coffre. Toi, malheureusement, tu ne pourras prévenir personne, ajouta-t-il, les lèvres étirées en un rictus. Est-ce que tu connais cette particularité du manoir ? Le bâtiment est criblé de failles qui creusent la réalité, mais certaines d'entre elles ne mènent nulle part…

Pourquoi lui faisait-il toutes ces confidences ? L'espace d'un instant, Sue songea qu'il aimait surtout s'entendre parler. Elle n'eut pas l'occasion de s'interroger davantage car, d'un geste vif, le Croque-mort posa sa main sur le papier peint pour entrouvrir une fente. Dans son regard se lisait presque de la folie. Après des années à patienter, il touchait enfin au but, et nul n'avait le droit de se mettre en travers de sa route. Sans avoir le temps de réagir, Sue fut brutalement propulsée à l'intérieur du passage.

Le monde devint noir avant de se refermer sur elle.

— Vous ! s'exclama Holly.

— Moi, acquiesça Mr Lynch avec un petit rire. Je vous cherchais, Miss Nightingale, et quelle chance, je vous ai trouvée dans ce lieu pittoresque. Le capitaine vous manquait à ce point ?

Holly cracha à ses pieds.

— C'est à cause de vous qu'il a été pendu, espèce de charognard !

— Non, c'est à cause du Consul, rectifia Mr Lynch. Pour ma part, je trouve cette mesure inutile mais, comme le capitaine Riley m'insupportait, j'ai cédé à la requête des autorités.

— Et moi aussi, vous allez m'arrêter ?

— Cela dépendra de notre entretien.

Sur le visage de Mr Lynch flottait un air mystérieux qui, pour Holly, n'annonçait rien de bon. Agrippée aux jambes de Balthazar, elle le serra davantage contre elle, comme s'il avait une chance de revenir à la vie.

— J'ai été informé que vous avez rencontré Davras. Je veux savoir précisément ce qu'il vous a dit, exigea Mr Lynch d'un ton sec. Le rapport de l'agent n° 483 était bizarrement laconique à ce sujet.

— Pourquoi ?

— Parce que le Consul fait fausse route. Il se trompe sur toute la ligne et, s'il continue d'être aux commandes, Astrelune court à sa perte.

Holly leva un sourcil perplexe. Est-ce que Mr Lynch était vraiment en train de critiquer le système en place ? Non, il lui tendait forcément un piège…

— Je ne vous dirai rien, lâcha-t-elle avec mépris.

— Ma chère, vous m'en voulez pour l'agent n° 483, n'est-ce pas ? susurra Mr Lynch. Pardon, vous ne le connaissez pas sous ce nom… Disons, le faux Alistair Sheffield, celui qui vient de m'offrir Balthazar Riley sur un plateau d'argent !

— Quoi ? Qu'avez-vous… dit ?

— Qu'Alistair Sheffield vous a trahis… L'agent n° 483 nous avait échappé, ajouta Mr Lynch. Il avait disparu du jour au lendemain, il s'était volatilisé, et nous avons même supposé qu'il avait été désactivé. Ah oui, le sens de ce dernier mot vous échappe sans doute… C'est l'esprit de Phryne Ashwood qui fait naître les Ombres : notre mission est de défendre le système et de permettre à la société de fonctionner. Si notre créatrice est mécontente de nos services, elle nous désactive, c'est-à-dire qu'elle nous supprime définitivement. L'agent n° 483 occupait un poste subalterne dans l'administration, et nous pensions que la Dame lui avait réservé ce sort. L'autre jour, poursuivit Mr Lynch avec un sourire en coin, j'ai été très surpris de le découvrir avec vous au poste de police. Bien sûr, il avait changé de visage, il avait pris l'apparence d'un benêt débraillé, mais en lui demeurait encore le fantôme de ce qu'il était. Une Ombre... Il m'a suffi de lui faire parvenir une lettre, un message codé, afin de lui rappeler son ancienne nature. Dans son esprit, j'ai posé une graine et j'ai attendu qu'elle croisse et porte ses fruits. Et j'avais raison de le faire puisque l'agent n° 483 nous est revenu.

— Vous vous êtes bien moqué de nous ! siffla Holly entre ses dents.

— Oui et non. Quand Mr Lewis nous a signalé votre présence au Musée national, je me suis douté qu'il vous avait envoyés sur la piste de Davras... L'Homme-qui-a-disparu, celui qui prônait de folles théories à Astrelune et qui s'était évanoui dans la nature. Je veux que vous me répétiez ses paroles, Miss Nightingale, et si ce que vous dites a un sens, je vous laisserai peut-être agir.

Holly le toisa du regard.

— Je n'ai aucune raison de vous faire confiance ! lança-t-elle.

— C'est vrai, je le reconnais. Mais, au cas où vous ne l'auriez pas remarqué, vous êtes passée d'un groupe de trois à un groupe de un. À mon avis, vous auriez grand besoin d'un allié…

— Je préférerais m'allier à n'importe qui plutôt qu'à vous !

— Je n'en doute pas, Miss Nightingale… « Le secret des Mille-et-un sera préservé, tel est le serment des Ombres. » Vous connaissez cette formule, n'est-ce pas ? Depuis le début, je pense qu'elle est fausse : ce n'est pas le secret des Mille-et-un que nous devons préserver, ce sont les Mille-et-un eux-mêmes. Et les Mille-et-un ne vont pas tarder à périr si nous restons les bras croisés.

Holly eut un mouvement de recul. Le regard impénétrable, Mr Lynch venait de s'avancer vers elle.

— Posez vos mains sur ma tête, murmura-t-il.

— Pour quoi faire ?

— Pour que vous puissiez lire en moi. À Sheryton, vous étiez bien une démêleuse d'âme ? C'est en tout cas ce qu'indique votre dossier.

Seule avec lui dans la salle d'audience, Holly avait peu de chance de lui échapper. Au poste de police, elle avait déjà vu comment Mr Lynch était parvenu à immobiliser Balthazar en un claquement de doigts. Cette idée n'avait rien d'enthousiasmant ; Holly était même persuadée qu'il s'agissait d'un piège. Pourtant, d'un geste tremblant, elle plaça ses mains de chaque côté de son crâne. Aussitôt, des volutes de fumée s'échappèrent de sa tête et se mirent à flotter dans les airs. Un agent condamné à des tâches administratives, un tueur qui avait su faire ses preuves, un employé dont la hiérarchie campait sur ses positions au mépris de la raison, un témoin impuissant qui voyait le monde sombrer peu à peu… Entre ses doigts de démêleuse, Holly percevait ses pensées, ses rêves et ses espoirs qui se brisaient face à la dure réalité. Mais ce qui s'insinua surtout en elle, ce fut un doute grandissant.

— Qui êtes-vous… exactement ? lâcha-t-elle.

Les lèvres de Mr Lynch s'étirèrent en un rictus.

— Parmi les Ombres, seuls les hauts responsables reçoivent un nom, susurra-t-il. Avant de monter en grade, je n'étais qu'un numéro parmi les autres. Un numéro qui, du matin au soir, était enseveli sous une montagne de paperasse. Et puis, un beau jour, j'ai assisté à une exécution, et une part de moi s'est mise à rêver d'humanité. Aussi étrange que cela puisse paraître, elle s'est détachée de mon corps ; elle a pris son indépendance avant de fuir le système pendant deux décennies.

— Est-ce que vous êtes en train de me dire que vous êtes…

— Alistair Sheffield, oui… J'ai vu cet être s'arracher de moi, se libérer de mon emprise jusqu'à devenir cet idiot dépenaillé qui vomissait des articles de loi. Il est rare qu'une Ombre se dédouble : pour qu'un pareil phénomène se produise, son esprit doit être en proie à un violent conflit intérieur. Un combat tel que son âme se déchire en deux morceaux distincts, expliqua Mr Lynch. Voyez-vous, l'agent n° 483 m'a laissé derrière lui comme un serpent abandonne sa mue. Plusieurs années se sont écoulées avant que mes supérieurs ne remarquent mes efforts. Moi, le fidèle serviteur qui était resté dans le rang, j'ai fini par être promu : les autorités m'ont nommé « Mr Lynch » et m'ont placé à la tête des opérations. Voilà qui je suis, Miss Nightingale !

Holly avait du mal à en croire ses oreilles. Un court instant, elle observa Mr Lynch comme si elle s'attendait à ce qu'il éclate de rire.

— Où est Alistair ? articula-t-elle finalement.

— En redevenant une Ombre, il a accepté sa punition. Il s'est effacé de lui-même, il a gommé sa ridicule existence qui n'aurait jamais dû être… L'agent n° 483 n'est plus mais, si cela peut vous consoler, je pense qu'une infime partie de son âme demeurait attachée à Alistair Sheffield. Son rapport comportait des lacunes, des trous si béants qu'il m'est difficile de croire à un simple oubli.

Un frisson s'empara d'Holly. Alistair Sheffield avait beau être un traître, la jeune femme ne put s'empêcher d'éprouver un pincement au cœur. Pour elle, il serait toujours ce visiteur maladroit qui avait franchi les portes du Musée national. « Peu importe ce qui nous attend, je ne vous laisserai pas tomber », lui avait déclaré Alistair à bord du dirigeable. Même s'il avait fini par les livrer à l'ennemi, ses paroles n'étaient-elles que des mensonges ?

— Miss Nightingale, s'agaça Mr Lynch, je vous le demande une dernière fois. Que vous a dit l'Homme-qui-a-disparu ? Actuellement, la population d'Astrelune a cent pour cent de chance d'être anéantie. Si votre plan permet de faire baisser ce triste pourcentage, vous avez ma parole que je vous laisserai le champ libre…

— Vous ne ferez rien pour me mettre des bâtons dans les roues ?

— Non.

Holly hésita.

— Je dois éteindre l'esprit de Phryne Ashwood, prononça-t-elle dans un souffle.

— Le décor d'Astrelune a besoin de l'esprit de la Dame pour subsister. S'il disparaît, les Mille-et-un retrouveront leurs souvenirs : ces gens se poseront des centaines de questions, cela pourrait provoquer un mouvement de panique qui…

— Oui, coupa Holly, mais cela permettrait également de réveiller Phryne.

S'allier à Mr Lynch était un pari risqué mais, en cet instant, il était peut-être son meilleur espoir de sauver le clan de Davras. Sans s'encombrer des détails, Holly lui résuma la discussion avec Sue Ashwood et son projet fou de libérer les âmes dans un souvenir.

— L'esprit de la Dame repose à l'intérieur de la Machine du temps, mais déconnecter le système est loin d'être une tâche aisée, lâcha Mr Lynch.

— Eh bien, vous n'avez qu'à venir me prêter main-forte…

— Non, c'est impossible. Les Ombres ont été créées pour servir la Dame : si je tente quoi que ce soit contre elle, je serai aussitôt désactivé. D'après vous, pourquoi Mr Lewis nous a-t-il rapporté votre intrusion dans les sous-sols du

Musée ? Parce qu'il a juré loyauté aux Ombres et que cela revient à jurer loyauté à la Dame en personne. Nul n'ose s'opposer à Phryne Ashwood.

— Dites-moi simplement où la trouver et vous ne serez pas impliqué.

— La dernière porte au fond du couloir, soupira Mr Lynch. Tenez, prenez cette clef, elle vous permettra d'accéder à la Machine.

Mr Lynch tira de sa poche une petite clef en argent.

— C'est le mieux que je puisse faire, Miss Nightingale. Bonne chance !

Holly le vit s'éloigner. Telle une ombre parmi les ombres, il se fondit dans les ténèbres avant de disparaître.

Certaines failles ne menaient nulle part… Sue venait de découvrir l'un de ces culs-de-sac à ses dépens. Elle était coincée entre quatre murs, dans un espace à peine assez grand pour qu'elle puisse tenir assise. Son premier réflexe aurait été d'enfiler ses bésicles et de repartir en sens inverse. Malheureusement, les lunettes étaient restées dans sa chambre. À aucun moment, Sue n'aurait imaginé que l'oncle Bartholomew connaissait ces fentes. Après tout, cet homme avait lu les écrits de Jacob Ashwood : dans son journal, leur ancêtre mentionnait sans doute ces passages.

L'adolescente était bel et bien prisonnière. Elle avait crié ; elle avait frappé les parois pour réclamer de l'aide,

mais ses appels étaient restés sans réponse. Que pense-
raient les tantes Harmony et Opal ou même sa mère ? Le
Croque-mort avait probablement inventé une excuse pour
justifier son absence. Un certain temps risquait de s'écouler avant qu'on ne se lance à sa recherche.

D'ailleurs, où se trouvait-elle ? Contrairement à ce
qu'elle avait cru au premier abord, Sue n'avait pas atterri
dans un recoin du manoir. C'était plutôt comme si la réalité avait brusquement décidé de se tordre, de créer une
faille entre ici et là-bas ; un entre-deux improbable sans
espoir de sortie.

Un court instant, Sue regretta de ne pas s'être perdue
dans les souvenirs. Elle se sentait liée aux Mille-et-un ;
incapable de regagner son monde, elle éprouvait l'horrible sensation de les avoir abandonnés, de les avoir livrés
à un sort funeste. Si Phryne devait mourir, ils périraient
avec elle. C'en serait fini d'eux, et Clara Nightingale ne
reverrait plus jamais sa sœur. Sans personne pour le
contrer, l'oncle Bartholomew userait de la magie libérée
pour actionner son maudit coffre. Quelles âmes avait-il
l'intention d'emprisonner à l'intérieur ?

Cet homme préparait son plan depuis plusieurs décennies. Chaque élément avait dû être pensé dans les
moindres détails. Pour ne pas attirer l'attention, il choi-
sirait probablement des malheureux dont la disparition
passerait inaperçue. Des sans-abri, des sans-papiers ;
tous les exclus de la société… Enfermés dans le coffre, ils
seraient soumis à des tourments éternels qui les ronge-
raient de l'intérieur.

— Je vous promets que je vais trouver une solution, murmura Sue. Faites-moi confiance…

Elle songea à Phryne, à son courage lorsqu'elle s'était sacrifiée pour sauver le clan de Davras. Refusant d'écouter sa peur, elle avait absorbé leurs esprits ; elle avait oublié ses propres rêves pour devenir leur refuge. Son pouvoir n'était pas le plus impressionnant – elle dont le raccommodage était le seul talent –, et pourtant, elle avait réussi un véritable exploit. Alors, Sue eut envie de lui ressembler, de faire d'elle son modèle…

« Il existe forcément un moyen de sortir », se répétat-elle. L'autre nuit, la vieille Clara lui avait confié qu'elle était capable de franchir les passages sans l'aide des bésicles. Mais cette prouesse lui avait sûrement demandé des années et des années d'entraînement.

— Concentre-toi, marmonna Sue en serrant les poings. Concentre-toi…

Balthazar sentait ses membres trembler. Ce n'était pas un, mais quatre naufragés qui avaient surgi au milieu des flots tumultueux, agrippés à une planche en bois. Leigh, Sydney, Palmer, Darell… Les limbes s'amusaient-elles à le torturer mentalement… ou bien étaient-ce réellement ses camarades ? « Vous étiez le seul à avoir une existence tangible. Les autres n'étaient que les reflets de vos anciens compagnons », lui avait déclaré Mr Lewis. Le vieux directeur avait peut-être commis une erreur, songea Balthazar en se raccrochant à un espoir. Et si ses amis avaient survécu à la Grande Guerre, le destin les avait-il réunis dans cette réalité cauchemardesque ?

— J'arrive, s'écria Balthazar, je vais vous sauver !

Avec des gestes hâtifs, il noua une corde autour de sa taille avant de lier l'autre extrémité au bastingage. Lorsqu'il plongea dans la mer, l'eau glaciale lui poignarda la chair. À chaque mouvement en avant, le jeune homme avait l'impression que ses membres s'étaient transformés en plomb et le tiraient vers le bas. Une vague violente s'abattit sur lui. Sans pouvoir résister, Balthazar bascula sous la surface de l'eau où le courant le projeta contre la coque du navire.

« Je n'abandonnerai pas mes hommes », se répéta le capitaine intérieurement. Il lutta pour nager, pour s'extirper de cette zone qui menaçait de l'engloutir encore et encore. Ses efforts lui arrachèrent des cris de douleur. Difficilement, il finit par atteindre Leigh. Ses paupières étaient closes, et son visage avait pris une teinte presque livide.

— Leigh, appela Balthazar en lui secouant l'épaule, Leigh ! Réveille-toi !

Son second n'eut pas la moindre réaction.

— Regarde, le bateau n'est pas très loin et j'ai attaché une corde autour de ma taille…

Balthazar s'aperçut alors que la corde n'était plus nouée au bastingage. Misère ! Comment allait-il remonter à bord de *L'Orion* ? Comme pour lui ôter ses derniers espoirs, Leigh lâcha la planche avant de couler dans les flots noirâtres. Inspirant profondément, Balthazar plongea derrière lui.

De longues secondes s'écoulèrent. Affolé, le capitaine jetait des regards de tous côtés mais, sous l'eau, il ne distinguait rien. C'était comme si Leigh avait été happé, dévoré par l'obscurité. À bout de souffle, Balthazar finit par regagner la surface. Un sinistre spectacle l'attendait. Cramponnés à leur planche, Sydney, Palmer et Darell l'entouraient. Leurs yeux étaient devenus rouge sang, et leur expression était d'une telle gravité que Balthazar eut un mouvement de recul.

Lentement, ils tendirent vers lui un doigt accusateur.

— Tu as tué Leigh ! clamèrent-ils d'une même voix. Tu es le responsable, toi et toi seul !

— Non, c'est… faux, bafouilla Balthazar. J'ai essayé de… le sauver.

— Tu n'as rien fait pour l'arracher à son triste sort… Tu n'aurais jamais dû être notre chef. Un chef ne laisse pas ses hommes derrière lui.

Et les uns après les autres, ils glissèrent de leur planche pour se laisser couler. Balthazar tenta de rattraper Sydney, mais son corps était tellement lourd qu'il ne parvenait pas à le soulever.

— NON ! hurla-t-il. REVENEZ !

Des larmes coulèrent sur les joues de Balthazar. Des larmes de colère et de rage.

— Je suis désolé, sanglota-t-il. Je suis désolé… de vous avoir abandonnés.

Des images de Sheryton lui revinrent, le souvenir de la Grande Guerre et de cette terrible bataille qui avait eu lieu aux frontières de la ville. Ce matin-là, les Ashwood s'étaient révélés des adversaires coriaces : il pleuvait sur le clan de Davras des attaques redoutables qui étaient de plus en plus difficiles à contrer. Des rafales d'énergie déferlaient sur eux ; des flaques de poison jaillissaient du sol ; des éclairs fendaient le ciel ; des illusions s'emparaient des esprits, les poussant à la folie. Le monde se résumait à des cris, des jurons et à une odeur de sang qui donnait la nausée... Balthazar combattait dos à dos avec Leigh. La peur s'était glissée en lui : sans peine, elle avait réussi à fissurer son pouvoir et, malgré ses efforts, son corps refusait de *se décolorer*. Il avait beau l'invoquer, sa magie restait sourde à son appel. Le long du dôme de protection, des vagues d'ennemis se succédaient. Tôt ou tard, il allait finir encerclé, acculé tant et si bien que la mort s'abattrait sur lui.

Holly allait partir avec lui, il l'avait lu sur son visage... Il n'avait pas le droit de périr, il n'avait pas le droit de la laisser seule. D'ordinaire, Balthazar se considérait comme un homme courageux. En cet instant, il choisit pourtant d'être lâche... Mais fuir, était-ce vraiment de la lâcheté lorsque les dés semblaient déjà jetés ? Se sacrifier au combat n'avait rien de glorieux : pour lui, ce n'étaient que des foutaises destinées à faire rêver les esprits faibles.

Balthazar avait pris ses jambes à son cou. Il avait profité d'une ouverture, d'une brèche dans le camp ennemi pour s'échapper. Soudain, il avait entendu le cri de Leigh ;

il avait perçu sa douleur quand il s'était retrouvé seul à défendre leur position. Une avalanche de glace n'avait pas tardé à le tuer. Dans sa course folle, Balthazar avait croisé ses amis, ses frères de cœur qui attendaient de lui un soutien. Il les avait ignorés, il avait sauté au-dessus des cadavres sans se retourner. Et puis, il avait senti son âme s'extirper de son corps. Il n'avait pas été assez rapide, et Astrelune lui réservait une existence de souffrance, à bouffer des regrets à n'en plus finir.

25

LA MACHINE DU TEMPS

Pour la première fois depuis des années, Holly observa la Machine du temps avec attention. Bâtie en forme de poire, elle surplombait la cité d'Astrelune, perchée sur un gigantesque échafaudage haut de plusieurs centaines de mètres. Pour s'introduire à l'intérieur, il lui faudrait emprunter l'ascenseur en verre, une construction qui avait l'air aussi brinquebalante que le reste de la structure.

Holly serrait dans sa main la clef que lui avait remise Mr Lynch. Malgré ses paroles, elle continuait de se méfier de lui : s'il avait retourné sa veste une fois, rien ne lui garantissait qu'il ne rejoindrait pas brutalement le camp adverse. À une autre époque, une part de son âme était devenue Alistair, mais Holly refusait de voir en lui son ancien compagnon. La jeune femme s'efforça de fermer son esprit, d'oublier que, quelques heures plus tôt, ils étaient encore trois… Il ne restait plus qu'elle désormais.

Inspirant profondément, Holly se concentra sur sa mission. D'après *La Gazette d'Astrelune*, les ingénieurs qui travaillaient dans la Machine du temps n'étaient pas très malins. Régulièrement, des habitants se plaignaient que cette bande de crétins perdait des arcs-en-ciel – Mr Lewis en avait d'ailleurs un dans son bureau – et qu'ils s'amusaient à actionner le bouton « jour » quand il était encore l'heure de dormir. Avec un peu de chance, Holly n'aurait pas trop de mal à les embobiner.

D'un pas vif, elle s'approcha de l'ascenseur. La porte était verrouillée. Espérant faire partie des rares élus accrédités, Holly glissa la clef de Mr Lynch dans la serrure. Un long grincement, et le panneau s'entrouvrit. À l'intérieur, le tableau de commande ne comportait qu'un seul bouton. Une simple pression suffit pour que l'appareil s'ébranle et commence à gravir les niveaux. À travers l'habitacle transparent, Holly voyait les toits d'Astrelune devenir minuscules. Elle avait presque le sentiment de voler.

— … non, Brandon, jette un coup d'œil au planning, je suis à peu près sûr que la direction avait prévu de la pluie pour ce matin… Mais on s'en fiche que les gens aient signé une pétition pour réclamer du soleil… Ah, c'est pour le grand rassemblement des adorateurs du Crustacé-Tout-Puissant ?

Parvenue au dernier étage, Holly entendit un véritable brouhaha. Réunis autour d'une immense console, des dizaines d'ingénieurs se disputaient quant à la marche à suivre.

— N'importe quoi, nous avions programmé du brouillard pour aujourd'hui ! clama l'un d'eux. Vous n'avez pas vu passer la note de la direction ? Ils ont changé d'avis et ils ont invoqué le C'est-comme-ça-parce-qu'on-l'a-décidé…

— Le C'est-comme-ça-parce-qu'on-l'a-décidé est abusif ! scanda un homme qui portait une cravate tricolore. Ils n'ont pas le droit de sortir cet argument plus de cent cinquante fois par mois, et on en est déjà à cent cinquante-deux.

Holly se racla la gorge.

— Messieurs, articula-t-elle d'un ton hautain, j'ai été envoyée par Mr Lynch concernant une affaire urgente. Conduisez-moi immédiatement au quartier général.

Les ingénieurs se lancèrent un regard perplexe. Manifestement, c'était bien la première fois que quelqu'un leur soumettait une requête pareille. Pour eux, les Ombres n'étaient que d'aimables voisins qu'ils croisaient parfois dans les couloirs. Chacun agissait dans son coin et, à leurs yeux, il aurait très bien pu s'agir de la Confrérie des Boulangers Strabiques que cela n'aurait rien changé à leurs affaires.

— Pourquoi Mr Lynch ne vous accompagne-t-il pas ? marmonna l'homme à la cravate colorée.

— Parce que Mr Lynch est très occupé, répliqua Holly, et contrairement à vous, je n'ai pas pour habitude de discuter les ordres. Au risque de me répéter, c'est très important, et je n'hésiterai pas à rédiger un rapport contre vous si vous me faites perdre mon temps.

Face à cet argument de poids, son interlocuteur se résolut à traîner les pieds dans la bonne direction. Holly sentait son stress monter. Convaincre les Ombres qu'elle avait une raison valable d'être là risquait d'être une autre paire de manches.

Mr Cravate l'entraîna dans un couloir, remonta une longue succession de bureaux, puis pila net devant un placard à balais.

— Et voilà, conclut-il avant de tourner les talons.

Son « Et voilà » peinait à trouver un sens dans l'esprit d'Holly. Lorsqu'elle ouvrit la porte, elle tomba nez à nez avec une collection de balais et de serpillères. Était-ce là l'entrée qui menait au repaire des Ombres ? À défaut d'une meilleure idée, elle commença à examiner le mur à la recherche d'une serrure ou d'un quelconque mécanisme d'ouverture. Dix minutes plus tard, Holly n'avait découvert que des toiles d'araignées et une tache de moisissure. Elle était dans une impasse… Si elle revenait sur ses pas pour questionner les ingénieurs, ils finiraient bien par avoir des doutes.

Et s'il s'agissait d'un mot de passe ? Holly fronça les sourcils. Quelle était cette formule déjà que lui avait répétée Mr Lynch ?

— Le secret des Mille-et-un sera préservé, tel est le serment des Ombres, récita-t-elle.

Un léger déclic se fit entendre. Un court instant, Holly cligna des yeux. Le placard à balais venait de disparaître pour laisser place à un long couloir. « La dernière porte », lui avait indiqué Mr Lynch. Lorsqu'il lui avait révélé cette information, Holly s'imaginait déjà un parcours semé d'embûches. Pourtant, rien ne semblait se mettre en travers de sa route. Au milieu du corridor, des Ombres se croisaient ; elles se hâtaient d'un bureau à l'autre sans se soucier d'Holly. Guindée dans son corset, elle affichait un air austère, une expression grave qui l'aidait peut-être à se fondre dans la masse. La jeune femme s'avança d'un pas aussi assuré que possible. « Ne les regarde surtout pas, s'encouragea-t-elle intérieurement, agis comme si tu avais une raison d'être là... »

La dernière porte était semblable aux précédentes. Holly s'attendait à la trouver close ; elle craignait une entourloupe, un piège que lui aurait tendu Mr Lynch. Quand elle actionna la poignée, le panneau pivota sur ses gonds sans opposer la moindre résistance. Il n'y avait ni gardien ni verrou... Holly ne tarda pas à en comprendre la raison. Entre ces quatre murs se dressait le meilleur des remparts.

La Dame elle-même.

Sue se concentrait encore et encore. Sa seule chance de quitter sa prison était d'invoquer la fente, de discerner le passage sans les bésicles. Le front plissé, elle tentait d'imaginer les éclats saphir ; ces lumières irréelles que révélaient les précieuses lunettes. Plusieurs fois – des dizaines, des centaines de fois ? –, l'adolescente avait palpé les murs. Elle espérait que le hasard jouerait en sa faveur et que, lassé de la voir s'agiter dans le vide, il finirait par lui fournir un indice. Malheureusement, cette entité capricieuse ne semblait guère décidée à lui prêter main-forte.

Sue n'avait plus aucune notion du temps. Combien d'heures avaient bien pu s'écouler ? Depuis le dîner de la veille, elle n'avait rien avalé, et la faim commençait à lui ronger le ventre. Par instants, d'appétissants chaussons aux pommes venaient hanter son esprit. Sue était déjà en train de saliver.

Un froissement de tissu lui fit soudain relever la tête. Quelque chose flottait dans l'air, et ce n'était pas un chausson aux pommes. C'était un bras. Sans prévenir, une main puissante l'agrippa par l'épaule et la tira en avant. Sue fut brutalement arrachée à l'entre-deux ; elle bascula à travers la faille et s'écroula au milieu de la bibliothèque.

— Et voilà, j'ai trouvé la gamine ! clama une voix victorieuse.

Sue se redressa sur ses jambes titubantes. Il lui fallut quelques secondes pour réaliser que Clara Nightingale se tenait devant elle. Le sourire triomphant, la Visiteuse effectua un moulinet avec sa canne. À côté d'elle, Mr Ferguson poussa un soupir de soulagement.

— Miss Sue, vous ne pouvez pas imaginer à quel point nous étions inquiets ! lâcha-t-il. Est-ce que vous vous êtes perdue en voyageant à travers les fentes ?

— Non, c'est l'oncle Bartholomew qui m'a enfermée là. Il voulait se débarrasser de moi…

— Je savais bien que ce sinistre bonhomme manigançait quelque chose, commenta Clara Nightingale avec mépris. Il mériterait que je lui crache dessus !

— Phryne, s'exclama Sue dans un sursaut, grand-mère Phryne est toujours vivante ?

— Oui, elle continue de dormir paisiblement. Comment vous sentez-vous ? lança Mr Ferguson. Vous êtes pâle comme un linge…

— Je vais bien, bafouilla Sue. L'oncle Bartholomew

possède le coffre éternel… Il faut absolument l'empêcher de s'en servir.

Sans un mot de plus, Sue se précipita dans le couloir et gravit les marches jusqu'au troisième étage. Elle eut à peine atteint le palier qu'elle tomba nez à nez sur sa mère. Le souffle court, Ms Ashwood donnait l'impression d'avoir parcouru chaque recoin du manoir au pas de course.

— Sue, cela fait des heures que je te cherche partout ! s'écria-t-elle. Où est-ce que tu étais passée, bon sang ?

— J'étais… ailleurs, mâchonna Sue sans s'encombrer d'explications.

Dans son dos, elle sentit que Mr Ferguson l'avait rejointe. À le voir aussi sérieux dans son costume, il aurait été difficile d'imaginer qu'une intruse l'accompagnait quelques minutes plus tôt. Sans laisser la moindre trace, Clara Nightingale s'était déjà volatilisée.

— Bartholomew nous a raconté une histoire très bizarre au petit-déjeuner, marmonna Ms Ashwood. D'après lui, tu es partie en excursion dans les rues de Sheryton…

— Où est l'oncle Bartholomew ? coupa Sue.

— Il rôde autour de la chambre de Phryne depuis tout à l'heure… Tiens, d'ailleurs, en parlant du loup…

Avec un horrible frisson, Sue aperçut la silhouette du Croque-mort traverser le corridor dans leur direction. Quand son regard dur se posa sur elle, l'adolescente devina l'ombre d'un rictus étirer ses lèvres.

— Alors, vous voyez bien, siffla-t-il entre ses dents, cette gosse n'était pas perdue ! Elle est partie se promener je ne sais où et, pour justifier son absence, je parie qu'elle va vous sortir une histoire farfelue…

Un sentiment de colère envahit Sue. L'espace d'un instant, elle parut plus âgée. Ses traits se durcirent alors qu'elle pointait un doigt accusateur vers le Croque-mort.

— Non, c'est faux, et vous le savez très bien ! C'est vous qui m'avez jetée à travers la faille…

L'oncle Bartholomew afficha la même expression que s'il s'agissait d'une aimable plaisanterie. Derrière lui, les tantes Harmony et Opal venaient de surgir sur le palier, probablement attirées par l'agitation. L'aînée portait encore sa robe de chambre, tandis que la cadette avait boutonné son gilet de travers. Leur journée semblait s'être arrêtée au moment précis où elles avaient appris la disparition de Sue. En découvrant l'adolescente saine et sauve, elles se précipitèrent vers elle pour la serrer dans leurs bras.

— Oh, ma chérie ! lança la tante Opal qui paraissait sur le point de fondre en larmes. Il ne faut pas nous faire des frayeurs pareilles, mon pauvre cœur ne le supporterait pas…

— Christine, susurra l'oncle Bartholomew, tu devrais punir ta fille. Cette enfant doit apprendre à quel point il est mal de mentir…

— Je ne mens pas ! rétorqua Sue. Vous avez tenté de vous débarrasser de moi, vous avez peur que je répète ce que j'ai découvert… Je sais ce que vous manigancez. Vous cherchez à activer le coffre qui vous donnera l'immortalité !

— Espèce de petite insolente…

Planté au milieu du couloir, l'oncle Bartholomew toisait Sue de toute sa hauteur. Ms Ashwood ouvrit la bouche, prête à répliquer, mais ce fut la tante Harmony qui s'avança vers lui d'un pas décidé.

— Bartholomew, lui dit-elle, tu as beau être mon frère, je ne t'ai jamais apprécié. De ta part, j'aurais toléré bien des affronts sans réagir, mais aujourd'hui tu as dépassé les bornes. Je ne te laisserai plus faire de mal à ma famille.

Et pour conclure cette tirade, la tante Harmony arracha son médaillon et le jeta au sol. Dans un bruit métallique, le pendentif se brisa net aux pieds de Bartholomew Ashwood. Presque aussitôt, ce fut un souffle puissant qui s'échappa des débris ; une pluie torrentielle envahit le corridor et enveloppa la silhouette du Croque-mort. Sans avoir eu le temps de comprendre, il fut violemment projeté en arrière et percuta le mur de plein fouet. Il s'écroula sur le carrelage. Inconscient.

— Cathalina Ashwood était une incroyable magicienne, déclara la tante Harmony avec un petit sourire satisfait. Lorsque j'ai reçu son médaillon en héritage, mon grand-oncle Philip était persuadé qu'une partie de son pouvoir avait survécu à l'intérieur. Ravie de voir que ce brave homme avait raison… Mr Ferguson, ajouta-t-elle, est-ce que vous seriez assez aimable pour m'aider ? J'ai cru comprendre que le vœu le plus cher de mon frère était de passer le reste de la journée enfermé dans sa chambre. Le meuble du couloir devrait suffire à bloquer la porte, qu'en pensez-vous ?

— Oui, et je me ferai un plaisir de le déplacer.

— Très bien.

La bouche grande ouverte, Sue continuait à fixer la tante Harmony. Décidément, songea-t-elle, cette vieille dame était pleine de surprises.

« C'est moi qui les ai tués », songea Balthazar. Balloté par les vagues, il avait presque envie de se laisser couler. Pour oublier ses fautes, oublier son passé qui le rongeait de l'intérieur. Était-ce le sort que lui réservaient les limbes ? Expier encore et encore son crime, celui d'avoir fui quand d'autres étaient restés debout pour combattre.

Ses membres s'engourdissaient peu à peu. Alors qu'il hésitait à abandonner la lutte, une voix claqua soudain à ses oreilles.

— Riley, tu n'es qu'un fainéant !

— Qui est… là ?

Jetant des regards frénétiques autour de lui, Balthazar ne discernait personne. Il était bel et bien seul, perdu au milieu de la mer noirâtre. Pourtant, cette intonation avait quelque chose de familier.

— Holly, c'est toi ? s'exclama-t-il.

Balthazar connaissait déjà la réponse. Non, ce n'était pas la véritable Holly… C'était une illusion que lui envoyait son esprit pour tenter de l'arracher à ce cauchemar. Comme si, face à une avalanche de remords sur le point de le submerger, une voix intérieure luttait encore pour le sauver.

— Tu ne me pardonnerais pas si tu savais ce que j'ai fait, murmura-t-il.

— Oui, tu as été lâche, tu as laissé derrière toi tes camarades, mais ne vois-tu pas la vérité ? soupira la fausse Holly. Tu n'es pas un assassin ; ils sont morts parce que nous étions en guerre. Et la veille, si tu avais écouté le discours de Davras au lieu de bayer aux corneilles, tu saurais qu'il arrive même aux plus braves de faillir. Il nous l'a dit et nous l'a répété : personne ne peut savoir comment réagira son voisin lors d'une bataille. Les réactions humaines sont imprévisibles. La peur et le courage se mêlent parfois ; les sentiments nous entraînent sur des chemins que nous ne pensions pas emprunter un jour. Toi, tu t'es perdu et, pour te perdre davantage, tu t'es torturé pendant plus d'un siècle. Pourquoi as-tu choisi d'être un pirate, Riley ?

— Parce que je rêvais de partir...

— Non, parce que tu voulais que le monde entier te voie comme un criminel. Tu voulais que les habitants d'Astrelune te détestent, qu'ils te méprisent autant que tu te méprisais toi-même.

— Et si je le méritais, hein ?

— Ne sois pas trop dur envers toi-même. Nous avons tous le droit de commettre des erreurs... Si tu veux vraiment obtenir le pardon de tes hommes, tu sais ce qu'il te reste à faire.

— Quoi ?

— Sois un héros, Riley... En ce moment, tu erres dans les limbes. Beaucoup d'êtres ont sombré dans la folie, mais l'un d'eux peut encore être sauvé. Un garçon que tu connais et qui a désespérément besoin d'aide.

La voix de la fausse Holly n'était plus qu'un souffle. Le silence s'abattit sur Balthazar, le laissant seul avec ses pensées. *Oliver Parker...* Les limbes des uns et des autres communiquaient-ils ensemble ? Était-il possible de le retrouver dans cet au-delà cauchemardesque ? Alors, Balthazar tenta de se ressaisir. Pour un instant de faiblesse, pour une erreur de jeunesse, il n'avait pas le droit de laisser son passé définir son avenir. S'il voulait vaincre la mort, il devait être fort.

Devant les yeux ébahis d'Holly s'étalait une chambre richement meublée : un lit à baldaquin, des commodes en bois laqué, un paravent sculpté, des tapis luxueux... Au milieu de cette débauche d'opulence, Holly remarqua une femme dont les cheveux indisciplinés tombaient sur ses épaules, telle une crinière. Son corps était moulé dans une robe vert émeraude, recouverte d'un voile poussiéreux. Lorsqu'elle tourna son visage vers elle, Holly la trouva belle. Belle, mais d'une sévérité presque terrifiante.

— Vous êtes... Phryne Ashwood, bafouilla Holly qui avait esquissé un mouvement de recul.

— Je suis l'esprit de Phryne Ashwood, rectifia la Dame. Et vous, je vous connais très bien, Miss Nightingale. Au Musée national, vous avez chéri mes souvenirs, vous en avez pris soin, alors que vos visiteurs n'avaient pour eux que du mépris. Et puis, vous vous êtes aventurée dans mon subconscient, dans ce désert où échouent les idées qui n'ont guère leur place à Astrelune... Dites-moi une chose, est-ce que Davras va bien ?

« Aller bien » était un concept étrange pour un homme enfermé entre quatre murs, qui passait son temps à jouer à la console.

— Je crois que vous lui manquez énormément, répondit Holly. Lorsqu'il travaillait encore au Musée, il avait le sentiment d'être à vos côtés.

— Davras a été exilé pour une bonne raison, murmura la Dame. Tant qu'il est prisonnier de mon subconscient, rien ne m'écarte d'Astrelune, et les Mille-et-un survivront.

Dans sa voix, Holly percevait une tristesse infinie, une douleur qui transcendait son être. Phryne ne s'était pas seulement sacrifiée pour eux, leur offrant son corps comme un réceptacle, elle avait payé son plus lourd tribut en se séparant de l'homme qu'elle aimait.

— Vous savez ce qui m'amène, n'est-ce pas ? lâcha Holly dans un souffle.

— Oui, vous êtes venue pour me tuer... et je ne vous laisserai pas faire.

26

LA DAME

Holly n'eut pas le temps de réagir. Subitement, ses membres se trouvèrent paralysés, figés comme si elle était devenue une statue en pierre. Malgré ses efforts, la jeune femme ne parvenait pas à se libérer. Elle voulut crier, mais même sa voix demeurait coincée au fond de sa gorge. Ce qui franchit ses lèvres ne fut que des sons inarticulés.

— Je ne sais pas quoi faire de vous, Miss Nightingale, soupira la Dame. Vous m'avez témoigné une très grande loyauté, et je n'ai aucune envie de vous emprisonner. Malheureusement, vous vous êtes engagée sur une voie qui fait de vous mon ennemie… Vous pensez peut-être que détruire Astrelune sauvera les Mille-et-un, mais vous vous trompez. Phryne Ashwood ne survivra pas : si elle se réveille, son corps se rappellera à elle, et elle mourra… Oh oui, je connais le plan fumeux qui a germé dans votre petite tête, ajouta la Dame qui, à défaut d'une interlocutrice, faisait elle-même les questions et les réponses. Vous ne m'avez jamais vue et pourtant, je vous suis à chaque instant. En ce moment précis, je suis aux quatre coins de la cité, je survole les quartiers et je lis dans le cœur de ses habitants. Je suis partout et nulle part à la fois ; rien ne m'échappe et, vu votre trio atypique, je n'avais aucune chance de vous manquer… Si vous êtes ici, c'est uniquement parce que je vous ai laissée venir jusqu'à moi. Oui, je sais ce que vous manigancez. Vous vous fiez à cette Sue Ashwood, cette gamine qui a rempli mon subconscient de ses bêtises.

Holly eut soudain le sentiment que devant elle ne se tenait pas la véritable Phryne Ashwood. Que jamais elle n'aurait parlé ainsi de cette enfant qui, histoire après histoire, lui avait ouvert les portes de son monde imaginaire. L'esprit de Phryne s'était-il corrompu au fil des années ? Il était devenu froid et sans cœur ; peu à peu, il avait dressé des barrières, se barricadant à l'intérieur de lui-même. À présent, il n'était plus qu'un système de défense programmé pour empêcher quiconque de le désactiver.

— Je vais vous exiler dans mon subconscient, déclara la Dame après une légère réflexion. Pour vous remercier de votre ardeur à me servir, je vous offrirai une belle demeure comme celle de Davras. Bien sûr, vous ne pourrez jamais en sortir…

Holly refusait de finir claquemurée entre quatre murs. Les lèvres étirées en un sourire impassible, la Dame s'approcha d'elle et effleura sa joue du bout des doigts. Ce contact eut un effet étrange car, l'espace d'un court instant, la magie qui emprisonnait Holly s'atténua. Le pouvoir qui sommeillait en elle s'était réveillé… « Mais oui, la Dame est un esprit », songea Holly dans un sursaut. Un esprit, comme ces centaines d'autres qu'elle avait manipulés à Sheryton quand elle était encore démêleuse d'âme. Jour après jour, elle les avait délivrés de leurs pensées lancinantes.

Le reste de ses membres demeura pétrifié mais, dans un cri de douleur, Holly réussit à libérer ses bras. Elle plaqua aussitôt ses mains sur la Dame dont le corps tout entier laissa échapper des volutes de fumée. Des silhouettes jaillirent, des bâtiments aux contours flous ; le décor d'Astrelune où se croisaient des milliers de figurants. Plus le contact se prolongeait et plus Holly se détachait de son emprise. C'était comme si son pouvoir se nourrissait de l'esprit de Phryne Ashwood, qu'elle en tirait une force intérieure qui lui permettait de résister.

D'un mouvement vif, Holly tenta de dissiper la fumée afin d'affaiblir la Dame. Elle aurait voulu semer le désordre parmi ses pensées, l'arracher à Astrelune pour que la réalité s'effondre. Malheureusement, elle percevait en face d'elle une volonté supérieure à la sienne. Aucune de ses attaques ne paraissait avoir le moindre effet sur la Dame.

La panique s'empara d'Holly. Comment pourrait-elle faire pencher la balance en sa faveur ? Même Davras n'avait pas su lui donner d'indications... Et puis, Holly s'aperçut qu'elle était en train de perdre la bataille. Sans doute lassée par ces assauts à répétition, la Dame venait de glisser une main autour de sa gorge. Incapable de se débattre, Holly sentait son propre esprit l'abandonner. Elle allait mourir, elle allait disparaître et plonger dans le néant...

Ce fut si brusque qu'Holly sursauta. La Dame l'avait lâchée, elle avait cessé de l'étrangler… car un nouvel arrivant venait de se jeter sur elle. Mr Lynch fut brutalement projeté en arrière. Sans pouvoir opposer la moindre résistance, il s'écroula sur le carrelage froid.

— Comment osez-vous vous retourner contre votre maîtresse ? rugit la Dame. Vous devriez éprouver de la reconnaissance envers moi. Je vous ai laissé gravir les échelons au sein des Ombres, alors que votre double a fui ses fonctions pendant deux décennies.

Mr Lynch se redressa difficilement.

— Depuis le début, je vous ai servie fidèlement, cracha-t-il. J'ai obéi à vos ordres sans discuter, mais aujourd'hui je réalise à quel point j'ai eu tort. L'agent n° 483 l'a compris bien avant moi, la plus grande richesse de ce monde, ce sont ses habitants. Et je ferai tout ce qui est en mon pouvoir pour les protéger…

— Vous connaissez le sort que je réserve aux traîtres, répliqua la Dame d'un ton sans appel.

Et Mr Lynch fut désactivé. Comme s'il n'était fait que de papier, Holly le vit se déchirer, s'émietter en des confettis qui flottèrent dans les airs. Sur son visage, elle lut un profond regret ; celui d'appartenir à deux camps, d'être constamment tiraillé entre sa nature d'Ombre et ses rêves d'humanité. Dans le fond, il n'était qu'une machine, un être programmé pour accomplir des tâches répétitives et qui s'était surpris à espérer. Croire que le destin lui réservait bien plus que des documents à tamponner à longueur de journée.

Ses lèvres remuèrent, elles formèrent un mot :
« Ba… gue ». Et avec un faible sourire, Mr Lynch se désin-
tégra. Holly sentit son cœur se serrer. Elle n'eut pas le
temps de s'appesantir sur sa mort, car la Dame se tourna
vers elle. Les pensées d'Holly se bousculèrent dans sa
tête. Pourquoi Mr Lynch lui avait-il dit ce dernier mot
avant de sombrer ? Dans la salle d'audience, il n'avait
pu lui révéler que des bribes d'information, craignant
le châtiment qui frappait les traîtres. À présent, il n'avait
plus rien à perdre.

Le regard d'Holly se posa alors sur la Dame et la
bague qui ceignait son annulaire. Obéissant à son ins-
tinct, la jeune femme plongea pour toucher la pierre. Son
doigt eut à peine frôlé l'améthyste qu'une voix résonna
en des milliers d'échos : « Je ne t'abandonnerai jamais,
Phryne, je te le promets », murmura Davras.

Voilà quelle était sa faiblesse ! réalisa soudain Holly.
C'était là que la Dame avait enfermé la part de son esprit
la plus vulnérable. Elle avait tenté d'exiler cet homme, elle
avait tenté de l'oublier, mais il demeurait toujours en elle.
Des volutes de fumée émanèrent de l'anneau en argent :
deux silhouettes enlacées, blotties l'une contre l'autre.

— Non ! s'exclama la Dame dans un hurlement
strident.

Trop tard… D'un coup sec, Holly venait de tordre
la fumée entre ses doigts. L'image des amants s'évanouit
aussitôt. En détruisant le souvenir, ce simple geste suffit
pour briser la Dame de l'intérieur. Elle se figea, la bouche
grande ouverte sans qu'aucun son n'en sorte.

Ce ne fut pas le seul événement étrange qui se produisit. À l'image d'un château de cartes qui s'effondrerait sur lui-même, le monde d'Astrelune vola en éclats. Chaque bâtiment, le sol ainsi que le ciel s'effacèrent sans prévenir. Il ne demeura plus qu'un gigantesque espace noirâtre. Plantés au milieu de nulle part, les Mille-et-un s'observaient d'un air hagard. Tous avaient été arrachés à leurs activités : les adeptes du Crustacé-Tout-Puissant avaient encore les bras levés en signe d'adoration ; d'autres avaient les mains tendues comme s'ils tenaient un objet invisible. L'illusion qui, jusqu'à présent, voilait leurs yeux venait de s'estomper. Stupéfaits, ils commencèrent à s'apostropher bruyamment.

La Machine du temps et son échafaudage avaient disparu. Alors qu'Holly aurait dû dégringoler de plusieurs centaines de mètres, elle s'aperçut qu'elle avait regagné le sol – si « sol » pouvait s'appliquer à cette surface d'un noir d'encre. Autour d'elle régnait une formidable agitation : ce fut un brouhaha indéfinissable qui emplit ses oreilles. À la droite d'Holly, un homme en peignoir de bain ne tarda pas à se tourner vers elle.

— Mais qu'est-ce qu'on fait là ? bafouilla-t-il. J'étais tranquillement chez moi en train de me faire couler de l'eau quand bam, d'un coup, je me suis retrouvé ici... Attendez, je me rappelle quelque chose. Une ville, mais ce n'était pas Astrelune... Sher...Sheryton ?

Partout, les visages se crispaient ; les expressions devenaient encore plus soucieuses qu'elles ne l'étaient déjà, tandis que les souvenirs ressurgissaient. Des flots d'images, des scènes du passé, des moments de joie et de douleur… Parmi les Mille-et-un, nombreux étaient ceux qui étaient tombés à genoux, tenant leur tête entre leurs mains. La vérité les avait frappés de plein fouet, elle et ses horribles conséquences. Ce fut une vague d'interrogations qui secoua le clan de Davras. Astrelune n'existait pas ! Astrelune n'était qu'un leurre !

Holly éprouva un frisson. La machine venait de se mettre en branle ; à présent, plus rien ne pouvait l'arrêter. Ou la bille de souvenirs leur offrait une nouvelle réalité… ou ils périraient tous.

Retrouver Oliver… Ces mots tournaient en boucle dans l'esprit de Balthazar. Coincé dans les limbes, le capitaine cherchait vainement une issue. Autour de lui, les flots s'étaient peu à peu assagis. Mais la mer avait beau être plus calme, elle n'en demeurait pas moins une prison. Que devait-il faire ? Essayer de remonter à bord de *L'Orion*… ou bien était-ce un piège ?

Alors que les idées tourbillonnaient dans sa tête, un événement ne tarda pas à choisir à sa place. Dans un violent coup de tonnerre, une immense fissure déchira le ciel et s'étendit jusqu'aux eaux noirâtres. Le spectacle était aussi étrange que saisissant. Pour Balthazar, c'était comme si son monde n'était qu'un dessin et qu'une paire de ciseaux venait de le découper grossièrement.

L'explication ne fut pas longue à découvrir. Cela signifiait qu'Holly avait réussi ; elle était parvenue à semer le chaos à Astrelune. L'esprit de Phryne Ashwood ne maîtrisait plus rien et, privés de son contrôle, les limbes commençaient à se désintégrer. Balthazar devait fuir immédiatement, s'échapper à tout prix s'il ne voulait pas faire partie des pertes collatérales.

En jetant des regards frénétiques autour de lui, il nota soudain une forme inattendue. Une porte venait de se matérialiser, à moitié transparente et suspendue dans les airs. Avec l'effondrement d'Astrelune, la réalité était en train de se craqueler ; elle se fragilisait au point de laisser surgir des failles entre les limbes. Balthazar n'avait pas le temps d'hésiter : d'un geste vif, il plongea à l'intérieur.

— Quarante-quatre pots, quarante-cinq pots, quarante-six pots…

Il fallut quelques instants à Balthazar pour se ressaisir. Sans la moindre transition, il avait basculé dans un lieu différent. En proie à un état second, il découvrit une silhouette aux contours flous qui s'activait devant une étagère remplie de pots de confiture.

— Hé ho ! s'exclama Balthazar. Vous m'entendez ?

— Quarante-neuf pots, cinquante pots…

À quoi jouait-il ? Lorsque Balthazar lui tapota l'épaule, le vieillard tourna vers lui un visage où se lisait clairement de la folie. Oui, c'était ainsi que Mr Lewis avait décrit cet univers, comme un antre où le délire guettait ses victimes. Pour l'amateur de confiture, il n'y avait plus rien à faire. Son âme était déjà perdue…

L'étau se resserrait autour des limbes. La fissure continuait de poursuivre Balthazar. La porte était de nouveau là, alors le capitaine se hâta de la franchir pour atterrir dans un champ de pommes de terre. Comme la fois précédente, ses occupants semblaient en train de divaguer, prisonniers de leurs propres démons.

Pris dans une course contre la montre, Balthazar bondit de porte en porte et, soudain, bascula dans une pièce sombre. Les rayons de la lune se glissaient par la fenêtre et éclairaient deux lits, mais surtout une scène d'horreur. Un homme masqué poignardait un adolescent rondouillard qui se débattait en hurlant. De l'autre côté de la pièce, un autre gamin tentait désespérément de s'enfuir. *Oliver Parker.*

— Oliver ! appela Balthazar.

Il se précipita vers lui, mais le gosse s'empressa de courir dans la direction opposée. Il semblait tellement paniqué qu'il ne distinguait plus ses ennemis de ses alliés.

— C'est moi, ajouta Balthazar. Tu te souviens ? Je t'ai fait faire la vaisselle à bord de mon bateau…

L'image d'une pile d'assiettes sales ne parut pas raviver la mémoire d'Oliver. Nerveusement, il s'empara du premier objet à sa portée – un polochon délavé – et le jeta sur Balthazar.

— Je ne te veux aucun mal, lui dit le capitaine d'une voix douce. Écoute-moi bien, tout ce que tu vois ici n'est qu'un cauchemar ! C'est une scène tirée de ton passé et que les limbes te font revivre en boucle pour te torturer…

— Laissez-moi… tranquille, bafouilla Oliver.

— Non, hors de question ! Tu sais, mon grand, je n'ai pas pu te sauver la dernière fois, alors aujourd'hui je ne te lâcherai pas.

La fissure s'était mise à croître. Elle dévorait la chambre, grignotant peu à peu les rideaux et une partie de l'étagère. Contrairement au vieillard avec ses pots de confiture ou tous ceux que Balthazar avait croisés, Oliver n'était pas encore assez fou pour ignorer la gigantesque fente.

— Qu'est-ce que… c'est ? s'exclama-t-il en tendant un doigt tremblant vers le phénomène.

— Le monde est en train de se casser la figure, résuma Balthazar, et il faut absolument qu'on se barre d'ici avant qu'il ne soit trop tard ! Oublie le type qui veut assassiner ton copain et concentre-toi… On cherche une porte. Une porte légèrement transparente et qui se superpose avec le reste.

Balthazar tournait sur lui-même, telle une toupie. Les fois précédentes, il n'avait eu aucune difficulté à dénicher ces passages mais, plongé dans la pénombre, il devait reconnaître que l'exercice n'avait rien d'aisé. Le capitaine se lança dans une formidable partie de cache-cache à travers la pièce. La réalité n'obéissait plus à aucune règle, et la porte pouvait être absolument n'importe où ! Non, elle n'était pas derrière l'armoire ni au niveau du miroir mural…

— Je ne veux… pas mourir, lâcha Oliver.

L'espace d'un instant, il parut se souvenir d'une autre scène, d'un moment atroce où une attaque sur le pont d'un navire l'avait conduit à succomber dans une eau glaciale.

— Capitaine, marmonna-t-il, votre équipage… Vous n'êtes que cinq à bord, il y a quelque chose de bizarre…

— Oui, c'est gentil de me le dire maintenant, mais aide-moi plutôt à chercher partout.

Balthazar se sentait impuissant. Plus les secondes s'écoulaient, plus le capitaine voyait la zone se restreindre. Et si leur sortie de secours avait déjà été avalée par la faille ?

⁂

C'était déjà la nuit. Sue avait bien tenté de retrouver le coffre éternel, mais ses recherches s'étaient révélées vaines. Le Croque-mort l'avait probablement dissimulé quelque part… Après plusieurs heures à vociférer des insultes, l'oncle Bartholomew avait enfin cessé de s'agiter et de tambouriner contre la porte.

Pour Sue, sa priorité restait grand-mère Phryne. Assise à son chevet, elle refusait de lâcher sa main. Dans le couloir, les tantes Harmony et Opal faisaient d'interminables allers-retours. Ni l'une ni l'autre ne semblaient capables de demeurer immobiles. Ms Ashwood, quant à elle, avait pris place dans un large fauteuil au pied du lit.

— Alors ? questionna la tante Harmony pour la cinquième fois d'affilée.

— Toujours rien, soupira Ms Ashwood. Sue, tu es sûre de ce que tu as entendu ?

— Oui, l'oncle Bartholomew me l'a affirmé. D'après lui, grand-mère Phryne doit mourir aujourd'hui…

— Aujourd'hui, aujourd'hui, siffla la tante Opal, il ne reste plus énormément de temps non plus. Et puis, je trouve cela assez sinistre d'attendre le décès de quelqu'un même si, pour cette pauvre femme, ce serait plutôt un soulagement…

La pendule posée sur le rebord de la cheminée annonçait vingt-trois heures. Combien de minutes restait-il à Davras pour tirer la vieille dame de son sommeil ? songea Sue, anxieuse. Si elle mourait avant d'avoir pu libérer les Mille-et-un, ils périraient avec elle. Seule consolation, sa magie se diffuserait à nouveau dans les rues de Sheryton.

À défaut d'une meilleure occupation, la tante Opal s'était lancée dans un long monologue où il était question du grand-oncle Philip, d'une histoire de poisson rouge et d'une paire de pantoufles. Au moment où Sue commençait à désespérer, Phryne Ashwood entrouvrit les yeux.

— Davras, murmura-t-elle d'une voix pâteuse.

— Tu es réveillée ? s'exclama Sue.

Soudain, Grand-mère Phryne s'agita violemment, comme si son corps tout entier était consumé par une énergie intérieure. Indifférente à son environnement, elle s'extirpa de sous ses draps. Ses jambes étaient frêles ; ce n'étaient que deux grandes allumettes qui semblaient trop faibles pour la porter. D'une démarche chancelante, elle traversa la chambre et tituba en direction de l'escalier. Ms Ashwood, les grand-tantes et Sue s'empressèrent de la suivre tandis qu'elle descendait les marches. Doucement, l'adolescente saisit le bras de Phryne, essayant par ce geste de la ramener à la réalité.

— Vous croyez qu'elle a encore la lumière à tous les étages ? marmonna la tante Opal. Après toutes ces années, ce ne serait pas étonnant qu'elle délire complètement…

Des lèvres de la vieille femme s'échappaient toujours les mêmes syllabes, le même nom qu'elle répétait comme un appel de détresse. *Davras.* Se croyait-elle encore dans le passé ? S'imaginait-elle que son amant viendrait à sa rencontre ?

La porte-fenêtre du salon était restée ouverte. Désorientée, Phryne se faufila dans le jardin, piétinant au passage les fleurs plantées avec soin par Mr Ferguson.

— Davras ! Tu avais promis que tu ne m'abandonnerais jamais !

Sue n'osait pas la brusquer. Lorsqu'elle posa sa main sur son épaule, grand-mère Phryne tourna vers elle un visage au regard affolé.

— Davras n'est pas là, lui dit Sue en insistant sur chaque mot. Tu te souviens de la guerre ? Tu t'es sacrifiée ce jour-là. Tu as renoncé à tes rêves pour sauver les Mille-et-un en les emprisonnant dans ta tête.

Une étrange lueur brilla dans les yeux de Phryne. À travers son enveloppe charnelle, Sue devinait un esprit en pleine ébullition. Un esprit qui régissait un univers entier et qui, désormais, étouffait dans un vieux corps moribond.

— Les… Mille-et-un, articula Phryne avec difficulté.

— Oui, les Mille-et-un, acquiesça Sue. Tu les as protégés, c'est grâce à toi qu'ils ont survécu mais, à présent, tu dois les laisser partir… S'il te plaît, libère-les !

Phryne se tordit nerveusement les mains, comme si une partie d'elle-même refusait de se séparer d'eux. Oui, d'une certaine façon, ils avaient été ses enfants. Elle avait veillé sur eux ; elle les avait défendus du monde extérieur et les avait bercés d'illusions pour mieux les protéger.

— Je t'en prie, insista Sue. Tu ne peux plus rien faire pour les Mille-et-un…

— Mais que serais-je… sans eux ?

— Rien d'autre qu'une femme extraordinaire.

Au milieu d'un océan de rides, ses lèvres s'étirèrent en un mince sourire.

27

℞ETROUVAILLES

— Bon sang, que se passe-t-il ? s'exclama le Consul en jetant des regards effarés autour de lui.

Son luxueux bureau, situé au cœur de la puissante cité indépendante, s'était évanoui en un claquement de doigts. Et ce n'était pas seulement son bureau ! Astrelune elle-même venait de disparaître, laissant une gigantesque surface noirâtre envahir l'horizon. « La Dame nous a abandonnés », songea Nicholas Montgomery alors que son visage prenait une teinte livide. Pourtant, c'était impossible ! Son esprit les avait toujours protégés ; jamais elle n'aurait renoncé à eux. Et si son corps avait succombé, ils auraient immédiatement cessé d'exister. Non, il s'agissait d'autre chose… de quelque chose d'interne à Astrelune.

D'ordinaire, quand sa fenêtre lui offrait encore un paysage à contempler, le Consul avait une vue inégalable sur la Machine du temps. À présent, il ne discernait rien d'autre qu'une foule compacte. D'un pas décidé, Montgomery traversa l'assemblée, bousculant tous ceux qui ne s'écartaient pas avec assez de zèle. Autour de lui régnait un brouhaha indescriptible : les habitants lançaient leurs théories à grand renfort de cris, chacun coupant la parole à son voisin pour finalement se la faire couper à son tour. Au milieu de cette masse, Montgomery ne tarda pas à discerner la Dame. Oui, c'était bien elle avec sa robe vert émeraude et ses cheveux indisciplinés, mais ses membres semblaient paralysés.

Nicholas Montgomery tritura nerveusement sa moustache. À ses yeux, il ne restait qu'une seule solution : tenter de ranimer la Dame pour lui rendre les rênes d'Astrelune. Phryne Ashwood reconstruirait la cité, les Mille-et-un seraient perdus et désorientés, mais la vie reprendrait peu à peu son cours…

Une vague de clameurs arracha le Consul à ses pensées. Parmi la foule, beaucoup avaient levé la tête et pointaient du doigt une silhouette rougeoyante qui venait déchirer la noirceur ambiante. C'était un dragon ! Une créature immense qui semblait faite de braises, un être surnaturel dont les longues ailes déployées fouettaient l'air. Un homme était assis sur la croupe de l'animal. Avec ses cheveux d'un roux flamboyant, il se fondait presque avec sa monture.

— Da… Davras ! bégaya Montgomery en le reconnaissant.

D'un bond, Davras se laissa tomber de son dragon de feu qui se volatilisa aussitôt. Ses pouvoirs n'avaient rien perdu de leur superbe. À Sheryton, lorsqu'il réalisait ses numéros sur la place du marché, sa puissance suffisait à effrayer le gouverneur Ashwood. Le vent de panique qui menaçait de secouer l'assemblée s'estompa aussitôt.

Une image lointaine ressurgissait des mémoires, et les habitants commençaient à se souvenir de lui. « Davras… » Ce fut d'abord un murmure, puis des voix de plus en plus fortes se mêlèrent, scandant son nom. Les Mille-et-un reconnaissaient leur chef ; malgré les années écoulées, ils formaient encore le clan de Davras.

— J'espère que vous ne m'avez pas oublié, ricana Davras en s'avançant vers le Consul. Le désert de Nébuleusedor où j'étais prisonnier a brusquement disparu. J'aurais trouvé dommage de ne pas vous rendre une petite visite.

— C'est vous… qui êtes responsable de tout cela ? s'écria Nicholas Montgomery. De ce chaos qui va bientôt nous engloutir ?

— Responsable indirect, mais j'en suis fier ! Pendant plus d'un siècle, vous avez été aux commandes et vous n'avez fait que mener Astrelune dans une impasse. À présent, l'heure est venue de céder votre place…

— Comment osez-vous ? cracha Montgomery.

Davras se mordit la lèvre.

— Reculez, murmura-t-il. Je ne vous laisserai pas vous approcher de Phryne… Vous avez causé suffisamment de tort à Astrelune.

Le Consul sentait les regards posés sur lui. Autour d'eux, une masse de curieux se pressaient pour observer la scène. Nicholas Montgomery le savait, il était loin de faire le poids contre Davras, mais ce fut par pure provocation qu'il s'avança d'un pas. La réponse fut immédiate. Surgissant du néant, une barrière de flammes l'entoura ; un voile incandescent qu'il lui était impossible de franchir.

Montgomery fulminait de rage. Impuissant, il suivit des yeux la silhouette de Davras tandis que celui-ci s'enfonçait dans la foule. Partout, ses anciens camarades des bas-fonds l'apostrophaient et lui rappelaient des anecdotes du passé. Aucun d'eux ne remarqua l'immense tristesse qui se lisait dans les prunelles de Davras.

— Phryne, j'avais juré que je ne t'abandonnerais jamais, lâcha-t-il dans un souffle. Pardonne-moi de t'avoir laissée te sacrifier…

Holly courait. Elle courait parmi les Mille-et-un à la recherche de quelqu'un. Un espoir fou, presque insensé, s'était glissé dans son esprit lorsque le monde avait soudain volé en éclats. Et si ? Et si les limbes avaient ouvert leurs portes… Et si une fissure avait permis aux âmes coincées de l'autre côté de regagner leur réalité… Et si Balthazar avait survécu…

Des gens criaient, des hypothèses fusaient en tous sens, mais Holly n'entendait qu'un brouhaha assourdissant. Elle n'écoutait personne. Devant elle, ce n'était qu'un flot de visages qui se succédaient. Aucun d'eux n'avait une cicatrice sur l'arcade sourcilière, aucun d'eux n'était celui de Balthazar. À chaque pas en avant, Holly voulait pourtant croire à un miracle. Depuis son enfance, elle connaissait cet homme, et jamais il n'avait renoncé. Il était aussi têtu qu'une mule.

Alors qu'elle bousculait un individu qui lui ressemblait de loin, une sensation étrange parcourut son corps. Holly eut soudain l'impression d'être happée. Ses pensées devinrent floues, il lui fut impossible de résister tandis qu'une puissance supérieure l'arrachait à son monde.

Lentement, Sue tira la bille de Dorian Ashwood de sa poche. Grand-mère Phryne l'eut à peine effleurée que des éclats dorés apparurent sur la sphère en verre. Une simple pression, et des bâtiments translucides surgirent dans le parc du manoir. C'était Sheryton, mais une version de Sheryton où les bas quartiers se dressaient encore fièrement. Les yeux grands écarquillés, Sue découvrit une ruelle ensoleillée, des façades étriquées et des fils à linge qui pendaient d'une fenêtre à l'autre.

Poussant un cri, Phryne bascula la tête en arrière. Des esprits par dizaines, par centaines s'échappèrent de sa bouche. À l'image d'ectoplasmes, ils flottèrent dans les airs, enveloppés d'une lueur bleuâtre. Les silhouettes formaient un étonnant ballet, presque une tempête d'âmes qui tourbillonnaient et emplissaient l'espace, leurs contours aussi flous et évanescents que le décor. Elles se multipliaient encore et encore ; elles étaient si nombreuses qu'il était difficile de distinguer un visage parmi la masse. C'était un spectacle saisissant, si impressionnant que Sue était tombée à genoux. Sa mère n'avait pas tardé à la rejoindre, et dans son regard se lisait le même ébahissement.

Les Mille-et-un étaient là. Ils avaient triomphé des siècles, ils avaient survécu ! Plus rien ne pouvait les arracher à leur nouvelle terre d'accueil. Rien, sauf peut-être...

— Sue !

— Attention !

Les voix des tantes Harmony et Opal venaient de briser le silence. Plantées sur la terrasse, elles désignaient du doigt une silhouette sombre qui s'avançait d'un pas énergique. Le costume froissé et la cravate de travers, l'oncle Bartholomew fulminait de rage. Avait-il attendu le moment opportun pour forcer la porte de sa chambre ? Les rayons de la lune révélèrent le lourd coffre qu'il serrait contre lui. Sue eut un mouvement de recul.

— Je vais accomplir le rêve de Jacob Ashwood ! s'exclama-t-il.

L'oncle Bartholomew paraissait possédé. Les yeux brillants de folie, il brandit le coffre devant lui. La magie crépitait dans l'air ; telle une source d'énergie, elle se répandait dans chaque particule, et un éclat bleuâtre ne tarda pas à jaillir du couvercle. Dans un geste désespéré, Sue tenta de s'interposer, de faire barrage de son corps, mais une poigne de fer l'envoya s'écrouler par terre.

Les mots de Dorian Ashwood résonnèrent dans sa tête : « Vous ne pourrez ouvrir cette bille qu'une seule fois et, pour vous, elle ne durera que cinquante-neuf secondes. » Cinquante-neuf secondes. Combien de temps lui restait-il à présent ? Vingt, trente secondes..., songea

Sue en frissonnant. Impuissante, elle vit sa mère s'effondrer dans l'herbe quand l'oncle Bartholomew la repoussa violemment. Il jubilait ! Les Mille-et-un étaient des proies de choix, des victimes toutes désignées qu'il lui suffirait d'emprisonner dans son coffre. Le couvercle se refermerait sur eux : ce seraient des tourments éternels qui dévoreraient leurs âmes et, indifférent à leurs souffrances, l'oncle Bartholomew vaincrait à jamais la mort. L'immortalité était là, si proche, et pourtant un événement inattendu vint bousculer ses plans.

Une femme avait surgi de derrière le grand chêne. Elle, la Visiteuse, celle qui avait tant arpenté les passages qui creusaient le manoir, connaissait ce labyrinthe mieux que personne. Les cheveux en bataille et le dos voûté, Clara Nightingale s'extirpa des ténèbres pour se jeter sur l'oncle Bartholomew. Le combat ne dura qu'un court instant. Un court instant où Clara retourna le coffre contre son possesseur. L'esprit de Bartholomew Ashwood fut arraché à son corps, happé de force à l'intérieur, tandis que son enveloppe charnelle s'affalait sur le sol humide.

— Je ne laisserai plus jamais personne faire du mal à ma sœur ! cracha Clara.

Se redressant difficilement, Sue continuait à fixer le Croque-mort, comme s'il représentait encore un danger. Mais il avait bel et bien été vaincu. Les jambes tordues, il ressemblait à un pantin aux membres désarticulés.

Parmi les Mille-et-un, une silhouette se détacha soudain des autres. Une femme aux cheveux bruns s'était avancée.

Holly refusait d'en croire ses yeux. Pourtant, c'était bien sa sœur qui se tenait devant elle. Clara avait vieilli, sa peau s'était fanée, mais elle avait conservé le même regard d'un bleu éclatant. Comment avait-elle pu survivre à la Grande Guerre ? Tant de questions se bousculaient dans sa tête. Des questions qui resteraient sans réponse, car Holly avait retrouvé sa cadette, et plus rien d'autre ne comptait.

— Oh, Clara ! prononça-t-elle dans un souffle. Si tu savais à quel point tu m'as manqué…

— Holly, je suis tellement… heureuse de te revoir.

La voix de Clara tremblait d'émotion. Cela faisait des décennies qu'elle attendait ces retrouvailles, et le destin avait enfin exaucé ses prières. Tandis qu'elles se jetaient dans les bras l'une de l'autre, le passé et le présent n'existaient plus. L'espace de quelques instants, le décor parut se figer, puis la réalité reprit lentement ses droits. Les cinquante-neuf secondes s'étaient écoulées et, avec un faible sourire, Holly vit sa sœur s'effacer peu à peu jusqu'à disparaître complètement.

— Adieu, Clara, murmura-t-elle.

Alors que les rues de Sheryton se refermaient sur elle, Holly éprouva un sentiment étrange. Un mélange de joie et de tristesse… Des larmes silencieuses glissèrent le long de ses joues. Une page venait de se tourner. Autour d'elle, les Mille-et-un rayonnaient. Dans un état second,

Holly percevait des cris et des exclamations ; elle discernait des gens qui dansaient, d'autres qui s'enlaçaient dans un élan d'euphorie. La jeune femme aurait dû être heureuse, mais ses pensées continuaient de la tirer en arrière. Vers tous ceux qu'elle avait perdus. Si son regard avait croisé celui de Davras, elle aurait lu la même peine dans ses yeux. Il venait de voir Phryne pour la dernière fois...

Davras parut se ressaisir. Il leva les mains pour imposer le silence.

— Mes amis, mes amis ! lança-t-il. Nous sommes chez nous à présent. Plus rien ne menace notre avenir... Sheryton nous ouvre ses portes, à nous de faire de ce lieu un espace de paix !

La ville resplendissait sous les rayons du soleil. Holly reconnaissait les quartiers populaires ; ils étaient semblables à ses souvenirs, à quelques détails près. Les façades en pierre, d'ordinaire grises, se paraient désormais de reflets dorés, et des fleurs ornaient les fenêtres. C'était comme si la guerre n'avait jamais éclaté. Dorian Ashwood leur avait créé un monde où ils étaient les seuls maîtres.

— Blablabla... Je ne sais pas pourquoi, mais les discours de Davras m'ont toujours ennuyé.

Holly sursauta. Une silhouette s'était glissée dans son dos pour chuchoter ces mots à son oreille. Lorsqu'elle se retourna, pleine d'espoir, Balthazar Riley lui souriait. Ses traits étaient fatigués, il avait perdu son tricorne, mais il affichait l'air réjoui de celui qui vient de faire une bonne blague.

— Ri... ley, bafouilla Holly.

Et puis, sans hésiter, elle se jeta à son cou. Elle le serra contre son cœur pour qu'il ne reparte plus jamais sans elle.

— Toi aussi, tu m'as manqué, Holly, marmonna Balthazar, mais là, tu m'étrangles...

— Comment est-ce que tu... as fait ?

Tandis qu'elle relâchait l'étreinte, Holly remarqua la présence d'Oliver qui paraissait encore plus désorienté que tous les Mille-et-un réunis. Il observait le ciel, puis l'herbe avec la même réserve que si Sheryton allait brusquement s'autodétruire.

— Eh bien, résuma Balthazar, une bande d'imbéciles a décidé de me pendre. J'ai atterri dans les limbes, un endroit assez déplaisant où j'ai bien cru que je tournerais en rond sans trouver d'échappatoire. La chute d'Astrelune a dû jouer un rôle, car les limbes se sont soudain fissurés. Après avoir emprunté une série de portes, j'ai fini par mettre la main sur Oliver et là, on était bien embêtés, parce que la déchirure était en train de dévorer sa chambre, et on ne voyait aucune issue possible. Tu sais où cette fichue porte avait décidé de se planquer ? Au plafond ! Oui, au plafond ! J'ai réussi à faire la courte échelle à Oliver et à me hisser tant bien que mal. Mais ce n'était pas encore fini... Après, on a dû traverser un couloir interminable, puis une pièce en feu avant de pouvoir enfin nous tirer de là. D'un coup, on a débouché au milieu d'un tas de gens qui se plaignaient d'un dragon et bam, sans prévenir, on a débarqué ici en échappant, bien entendu, à l'autre crétin qui voulait nous enfermer dans son coffre…

Balthazar acheva sa tirade par un long soupir, montrant par là qu'il en avait assez de courir. Holly l'avait à peine écouté. Les mots s'enchaînaient dans sa tête sans qu'elle parvienne à les associer pour former des phrases cohérentes. *Il était là…* Balthazar Riley était revenu d'entre les morts, et c'était cela le plus important.

— Davras a déjà repris les choses en main, commenta Balthazar, ce gars-là ne perd pas de temps. J'ai presque envie de chercher Montgomery pour voir quelle tête d'enterrement tire l'ancien Consul… Ou plutôt non, j'ai une meilleure idée pour occuper mon temps. Tu viens avec moi, Holly ?

— Où ?

— Près de la rivière. Une petite promenade tous les deux, ça te tente ?

— Tu sais que la rivière est la limite de Sheryton. Tu ne pourras jamais aller plus loin, lui fit remarquer Holly. Il va falloir que tu dises adieu à tes rêves de voyage, Riley.

— Tant pis, j'ai suffisamment bourlingué… De toute façon, je n'aspire plus qu'à une existence tranquille. Je vais commencer par m'installer chez toi, d'abord de façon ponctuelle en traînant de temps en temps puis, dans quelques mois, je passerai à l'étape supérieure et je poserai définitivement mes bagages. Ensuite, je te harcèlerai jusqu'à ce que tu finisses par cracher ces trois mots que j'ai envie d'entendre.

Holly lui adressa un sourire.

— Tu n'as pas besoin de les entendre, murmura-t-elle. Tu sais déjà que je t'aime…

Alors, Balthazar se pencha vers elle pour l'embrasser. Tandis que leurs lèvres se liaient, Holly se fit la promesse que plus rien ne les séparerait. Ils avaient affronté bien des obstacles, et le destin leur offrait désormais une chance incroyable. Il n'appartenait qu'à eux de ne pas la gâcher…

Deux semaines s'étaient écoulées. Comme les jours précédents, Sue s'était rendue devant la tombe de Phryne Ashwood. La vieille dame avait été enterrée au fond du jardin, près du grand chêne où son corps avait fini par l'abandonner. Elle s'était écroulée après avoir libéré les Mille-et-un. Sans un bruit, sans un mot, Phryne s'en était allée.

— Ne soyez pas triste pour elle, Miss Sue.

Mr Ferguson venait de surgir derrière elle.

— Tenez, lui dit-il, vos tantes m'ont demandé de vous apporter votre chapeau.

— Merci… Grand-mère Phryne s'est sacrifiée toute sa vie, prononça Sue dans un souffle, elle n'a jamais re-trouvé l'homme qu'elle aimait. Elle aurait mérité un meilleur sort…

— Oui, mais son âme est en paix à présent. J'ai envie de croire que la mort ne sépare pas les êtres, qu'elle les entraîne seulement dans une autre réalité où ils continuent de veiller sur leurs proches… Clara et moi, nous allons bientôt partir, ajouta Mr Ferguson dans un faible sourire. Nous nous étions juré de sauver les Mille-et-un, et les Mille-et-un ont été sauvés. Plus rien ne nous retient ici désormais.

— Vous allez… mourir ? bafouilla Sue.

— Oui, mais cela fait partie de la vie. Bartholomew Ashwood refusait de le comprendre, il voulait défier l'ordre des choses et acquérir l'immortalité. Mais l'immortalité n'est en rien un cadeau : c'est de savoir que l'existence a une fin, qu'elle peut s'achever du jour au lendemain, qui pousse l'être humain à se surpasser.

— Vous allez beaucoup me manquer…

— Vous aussi, Miss Sue. J'aurais aimé vous voir grandir et devenir une femme extraordinaire.

Mr Ferguson avait toujours paru guindé dans son uniforme. Il le fut encore plus quand Sue se jeta dans ses bras.

— Ne vous inquiétez pas pour moi, murmura-t-il quand elle relâcha l'étreinte. Tout ira bien…

Sue n'osait imaginer à quoi ressemblerait le manoir sans son vieux domestique. Aussi loin que remontaient ses souvenirs, Mr Ferguson avait toujours fait partie du décor.

— Qu'est devenu le coffre ? lança-t-elle.

— Clara l'a jeté dans la fente où vous avez failli rester prisonnière. Il ne tombera plus jamais entre de mauvaises mains.

— Et la magie, est-ce que vous croyez qu'elle reviendra ?

— Bien sûr, elle était là quand le clan de Davras a regagné Sheryton. À mon avis, elle flotte toujours dans l'air... Combien de jours de vacances vous reste-t-il, Miss Sue ?

— À peine une semaine.

— Eh bien, cela vous laisse largement le temps de le découvrir.

Avec un petit air amusé, Mr Ferguson s'éloigna, la laissant seule avec une promesse. Oui, Sue en était persuadée, tôt ou tard, la magie renaîtrait...

FAMILLE ASHWOOD
(Extrait de l'arbre généalogique)

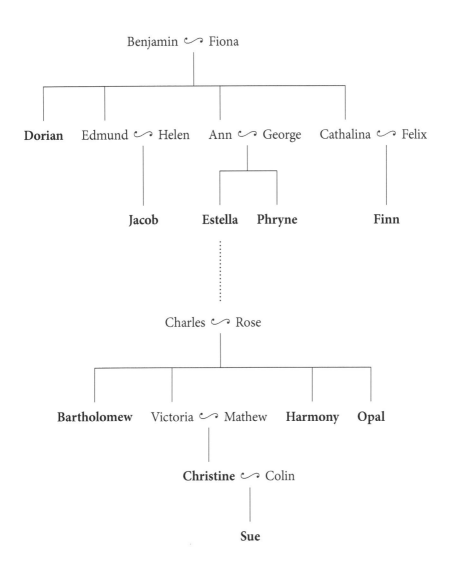

 REMERCIEMENTS

Je tiens à remercier ma sœur pour m'avoir soutenue et encouragée pendant l'écriture de ce roman. J'adresse également toute ma reconnaissance à Joanna L. et Frédéric M. pour leurs précieuses relectures.

Et surtout, merci, lecteur/lectrice, d'avoir poussé les portes d'Astrelune ! Être lu est le plus beau cadeau pour un auteur, et j'espère que les aventures des Mille-et-un vous auront fait rêver.

Si cet ouvrage vous a plu (et que vous souhaitez m'aider à le faire connaître), n'hésitez pas à laisser un petit commentaire sur Amazon ou sur des sites tels que Booknode ou Babelio !

L'AUTRICE

Née en 1991, Laure Dargelos tombe très tôt dans le chaudron de l'écriture. Rêveuse professionnelle, elle se réfugie dans la fantasy, son genre de prédilection.

Après un passage en école de droit, elle se lance dans une formation éditoriale et devient correctrice en maison d'édition. Trois ans plus tard, elle décide de tenter la folle aventure de la publication et sort de manière indépendante son premier roman, *La Voleuse des toits*.

Son deuxième roman, *Prospérine Virgule-Point et la Phrase sans fin*, est publié aux Éditions Rivka. En 2022, il fait partie des sélectionnés pour le Grand Prix de l'Imaginaire dans la catégorie « Roman jeunesse francophone » et est également finaliste du PLIB (Prix Littéraire de l'Imaginaire de la Booksphere).

Son dernier roman, *Les Oubliés d'Astrelune*, paraît aux Éditions Explora en mai 2022.

Laure Dargelos vit aujourd'hui à Limoges et se consacre à l'écriture à temps plein.

DÉCOUVREZ TOUTES LES SAGAS DES ÉDITIONS EXPLORA

Astre-en-Terre
(fantasy) de L.P. HUREL

Les Nébuleuses
(space-opéra) de Amandine PETER

L'Académie du Disque d'Argent
(science-fiction) de L.P. HUREL

Le Stream
(dystopie) de Amandine PETER

Sphaira
(fantasy) de Alice NINE

Chasseuse d'Âmes
(fantasy) de Megära NOLHAN & Pryscia OSCAR

Les Mirages de Terre Sainte
(épopée historique) de Anaïs GUIRAUD

(In)Humaine
(space-opéra) de Clara VINCENDON

De Brume et d'Ospales
(fantasy) de Amandine PETER

Les Oubliés d'Astrelune
(fantasy) de Laure DARGELOS

Retrouvez-nous sur les réseaux sociaux :

Instagram : @explora_editions
Facebook : Explora Éditions
TikTok : @explora_editions

Rendez-vous sur www.explora-editions.com pour vous abonner à la newsletter et suivre nos événements, concours et prochaines sorties !

Si l'histoire vous a plu, pensez à laisser un commentaire en ligne ! (Pour ce faire, rendez-vous sur Amazon ou la Fnac, Babelio, Booknode, etc…)

Pourquoi ?
L'auteure souhaite vivre de sa plume et ce geste de soutien l'aidera énormément…

MERCI, ET À TRÈS VITE !